1984

세계교양전집 18

1984

조지 오웰 지음
주정자 옮김

올리버

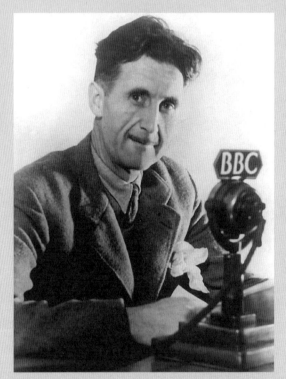

조지 오웰George Orwell

• 차례 •

제1부

1

맑고 쌀쌀한 4월의 어느 날, 시계들의 종이 열세 번 울리고 있었다. 윈스턴 스미스는 몹시 사나운 바람을 피하려고 가슴에 턱을 파묻은 채 빅토리 맨션의 유리문 사이로 잽싸게 들어왔다. 그래도 소용돌이치며 따라 들어오는 흙먼지를 막을 수는 없었다.

복도에서 삶은 양배추 냄새와 낡은 매트 냄새가 풍겼다. 실내에 걸기에는 너무 커다란 컬러 포스터가 복도 끝의 벽면 한쪽을 차지하고 있었다. 폭이 1미터가 넘는 거대한 얼굴 하나만 그려진 포스터였다. 검은 수염이 덥수룩한 포스터 속 얼굴은 다부지게 생긴 미남으로 40대 중반으로 보였다. 윈스턴은 계단을 타고 올라갔다. 엘리베이터는 경기가 좋을 때도 거의 작동되지 않았는데 요사이 낮 동안에는 전기가 아예 끊겨서 쓸모가 없었다. 단전은 '증오 주간 Hate Week'을 대비하기 위한 경제 정책의 일환이었다. 윈스턴의 아파트는 7층에 있었다. 올해 서른아홉 살인 윈스턴은 오른쪽 발목 위로 정맥류성 궤양을 앓고 있어서 몇 차례나 쉬어가며 천천히 걸어

올라갔다. 엘리베이터 맞은편 벽에 붙은 포스터 속의 거대한 얼굴이 층마다 나타나며 그를 뚫어지게 바라보았다. 사람이 움직이는 방향으로 눈이 돌아가도록 아주 교묘하게 만든 그림이었다. '빅 브라더Big Brother가 당신을 지켜보고 있다'라는 포스터 아랫부분에 적힌 표제가 눈에 들어왔다.

그의 집 안에서 선철(용광로의 쇳돌에서 얻는 쇠로, 잘 부스러지기 때문에 압안하거나 단련할 수 없다. 주물용 쇠로 쓴다-역주)과 관련된 숫자 목록을 읽는 감미로운 목소리가 들렸다. 오른쪽 벽면 한쪽을 차지한, 흐릿한 거울처럼 보이는 직사각형 모양의 금속판에서 새어 나오는 목소리였다. 윈스턴이 스위치를 돌리자 목소리는 잦아들었지만 무슨 말인지는 여전히 알아들을 수 있었다. '텔레스크린'이라는 명칭의 장비는 소리를 줄일 수는 있어도 완전히 꺼버릴 방법이 없었다. 윈스턴은 창문 쪽으로 건너갔다. 당원 복장으로 활용되는 파란 작업복을 입어서인지 기운 없는 자그마한 얼굴과 변변찮은 몸이 몹시 도드라져 보였다. 그는 아주 밝은 금발에 얼굴빛은 원래 붉은 기가 돌았다. 싸구려 비누와 날이 무딘 면도칼과 이제 막 끝난 겨울 추위 때문에 피부가 거칠었다.

바깥세상은 닫힌 유리창 너머로 봐도 추위가 느껴졌다. 길거리 아래로 작은 회오리바람이 불자 먼지와 찢어진 종이가 휘몰아쳤다. 태양이 빛나고 하늘은 기이할 정도로 새파랬지만, 어디에나 붙어 있는 포스터를 빼면 색깔이라고는 전혀 찾아볼 수 없었다. 어느 구석에서든 위압적으로 내려다보는 새까만 수염이 달린 남자의 얼굴이 보였다. 포스터는 바로 맞은편 집 앞에도 붙어 있었다. '빅 브라더가 당신을 지켜보고 있다'라는 표제가 달린 포스터 속 남자의 검은 두 눈이 윈스턴의 두 눈을 뚫어지게 바라보고 있었다. 거리 아래쪽에도 한 귀퉁이가 찢겨나간 포스터가 붙어 있는데 바람이 불자, '영사INGSOC(영국 사회주의English Socialism의 약어로, 조지 오웰이 작품 속에서 새로 만든 단어다-역주)'라는 단어를 드러냈다가 감추기를 반복하며 펄럭였다. 멀리서 지붕 사이를 스치듯 지나치는 헬리콥터 한 대가 보였다. 헬리콥터는 마치 금파리처럼 잠시 빙빙 돌다가 방향을 틀어서 날아가버렸다. 창문 너머로 사람들을 기웃거리는 경찰 헬리콥터였다. 하지만 경찰 헬리콥터는 문젯거리가 아니었다. 문제는 사상경찰이었다.

윈스턴이 등지고 있는 텔레스크린에서는 여전히 선철과 제9차 3개년 계획의 초과 달성에 대해 지껄이는 소리가 흘러나왔다. 텔레스크린은 수신과 송신이 동시에 진행되었다. 윈스턴이 낮은 소리로 속삭여도 텔레스크린에 포착되었다. 이 금속판의 가시 범위 안에만 있으면 윈스턴의 동작과 소리가 모두 잡혔다. 물론 어느 순간 감시를 당할지 알 수 없었다.

사상경찰이 어떤 시스템으로 얼마나 자주 개인의 텔레스크린에 접속하는지는 추측으로만 짐작할 수 있었다. 사상경찰은 늘 모든 사람을 감시하는 것 같았다. 그들은 원하기만 한다면 언제라도 사람들의 텔레스크린에 접속할 수 있었다. 사람들은 자신이 내는 소리를 사상경찰이 죄다 엿듣고 어두울 때를 제외하면 언제라도 감시당할 수 있다고 생각하며 살아야 했다. 이미 그런 습관이 본능처럼 굳어진 삶을 살고 있었다.

윈스턴은 텔레스크린을 등지고 있었다. 물론 등만 보여도 뭔가 드러날 수는 있지만, 그게 더 마음이 편했다. 집에서 1킬로미터 떨어진 곳에 더러운 풍경을 배경 삼아 하얗고 웅장하게 솟아 있는 진리부Minstry of Truth가 보였다. 진리부는 그의 직장이었다. 윈스턴은 오세아니아에서 세 번째로 인구가 많은 이곳, 런던이 제1공대Airstrip One의 주요 도시라고 생각했다. 그는 런던이 예전에도 늘 이랬는지 알아내기 위해 어린 시절의 기억을 쥐어짜려고 애를 썼다. 예전에도 이렇게 다 썩어가는 집들이 있었을까? 목재로 떠받친 벽, 판자로 때운 창문, 골이 진 철판을 덮은 지붕, 다 허물어져가는 벽으로 에워싸인 정원이 사방에 널려 있었을까? 폭탄이 떨어진 자리에서 석고 가루 같은 먼지가 하늘로 치솟고, 돌 더미 위에는 버드나무 잎사귀가 흩어져 있었을까? 폭탄이 확실히 쓸어버린 널따란 공터에 닭장처럼 지저분한 판자촌이 속속 생겼을까? 하지만 소용없는 짓이었다. 그는 아무것도 기억나지 않았다. 단지 거의 알아볼 수도 없이 밝게 빛나던 광경만 뜬금없이 생각날 뿐 어린 시절의 기억은 아무것도 떠오르지 않았다.

새말newspeak(오세아니아의 공식 언어로, 구조와 어원은 부록을 참조)로 진부Minitrue인 진리부 청사는 다른 여느 건물과 확실히 달랐다. 진리부 건물은 번쩍이는 하얀 콘크리트 건물이 층마다 테라스로 연결되어 하늘 높이 300미터나 치솟은 거대한 피라미드식 구조물이었다. 윈스턴이 서 있는 곳에서도 읽을 수 있도록 우아한 글씨체로 쓰인 당의 세 가지 슬로건이 눈에 띄었다.

전쟁은 평화

자유는 예속

무지는 힘

진리부 건물에는 지상에 방이 3천 개가 있고 지하에도 그만한 수의 방이 있다고들 했다. 런던에는 겉모습과 크기가 그만한 건물이 세 개 더 있다. 빅토리 맨션 지붕에서 동시에 보이는 이 네 건물 때문에 주변의 건물은 아주 왜소하게 보였다. 그 건물들은 정부의 모든 기관을 포함하는 청사 네 곳의 본거지였다. 진리부는 뉴스와 오락, 교육, 예술을 관장했다. 평화부Ministry of Peace는 전쟁을 관장하고 애정부Ministry of Love는 법과 질서를 유지했다. 풍요부Ministry of Plenty는 경제 문제를 책임졌다. 이들 기관의 명칭은 새말로 진부 Mititrue, 평부Minipax, 애부Miniluv, 풍부Miniplenty다.

애정부는 정말 무시무시한 곳이었다. 애정부 건물에는 창문이 단 하나도 없었다. 윈스턴은 애정부의 내부는커녕 500미터 이내에도 가보지 못했다. 공적인 업무가 없으면 결코 들어갈 수 없는 곳이다. 공적인 업무가 있더라도 미로처럼 얽힌 가시철망과 철문, 기관총으로 무장한 초소를 뚫어야만 겨우 들어갈 수 있었다. 심지어 건물 바깥의 검문소로 가는 길에는 검은 제복을 입은 고릴라처럼 생긴 경비 요원들이 마디진 곤봉으로 무장한 채 어슬렁거렸다.

윈스턴이 갑자기 몸을 돌이켰다. 그는 차분하고 태평스러운 표정을 지었다. 텔레스크린을 마주할 때 바람직한 표정이었다. 그는 거실을 지나서 자그마한 부엌으로 들어갔다. 이 시간에 청사를 나오느라 구내식당에서 점심을 먹지 못해서였다. 윈스턴은 내일 아침에 먹으려고 아껴둔 검은 빵 덩어리 말고는 부엌에 아무것도 없다는 사실을 이미 알고 있었다. 그는 선반에서 '빅토리 진'이라는 하얗고 밋밋한 상표가 붙은 무색 병 하나를 꺼냈다. 빅토리 진은 중국의 곡주처럼 역겹고 느끼한 냄새가 나는 술이다. 윈스턴은 찻

잔 가득 술을 붓더니 충격에 대비해 몸서리를 치며 약물을 들이켜
듯 꿀꺽 삼켰다.

얼굴빛이 바로 벌게지더니 눈에서 눈물이 흘렀다. 술은 질산 같
았다. 무엇보다 삼키는 순간 고무 곤봉으로 뒷머리를 때려 맞는 기
분이 들었다. 그래도 다음 순간 배 속의 뜨거운 감각은 사그라들고
세상이 더 즐겁게 느껴지기 시작했다. 그는 '빅토리 담배'라는 표시
가 찍힌 구겨진 담뱃갑에서 궐련 하나를 꺼내서 아무 생각 없이 바
로 세웠다. 그 바람에 담배 속이 바닥에 떨어져버렸다. 다음번에는
담배를 제대로 꺼냈다. 그는 거실로 돌아가서 텔레스크린 왼편에
있는 작은 탁자 앞에 앉았다. 탁자 서랍 속에서 펜대와 잉크병과
붉은색 뒷장에 표지가 대리석 무늬인 4절 판 크기의 두꺼운 책 한
권을 꺼냈다.

거실에 놓인 텔레스크린이 특이한 위치에 자리를 잡은 것은 몇
가지 이유 때문이었다. 보통은 방 전체를 장악할 위치에 텔레스크
린을 놓지만, 이 집은 창문 맞은편에 있는 기다란 벽에 자리를 잡
고 있었다. 윈스턴이 지금 앉아 있는 곳 벽 한쪽에 얇은 벽감(벽면
을 우묵하게 들어가게 만든 공간-역주)이 있다. 이 아파트를 지을 때 책
꽂이로 활용할 목적이었을 것이다. 이렇게 벽감 속에 앉아서 몸
을 뒤로 젖히면 윈스턴은 텔레스크린의 감시 범위에서 벗어날 수
있다. 물론 그가 내는 소리는 들리겠지만 이 자리에 앉아 있는 한
그의 모습은 볼 수 없었다. 그가 지금 하려는 일에 대한 암시를 받
게 된 것은 이렇게 별난 거실 구조도 한몫한 셈이었다.

또한 방금 서랍 속에서 꺼낸 이 책에서도 암시를 받았다. 정말
멋스러운 책이었다. 매끄러운 크림색 종이는 세월이 지나서 색이

약간 노래졌지만 적어도 지난 40년 동안은 제조된 적이 없는 책이 었다. 그는 이 책이 훨씬 오래되었다는 추측이 들었다. (그 구역이 어디인지 정확히 기억나지 않지만) 이 도시 빈민가의 너저분한 작은 고물상 창가에 놓여 있던 책이 눈에 들어왔을 때, 윈스턴은 당장 그 책을 갖고 싶은 엄청난 욕망에 눈이 멀었다. 당원들은 일반 상점에 드나드는 것이 금지되었다(일명 '자유시장거래'라고 불리는 행위를 할 수 없었다). 하지만 이 법은 엄격히 지켜지지 않았다. 구두끈이나 면도날 같은 여러 가지 물건을 다른 방법으로는 구할 방법이 없기 때문이었다. 윈스턴은 잽싸게 거리를 위아래로 훑어본 후 가게 안으로 쓱 들어가서 2달러 50센트에 공책을 샀다. 당시 그는 어떤 특별한 목적이 있어서 그 책을 원한 것이 아니었다. 죄책감을 느끼면서 그는 가방에 책을 집어넣고 집으로 돌아왔다. 책은 그냥 텅 빈 백지였지만 의심을 살 소유물이었다.

이제부터 그는 일기를 쓸 작정이었다. 일기를 쓰는 것이 불법은 아니지만(법이 전혀 없으므로 불법도 없었다) 발각되면 사형이나 최소 25년 동안 강제 노동 수용소에 감금될 것이 분명했다. 윈스턴은 펜촉을 펜대에 꽂아서 촉 끝의 기름기를 걷어냈다. 사실 펜은 서명할 때도 거의 쓰지 않는 구식 도구였다. 하지만 이렇게 아름다운 크림색 종이에는 볼펜으로 긁적이기보다는 진짜 펜촉으로 글을 써야 한다는 느낌이 들어서 몰래 구매한 물건이었다. 실제로 그는 손으로 글을 쓰는 게 익숙하지 않았다. 짧은 글을 쓸 때를 제외하고 모든 것을 구술기록기에 불러주었다. 하지만 지금 하려는 일에 그 기계를 쓸 수는 없었다. 그는 펜에 잉크를 적신 후 잠깐 머뭇거렸다. 배 속에 전율이 느껴졌다. 종이에 글을 쓰는 것은 의미심장한 행동이었다. 결국 그는 자잘하고 서툰 글씨로 글을 쓰기 시작했다.

1984년 4월 4일.

그는 몸을 뒤로 젖혔다. 어찌할 수 없는 무력감이 그를 덮쳤다. 무엇보다 올해가 1984년인지 확실하게 알 수 없었다. 본인의 나이가 서른아홉인 것은 확실하고, 1944년이나 1945년에 태어났다고 믿고 있으니 지금이 그즈음인 것은 틀림없었다. 하지만 요새는 1년이나 2년 이내의 날짜는 꼭 집어내는 것이 불가능했다.

'누구를 위해 이 일기를 쓰려는 것일까?'

그는 갑자기 궁금해졌다. 미래를 위해? 태어나지 않은 사람들을 위해? 책장에 쓴 의심스러운 날짜를 보자, 잠시 이런저런 생각이 들었다. 그러다 바로 '이중사고doublethink'라는 새말이 갑자기 떠올랐다. 지금 시작한 일이 얼마나 대단한지 뼈저리게 깨닫는 순간이었다. 사람들은 어떻게 미래와 소통할 수 있을까? 그건 본래 불가능한 일이었다. 미래가 현재와 유사하다면 미래의 사람들은 그의 말에 귀를 기울이지 않을 것이다. 반대로 미래가 현재와 다르다면 그가 겪은 곤경은 아무 의미가 없을 것이다.

한동안 그는 멍하니 책장만 뚫어지게 바라보았다. 텔레스크린에서 나오는 소리는 귀에 거슬리는 군대 음악으로 이미 바뀌어버렸다. 그는 본인의 생각을 표현하는 능력을 잃은 데다가 원래 무슨 말을 하려고 했는지도 잊어버린 것 같아서 기분이 이상했다. 그는 지난 몇 주간 이 순간을 준비하며 살았다. 용기 말고 필요한 것은 아무것도 없다고 생각했었다. 실제로 글을 쓰는 건 쉬울 것이다. 그는 단지 지난 몇 년 동안 머릿속에 끊임없이 떠돌던 독백을 종이에다 옮기기만 하면 됐다. 그런데 이 순간 그 독백마저도 바싹 말라버렸다.

게다가 정맥류성 궤양 때문에 몹시 가렵기 시작했다. 긁기만 하면 늘 염증이 생기기 때문에 긁을 엄두가 나지 않았다. 시계 초침이 똑딱똑딱 지나갔다. 그는 앞에 놓인 텅 빈 백지와 가려운 발목 위 피부, 요란하게 쏟아지는 음악 소리, 술로 인한 약간의 취기만 의식할 수 있었다.

갑자기 그는 순전한 공포에 사로잡혀서 글을 쓰기 시작했다. 하지만 무엇을 적는지 잘 알지도 못했다. 먼저 대문자를 빼먹더니 결국 마침표까지 빼먹으며 비뚤비뚤 어린아이 같은 작은 필체로 여백을 이리저리 메꿔나갔다.

1984년 4월 4일. 엊저녁에, 영화관에 갔다. 온통 전쟁 영화뿐. 지중해 어디선가 피란민을 잔뜩 실은 배가 폭파당하는 장면이 제일 마음에 들었다. 관객들은 정말 뚱뚱한 남자가 자신을 쫓는 헬리콥터를 피하려고 헤엄치는 장면을 아주 좋아했다. 그 뚱뚱한 남자는 처음에는 마치 돌고래처럼 물속에서 용솟음치다가 헬리콥터의 사격 조준기 시야 안으로 들어왔다. 곧 뚱뚱한 남자의 온몸에 구멍이 펑펑 뚫리더니 남자 주변의 바닷물이 분홍빛으로 물들었다. 몸에 난 구멍 속으로 물이 빨려들기라도 하는 것처럼 갑자기 남자의 몸이 가라앉자 관객들이 깔깔대며 웃어댔다. 그리고 어린아이들을 가득 실은 구명보트 위를 헬리콥터 한 대가 계속 맴도는 장면이 나왔다. 세 살 정도 되어 보이는 사내아이를 안고 뱃머리에 앉아 있는 중년 여자가 나왔다. 여자는 유대인처럼 보였다. 공포에 질린 어린 사내아이가 비명을 지르며 엄마 품을 파고들기라도 할 것처럼 엄마 가슴팍에 머리를 푹 숨기고 있었다. 중년 여자는 자신도 얼굴이 파래질 만큼 공포에 질렸지만 두 팔로 아이를 감싸 안으며 달래주고 있었다. 마치 두 팔로 감싸면 총알로부터 아이를 지킬 수 있다고 생각하는 것처럼 시종일관 아이를 안고 있었다. 그 순간 헬리콥터가 20킬로짜리 폭탄 하나를 피난민 사이로 떨어뜨리자 무시무시한 불꽃이 튀며 배는 산산조각 나고 말았다.

다음 순간 한 어린아이의 팔이 하늘 높이 위로 위로 위로 곧장 치솟는 놀라운 장면이 나왔다 헬리콥터 앞부분에 카메라를 달고 계속 쫓아 올라가며 이 장면을 촬영한 것이 분명했다 그리고 당원석에서 박수 소리가 터져 나왔다 그런데 노동자 자리에 앉아 있던 한 여자가 갑자기 난동을 부리기 시작했다 여자는 "아이들 앞에서 이런 장면을 보여주는 것은 잘못된 일이야 이건 잘못된 거야" 하며 소리쳤다 그러자 경찰이 나타나서 여자를 밖으로 몰아냈다 나는 그 여자에게 무슨 일이 일어났으리라 생각하지는 않는다 프롤의 말에 신경 쓰는 사람은 아무도 없다 그냥 그런 프롤의 반응에 신경 쓰는 사람도……

윈스턴은 글쓰기를 중단했다. 쥐가 나서 그런 것도 있었다. 도대체 무엇 때문에 이렇게 쓰레기 같은 글을 쏟아냈는지 알 수가 없었다. 그런데 이상하게도 글을 쓰지 않는 동안 전혀 다른 기억이 머릿속에 또렷하게 떠오르더니 갑자기 그 기억을 써야 한다는 생각이 들었다. 그는 이제야 그 사건 때문에 오늘 집으로 돌아와 일기를 쓰겠다고 결심했다는 것을 떠올렸다.

혹시 그렇게 막연한 일도 사건이라고 말할 수 있다면 그날 아침 청사에서 사건이 일어났다.

거의 11시가 되어갈 때, 직원들은 윈스턴이 근무하는 기록국 Records Department의 칸막이 사무실에 있는 의자를 모두 끌어냈다. 커다란 텔레스크린 맞은편에 있는 사무실 한가운데에 모아두고 '2분 증오Two Minutes Hate'를 준비했다. 윈스턴이 자기 자리인 가운 뎃줄에 자리를 잡고 앉으려는 순간, 얼굴만 알지 말 한마디 건네본 적 없는 두 사람이 예고도 없이 사무실 안으로 들어왔다. 그중 한 사람은 복도에서 자주 마주친 적이 있는 여자였다. 윈스턴은 여자 의 이름은 몰랐지만 창작국Fiction Department에서 일하는 것은 알고 있었다. 그는 여자의 기름 묻은 손과 스패너를 들고 다니는 모습을 자주 본 적이 있어서 그녀가 '소설-제작 기계'를 맡은 정비공 중 한 명이라는 사실을 짐작할 수 있었다. 스물일곱 살쯤으로 보이는 여 자는 머리숱이 많고 주근깨가 많은 데다가 운동선수처럼 행동이 민첩하고 대담해 보였다. 작업복 허리춤에 청년반성동맹Junior Anti-Sex League의 휘장인 좁다란 진홍색 띠를 몇 겹이나 둘러서 보기 좋 은 골반 모양이 아주 두드러져 보였다. 윈스턴은 처음 본 순간부 터 여자가 마음에 들지 않았다. 그는 이유를 알고 있었다. 여자가 하키장이나 냉수욕, 단체 행군 같은 분위기를 풍기는 데다가 깨끗 한 정신을 지닌 것처럼 애쓰는 모습 때문이었다. 그는 거의 모든 여 자를 싫어했다. 특히 젊고 예쁜 여자들이 싫었다. 늘 여자가 문제 였다. 특히 당에 딱 달라붙어 있는 사람들, 슬로건을 철석같이 믿 는 사람들, 아마추어 스파이처럼 굴면서 이단의 낌새를 알아채는 사람들은 여자들, 특히 젊은 여자들이었다. 그런데 그가 보기에 이 여자는 다른 여자들보다 더 위험한 인상을 풍겼다. 한번은 두 사람이 복도를 지나치다가 여자가 그를 잽싸게 흘깃 쳐다본 적이 있었다. 여자의 눈길이 마치 윈스턴을 꿰뚫는 것 같아서 그는 한동안 엄청난 공포에 사로잡혔었다. 그는 여자가 사상경찰의 스파이일지도 모른다고 생각한 적도 있었다. 물론 그럴 가능성은 거의 없었다. 그런데도 그는 여자가 근처에 있을 때마다 공포심과 적의가 뒤섞인 야릇한 불안감을 계속 느낄 수밖에 없었다.

여자 옆에 있는 또 다른 사람은 오브라이언이라는 남자였다. 오브라이언은 내부 당원으로, 윈스턴이 그 지위를 감히 가늠해볼 수도 없을 만큼 무척 중요하고 동떨어진 자리에 있는 사람이었다. 의자 주위로 모여 앉은 사람들은 다가오는 내부 당원의 검은 작업복을 보는 순간 갑자기 입을 다물었다. 몸집이 크고 목이 두툼하고 건장한 오브라이언은 생김새가 상스러운 데다가 우스꽝스러운 짐승처럼 보였다. 이렇게 겉모습이 우악스러운데도 그의 태도에는 특이한 매력이 있었다. 그는 콧잔등에 걸친 안경을 고쳐 잡는 버릇이 있었는데 뭐라고 딱 꼬집어 설명할 수는 없지만 다른 사람의 마음을 녹이는 묘하게 세련된 동작이었다. 아직도 이런 용어를 써도 된다면, 18세기 귀족이 다른 사람에게 자신의 코담배를 권하며 코담뱃갑을 내미는 모습이 연상되는 몸짓이었다. 윈스턴은 몇 년 동안 오브라이언을 열 번 남짓 봤다. 그는 오브라이언에게 깊이 끌렸다. 오브라이언의 세련된 태도와 프로 권투선수 같은 체격의 대비 효과 때문만은 아니었다. 무엇보다 오브라이언의 정치적 교리가 완벽하지 않다는 은밀한 믿음, 아니 어쩌면 믿음이 아니라 단순한 희망 때문에 그에게 끌린 것이었다. 그의 얼굴에 그런 사실을 확실히 암시하는 부분이 있었다. 오브라이언의 얼굴에 드러난 것은 이단이 아니라 단순한 지성일 수도 있었다. 어쨌든 오브라이언에게는 텔레스크린을 속이고 단둘이 있을 수만 있다면 말을 붙여볼 만한 그런 모습이 있었다. 하지만 윈스턴은 이런 추측을 증명하기 위해 아주 사소한 노력도 하지 않았다. 사실 그렇게 할 방법도 없었다. 이 순간 손목시계를 흘깃 쳐다본 오브라이언은 지금 거의 11시가 다 되었다는 것을 알았다. 그는 2분 증오가 끝날 때까지 기록 부서에 머물겠다고 마음먹은 것 같았다. 오브라이언은 윈스턴과 같은 줄에서 두 자리 떨어진 곳에 자리를 잡고 앉았다. 두 사람 사이에 윈스턴의 옆자리에서 일하는 연갈색 머리의 아담한 여자가 앉아 있었다. 그 바로 뒤에는 검은 머리 여자가 앉아 있었다.

다음 순간 삐걱대는 소름 끼치는 소리가 회의실 끝에 있는 텔레스크린에서 쏟아져 나왔다. 마치 무시무시한 기계가 기름칠도 없이 돌아가는 소리 같았다. 이가 갈리고 목덜미 부분의 머리털이 곤두서는 그런 소음이었다. 증오가 시작된 순간이었다.

민중의 적인 이매뉴얼 골드스타인의 얼굴이 여느 때처럼 커다란 텔레스크린의 화면에 번득이며 나타났다. 여기저기서 야유 소리가 나왔다. 연갈색 머리의 아담한 여자가 공포와 역겨움이 섞인 끽하는 비명을 내질렀다. 골드스타인은 오래전(얼마나 오래되었는지 아무도 기억할 수 없을 만큼)에 당을 이끌던 지도자 중 한 명이었다. 그는 빅 브라더와 거의 같은 계급이었지만 반혁명 활동에 개입하는 바람에 사형을 선고받고도 불가사의하게 도망친 후 사라져버렸다. 2분 증오 프로그램은 날마다 내용이 달랐지만 골드스타인이 주요 인물이 아닌 적은 단 한 번도 없었다. 그는 당의 순수성을 제일 먼저 모독한 최초의 반역자였다. 그의 가르침이 직접 퍼지면서 당에 반대하는 범죄, 즉 모든 반역과 태업 행위, 이단, 분열 등의 범죄가 모두 일어났다. 그는 어딘가 다른 곳에서 살며 여전히 음모를 꾸미고 있었다. 아마도 돈을 주고 사람을 부리는 외국인의 보호를 받으며 바다 너머 어딘가에서 살고 있을 것이다, 아니면 오세아니아의 어디 은신처에 숨어 있는지도 모른다는 소문이 가끔 떠돌았다.

윈스턴의 횡격막이 조여왔다. 그는 골드스타인의 얼굴을 볼 때마다 고통스러운 여러 감정에 시달렸다. 골드스타인은 헝클어진 하얀 머리가 마치 후광처럼 덮인 갸름한 얼굴에 작은 염소수염을 길러서 영리해 보였다. 하지만 안경을 걸친 길고 얇은 코를 보면 노망든 노인네의 어리석음이 엿보이고, 타고난 천박함도 다소 드러나는 얼굴이었다. 양을 닮은 얼굴이었다. 목소리도 양과 비슷했다. 골드스타인은 늘 당의 정책을 악독하게 공격했다. 어린아이라도 꿰뚫어 볼 수 있을 만큼 악의적이고 과장된 공격이었다. 그런데 지능이 낮은 사람이라면 넘어갈 만큼 설득력이 있었다. 그는 빅 브라더를 욕하고 당의 독재를 비난하고 유라시아와의 즉각적인 평화 협정을 요구했다. 그는 언론의 자유와 출판의 자유, 집회의 자유, 사상의 자유를 공개적으로 지지하며 혁명이 배반당했다고 신경질적으로 소리쳤다. 긴 음절로 빠르게 외치는 그의 연설은 당 웅변가들이 습관적으로 쓰는 방식을 모방한 것이었다. 심지어 그의 연설에는 새말도 포함되었다. 어떤 당원이든 실생활에서 그보다 더 많이 새말을 쓰는 사람은 없었다. 허울만 그럴듯한 골드스타인의 쓸데없는 연설이 진실을 가리고 있었다. 사람들이 진실에 의심을 품는 것을 막기 위해 텔레스크린 화면 속에 등장한 그의 머리 뒤로 유라시아의 군대 대열이 끝없이 행진하는 모습이 나타났다. 무표정한 아시아인들처럼 생긴 건장한 사내들이 스크린 화면에 나타났다가 사라지면 바로 똑같이 생긴 다른 군인들이 다시 나타났다. 양이 매, 하고 우는 것 같은 골드스타인의 목소리에 둔탁하고 리드미컬한 군인들의 군홧발 소리가 배경음악처럼 깔렸다.

2분 증오가 시작된 지 30초도 되지 않았는데 회의실에 모인 사람 중 절반이 화를 참지 못하고 고함을 질렀다. 화면에 나타난 자기만족에 찬, 양처럼 생긴 얼굴과 그 뒤로 나타난 유라시아 군대의 위력이 너무 무시무시해서 사람들은 견디기가 힘들었다. 게다가 골드스타인을 보거나, 아니 생각만 해도 공포와 분노가 저절로 치솟았다. 그는 유라시아나 동아시아보다 더 가증스러운 대상이 되었다. 오세아니아가 두 세력 중 한 세력과 전쟁을 치르면 다른 세력과 평화를 유지했기 때문이다. 모든 사람이 골드스타인을 증오하고 경멸했다. 또한 연단과 텔레스크린과 책을 통해 그의 이론이 반박당하고, 두들겨 맞고, 조롱당하며 한심한 쓰레기로 내몰렸다. 그런데도 그의 영향력은 사그라지지 않는 것 같았다. 참으로 이상한 일이었다. 그에게 넘어가는 멍청이들이 늘 생겼다. 간첩들과 방해공작원들이 그의 지시를 받고 활동하다가 사상경찰에 발각되는 사건이 하루도 빠짐없이 일어났다. 그는 정부를 전복하려고 몸을 바친 지하세계의 음모자들인 방대한 그림자 부대의 사령관이었다. 또한 골드스타인이 저술한 모든 이단의 개요서라는 끔찍한 책이 여기저기서 은밀히 유포된다고 쑥덕대는 이야기도 떠돌았다. 그것은 제목이 없는 책이었다. 혹시라도 언급해야 할 경우, 그냥 '그 책'이라고 불렀다. 하지만 이런 사실도 애매하게 떠도는 소문만으로 알려진 것이었다. 형제단과 그 책은 피할 수만 있다면 일반 당원 누구도 언급하려 하지 않는 주제였다.

2분이 지나자 증오는 광기를 띄었다. 사람들을 미치게 만드는 양의 소리를 낮추려고 자리에서 펄쩍펄쩍 뛰며 목청을 높이는 직원들이 보였다. 연갈색 머리의 아담한 여자는 얼굴빛이 밝은 분홍빛으로 바뀌더니 땅에 오른 물고기처럼 입을 뻐끔거렸다. 오브라이언의 커다란 얼굴마저 벌겋게 달아오르고 말았다. 의자에 꼿꼿한 자세로 앉아 있던 그는 마치 파도처럼 밀려드는 공격에 맞서기라도 할 것처럼 건장한 가슴을 부풀렸다. 윈스턴 뒤에 앉아 있던 검은 머리 여자는 "돼지! 돼지! 돼지!"라고 외치고 있었다. 그러다 갑자기 무거운 새말 사전을 집어 들더니 텔레스크린에 냅다 던져버렸다. 새말 사전은 화면 속 골드스타인의 코를 내려치더니 튕겨 나갔다. 골드스타인의 목소리는 거침없이 계속되었다. 의식이 또렷해진 순간 윈스턴 자신도 다른 사람들과 함께 소리치며 의자의 가로대를 발로 차고 있다는 사실을 깨달았다. 2분 증오가 무서운 점은 사람들이 이런 행동을 어쩔 수 없이 하는 것이 아니라 동참할 수밖에 없다는 사실이었다. 2분 증오가 시작되고 30초만 있으면 늘 어떤 가식도 필요가 없었다. 공포와 앙심이라는 기괴한 황홀경과 살해하고 고문하고 커다란 망치로 얼굴을 때려 부수고 싶은 욕망이 마치 전류처럼 모든 사람에게 흘러들어서, 그 사람의 의지에 반해서 얼굴을 찌푸리며 소리를 지르는 미치광이로 만들어버렸다. 하지만 사람들이 느끼는 분노는 어떤 대상에서 다른 대상으로 옮겨 갈 수 있는 추상적이며 분명하지도 않은 감정이었다. 마치 흔들리는 토치램프의 불꽃과 같았다. 그래서 어느 순간 윈스턴의 증오

24

는 골드스타인이 아니라 반대로 빅 브라더와 당과 사상경찰을 향한 증오로 그 대상이 바뀌었다. 그런 순간에 그의 마음은 화면에 나타난 조롱당하는 외로운 이단자이며 거짓이 만연한 세상에서 진실과 온전한 정신의 유일한 수호자인 그 사람에게로 향했다. 하지만 바로 그다음 순간에 그는 주변 사람들과 하나가 되어 골드스타인에 관한 이야기가 모두 진실인 것처럼 느껴졌다. 그런 순간에는 빅 브라더를 향한 은밀한 혐오감은 흠모로 바뀌어서 빅 브라더가 아시아 무리에 두려움 없이 맞선 바위처럼 막강한 보호자로 보였다. 반면 고립된 처지에 힘도 없고 존재마저 의심스러운 골드스타인은 단지 목소리의 위력만으로 문명을 파괴하려는 비열한 마법사처럼 보였다.

심지어 사람들은 증오심을 이렇게 저렇게 자발적으로 바꿀 수도 있었다. 윈스턴은 악몽에서 깨어나려고 베개에 묻은 머리를 홱 비틀어낼 만큼 엄청난 노력을 기울인 덕분에 화면 속 얼굴에 대한 증오심을 뒷자리에 앉은 검은 머리 여자에게로 옮길 수 있었다.

그의 머릿속으로 아름다운 환영이 강렬하게 스쳐 지나갔다. 그는 고무 곤봉으로 그 여자를 후려치고 싶었다. 그는 홀딱 벗은 그 여자를 기둥에 묶은 다음 성 세바스티아누스처럼 화살을 마구 쏘고 싶었다. 그는 그 여자를 강간한 후 절정의 순간에 목을 베어버리고 싶었다. 그는 왜 자신이 그 여자를 그토록 미워하는지 이제야 깨달았다. 그 여자가 젊고 예쁜데 성 경험이 없기 때문이었다. 그 여자를 침대로 데려가고 싶었지만, 결코 그럴 수 없기 때문이었다. 누군가 껴안아주기를 바라는 것 같은 탄력 있고 앙증맞은 여자의 허리에 아주 적극적으로 순결을 상징하는 혐오스러운 진홍색 허리

띠가 둘려 있기 때문이었다.

2분 증오가 절정에 이르렀다. 골드스타인의 목소리는 실제로 매, 하고 우는 양의 소리로 바뀌었다. 그의 얼굴은 순식간에 양의 얼굴로 바뀌었다. 그리고 양의 얼굴은 진군하는 것처럼 보이는 유라시아 군인의 모습으로 바뀌었다. 그는 무시무시하게 커다란 기관총을 우드드드 갈기며 화면 밖으로 튀어나올 것만 같았다. 실제로 앞줄에 앉은 사람들은 움찔하며 뒤로 물러날 정도로 깜짝 놀랐다. 그런데 바로 그 순간 적의 모습은 사라지고 검은 머리에 검은 수염을 기른, 위풍당당하고 신비한 침묵의 소유자인 빅 브라더의 얼굴이 화면을 꽉 채울 만큼 커다랗게 나타났다. 그러자 모든 사람이 안도의 한숨을 내쉬었다. 아무도 빅 브라더의 말을 듣지 않았다. 그저 몇 마디 격려의 말이 전부였다. 소음이 난무하는 전쟁터에서나 나올 수 있는 격려의 말이 전부였다. 하나하나 똑똑히 알아들을 수는 없지만 듣기만 해도 자신감이 생기는 그런 말이었다. 그리고 빅 브라더의 얼굴이 다시 사라지더니 당의 세 가지 슬로건이 진한 대문자로 화면에 나타났다.

전쟁은 평화

자유는 예속

무지는 힘

하지만 빅 브라더의 얼굴이 몇 초 동안 지워지지 않고 화면에 남아 있는 것처럼 보였다. 마치 모든 사람의 눈알에 미친 충격이 너무나 생생해서 바로 지워지지 않는 것 같았다. 연갈색 머리의 아담한 여자가 앞자리 의자 뒷부분으로 몸을 던졌다. 여자는 살짝 떨리는 목소리로 '나의 구세주여!'와 비슷한 소리를 중얼거리며 텔레스크린을 향해 두 팔을 펼쳤다. 그리고 두 손으로 얼굴을 감쌌다. 기도하는 것이 분명했다.

바로 그 순간 자리에 모인 사람들이 'B-B(빅 브라더를 의미한다-역주)! …… B-B!'라는 리드미컬하고도 장중한 구호를 천천히 계속 반복적으로 외치기 시작했다. 첫 번째 B와 두 번째 B 사이에 긴 쉼을 두며, 육중하게 중얼거렸다. 마치 미개인들이 맨발을 구르며 북을 탕탕 두드리는 소리가 뒤에서 들리는 것 같은 구호 소리였다. 아마도 30초 정도 그런 소리가 계속되었다.

감정이 복받치는 순간에 종종 들리는 후렴구와 같았다. 빅 브라더의 지혜와 장엄함에 대한 일종의 찬양이었다. 하지만 장단을 맞춘 소음으로 사람들의 의식을 고의로 익사시키려는 자기 최면적인 의도가 더 강했다. 윈스턴은 내장이 차갑게 식는 것 같았다. 2분 증오 시간에 다른 사람들의 망상을 함께하지 않을 수는 없지만 이렇게 인간답지 못한 'B-B! …… B-B!'라는 구호 소리를 들으면 늘 온몸이 얼어붙었다.

물론 윈스턴은 다른 사람들과 함께 구호를 외쳤다. 그러지 않을 방법이 없기 때문이었다. 사람이 자신의 감정을 숨기고, 표정을 자제하고, 다른 사람들의 행동을 따라 하는 것은 본능적인 반응이다. 하지만 두 눈에 서린 표정이 자신을 배반할지도 모를 몇 초의 순간이 있다. 바로 이 순간 그렇게 의미심장한 사건이 일어났다. 아니, 정말 그런 일이 일어났던가?

윈스턴의 눈이 순간적으로 오브라이언의 눈과 마주쳤다. 오브라이언은 자리에서 일어섰다. 그가 안경을 벗었다가 자신만의 특별한 몸짓으로 콧잔등에 다시 안경을 걸치려는 순간이었다. 그런데 그 순간 두 사람의 눈이 마주친 바로 그 찰나의 순간 윈스턴이 알아차리는 일이 벌어졌다. 그는 오브라이언이 자신과 같은 생각을 하고 있다는 것을 알아차렸다! 오해의 여지가 없는 메시지가 전달되었다. 두 사람의 마음이 열리고 서로의 생각이 서로의 눈을 통해 전달된 것 같았다.

'나도 당신과 같은 생각이야.'

오브라이언이 그에게 이런 말을 하는 것 같았다.

'자네가 어떻게 느끼는지 정확히 알고 있어. 난 자네가 경멸하고 증오하고 멸시하는 것을 훤히 알아. 하지만 걱정하지 말게. 난 자네 편이야.'

그리고 다음 순간 오브라이언의 번득이는 지성은 사라졌다. 다른 사람들과 마찬가지로 그의 얼굴에 헤아리기 어려운 표정이 서렸다.

그게 끝이었다. 윈스턴은 그런 일이 일어났는지조차 확실하지 않았다. 그런 사건은 연달아 일어나지 않는 법이다. 그 사건 덕분에 자신 말고도 당에 대적할 사람들이 있을 것이라는 윈스턴의 믿음 혹은 희망의 불씨를 꺼뜨리지 않은 것이 전부였다. 거대한 지하 조직의 음모가 있다는 소문이 결국 사실일 수도 있었다. 형제단이 정말 존재할 수도 있었다! 그런데 그는 끝없는 체포와 자백과 처형이 있었지만 형제단이 그냥 신화가 아니라는 확신이 들지 않았다. 윈스턴은 어떤 때는 그런 말을 믿었지만 때로는 믿지 못하는 날도 있었다. 믿을 만한 증거가 없었다. 단지 의미가 있을 것도 같거나 혹은 아무 의미도 없을 것만 같은 순식간의 일별과 화장실 벽의 희미한 낙서와 낯선 두 사람이 만났을 때, 마치 서로 알아보는 신호라도 되는 것 같은 미세한 손짓이 있을 뿐이었다. 모두 짐작이었다. 그는 모든 것을 그럴싸하게 상상할 뿐이었다. 그는 다시 오브라이언을 바라보지 않고 자기 자리로 돌아갔다. 두 사람의 순간적인 접촉을 더 알아보고 싶은 생각은 꿈에도 들지 않았다. 설사 어떻게 그런 행동을 시작할지 그 방법을 알더라도 너무 위험한 일이었다. 두 사람은 애매한 시선을 1, 2초 동안 주고받았다. 그게 끝이었다. 물론 고립된 외로움 속에서 살아야만 하는 사람이라면 결코 잊을 수 없는 사건이었다.

윈스턴은 정신을 차리고 등을 곧게 폈다. 그러자 트림이 나오며 아까 마신 술이 배 속에서 올라왔다. 그의 두 눈이 다시 일기장으로 향했다. 그는 무기력하게 생각에 잠긴 동안에도 거의 반사적인 행동처럼 글을 쓰고 있었다. 거의 반사적인 행동이었다. 그런데 이번에는 전처럼 갑갑하고 서툰 필체가 아니었다. 그가 잡은 펜이 반들반들한 종이 위를 관능적으로 미끄러지듯 지나가며 커다랗고 깔끔한 대문자를 써 내려갔다.

빅 브라더를 타도하라
빅 브라더를 타도하라
빅 브라더를 타도하라
빅 브라더를 타도하라
빅 브라더를 타도하라

이 반복적인 말로 종이의 절반을 채웠다.

그는 공포 때문에 찌릿한 통증이 느껴졌다. 애초에 일기장을 펼치는 것보다 그런 말을 쓰는 게 더 위험한 것도 아닌데 겁을 먹다니 터무니없었다. 그러나 그는 잠시 엉망진창이 된 페이지를 찢어버리고 싶었고, 일기를 쓰려는 거창한 일도 포기해버리고 싶었다.

하지만 그는 그것이 쓸모없는 일이라는 것을 알고 있었기에 그렇게 하지 않았다. '빅 브라더를 타도하라'라고 쓰든 말든 아무 차이도 없었다. 그가 일기를 쓰든 말든 아무 차이도 없었다. 사상경찰은 그를 똑같이 대할 것이다. 그는 이미 다른 죄를 모두 포함하는 근본적인 죄를 저지른 것이다. 설사 그가 일기장에 아무런 내용을 쓰지 않았더라도 여전히 죄를 저지른 것이다. 그들은 그것을 사상죄라고 불렀다. 사상죄는 영원히 숨길 수 있는 것이 아니었다. 한동안 아니 몇 년 동안은 피할 수 있을지도 모르지만 어쨌든 곧 그들에게 붙잡힐 수밖에 없었다.

그 일은 늘 밤에 일어났다. 체포는 항상 밤에만 일어났다. 갑작스럽게 잠을 깨우는 거친 행동, 어깨를 흔드는 거친 손, 두 눈을 비추는 일렁이는 불빛, 침대를 에워싼 냉정한 얼굴들. 대부분의 경우 재판도 없고 체포 보고서도 없었다. 사람들은 늘 한밤중에 그냥 간단히 사라졌다. 호적에서 이름이 빠지고, 지금까지 행한 모든 기록이 지워지고, 한때 살았다는 사실도 부인되고, 결국 잊히고 말았다. 사람들은 폐기되고 전멸되었다. 주로 증발했다는 말로 설명되었다.

그는 한동안 히스테리에 사로잡혔다. 급한 마음으로 다시 휘갈겨 쓰기 시작했다.

저들이 나를 쏠 거야 난 상관없어 저들이 뒤에서 내 목을 쏠 거야 난 상관없어 빅 브라더를 타도하라 저들이 뒤에서 내 목을 쏠 거야 난 상관없어 빅 브라더를 타도하라……

그는 살짝 창피해서 의자에 등을 대고 펜을 내려놓았다. 다음 순간 그는 정말 깜짝 놀라고 말았다. 문을 두드리는 소리가 들린 것이다. 벌써! 누군지는 모르지만 한번 두드리고 사라질지도 모른다는 헛된 희망 속에서 생쥐처럼 가만히 앉아 있었다. 하지만 최악의 상황은 늦어지는 법이 없었다. 심장이 마치 북처럼 쿵쿵 소리를 냈다. 그래도 오랜 습관 덕분에 그의 얼굴은 아무 표정이 없었다. 그는 자리에서 일어나 문 쪽으로 무겁게 걸었다.

2

윈스턴은 문고리에 손을 대는 순간 탁자 위에 활짝 펼쳐진 채로 놔둔 일기장이 생각났다. 방 건너편에서도 눈에 띌 만큼 '빅 브라더를 타도하라'라는 글귀를 일기장 가득 커다랗게 적어두었다. 상상할 수도 없을 만큼 어리석은 짓을 저지른 것이다. 그는 이렇게 두려운 순간에도, 잉크가 마르기도 전에 일기장을 덮어서 크림색 종이를 망치고 싶지 않았다.

그는 숨을 들이쉬고 문을 열었다. 따뜻한 안도의 물결이 순간적으로 온몸에 밀려들었다. 몹시 창백한 데다 우그러진 얼굴의 여인이 문밖에 서 있었다. 머리숱이 적고 얼굴에 주름살이 자글자글한 여인이었다.

"오, 동무."

여인은 처량하게 징징대는 목소리로 말을 꺼냈다.

"동무가 들어오는 소리를 들은 것 같았어요. 좀 건너와서 우리 집 부엌 싱크대 좀 봐주실래요? 싱크대가 막혀서……."

같은 층에 사는 이웃 남자의 부인인 파슨스 부인이었다. (당은 부인이라는 호칭을 다소 싫어했다. 모든 사람을 '동무'라고 불러야 했지만, 그냥 본능적으로 부인이라는 말을 쓰게 되는 여자들이 있었다.) 파슨스 부인은 서른 살쯤 되었지만, 훨씬 늙어 보였다. 게다가 얼굴 주름살에 때가 낀 것처럼 보였다. 윈스턴은 부인을 따라 복도를 지나갔다. 초보들도 할 수 있는 간단한 수선 작업은 거의 매일 일어나는 성가신 일이었다. 빅토리 맨션은 1930년쯤에 지어진 다 허물어져가는 낡은 아파트였다. 천장과 벽에서 회반죽이 끊임없이 벗겨지고, 서리가 내리는 추위가 닥칠 때마다 파이프가 터지고, 눈이 내릴 때마다 지붕이 새고, 절약 때문에 난방 장치를 온전히 폐쇄하지 않을 때라도 스팀이 반만 작동되었다. 직접 할 수 있는 일을 빼고 수리는 멀리 떨어진 위원회의 허가를 받아야만 했다. 그런 이유로 창틀 하나를 고치려면 2년은 걸려야 가능했다.

"물론 집에 톰이 없어서 그런 거예요."

파슨스 부인은 애매한 목소리로 얘기했다.

파슨스 부부의 아파트는 윈스턴의 아파트보다 컸지만 우중충했다. 마치 아주 커다랗고 사나운 동물이 방금 집 안에 머문 것처럼 모든 물건이 부서지고 짓밟힌 모양새였다. 하키 스틱과 권투 글로브, 구멍 난 축구공, 땀에 절어 뒤집힌 반바지 한 벌 등 온갖 운동용품이 바닥에 널려 있었다. 그리고 탁자 위에는 더러운 접시와 책장 모서리가 잔뜩 접힌 운동 관련 책들이 널려 있었다. 벽에는 청년동맹과 스파이단의 주홍색 현수막과 빅 브라더를 그린 대형 포스터가 붙어 있었다. 건물 전체에서 풍기던 삶은 양배추 냄새가 집 안에서 났다. 그런데 그 양배추 냄새보다 더 지독한 땀 냄새가 집 안을 가득 메우고 있었다. 뭐라고 설명할 수는 없지만, 냄새를 맡자마자 지금 이 자리에 없는 사람의 냄새라는 것을 알 수 있었다. 다른 방에서는 누군가 빗과 화장지를 들고서 텔레스크린에서 계속 나오는 군대 음악에 장단을 맞추려고 사력을 다하고 있었다.

"아이들이에요. 아이들이 오늘은 나가질 않았어요. 그리고 물론……."

파슨스 부인은 살짝 불안한 눈길로 문 쪽을 바라보며 이야기를 꺼냈다.

그녀는 말을 하다가 중간에 이야기를 끊는 버릇이 있었다. 부엌 싱크대는 지저분한 녹색 부유물이 가득 차서 삶은 양배추 냄새보다 훨씬 심한 악취가 났다. 윈스턴은 무릎을 꿇은 다음 싱크대 배관의 이음새를 검사했다. 그는 손을 쓰는 일을 정말 싫어했다. 무릎을 꿇는 일도 정말 싫었다. 그런 자세를 취하면 늘 기침이 쏟아졌다. 파슨스 부인은 꼼짝없이 바라만 보고 있었다.

"물론 톰만 집에 있었다면 당장 고쳤을 거예요. 그 사람은 이런 일은 다 좋아해요. 손으로 하는 일은 다 잘하거든요. 톰은……."

파슨스는 윈스턴과 함께 진리부에서 일하는 직장 동료다. 그는 마비 환자처럼 어리석지만, 열정이 넘치고 활동적인 얼간이 같은 뚱보였다. 사상경찰보다 아무런 의심 없이 전적으로 당을 신뢰하며, 헌신적으로 단조로운 일만 하는 그와 같은 사람들에게 당의 안정이 달려 있었다. 파슨스는 서른다섯 살에 청년동맹을 마지못하게 나와야만 했다. 청년동맹을 나오기 전에는 법에서 정한 기한을 1년이나 넘기며 스파이단의 자리를 지키던 사람이었다.

그는 진리부에서 지능이 낮아도 할 수 있는 하급직으로 채용되었다. 하지만 단체 행군과 즉흥적인 시위, 저축 캠페인 등 대개 자발적인 활동을 조직하는 체육 위원회와 다른 모든 위원회에서 지도자급 인물로 활동했다. 그는 지난 4년 동안 하루도 빠짐없이 저녁마다 당원들의 모임에 참석했다고 파이프 연기를 내뿜으며 은근히 자랑했다. 본인의 엄청난 생활력을 무의식적으로 증명하듯 그가 가는 곳이면 어디에나 지독한 땀 냄새를 남겼다. 그가 사라진 후에도 지독한 땀 냄새는 사라지지 않았다.

"스패너 있어요?"

윈스턴은 배관 이음새 부분의 나사를 만지작대며 물었다.

"스패너요, 모르겠어요. 아마 애들이……."

파슨스 부인은 바로 힘없이 대답했다. 그때 쿵쾅쿵쾅 구둣발로 내딛는 소리와 빗으로 후려치는 소리가 나며 아이들이 거실로 쳐들어왔다. 파슨스 부인이 스패너를 갖고 왔다. 윈스턴은 고인 물을 빼낸 다음 진저리를 치며 배관을 꽉 막고 있던 머리카락을 빼냈다. 그는 수도꼭지에서 나오는 찬물로 손가락을 아주 깨끗이 씻은 다음 거실로 돌아갔다.

"손 들어!"

몹시 사나운 소리가 들렸다. 거칠지만 잘생긴 아홉 살짜리 사내아이가 탁자 뒤에서 튀어나오더니 장난감 자동 권총으로 그를 위협하고 있었다. 사내아이보다 두 살쯤 어린 여자아이가 나뭇조각으로 오빠를 흉내 내고 있었다. 두 아이 모두 스파이단의 단복인 파란 반바지와 잿빛 셔츠를 입고 목에는 빨간 네커치프를 두르고 있었다.

윈스턴은 머리 위로 두 손을 들었지만, 마음이 불편했다. 사내아이의 태도가 너무 악랄해서 전혀 장난 같지 않았다.

"넌 반역자야!"

사내아이가 소리쳤다.

"넌 사상범이야! 유라시아의 스파이야! 널 날려버릴 거야. 난 널 소금 광산에 처넣을 거야!"

아이들이 갑자기 그의 주위를 펄쩍펄쩍 돌면서 소리쳤다.

"반역자! 사상범!"

어린 여자아이는 매 순간 오빠가 하는 짓을 흉내 내고 있었다. 곧 자라서 사람을 잡아먹을 새끼 호랑이를 보는 것처럼 살짝 무서웠다. 사내아이의 눈에는 계산적인 흉포함이 보였다. 윈스턴을 후려치고 발로 차고 싶은 명백한 욕망과 본인이 그런 짓을 할 수 있을 만큼 충분히 컸다는 의식도 엿보였다. 윈스턴은 사내아이가 들고 있는 것이 진짜 권총이 아니어서 다행이라고 생각했다.

파슨스 부인은 초조한 눈빛으로 윈스턴과 사내아이를 번갈아 바라봤다. 윈스턴이 거실의 환한 불빛 아래서 보니 파슨스 부인의 얼굴 주름살에 정말로 때가 끼어 있었다.

"아이들이 너무 시끄럽지요. 교수형을 구경하러 가지 못해서 실망해서 저러는 거예요. 제가 너무 바빠서 아이들을 데려가지 못하고 톰은 늘 늦게 들어오거든요."

파슨스 부인이 설명했다.

"우리는 왜 교수형 구경을 못 가는 거야?"

사내아이가 우렁찬 목소리로 투덜거렸다.

"교수형 구경하고 싶어! 교수형 구경하고 싶어!"

어린 여자아이는 마구 뛰면서 소리쳤다. 그날 저녁 공원에서 유라시아 포로 몇 명이 전범 행위로 교수형을 받을 예정이었다. 윈스턴은 그 사실이 생각났다. 한 달에 한 번씩 일어나는 이런 일은 인기 있는 구경거리였다. 아이들은 교수형을 보러 가자고 늘 졸라댔다. 윈스턴은 파슨스 부인에게 인사를 한 후 문 쪽으로 갔다. 그런데 몇 걸음 지나지도 않았을 때, 무언가 그의 목을 내려쳤다. 마치 벌겋게 달군 뜨거운 철사로 목을 찌른 것처럼 몹시 아팠다. 그가 몸을 획 돌리는 순간 문 안으로 아들을 끌어당기는 파슨스 부인이 눈에 들어왔다. 사내아이는 주머니에 새총을 쑤셔 넣고 있었다.

"골드스타인!"

문이 닫힐 때 사내아이가 소리 질렀다. 윈스턴은 부인의 잿빛 얼굴에 서린 속수무책으로 두려워하는 표정이 정말 놀라웠다. 집으로 돌아온 그는 바로 텔레스크린을 지나 다시 탁자 앞에 앉으며 목을 문질렀다. 텔레스크린에서 나오던 음악이 그쳤다. 그리고 아이슬란드와 페로제도 사이에 방금 닻을 내린 새로운 해상 요새의 군비 확충에 관해 우악스럽게 설명하는 딱 부러지는 군대식 말투가 흘러나왔다. 그는 저 아이들 때문에 가련한 저 부인이 분명 일생을 공포 속에 살게 될 것이라는 생각이 들었다. 1, 2년이 지나면 저

아이들은 이단의 조짐을 찾아내려고 밤낮으로 부인을 감시할 것이다. 요새는 거의 모든 아이가 끔찍한 존재가 되었다. 무엇보다 최악인 것은 스파이단 같은 조직을 무기 삼아 아이들이 통제할 수 없는 작은 야만인으로 바뀐다는 사실이었다. 게다가 아이들은 당의 규율에 반대하는 그런 조짐 같은 것은 전혀 보이지 않았다. 오히려 아이들은 당은 물론이고 당과 관련된 모든 것을 찬양했다. 당과 관련된 노래, 행진, 깃발, 행군, 모의총 훈련, 슬로건 복창, 빅 브라더 숭배는 아이들에게 가장 영광스러운 게임이었다. 아이들의 흉포함은 정부의 적과 외국인, 반역자, 태업하는 자, 사상범죄자들에게로 향했다. 모두 외부를 향한 것이었다. 서른 살이 넘은 사람들은 친자식들을 두려워하는 것이 일상이 되어버렸다. 그럴 만한 이유가 있었다. 〈타임스〉에 어린 고자질쟁이(신문 기사에서 이런 아이를 흔히 '어린 영웅'이라고 썼다)가 위험한 이야기를 엿듣고 제 부모를 사상경찰에 신고하는 기사가 거의 매주 실리기 때문이었다.

새총에 쏘인 따끔한 통증은 사라졌다. 그는 내키지는 않았지만, 펜을 들어서 일기장에 무슨 이야기를 더 쓰면 좋을지 생각했다. 그때 갑자기 오브라이언이 다시 생각났다.

몇 년 전, 얼마 전일까? 7년 전이 분명했다. 그는 아주 깜깜한 방 안을 걷는 꿈을 꾼 적이 있었다. 꿈속에서 윈스턴 옆에 어떤 사람이 앉아 있었다. 그는 윈스턴이 지나갈 때 이런 말을 했다.

"우리는 어둠이 없는 곳에서 만날 거예요."

매우 조곤조곤하고 무심한 그 사람의 말투는 명령이 아니라 진술이었다. 윈스턴은 멈추지 않고 걸었다. 기이하게도 그는 당시 꿈속에서 그런 말을 들어도 아무런 느낌이 없었다. 시간이 지난 후

점차 그 말이 의미 있게 와닿았다. 그는 그 꿈을 꾸고 난 후인지 아니면 전인지 기억할 수 없지만, 그즈음 오브라이언을 처음 만났다. 그가 오브라이언의 목소리와 꿈속의 목소리가 같다는 사실을 처음 알아낸 것이 언제인지도 기억할 수 없었다. 하지만 어쨌든 두 사람의 목소리는 같았다. 어둠 속에서 그에게 말을 건 사람은 분명 오브라이언이었다.

윈스턴은 오늘 아침 오브라이언의 두 눈에서 번쩍이는 신호를 보고도 그가 친구인지 아니면 적인지 확인할 수 없었다. 그게 그렇게 중요한 일도 아닌 것 같았다. 두 사람 사이에는 애정이나 동지애보다 더 중요한 서로를 이해할 수 있는 고리가 있었다.

"우리는 어둠이 없는 곳에서 만날 거예요."

오브라이언은 이렇게 말했었다. 윈스턴은 그 말의 의미를 잘은 모르지만, 어떤 식으로든 그 말이 진짜로 이루어질 것만 같았다.

텔레스크린에서 나오던 목소리가 그치더니 맑고 아름다운 트럼펫 소리가 답답한 실내에 울려 퍼졌다. 그리고 귀에 거슬리는 소리가 이어졌다.

"주목! 주목하세요! 이 순간 말라바 전선에서 긴급 뉴스가 도착했습니다. 남인도에 주둔하는 우리 병력이 영광스러운 승리를 거두었습니다. 지금 전해드릴 이번 전투 작전으로 전쟁이 곧 종식될 수 있다는 것을 알려드립니다. 이제부터 전해드릴 긴급 뉴스는……"

나쁜 뉴스가 나오겠네, 윈스턴은 이런 생각이 들었다. 과연 유라시아 군대를 도살했다는 피비린내 나는 묘사와 엄청나게 많은 적군을 살해하고 포로를 붙잡았다는 이야기가 이어졌다. 그리고 다음 주부터는 초콜릿 배급을 30그램에서 20그램으로 줄이겠다는 발표가 나왔다.

윈스턴은 다시 트림했다. 아까 마신 술이 깨면서 기분이 가라앉았다. 승리를 축하하기 위해서인지, 아니면 줄인 초콜릿 배급분에 대한 기억을 상쇄시키기 위해서인지, '오세아니아, 그대를 위해'가 텔레스크린에서 요란스럽게 쏟아져나왔다. 사람들은 차렷 자세로 서 있어야 했다. 하지만 윈스턴은 눈에 띄지 않는 자리에 있었다.

'오세아니아, 그대를 위해'가 끝나고 가벼운 음악이 시작되었다. 윈스턴은 텔레스크린을 등진 채 창가로 걸어갔다. 날은 여전히 춥고 맑았다. 멀리 떨어진 어디선가 로켓탄이 폭발하며 땅이 꺼질 듯 커다랗게 울리는 둔탁한 소리가 났다. 요새 런던에는 로켓탄이 일주일에 20~30개씩 떨어지고 있었다.

거리에 바람이 불자 찢어진 포스터가 앞뒤로 펄럭이며 '영사'라는 낱말이 드러났다 사라졌다 했다. 영사의 신성한 강령, 새말, 이중사고, 과거 무상함. 그는 마치 자신도 괴물인 괴물들의 세상에서 길을 잃고 바다 밑바닥 수풀 속을 돌아다니는 것 같았다. 그는 혼자였다. 과거는 죽고 미래는 상상할 수도 없었다. 지금 그의 편이 되어줄 사람이 이 세상에 단 한 명이라도 있을지 어떻게 확신할 수 있을까? 당의 지배가 영원히 지속되지 않으리라는 것을 어떻게 알 수 있을까? 마치 대답이라도 되는 것처럼 진리부의 하얀 벽에 붙은 세 가지 슬로건이 그의 눈에 띄었다.

전쟁은 평화
자유는 예속

무지는 힘

그는 주머니에서 25센트짜리 동전 하나를 꺼냈다. 동전에 깨알 같이 작고 선명한 글자로 새겨넣은 똑같은 슬로건이 그의 눈에 들어왔다. 동전의 다른 면에 새겨진 빅 브라더의 얼굴도 눈에 들어왔다. 동전 속 빅 브라더의 눈길이 그를 쫓고 있었다. 동전과 우표, 책 표지, 깃발, 포스터, 담뱃갑 등 어느 곳에도 사람들을 쫓는 빅 브라더의 눈길이 있었다. 그 눈이 늘 사람들을 감시하고 그 목소리가 늘 사람들을 에워싸고 있었다. 자거나 깨어 있어도, 일하거나 밥을 먹어도, 실내에 있거나 밖에 있어도, 목욕하거나 잠자리에 들어도, 그 눈과 목소리를 도저히 피할 수가 없었다. 두개골 안 몇 입방 센티미터를 제외하고 그 어느 것도 내 것이 될 수 없었다.

태양이 기울면서 진리부 청사의 수많은 창문에 더 이상 해가 비치지 않았다. 이제 청사는 마치 총구멍을 군데군데 뚫어놓은 요새처럼 음산하게 보였다. 그는 피라미드 같은 거대한 형상 앞에 있으니, 마음이 움츠러들었다. 청사는 너무 강력해서 폭풍우가 몰아쳐도 끄떡없을 것 같았다. 로켓탄이 수천 개 떨어져도 그 건물은 무너질 리가 없었다. 그는 누구를 위해 일기를 쓰는 것인지 다시 한번 궁금해졌다. 미래를 위해, 과거를 위해, 아니면 상상의 시대를 위해 일기를 쓰는 것인가. 그의 앞에 놓인 것은 죽음이 아니라 전멸이었다. 일기장은 재가 되고 그는 증발할 것이다. 오직 사상경찰만이 그가 쓴 내용을 읽을 것이다. 그들은 일기장의 실재와 일기장에 대한 기억마저 모조리 지워버릴 것이다. 글을 쓴 사람은 흔적도 없이 사라지고, 종이에 휘갈겨 쓴 작자 미상의 글도 물리적으로 존재할 수 없는데 어떻게 미래에 호소할 수 있을까?

텔레스크린이 14시를 알렸다. 그는 10분 안에 나가야 했다. 14시 30분까지는 일터로 돌아가야 했다.

희한하게도 시간을 알리는 종소리를 들으니 그의 마음이 새로워지는 것 같았다. 그는 아무도 들어주지 않을 진실을 말하는 외로운 유령이었다. 그래도 그가 진실을 얘기하는 한 애매하게나마 연속성은 깨지지 않을 것이다. 본인의 생각을 들려주지 못하더라도, 제정신을 유지하기만 해도, 그 사람은 인류의 유산을 이어나가는 것이다. 그는 다시 탁자로 돌아가 펜에 잉크를 적시고 이야기를 써나갔다.

미래 혹은 과거에게, 사상이 자유로운 시대에게, 인간이 서로 다르면서 홀로 살지 않는 시대에게, 진실이 존재하고 일어난 일을 없었던 일로 만들 수 없는 시대에게,

획일성의 시대가, 고독의 시대가, 빅 브라더의 시대가, 이중사고의 시대가 인사드립니다!

그는 자신이 이미 죽은 것 같았다. 그렇다면 지금이야말로 자신의 생각을 공들여 표현할 수 있는 순간이며 결정적인 발걸음을 내디딘 순간인 것 같았다. 모든 행동의 결과는 그 행위 자체에 포함되게 마련이다. 그는 이렇게 썼다.

사상죄는 죽음을 수반하지 않는다. 사상죄가 바로 죽음이다.

이제 그가 자신을 죽은 사람으로 여기자 가능한 한 살아 있는 것이 중요해졌다. 오른손 손가락 두 개에 묻은 잉크 얼룩이 눈에 들어왔다. 적에게 비밀이 노출될 수 있는 사소한 잘못이었다. 진리부의 몇몇 열성분자(여자들, 특히 아담한 연한 갈색 머리 여자나 창작국의 검은 머리 여자)들은 그가 왜 점심시간에 글을 쓰는지, 왜 오래된 펜을 쓰는지, 그가 어떤 글을 쓰는지 궁금해할지도 모른다. 그러다가 적당한 부서에 슬쩍 힌트를 줄지도 모를 일이다. 그는 화장실로 가서 거친 진갈색 비누로 손에 묻은 잉크를 세심하게 박박 닦아냈다. 마치 사포로 피부를 긁는 것 같은 진갈색 비누는 이런 용도에 안성맞춤이었다.

그는 서랍 속에 일기장을 집어넣었다. 일기를 감추려는 짓은 소용없는 생각이었지만 일기장의 존재가 발각되었는지 아닌지는 확실히 해둘 수 있었다. 머리카락 한 올을 페이지 끝에 넣는 것은 너무 뻔한 방법이었다. 그래서 그는 희끄무레한 티끌 하나를 손가락 끝으로 집어서, 책을 건들면 티끌이 떨어질 수밖에 없는 자리인 표지 한 귀퉁이에 넣어두었다.

3

윈스턴은 어머니 꿈을 꾸고 있었다.

그가 생각하기에 어머니가 사라진 것은 자신이 열 살 아니면 열한 살 무렵인 것 같았다. 어머니는 조각상 같은 몸매에 금발이 아주 멋진, 키가 큰 여인으로 말수가 적고 동작이 느렸다. 희미한 기억 속의 아버지는 늘 깔끔하고 어두운 옷(특히 아버지가 신던 구두의 얇은 구두창이 기억에 남아 있었다)을 즐겨 입고 안경을 쓰고 있었는데 피부가 검고 몸이 날씬했다. 두 사람은 1950년대 자행된 제1차 대숙청 때 제거된 것이 분명했다.

꿈속에서 어머니는 그가 있는 자리보다 훨씬 아래쪽 어딘가에 여동생을 안고 앉아 있었다. 그는 여동생의 조심스러운 커다란 눈망울과 늘 조용하고 여리디여린 작은 아기라는 것 말고는 여동생에 대해 기억하는 것이 없었다. 어머니와 여동생이 그를 올려다보고 있었다. 두 사람은 예를 들자면 우물 바닥이나 매우 깊은 무덤처럼 지하 어딘가에 있었다. 그들은 이미 그보다 훨씬 밑에 있었는데도 그 자리는 계속 밑으로 내려가고 있었다. 침몰하는 배의 라운지 안에 있던 두 사람은 시커먼 물을 통해 그를 올려다보고 있었다. 라운지 안에는 아직 공기가 있고, 두 사람도 그가 보이고 그도 두 사람을 볼 수 있는 상황이었지만 두 사람은 가라앉고 있었다. 푸른 바닷물 속으로 계속 가라앉아서 이내 영원히 두 사람을 찾을 수 없을 것이 분명했다. 두 사람이 죽음을 향해 빨려 들어가는 동안 그는 빛과 공기가 있는 밖에 있었다. 두 사람이 저 아래에 있는 것은 그가 여기 위에 있기 때문이었다. 그들도 알고 그도 아는 사실이었다. 두 사람이 그런 사실을 알고 있다는 것이 얼굴에 드러났다. 두 사람의 얼굴이나 마음에 아무런 원망도 없었다. 오직 그가 살아남으려면 자신들이 반드시 죽어야 하고, 그것이 피할 수 없는 세상의 이치라는 것을 알고 있다는 사실만 얼굴에 드러날 뿐이었다. 그는 무슨 일이 있었는지는 제대로 기억나지 않았지만, 자신을 구하기 위해 어머니와 여동생이 목숨을 바쳤다는 것을 꿈속에서 알아차렸다. 그가 방금 꾼 꿈은 꿈 특유의 배경이 있지만, 꿈속에서는 지적인 삶도 지속되니까 꿈에서 깨어난 후에도 꿈에서 의식한 사실과 생각을 여전히 새롭고 소중하게 여기게 되는 그런 꿈이었다. 윈스턴은 거의 30년 전에 일어난 어머니의 죽음이 이제는 결코 일어날 수 없는 비극이며 슬픔이라는 사실을 갑자기 깨달았다. 그는 비극이란 사생활과 사랑과 우정이 존재하고, 가족 구성원이 이유를 따질 필요도 없이 서로를 지켜줄 수 있는 그런 먼 옛날에나 존재하던 것이라는 사실을 이제 이해했다. 그는 어머니를 추억하자 가슴이 찢어졌다. 어머니가 죽은 것은 그를 사랑하기 때문이었다. 그가 너무 어리고 이기적이어서 어머니에게 사랑을 되돌려줄 수 없을 때였다. 어떻게 그랬는지는 기억나지 않지만, 어머니는 은밀하고도 충실한 변치 않는 마음으로 자신을 희생시킨 것이었다. 그런 일은 이제 일어날 수 없는 일이 되었다. 오늘날에는 공포와 증오, 고통은 존재하지만 숭고한 감정도 헤아릴 수 없는 깊은 슬픔도 사라져버렸다. 그는 깊은 바닷물 속 수백 길 아래로 가라앉으면서도 파란 물 너머로 자신을 바라보던 어머니와 여동생의 커다란 두 눈 속에서 이 모든 것을 알게 된 것 같았다.

갑자기 그는 햇살이 땅에 퍼지던 어느 여름날 저녁 잘 다듬어진 잔디밭 위에 서 있었다. 그의 눈에 들어온 전경은 꿈속에서 너무나 자주 나타나던 모습이라 이곳이 현실 세계인지 아닌지 확신이 서지 않았다. 그는 깨어 있을 때 이 장소를 '황금의 나라'라고 불렀다. 그곳은 들판을 가로지른 오솔길이 보이고, 여기저기 뚫린 두더지 굴도 보이고, 토끼가 풀을 뜯어 먹는 오래된 초장이었다. 다 헤진 울타리가 쳐진 들판 한쪽에 산들바람이 불자 보일 듯 말 듯 희미하게 흔들리는 느릅나무 가지가 보였다. 느릅나무 가지 잎사귀들은 여인의 머리카락처럼 뭉텅이로 살랑거렸다. 눈에 보이지는 않지만 아주 가까운 어딘가 천천히 흐르는 맑은 시냇물이 있어서 버드나무 아래 웅덩이에서 황어 떼가 헤엄치고 있었다.

검은 머리 여자가 들판을 가로질러서 그에게로 다가오고 있었다. 여자는 단 한 번에 옷을 벗어서 무심하게 옆에 던져두었다. 여자의 몸은 하얗고 매끄러웠지만, 그는 여자를 봐도 아무런 욕구가 일어나지 않았다. 그는 사실 여자를 바라보지도 않았다. 그런데 여자가 벗은 옷을 옆으로 내던지는 몸짓을 보자 순간적으로 경탄스러운 마음이 들었다. 그 우아하고 무심한 동작은 모든 문화와 모든 사고 체계를 전멸시키는 것 같았다. 마치 우아한 팔 동작 하나만으로 빅 브라더와 당과 사상경찰까지 모두 무無로 만들어버릴 수 있을 것만 같았다. 그것도 옛날에나 볼 수 있는 몸짓이었다. 윈스턴은 '셰익스피어'라고 중얼대며 잠에서 깨어났다.

텔레스크린에서 귀가 찢어질 것 같은 호각 소리가 30초 동안 같은 음으로 계속 쏟아져나왔다. 7시 15분, 사무직 노동자들의 기상 시간이었다. 윈스턴은 벌거벗은 채로 몸을 비틀며 침대에서 일어났다(외부 당원들은 의복비로 1년에 고작 3,000쿠폰만 받는데 잠옷 한 벌에 600쿠폰이었다). 책상에 걸쳐놓은 우중충한 러닝셔츠와 반바지를 집었다. 3분 있으면 체조 시간이었다. 다음 순간 그는 몸을 구부리며 발작적으로 심하게 기침을 쏟아냈다. 눈만 뜨면 늘 이런 일이 일어났다. 허파가 텅 빌 정도로 기침이 심하게 나오는 바람에 그는 다시 등을 대고 누워서 몇 번이고 깊게 헐떡거려야만 다시 숨을 쉴 수 있었다. 그는 심한 기침 때문에 혈관이 부풀고 정맥류성 궤양이

다시 욱신거리기 시작했다.

"3, 40대 분들!"

찢어질 것 같은 여자 목소리가 요란하게 들렸다.

"3, 40대 분들! 자리를 잡으세요, 제발. 30대부터 40대까지!"

윈스턴은 텔레스크린 앞에서 차렷 자세를 취했다. 텔레스크린에 벌써 나타난 삐쩍 말랐지만, 근육이 잘 발달한 젊은 여자는 운동화에다 튜닉을 입고 있었다.

"팔 구부렸다 펴기!"

여자는 내뱉듯이 툭툭 끊어서 얘기했다.

"제 구령에 맞춰서 하세요. 하나, 둘, 셋, 넷! 하나, 둘, 세, 넷! 자, 동무들, 좀 힘차게 하세요! 하나, 둘, 셋, 넷! 하나, 둘, 셋, 넷!"

발작을 일으킬 듯 고통스러운 기침으로도 윈스턴이 꿈속에서 받은 인상을 머릿속에서 몰아낼 수 없었다. 리드미컬한 체조 동작 덕분에 그 인상이 더 살아났다.

그는 체조 시간에 어울릴 만한 단호하면서도 즐거운 표정을 지으며 두 팔을 기계적으로 앞뒤로 뻗고 있었다. 그런 와중에 희미하게 남아 있는 어린 시절의 기억을 되살리려고 애썼지만 정말 어려웠다. 50년대 후반의 일들은 모두 희미해졌다. 참조할 수 있는 외부 기록이 없으면 본인이 직접 살아온 인생의 윤곽마저 희미해져 버린다. 어쩌면 도무지 일어날 가능성이 전혀 없는 엄청난 사건이 기억나기도 하고, 세부 사항은 기억나는데 그 분위기를 떠올릴 수 없는 사건도 있었고, 아무것도 기억할 수 없는 긴 공백 같은 기간도 있었다. 그때는 모든 것이 달랐다. 나라 이름과 지도상의 모양도 달랐다. 예를 들어 제1공대Airstrip One도 그때는 그런 이름이 아니었다. 잉글랜드나 브리튼이라고 불렸다. 물론 런던은 그때나 지금이나 늘 런던이었다고 그는 확신했다.

윈스턴은 그의 나라가 전쟁하지 않을 때를 기억할 수 없었다. 그래도 어린 시절 공습이 벌어질 때 모두가 깜짝 놀랐던 기억을 떠올리면 그때는 평화로운 시기가 한동안 있었던 게 분명했다. 아마 콜체스터에 원자폭탄이 떨어졌던 시절일 것이다. 그는 공습 자체는 기억나지 않았다. 하지만 지하 깊은 곳으로 내려가기 위해 아버지가 자기 손을 꽉 잡고 빙글빙글 도는 나선형 계단을 따라 아래로 아래로 서둘러 가던 모습은 기억났다. 어린 그가 다리가 너무 아파서 홀쩍이는 바람에 걸음을 멈추고 쉬어야만 했다. 그의 어머니는 꿈결처럼 천천히 그들을 따라오고 있었다. 어머니는 갓난아기인 여동생을 안고 있었다. 아니면 그저 담요 꾸러미를 안고 있었는지도 모른다. 그는 그때 여동생이 태어났는지 확실히 기억나지 않았다. 결국 사람들로 북적대는 시끄러운 곳이 그들 앞에 나타났다. 그는 그곳이 지하철역인 것을 알아챘다.

돌이 깔린 바닥에 앉아 있는 사람들과 철제 침상에 다닥다닥 붙어 앉아 있는 사람들이 보였다. 윈스턴과 어머니와 아버지는 바닥에 자리를 잡았다. 그들 곁에 나이 든 남자와 여자가 침상에 나란히 앉아 있었다. 깔끔한 검은 양복을 차려입은 할아버지는 흰머리에 검은 헝겊 모자를 눌러 쓰고 있었다. 그의 얼굴은 벌겋고 파란 두 눈에 눈물이 가득했다. 할아버지에게서 술 냄새가 진동했다. 피부에서 땀 대신 술을 내뿜는 것 같았다. 그의 두 눈에 고인 눈물이 진짜 술이 분명할 것 같았다. 그는 술에 취하기는 했지만 가눌 수 없는 진정한 슬픔 때문에 괴로워하고 있었다. 윈스턴은 어린 나이였지만 어떤 끔찍한 일이, 용서할 수 없고 바로잡을 수도 없는 일이 막 일어났다는 것을 알 수 있었다. 할아버지가 사랑하는 사람, 어린 손녀가 살해당한 것 같았다. 할아버지는 몇 분마다 같은 말을 계속 반복했다.

"그자들을 믿지 말아야 했어. 내가 말했잖아. 여보, 안 그래? 그 자들을 믿어서 이렇게 된 거야. 내가 계속 그렇게 말했잖아. 그자들을 믿지 말아야 했어."

그렇지만 노부부가 믿지 말았어야 하는 그자들이 누구인지 윈스턴은 지금은 기억나지 않았다. 그때 이후로 전쟁은 실질적으로 계속되었다. 엄밀히 말하자면 늘 같은 전쟁은 아니었다. 그의 어린 시절 런던에서 몇 달 동안 혼란스러운 시가전이 있었다. 그중 몇몇 시가전은 생생히 기억났다. 하지만 그 당시 역사의 전체 윤곽을 헤아리거나 누가 언제 누구와 싸웠는지 알아내는 것은 불가능한 일이었다. 현존하는 연합관계 외 다른 연합관계에 대해 언급한 기록이나 전해지는 말은 전혀 없기 때문이다. 예를 들어 1984년(지금이 1984년이라면)인 현재 오세아니아는 유라시아와 전쟁 중이고 이스트아시아와는 동맹을 맺고 있다. 그런데 이들 3대 열강이 어느 때든 노선을 다르게 탄 적이 있다고 인정하는 사적 발언이나 공적 발언은 전혀 없었다. 사실 윈스턴이 잘 아는 것처럼 불과 4년 전만 해도 오세아니아는 이스트아시아와 전쟁을 벌이고 동맹을 맺은 상대는 유라시아였다. 그런데 그것은 윈스턴이 기억을 충분히 통제하지 못해서 비밀 정보를 우연히 수집한 것일 뿐이다. 공식적으로 동맹국은 바뀐 적이 없다. 오세아니아는 유라시아와 전쟁 중이다. 그러므로 오세아니아는 늘 유라시아와 전쟁을 벌이는 상황이다. 현재의 적은 늘 절대 악의 상징이었기에 과거에든 미래에든 적과 협정을 맺는 것은 있을 수 없는 일이었다.

그는 어깨를 뒤로 젖히는 동작(골반에 두 손을 대고 허리로 몸통을 돌리는 동작인데 등 근육에 좋다고 했다)을 하면서, 무시무시하게도 수만 번 했던 생각을 되새기고 있었다. 정말 무시무시하게도 이 말은 사실일 수도 있다는 것이었다. 당이 과거 속으로 손을 쑥 밀어 넣고 이런저런 사건에 대해 "그런 일은 일어난 적이 없다"라고 말한다면 그건 단지 고문이나 죽음보다 더 무시무시한 일이 아닐까?

당은 오세아니아가 유라시아와 동맹을 맺은 적은 없다고 얘기했다. 윈스턴 스미스는 불과 4년 전만 해도 오세아니아가 유라시아와 동맹을 맺은 사실을 알고 있다. 하지만 그런 사실은 어디에 존재할까? 어떤 경우든 곧 깨끗이 지워질 수밖에 없는 그의 의식 속에만 존재할 뿐이다. 만약 당이 강요하는 거짓말을 다른 사람들이 모두 받아들인다면, 모든 기록이 같은 이야기를 하고 있다면, 그 거짓은 역사의 일부가 되어 사실이 되어버릴 것이다.

'과거를 통제하는 자가 미래를 통제한다. 현재를 통제하는 자는 과거를 통제한다.'

당의 슬로건이었다. 그런데 과거는 본질적으로 변경될 수 있는 것이지만, 아직 변경된 적이 없었다. 지금 진실한 것이 영원한 진실이었다. 정말 간단했다. 사람들의 기억을 계속 정복하기만 하면 됐다. 그들은 이것을 '현실 통제'라고 불렀다. 새말로는 '이중사고'다.

"쉬세요!"

여성 강사가 조금 더 상냥하게 소리쳤다.

윈스턴은 두 팔을 옆으로 축 늘어뜨리며 천천히 숨을 들이쉬었다. 그의 생각이 미로 같은 이중사고의 세계 속으로 흘러갔다. 알면서 모르는 것, 완전한 진실을 알고 있으면서 교묘하게 짜낸 거짓말을 하는 것, 상반되는 두 의견을 동시에 지니는 것, 모순된 의견인지 알면서 두 의견을 다 믿는 것, 논리를 논리로 맞서는 것, 도덕을 요구하면서 도덕을 거부하는 것, 민주주의는 불가능하다고 믿으면서 당이 민주주의의 수호자라고 믿는 것, 잊어야만 하는 것은 무엇이든 잊으면서 필요한 것이면 다시 기억 속으로 끌어낸 다음, 다시 잽싸게 잊어버리는 것, 무엇보다 이런 과정 자체에 똑같은 과정을 적용하는 것. 최고로 미묘한 기술이었다. 즉, 의식적으로 무의식을 유도한 후 다시 자신이 행한 최면 행위에 대해 의식하지 않는 것이다. 이중사고를 이용해야만 '이중사고'가 무엇인지 이해할 수 있었다.

여성 강사가 다시 차렷 자세를 취하라고 소리쳤다.

"자, 이제 우리 중 누가 자기 발가락에 손을 댈 수 있는지 볼까요."

여성 강사는 열성적으로 소리쳤다.

"골반부터 구부리세요. 하나-둘! 하나-둘!"

윈스턴은 이 체조가 정말 싫었다. 이 동작을 하면 발꿈치부터 엉덩이까지 구석구석 찌르는 듯한 통증이 생겨서 결국은 기침이 발작적으로 쏟아지는 때가 자주 있기 때문이었다. 명상으로 인한 즐거움이 반쯤 날아가버렸다. 곰곰이 생각하니 과거는 그냥 변경되기만 한 것이 아니라 실제로 파괴되었다는 생각이 들었다. 그렇다면 본인의 기억 외에는 아무런 기록도 남아 있지 않은 상황에서 아무리 뻔한 사실이라고 해도 그것을 어떻게 증명할 수 있을까? 그는 어느 해에 빅 브라더에 대한 언급을 제일 먼저 들었는지 기억하려고 애를 썼다. 60년대쯤인 것 같기는 하지만 확신할 수는 없었다. 물론 당의 역사상 빅 브라더는 아주 초창기부터 혁명의 수호자이자 리더였다. 빅 브라더의 위업은 점차 과거로 뻗어나가서 희한한 원기둥 모양의 희한한 모자를 쓴 자본가들이 번쩍이는 자동차나 유리 칸막이가 달린 마차를 타고 런던 거리를 질주하던 전설적인 40년대와 30년대로까지 확장되었다. 물론 이런 전설이 어느 정도가 진실이고 어느 정도가 꾸며낸 이야기인지는 알 수가 없었다.

윈스턴은 당 자체가 언제 생겼는지도 기억나지 않았다. 1960년 이전에는 '영사'라는 단어를 들어본 적도 없었다. 하지만 '영사'가 예전에 옛말식 표현으로 '영국 사회주의'라는 단어로 통용되었을 수는 있다. 모든 것이 안개처럼 희미해졌다. 때로는 손가락으로 지적할 수 있는 명백한 거짓말도 있다. 예를 들어 당의 역사책에서 주장하는 것처럼 당이 비행기를 발명했다는 말은 틀린 말이다. 그는 아주 어린 시절부터 비행기를 본 기억이 있다. 하지만 증거를 댈수 없었다. 아무런 증거가 없는 것이다. 그는 살면서 딱 한 번 역사적 사실을 날조한 확실한 증거 문서를 손에 넣은 적이 있었다. 그런데 그때…….

"스미스!"

텔레스크린에서 사나운 소리가 튀어나왔다.

"6079 스미스 W! 맞아요, 당신 말이야! 몸을 더 숙이세요. 제발! 그것보다 더 잘할 수 있어요. 아무것도 안 하고 있잖아요. 더숙이세요, 제발! 이제 좋아요, 동무. 이제 편하게 서세요. 여러분 모두 저를 보세요."

갑자기 윈스턴의 온몸에서 식은땀이 마구 솟구쳤다. 그의 얼굴은 여전히 아무것도 헤아릴 수 없는 표정이었다. 실망을 드러내지 말아야 해! 화난 표정도 안 돼! 두 눈을 단 한 번 깜박이는 것만으로 끝장날 수 있었다. 그는 여성 강사가 머리 위로 두 팔을 들어 올린 후에 몸을 굽혀서 손가락 첫 번째 마디를 발가락 밑으로 집어넣는, 우아하다고는 할 수 없지만, 대단히 깔끔하고 효과적인 동작을 서서 바라보고 있었다.

"자, 동무들! 바로 이렇게 해야 합니다. 다시 저를 보세요. 전 올해 서른아홉이에요. 아이도 넷이나 있어요. 자, 이제 보세요!"

그녀는 다시 몸을 구부렸다.

"제 무릎이 쫙 펴진 거 보이죠. 여러분도 할 수 있어요. 할 마음만 있다면요."

그녀는 몸을 쭉 펴면서 덧붙였다.

"마흔다섯 살 이하라면 누구나 발가락에 손이 닿을 수 있어요. 우리는 최전방에서 싸울 특권은 없지만 적어도 건강은 지킬 수 있잖아요. 말라바르 전선에 나간 우리 병사들을 생각하세요. 해상 요새의 선원들도요! 그들이 견디는 것을 생각하세요. 다시 시도하세요. 좋아요, 동무, 훨씬 좋아졌어요."

여성 강사는 몇 년 만에 처음으로 윈스턴이 무릎을 쭉 편 채 우악스러운 동작으로 손을 발가락에 대는 데 성공하자 격려하듯 덧붙였다.

4

윈스턴은 낮 근무를 시작할 때면 텔레스크린이 근처에 있는데도 자신도 모르게 깊은 한숨이 나왔다. 그는 구술기록기를 앞으로 끌어당겨서 송화기에 쌓인 먼지를 불어낸 다음 안경을 썼다. 그리고 책상 오른쪽에 붙은 기송관pneumatic tube(압축공기를 써서 물건을 운반하는 기계-역주)에서 이미 떨어져나온 돌돌 말린 작은 종이 네 장을 펼쳐서 클립으로 한데 묶어두었다.

윈스턴이 근무하는 칸막이 사무실 벽에는 구멍이 세 개 뚫려 있었다. 구술기록기 오른쪽에는 기록된 종이를 보내기 위한 작은 기송관이 있고, 왼쪽에는 신문을 보내기 위한 더 큰 기송관이 있고, 팔이 쉽게 닿는 옆 벽에는 쇠창살로 막아놓은 커다란 직사각형 구멍이 있었다. 이 기송관은 폐지를 처분하기 위한 용도였다. 청사 안 사무실마다 이런 구멍이 수천 아니 수만 개가 있었는데, 복도 사이사이에도 촘촘히 있었다. 어떤 이유인지는 몰라도 이들 구멍은 기억 구멍이라는 별칭이 있었다. 직원들은 파기해야 할 서류가 있거나 바닥에 떨어진 폐지 조각만 봐도 자동으로 가장 가까운 기억 구멍의 덮개를 열어서 안에 떨어뜨렸다. 그러면 종잇조각은 따뜻한 바람을 타고 청사의 구석진 곳에 숨어 있는 거대한 용광로 속으로 빙그르르 날아 들어갔다.

윈스턴은 펼쳐놓은 종이 네 장을 검토했다. 종이마다 진리부에서 내부 목적으로 사용하는 특수 약어로 된 한두 줄 정도의 메시지가 들어 있었다. 사실 새말은 아니지만 거의 새말로 구성된 메시지였다. 내용은 다음과 같았다.

타임스 84.3.17 bb 아프리카 연설 오보 정정

타임스 83.12.19 3개년 계획 83년 4분기 예측 오보 최신 호 확인

타임스 84.2.14 풍부 초콜릿 인용 오보 정정

타임스 83.12.3 bb 일일 명령 더욱더안좋은doubleplusungood 무인 언급 전문 재기 철 전 위 제출

윈스턴은 희미한 만족감을 느끼며 네 번째 메시지를 한쪽에 따로 두었다. 네 번째 메시지는 복잡하고 책임이 따르는 일이어서 마지막에 처리하는 편이 더 나았다. 다른 세 개는 늘 하던 일이었지만 두 번째 메시지는 수치 목록을 헤집어야 하는 지루한 일일 것이다.

윈스턴은 텔레스크린에 붙은 '뒷번호'로 전화를 걸어서 〈타임스〉의 해당 호를 보내달라고 요청했다. 그러자 몇 분 만에 기송관에서 메시지가 나왔다. 그가 받은 메시지는 몇 가지 이유로 변경할 필요가 있는, 즉 공식적으로 말하자면 정정해야 하는 기사나 뉴스거리를 언급한 것이다. 예를 들어 3월 17일 〈타임스〉에 따르면 전날에 빅 브라더는 남인도 전방은 평온할 것이고, 유라시아 군대가 곧 북아프리카를 공격할 것으로 예측했다. 그런데 유라시아의 최고 사령부는 남인도를 공격하고 북아프리카는 그대로 두었다. 그러므로 빅 브라더의 예측이 실제로 일어난 일인 것처럼 잘못 예측한 연설 중 한 문단을 수정해야 했다. 또 12월 19일 〈타임스〉에는 1983년 4분기, 즉 제9차 3개년 계획의 6차 분기 각종 소비재 생산을 예측하는 글이 있었다. 그런데 실제 생산량을 언급한 오늘 자 신문을 보면 지난번 예측은 모든 면에서 완전히 잘못된 것이었다.

전에 예측한 숫자를 정정해서 나중에 신문에서 언급한 수치와 지난번에 예측한 수치를 맞아떨어지게 하는 것이 윈스턴의 일이었다. 세 번째 메시지는 몇 분 안에 고칠 수 있는 아주 간단한 실수였다. 얼마 전인 2월, 풍요부는 1984년에는 초콜릿 배급을 줄이는 일이 없을 것이라고 약속(공식 용어로는 '단정적 서약'이다)을 했었다. 그런데 실제로는 윈스턴도 이미 알고 있듯이 이번 주말부터 초콜릿 배급이 30그램에서 20그램으로 감소될 예정이었다. 원래 약속을 4월 중에 초콜릿 배급을 줄일 필요가 있을지도 모른다고 주의하는 것으로 바꾸기만 하면 되었다.

윈스턴은 이 메시지들을 처리하자마자, 구술기록기로 작성한 정정 사항을 〈타임스〉의 해당 호에 클립으로 붙여서 기송관 속으로 밀어 넣었다. 그리고 무의식적으로 원래의 메시지와 본인이 직접 만든 메모는 불에 태우기 위해 기억 구멍에 떨어뜨렸다.

윈스턴은 기송관으로 연결된 보이지 않는 미로 속에서 어떤 일이 일어나는지 자세히는 모르지만, 어느 정도는 알고 있었다. 〈타임스〉의 특정 호에 정정이 필요한 경우 해당하는 〈타임스〉를 모두 모아서 정보를 취합하고 분석한 후, 그 신문을 다시 인쇄하고, 원본은 폐기하고, 정정을 마친 신문이 해당 호의 자리를 대신 차지하는 것이다. 이러한 끝없는 수정 작업은 신문에만 적용되는 것이 아니라 책, 정기 간행물, 팸플릿, 포스터, 전단, 영화, 녹음테이프, 만화, 사진 등 정치적 의미나 이념적 의미를 내포할 수 있는 모든 종류의 문헌과 기록물에 적용되었다. 매일매일 그리고 매 순간 과거는 현재에 맞춰 수정되었다. 이런 식으로 당이 내놓은 예측이 정확했다는 것은 문서상의 증거로 모두 입증되었다. 어느 때든 당의 필요에 맞지 않는 뉴스나 표현은 절대 기록으로 남을 수 없었다. 모든 역사는 필요할 때면 언제든 싹 지우고 다시 쓸 수 있는 양피지와 같았다. 일단 이런 행위가 다 끝나면, 어떤 변조 행위가 일어났다는 사실을 입증하는 것은 무슨 경우라도 불가능했다.

윈스턴이 일하는 곳보다 훨씬 큰, 기록국 안에서도 최대 규모의 부서 사람들은 대체하거나 파기할 예정인 책과 신문, 다른 기록물을 모두 찾아내서 수거하는 작업을 했다. 정치적 연대에 변화가 있거나 빅 브라더의 잘못된 예측 때문에 열두어 번은 다시 썼을지도 모르는 〈타임스〉는 수정되어도 여전히 원래 날짜가 적힌 서류철에 보관되었다. 이를 부인하는 다른 신문은 존재할 수 없었다. 책도 몇 차례나 회수해서 다시 썼지만, 정정이 있었다는 시인은 단 한마디도 없이 계속 재발행되었다. 심지어 윈스턴이 받아서 일을 처리하자마자 지시 사항을 제거해버리는 서면 지시에도 위조 행위가 벌어질 것이라는 언급이나 암시는 전혀 없었다. 정확성을 기하기 위해 바로잡을 필요가 있는 과실이나 실수, 오자, 잘못된 인용구에 대한 언급만 있을 뿐이었다.

윈스턴은 풍요부에서 발표한 수치를 다시 고치고 있었지만 사실 이런 것은 위조도 아니라는 생각이 들었다. 이런 일은 헛소리를 다른 헛소리로 대체하는 것에 불과했다. 직원들이 다루는 자료는 대부분 실생활과는 아무런 연관도 없었다. 노골적인 거짓말만큼도 관련이 없었다. 통계 자료는 원본이든 수정본이든 모두 공상에 불과했다. 그런 통계 자료는 직원들이 머릿속으로 한참 동안 지어내야 하는 수치였다. 예를 들어 풍요부는 그 분기의 신발 생산량을 1억 4,500만 켤레라고 예측했었다. 그런데 실제 생산량은

6,200만 켤레였다. 그래도 윈스턴은 할당량을 초과 달성했다는 평소의 주장을 감안하여 5,700만 켤레라고 수치를 크게 낮춰서 다시 기록했다. 하지만 6,200만 켤레라는 수치는 5,700만 켤레나 1억 4,500만 켤레라는 수치보다 진실에 가깝지는 않았다. 진실에 가까운 수치는 없었다. 신발은 아마 한 켤레도 생산되지 않았을 것이다. 구두가 얼마나 생산되었는지 아무도 몰랐다. 신경 쓰는 사람은 더더욱 없었다. 신문상으로는 분기마다 천문학적 숫자의 신발이 생산되었지만, 오세아니아 인구의 절반은 맨발로 다녔다. 기록된 사실이 크건 작건 모든 기록이 다 이런 식이었다. 모든 것이 비밀스러운 그림자 세상 속으로 사라져버리고 연도와 날짜마저 불확실해졌다.

윈스턴은 통로 건너편을 힐끗 바라봤다. 똑같이 생긴 맞은편 칸막이 사무실에 틸로트슨이라는 검은 수염을 기른 남자가 무릎 위에 접힌 신문을 올려둔 채, 구술기록기의 송화기에 입을 바짝 대고 열심히 일하고 있었다. 그에게서 자신과 텔레스크린만 아는 비밀을 지키기 위해 애를 쓰는 태도가 엿보였다. 그가 위를 올려다보자, 그의 안경 너머로 윈스턴을 향한 적대적인 눈길이 번득였다.

윈스턴은 틸로트슨에 대해 아는 게 거의 없었다. 그가 무슨 일을 하는지도 전혀 몰랐다. 기록국에서 일하는 사람들은 자신들의 일에 대해 거의 얘기하지 않았다. 칸막이 공간이 두 줄로 배열된 창문도 없는 기다란 사무실 안에서는 종이 넘기는 소리와 구술기록기에 입을 대고 중얼거리는 소리만 끊임없이 들렸다. 이곳에는 매일 복도를 서둘러 지나치거나 2분 증오 시간에 아우성치던 모습을 매일 보면서 이름도 모르는 사람이 열두어 명은 있었다. 윈스턴의 옆자리 칸막이 공간에서 일하는 연갈색 머리의 아담한 여자는 아예 존재한 적도 없는 것처럼 증발 처리된 사람들의 이름을 해당 신문과 잡지에서 찾아내 삭제하는 일만 날마다 뼈 빠지게 하고 있었다. 그녀의 남편도 몇 년 전에 사라졌으니 그녀에게 맞는 일이라고 할 수 있었다. 몇 자리 떨어진 곳에 앰플포스라는 이름의 몽상가가 있었다. 귀에 털이 수북한 그는 온순하고 야심이 부족한 인물로 운율과 박자를 마음대로 갖고 노는 놀라운 능력이 있었다. 그는 내용에 이념적인 문제가 있지만 여러 가지 이유로 선집에 남게 될 시를 수정하는 작업(수정본은 결정판이라고 불렸다)을 맡고 있었다. 50여 명의 직원이 근무하는 이 사무실은 몹시 복잡한 기록국의 하위 분과, 말하자면 하나의 세포에 불과했다. 이 사무실 위와 아래와 건너에도 상상할 수 없을 정도로 다양한 일을 하는 직원들이 떼로 모여 있었다. 기록국 산하 거대한 인쇄소에는 편집부원들과 조판 전문가들이 있고 위조 사진을 찍기 위해 정교한 장비를 갖춘 스튜디오도 다수 있었다. 또한 엔지니어와 제작자, 성대모사 재주가 뛰어난 배우들이 있는 텔레-프로그램 분과도 있었다. 그리고 회수해야 할 책과 간행물의 목록을 작성하는 일만 하는 직원들도 있었다. 수정한 문서를 보관하는 거대한 창고와 원본을 파기하는 비밀 용광로도 있었다. 어딘가 익명의 장소에 이 모든 일을 조정하고, 과거의 일 중에 보존해야 할 것과 변조해야 할 것과 존재 자체를 지워야 할 것으로 구분하는 정책 노선을 지정하는 입안자들이 있었다.

결국 진리부의 단일 부서에 불과한 기록국이 맡은 임무는 과거를 재구성하는 것이 아니었다. 오세아니아 국민에게 신문과 영화,

교과서, 텔레스크린 프로그램, 연극, 소설을 제공하고, 동상부터 슬로건까지, 서정시부터 생물학 논문, 아동용 철자 책부터 새말 사전에 이르기까지 온갖 종류의 정보와 교육과 오락을 공급하는 것이었다. 진리부는 당이 요구하는 온갖 것들을 공급할 뿐만 아니라 프롤레타리아를 위해 좀 더 낮은 수준으로 이 모든 작업을 반복하는 일도 맡고 있었다. 또한 프롤레타리아를 위한 문학과 음악, 드라마, 오락을 취급하는 일련의 개별 부서들이 있었다. 이곳에서는 스포츠, 범죄, 점성술, 선정적인 싸구려 소설, 섹스가 난무하는 영화, '시를 짓는 기계'라고 알려진 특수한 만화경으로 기계적으로 만든 선정적인 노래만 취급하는 쓰레기 같은 신문을 제작했다. 진리부 산하에는 심지어 새말로 포르노과로 불리는 분과도 있었다. 최하급 포르노를 제작하는 포르노과에서는 작업하는 사람들을 제외하고 당원들도 볼 수 없도록 밀봉된 상태로 포르노를 발송했다.

윈스턴이 작업하는 동안 기송관에서 메시지 세 개가 미끄러져 나왔다. 모두 단순한 것들이어서 2분 증오가 시작되어 작업을 중단하기 전에 일을 다 처리할 수 있었다. 2분 증오가 끝나자 칸막이 공간으로 돌아온 윈스턴은 선반에서 새말 사전을 꺼내 구술기록기를 한쪽으로 치운 다음 안경을 닦고 나서 아침에 처리해야 할 주요 작업을 시작했다. 윈스턴은 살면서 일할 때가 가장 즐거웠다. 일은 대부분 지루했지만, 정신없이 몰두하며 수학 문제를 풀 때처럼 꽤 까다롭고 복잡한 일도 있었다. 영사의 강령을 알아야 하고, 아무런 지침도 없이 당이 원하는 것을 스스로 추정해서 위조해야 하는 미묘한 작업이었다. 윈스턴은 이런 일을 잘했다. 한번은 완전히 새말로 쓰인 〈타임스〉의 주요 기사를 정정하는 작업을 맡은 적도 있었다. 그는 아까 받아서 한쪽에 치워두었던 메시지를 펼쳤다. 이런 내용이었다.

타임스 83.12.3 bb 일일 명령 더욱더안좋은doubleplusungood 무인 언급 전문 재기 철 전 위 제출

옛말(혹은 표준 영어)로 옮기면 이런 뜻이다.

1983년 12월 3일자 〈타임스〉에 실린 빅 브라더의 명령에 대한 보도는 극히 불만스러운 것이며 있지도 않은 사람에 대한 언급이 있다. 전부 다시 써서 철하기 전에 상사에게 제출하라.

윈스턴은 문제가 되는 기사를 전부 읽었다. 그날 내린 빅 브라더의 명령은 해상 요새의 선원들에게 담배와 기타 위문품을 공급하는 조직인 FFCC의 일 처리를 칭찬하는 데 주로 초점을 맞춘 것으로 보였다. 능력이 뛰어난 내부 당원인 위더스 동무를 특별히 언급하며 2급 특별 공로 훈장을 수여했다는 내용이었다.

그런데 FFCC는 석 달 후에 어떤 해명도 없이 갑자기 해산되었다. 위더스와 동료들이 당의 눈 밖에 났을 것이라는 추측이 나올 수 있지만, 언론이나 텔레스크린 어디에도 그 문제에 대한 보도는 전혀 없었다. 예상되는 일이었다. 정치범들의 재판 회부가 공개적으로 비난받는 경우는 거의 없기 때문이었다. 수천 명의 반역자와 사상범들이 자신들의 죄를 자백하고 처형당하는 공개재판이 벌어지는 대숙청은 몇 년에 한 번 정도 일어날 수 있는 특별한 볼거

리였다. 당의 비위를 거스른 사람들은 그냥 사라지거나 다시는 소식을 들을 수 없는 경우가 훨씬 흔했다. 그 사람들이 무슨 일을 당했는지는 진혀 알 수 없었다. 죽지 않는 사람들도 있었다. 부모님을 제외하고도 윈스턴이 개인적으로 아는 지인 중 서른 명 정도가 때때로 사라져버렸다.

윈스턴은 종이 클립으로 코를 살짝 두드렸다. 건너편 칸막이 공간에서 틸로트슨 동무가 구술기록기 쪽으로 비밀스럽게 몸을 쭈그리고 있었다. 그는 잠시 고개를 들더니 다시 안경 너머로 적대적인 눈빛을 보냈다. 윈스턴은 틸로트슨 동무가 자신과 같은 일을 하는지 궁금했다. 그럴 가능성은 충분했다. 이렇게 까다로운 일을 단한 사람에게만 맡길 수는 없었다. 또한 이런 일을 위원회에 넘기는 것은 위조 행위가 일어나고 있다고 공개적으로 인정하는 셈이었다. 아마도 열두어 명 정도가 빅 브라더가 실제로 했던 말을 정정하는 작업을 서로 경쟁할 가능성은 아주 충분했다. 내부당의 수뇌부가 이런저런 교정본을 채택해서 다시 편집한 후, 복잡한 상호 참조 과정을 거치고, 이렇게 선택된 거짓말이 영구적인 기록으로 남아서 진실이 될 것이다.

윈스턴은 왜 위더스가 당의 눈 밖에 났는지 알 수 없었다. 아마도 부패나 무능력 때문일 것이다. 아니면 빅 브라더가 지나치게 인기가 많은 부하를 제거한 것인지도 모른다. 혹은 위더스나 위더스와 가까운 사람들은 이단의 경향이 있다는 혐의를 받았을지도 모른다. 숙청과 증발이 이루어지는 이유는 정치 역학상 꼭 필요한 수단이라는 추측이 가장 그럴듯했다. 유일한 실마리는 '무인 언급'이라는 글귀에 있는데, 이 말은 위더스가 이미 죽었다는 사실을 암시한다. 하지만 사람들이 체포될 때 늘 이런 일을 당한다고 추측할 필요는 없었다. 체포된 사람들이 풀려난 후 처형당하기 전에 1, 2년 정도 자유롭게 사는 경우도 때때로 있었다. 죽은 줄 알았던 사람이 공개재판장에 유령처럼 나타나서 수백 명을 공모자로 만드는 증언을 한 후에 진짜로 영원히 사라지는 경우도 아주 가끔 있다. 하지만 위더스는 이미 '무인'이 되어버렸다. 그는 존재하지 않았다. 아니 존재한 적도 없었다. 윈스턴은 빅 브라더의 연설 취지를 그냥 뒤집는 것만으로는 부족할 것이라고 판단했다. 연설의 원래 주제와 전혀 상관이 없는 것을 다루는 것이 더 낫다는 생각이 들었다.

빅 브라더의 연설 내용을 반역자들과 사상범들에게 주로 퍼붓는 맹렬한 비난으로 바꿀 수도 있지만, 너무 뻔한 방법이었다. 하지만 전방의 승리나 제9차 3개년 계획 초과 달성으로 바꾸기에는 기록이 너무 복잡해질 수 있었다. 순전한 공상이 필요했다. 그러자 갑자기 그의 머릿속에 최근 전쟁터에서 영웅적으로 삶을 마친 오길비 동무의 이미지가 이미 만들어진 것처럼 떠올랐다. 빅 브라더는 일일 명령을 내릴 때, 직급이 낮은 평당원의 생사를 본받을 만한 사례로 삼아서 기념할 때가 가끔 있었다. 오늘 그는 오길비 동무를 기념할 것이다. 물론 오길비 동무라는 사람은 존재하지 않는다. 하지만 기사 몇 줄과 가짜 사진 두어 장이면 그를 실존 인물로 살릴 수 있을 것이다.

윈스턴은 잠시 생각한 다음 구술작업기를 잡아당겨서 빅 브라더의 익숙한 말투로 연설 내용을 부르기 시작했다. 군대식이면서 지나치게 현학적이고 질문을 던졌다가 바로 대답하는 버릇(동무들, 이 사실에서 어떤 교훈을 배웠습니까? 그 교훈은 영사의 근본 강령 중 하나

62

인데, 그것은…… 등등)이 있어서 흉내 내기가 수월했다.

오길비 동무는 세 살이 되자 북과 기관단총과 헬리콥터 모형을 제외한 모든 장난감을 물리쳤다. 여섯 살 무렵에는 규정을 특별히 완화한 덕분에 1년 일찍 간첩단에 가입할 수 있었고 아홉 살이 되자 분대장이 되었다. 열한 살이 되어서는 삼촌의 대화를 엿듣고 범죄의 기미가 있다는 생각이 들어서 사상경찰에게 삼촌을 고발했다.

열일곱 살이 되었을 때, '청년반성동맹'의 구역 조직원이 되었다. 열아홉 살에는 평화부에서 채택한 수제 폭탄을 고안했다. 이 폭탄을 처음 사용했을 때 유라시아 포로 서른한 명을 단번에 몰살시켰다. 그러나 스물세 살 때 전쟁터에서 작전을 수행하다가 목숨을 잃었다. 중요한 긴급 공문을 가지고 인도양을 날아가던 중 적의 제트기의 추격을 받자, 기관총을 갖고 몸무게를 늘린 후, 긴급 공문과 서류를 모든 챙겨서 깊은 바닷물로 뛰어들기 위해 헬리콥터에서 뛰어내렸다. 빅 브라더는 질투심이 생길 수밖에 없는 최후를 맞이한 것이라고 언급했다. 또한 오길비 동무의 일생이 순수한 일편단심이었다고 몇 마디 덧붙였다. 그는 술과 담배는 입에 대지도 않았으며 체육관에서 매일 한 시간씩 운동하는 것을 제외하면 어떤 여흥도 즐기지 않았고 결혼하면 가족을 돌봐야 해서 하루 24시간 당에 헌신할 수 없다는 생각에 독신을 맹세했다. 그는 영사의 강령만을 유일한 화젯거리로 삼았고, 유라시아의 적을 섬멸하고 스파이와 방해 공작원, 사상범, 반역자들을 끝까지 찾아내는 것만을 인생의 목표로 삼았다.

윈스턴은 오길비 동무에게 특별 공로 훈장을 수여하는 문제를 고심했다. 결국 불필요한 상호 참조 과정이 수반될 것을 생각하고는 훈장은 없던 일로 결정했다.

그는 건너편 칸막이 공간에 있는 경쟁자를 다시 한번 흘낏 쳐다봤다. 왠지 틸로트슨도 자신과 같은 일을 한다는 확신이 들었다. 누구의 작업이 마지막에 채택될지 알 수 없지만, 이번에는 본인의 작업물이 뽑힐 것이라는 확신이 들었다. 한 시간 전까지는 상상도 할 수 없었던 오길비 동무가 이제는 사실이 되어버렸다. 그는 죽은 사람들을 창조할 수는 있지만 살아 있는 사람들을 그렇게 할 수 없다는 사실이 기이하다는 생각이 들었다. 결코 현재에 존재한 적이 없는 오길비 동무는 과거에 존재한 사람이 될 것이다. 일단 이번 위조 행위가 잊히면 그는 샤를마뉴 대제나 율리우스 카이사르처럼 증거를 기반으로 진짜처럼 존재할 것이다.

5

지하 깊이 자리 잡은, 천장이 낮은 구내식당에 점심을 먹기 위한 줄이 천천히 앞으로 움직였다. 구내식당은 이미 사람들로 꽉 차서 귀가 먹먹할 정도로 시끄러웠다. 계산대 쇠창살 밖으로 시큼한 쇳내를 풍기는 스튜의 김이 쏟아져 나오고 있었다. 그래도 빅토리진의 냄새가 훨씬 지독했다. 구내식당에서 멀리 떨어진 한쪽 구석에 작은 바가 있었다. 벽에 구멍만 뚫어놓은 작은 바에서 진 한 잔을 10센트에 팔고 있었다.

"어, 여기 있었네."

윈스턴의 등 뒤로 목소리가 들렸다.

그가 몸을 돌리자, 조사국Research Department에서 일하는 친구 사임이 보였다. '친구'라는 말은 어쩌면 정확한 단어가 아닐지도 모른다. 요새는 친구 대신 동무가 있다. 하지만 동무 중에도 함께 어울리기 훨씬 즐거운 동무들이 있다. 언어학자인 사임은 새말 분야의 전문가였다. 사실 그는 새말 사전 제11판을 편집하는 규모가 어마어마하게 큰 전문가팀의 일원이었다. 윈스턴보다 체구가 작은 그는 머리가 검고 눈이 툭 튀어나왔다. 그는 뭔가를 찾는 것처럼 애절하지만, 왠지 조롱하는 듯한 눈빛으로 상대방의 얼굴을 빤히 쳐다보며 이야기를 건네고 있었다.

"혹시 면도날 있어?"

그가 물었다.

"하나도 없어!"

윈스턴은 살짝 죄책감을 느끼며 급히 대답했다.

"나도 사방으로 찾아봤지만 하나도 없더라고."

만나는 사람마다 그에게 면도날이 있냐고 물어봤다. 사실 그는 새 면도날 두 개를 몰래 갖고 있었다. 지난 몇 달 동안 면도날을 찾아볼 수가 없었다. 당원 매장에는 공급되지 않는 생필품들이 늘 있었다. 단추를 구할 수 없거나 털실 혹은 구두끈을 구할 수 없을 때가 자주 있었는데, 요새는 면도날이 없었다. 어쨌든 면도날을 구하려면 '자유' 시장을 은밀히 찾아다녀야 했다.

"나도 6주 동안 같은 면도날을 썼어."

그는 거짓말을 덧붙였다.

점심을 기다리는 줄이 다시 조금 앞으로 움직였다. 줄이 멈추자 그는 몸을 돌려서 다시 사임을 마주 보았다. 두 사람은 계산대 끝에 쌓아둔 기름기 묻은 금속 식판을 하나씩 집어 들었다.

"어제 포로들 교수형 보러 갔어?"

사임이 물었다.

"난 일하는 중이었어. 영화로 볼 거야."

윈스턴은 무심하게 대답했다.

"영화로는 절대 대체할 수 없어."

사임이 얘기했다.

조롱하는 듯한 그의 두 눈이 윈스턴의 얼굴을 훑었다.

'난 널 알아.'

그의 두 눈은 이런 말을 하는 것 같았다.

'네 속이 뻔히 보여. 네가 왜 포로들이 교수형당하는 것을 보러 가지 않는지 난 아주 잘 알아.'

사임은 지적인 면에서 보자면 아주 지독한 정통파였다. 그는 적의 마을을 공습하는 헬리콥터와 사상범의 재판과 자백, 애정부 지하실에서 자행되는 처형에 대해 아주 불쾌할 정도로 흐뭇한 만족감을 보이며 이야기를 하는 사람이었다. 그와 이야기할 때는 이런 주제에서 벗어나 가능하면 그의 전문 분야이자 그가 관심을 보이는 분야인 새말의 기술적 측면으로 화제를 돌리는 것이 중요했다. 윈스턴은 자신을 세심히 살피는 커다란 검은 두 눈을 피하려고 고개를 살짝 돌렸다.

"정말 볼만한 교수형이었어."

사임은 추억을 회상하듯 얘기했다.

"난 그자들의 발을 묶는 건 아닌 것 같아. 난 말이야, 그자들이 발을 버둥대는 게 좋아. 그리고 무엇보다 마지막에 시퍼렇게 변한 혀를 쭉 내미는 게, 그게 압권이야. 그렇게 디테일이 살아 있는 게 난 마음에 들어."

"다음!"

하얀 앞치마를 두른 프롤이 국자를 들고 소리쳤다.

윈스턴과 사임은 쇠창살 밑으로 쟁반을 밀어 넣었다. 두 사람의 쟁반에 규정 점심인 불그스름한 잿빛 스튜가 담긴 금속 접시와 빵 한 덩이, 치즈 한 조각, 우유를 뺀 빅토리 커피 한잔, 사카린 한 알이 신속히 놓였다.

"저기 한 자리 있네. 텔레스크린 아래. 가는 길에 진도 한 잔 받아 가자고."

사임이 얘기했다.

진은 손잡이가 없는 도자기 잔에 제공되었다. 두 사람은 빽빽한 구내식당을 가로질러서 금속 상판 탁자에 쟁반을 놓았다. 탁자 한 구석에 누군가 스튜를 쏟았는지 토할 것처럼 보이는 더러운 액체가 눈에 띄었다. 윈스턴은 술잔을 든 다음, 잠시 마음을 가다듬고서 느끼한 액체를 단숨에 들이켰다. 반사적으로 흐르는 눈물을 닦자 갑자기 허기가 돌았다. 그는 고기 대용으로 만든 게 분명한, 스펀지처럼 흐물흐물한 분홍빛 덩어리가 든 묽어빠진 스튜를 허겁지겁 퍼먹기 시작했다. 두 사람은 아무 말도 없이 그릇을 비웠다.

윈스턴의 등 뒤 왼쪽에서 속사포처럼 끊임없이 얘기하는 사람이 있었다. 꽥꽥대는 오리처럼 거슬리게 지껄이는 소리는 구내식당의 소음을 꿰뚫을 정도로 시끄러웠다.

"사전 작업은 어때?"

윈스턴은 그 소음을 이기려고 목소리를 높여서 물었다.

"천천히 하고 있어. 난 형용사를 맡고 있어. 정말 끝내줘."

그는 새말이 언급되자 바로 얼굴빛이 환해졌다. 그는 그릇을 한쪽으로 밀어놓고 섬세한 손으로 빵을 들고, 다른 손으로 치즈를 들며 고함을 지르지 않아도 들리게 하려고 식탁 앞으로 몸을 기울였다.

"제11판이 결정판이야."

그가 이야기를 꺼냈다.

"우린 새말의 최종 형태를 다듬고 있어. 최종 형태가 다 만들어지면 사람들이 다른 말은 쓰지 않게 될 거야. 우리가 작업을 완성하면 너 같은 사람들은 언어를 통째로 다시 배워야 할걸. 넌 우리가 주로 새로운 단어를 고안하는 일을 하는 줄 알 거야. 하지만 전혀 아니야! 우린 단어를 없애버리고 있어. 매일 수십, 수백 개의 단어를 없앤다고. 우린 언어의 뼈대만 남기고 다 깎아내고 있어. 제11판에는 2050년 전에 한물가게 될 말은 단 하나도 싣지 않을 거야."

그는 허기진 듯 빵을 베어 물더니 몇 번 씹다 말고 꿀꺽 삼켰다. 현학적인 열정을 드러내며 이야기를 계속했다. 홀쭉하고 어두운 얼굴에 생기가 돌고 두 눈은 조롱하는 기색이 사라지고 거의 꿈꾸는 듯한 표정을 지었다.

"단어를 파괴하는 건 정말 멋진 일이야. 물론 동사와 형용사가 제일 낭비가 크지. 그런데 명사도 수백 개는 없애야 해. 동의어만 그런 게 아니라 반의어도 그래. 단지 다른 단어의 반대말에 불과한 단어가 있어야 할 타당한 이유가 있을까? 단어 하나에는 그 자체에 반대의 뜻이 있어. '좋다'라는 단어를 예로 들지. '좋은good'이라는 단어가 있는데 '나쁜bad'이라는 단어가 뭐 때문에 필요하겠어? '안좋은ungood'이라는 단어로 충분해. 그건 정확한 반대말이지만 '나쁜'이라는 단어는 정확한 반대말은 아니잖아. 그리고 또 '좋은'을 더 강하게 표현하고 싶어서 '탁월한'이라거나 '훌륭한'이라고 하는 등 애매하고 쓸데없는 다른 말들이 왜 줄줄이 필요해? '더좋은plusgood'이라는 단어로 그 의미를 대신할 수 있어. 더 강한 표현을 원한다면 '배로더좋은doubleplusgood'이라고 하면 되지. 물론 이런 유형의 말은 지금도 쓰고 있어. 하지만 새말 최종판에는 다른 단어는 없을 거야. 결국 '좋다'와 '나쁘다'라는 개념은 여섯 단어만 있으면 충분히 표현될 거야. 아니 사실은 한 단어만 있는 거지. 정말 멋지지 않아, 윈스턴? 그건 원래 B. B의 생각이야, 당연히."

그는 뒤늦게 생각한 것처럼 덧붙였다. 빅 브라더 이야기가 나오자 윈스턴의 얼굴에 김빠진 열의가 휙 스쳐 지나갔다. 그래도 사임은 윈스턴의 얼굴에 열의가 빠진 것을 바로 알아챘다.

"윈스턴, 넌 새말의 진가를 아직 몰라."

그는 아쉬운 듯 얘기했다.

"넌 글은 새말로 쓰지만, 생각은 옛말로 하잖아. 네가 〈타임스〉에 쓴 글을 가끔 읽거든. 꽤 좋지만 번역이잖아. 넌 애매모호한데다 쓸데없이 미묘한 의미의 차이가 있는 옛말을 속으로는 더 좋아하잖아. 넌 언어 파괴의 진가를 모른다고. 세상의 언어 중에 해마다 어휘가 줄고 있는 말은 새말밖에 없다는 걸 알고 있어?"

윈스턴은 물론 그 사실을 알고 있었다. 그는 무슨 말을 해야 할지 몰라서 동조하는 것처럼 보이기를 바라며 미소만 지었다. 사임은 검은 빵을 한 입 더 베어 물더니 잠깐 씹고는 계속 대화를 이어 갔다.

"새말의 궁극적인 목표는 사고의 폭을 좁히는 데 있다는 걸 모르겠어? 결국 사상죄는 문자 그대로 불가능한 것이 될 거야. 우리가 그렇게 만들 거니까. 그런 걸 표현할 단어가 없어질 테니까. 필요한 모든 개념은 딱 한 단어로만 표현될 거야. 단어의 의미는 엄밀하게 정의되고 모든 보조적 의미는 지워지고 잊혀질 거야. 제11판에서 벌써 거의 그 정도까지 도달했거든. 그래도 그 과정은 너랑 내가 죽은 후에도 오랫동안 지속될 거야. 해마다 단어가 줄어들고 줄어들면서 의식의 범위도 조금씩 좁아지는 거지. 물론 지금도 사상죄를 저지를 이유나 핑곗거리는 없어. 그건 수양이나 현실 통제의 문제거든. 하지만 결국에는 그런 것도 필요가 없어질 거야. 언어가 완벽해지면 혁명도 완성될 거야. 새말이 영사고 영사가 새말이야."

사임은 기이한 만족감을 느끼며 덧붙였다.

"윈스턴, 너 이런 생각을 해본 적 있어? 아무리 늦어도 2050년경에는 우리가 지금 하는 대화를 이해할 사람이 단 한 명도 없을 것이라는 사실 말이야."

"근데……."

윈스턴은 의심쩍은 생각이 들어서 이야기를 시작하려다가 멈추었다. '프롤들은 제외하고'라는 말이 혀끝에서 맴돌았지만, 그는 이말이 정통인지 아닌지 확신이 들지 않아서 이야기를 삼갔다. 하지만 사임은 그가 하려던 말이 무엇인지 바로 직감적으로 알아챘다.

"프롤들은 인간이 아니잖아."

사임은 부주의하게 이야기를 이었다.

"2050년까지, 아니 그보다 일찍 옛말에 대한 실질적인 지식은 전부 사라질 거야. 과거의 문헌은 죄다 파괴될 거야. 소서와 셰익스피어, 밀턴, 바이런은 새말 버전으로만 존재할 거야. 단지 그냥 달라지는 게 아니라 원래의 모습과 정반대로 바뀌게 될 거야. 심지어 당의 문헌도 바뀌게 될 거야. 슬로건도 바뀔 거야. 자유라는 개념이 폐지되었는데 '자유는 예속'이라는 슬로건이 어떻게 존재할 수 있겠어? 사고의 전반적인 풍조가 달라질 거야. 사실 우리가 알고 있는 사고라는 것은 없어질 거야. 정통은 생각하지 않는 것, 생각할 필요가 없는 것을 의미해."

윈스턴은 문득 사임이 증발할 것이라는 확신이 들었다. 사임은 너무 똑똑했다. 너무 명확하게 이해하고 너무 분명하게 얘기했다. 당은 이런 사람들을 좋아하지 않았다. 언젠가 사임은 사라질 것이다. 그의 얼굴에 그렇게 쓰여 있었다.

윈스턴은 빵과 치즈를 다 먹고 몸을 살짝 돌린 다음 커피를 마셨다. 왼쪽 테이블에 앉은 남자가 귀에 거슬리는 목소리로 여전히 끝도 없이 떠들고 있었다. 윈스턴의 등 뒤에 그의 비서로 보이는 젊은 여자가 앉아 있었다. 그녀는 그의 말에 귀를 기울이며 그가 하는 모든 말에 열렬히 동조하는 것처럼 보였다. "당신 말이 정말 맞아요. 전적으로 동감해요"하는 말이 때때로 윈스턴의 귀에 들렸다. 살짝 멍청한 것 같은 젊은 여자 목소리였다. 하지만 남자는 여자가 말하는 동안에도 절대 멈추지 않고 떠들었다. 윈스턴은 안면만 있는 그 남자가 창작국에서 중요한 자리를 차지하고 있는 것 말고는 그에 대해 아는 게 없었다. 서른 살가량 된 창작국 남자는 목 근육이 발달하고 표정이 풍부한 입술을 갖고 있었다. 그가 고개를 뒤로 살짝 젖힌 자세로 앉아 있어서 안경에 빛이 비치자 눈 대신 텅 빈 안경알만 윈스턴의 눈에 띄었다. 그의 입술에서 끊임없이 이야기가 쏟아져 나왔지만 한 마디도 알아들을 수 없어서 윈스턴은 살짝 소름이 끼쳤다. 윈스턴의 귀에 '골드스타인을 마지막으로 완전히 제거'라는 한 구절만 딱 한 번 들렸다. 이것도 한 덩어리로 주조한 단단한 활자처럼 한데 뭉쳐서 아주 빨리 튀어나온 말이었다. 나머지 말은 그냥 꽥꽥대는 소음이었다. 남자가 하는 말이 실제로 들리지는 않았지만 무슨 말을 하는지 내용은 대충 알 수 있었다. 그는 골드스타인을 비난하고 사상범과 파괴공작원들에게 더 가혹한 벌을 내려야 한다고 주장하거나, 유라시아 군대의 잔혹성을 비난하거나, 빅 브라더나 말라바 전선의 영웅들을 칭찬하고 있을 것이다. 이러나저러나 다를 게 없었다. 그가 무슨 말을 하든 한 마디 한 마디가 순수 정통과 순수 영사에 관한 것이 분명했다. 윈스턴은 눈알은 안 보이는데 턱만 위아래로 쉴새 없이 움직이는 그 얼굴을 보고 있으니, 그 사람은 진짜 인간이 아닌 일종의 인형일 것이라는 기이한 생각이 들었다. 그 남자는 머리로 이야기하는 것이 아니라 후두로 이야기하고 있었다. 남자에게서 나오는 것은 단어였지만 진정한 의미의 말은 아니었다. 오리가 꽥꽥대는 것처럼 무의식적으로 나오는 소음에 불과했다.

한동안 말이 없던 사임은 숟가락으로 누군가 흘리고 간 스튜에 어떤 무늬를 그리고 있었다. 꽥꽥대는 옆 식탁의 목소리는 주위의 소음에도 쉽게 들릴 만큼 무척이나 크게 계속 들렸다.

"새말에 이런 말이 있어."

사임이 이야기를 꺼냈다.

"네가 알지 모르겠네. 오리처럼 꽥꽥거린다는 뜻을 가진 '오리 말'이라는 단어야. 모순되는 두 가지 의미를 동시에 가지고 있는 흥미 있는 단어지. 적에게 쓰면 욕이 되고, 의견이 맞는 사람한테 쓰면 칭찬이 돼."

사임은 분명히 증발할 것이다. 윈스턴은 또다시 이런 예감이 들었다. 그는 사임이 자신을 경멸하는 데다가 살짝 싫어하는 것을 알고 있었다. 또한 그럴싸한 이유만 있으면 자신을 사상범으로 고발하고도 남을 사람이라는 것도 잘 알았지만, 그래도 왠지 서글픈 마음이 들었다. 사임에게는 뭔가 미묘하게 잘못된 구석이 있었다. 그는 분별력과 초연함이 부족한데 어리숙한 구석도 없었다. 그가 정통이 아니라고는 말할 수 없었다. 그는 영상의 강령을 믿었으며, 빅브라더를 숭배하고, 승리를 기뻐하고, 이단을 증오했다. 그는 끊임없는 열정만 있는 것이 아니라 평당원들이 접근할 수 없는 최신 정보를 갖고 있었다. 그런데도 그에게는 살짝 좋지 못한 평판이 늘 따라다녔다. 그는 하지 말아야 하는 말을 했다. 책을 너무 많이 읽고화가들과 음악가들의 아지트인 밤나무 카페에 자주 들렀다. 성문이건 불문이건 밤나무 카페에 자주 가지 말라는 법은 없었지만, 그곳은 왠지 불길한 곳이었다. 당의 불신임을 받은 나이 든 지도자들이 마지막으로 숙청당하기 전 그곳에 모이곤 했다. 아주 오래전, 골드스타인 자신도 그곳에 갔다는 이야기가 있었다. 사임의 운명을 쉽게 예측할 수 있었다. 사임이 단 3초 만이라도 윈스턴의 비밀스러운 생각을 파악한다면 그는 즉시 사상경찰에 윈스턴을 고발할 것이다. 그 문제라면 누구라도 그렇게 할 것이다. 하지만 사임은 다른 사람들보다 더한 사람이었다. 열성만으로는 부족하다. 정통은 무의식적인 것이었다.

"저기 파슨스가 오네."

사임이 고개를 들며 얘기했다. 그의 말에는 '저런 바보 자식'이라고 덧붙이는 것 같은 어조가 있었다. 빅토리 맨션에 윈스턴과 같이 세 들어 사는 파슨스가 구내식당을 가로질러서 걸어오고 있었다. 그는 중간 키에 몸매가 통통하고, 금발에 개구리처럼 생긴 남자였다. 서른다섯 살인데도 벌써 목덜미가 두툼하고 허릿살이 올랐지만 동작이 민첩하고 소년 같은 구석이 있었다. 그의 전체적인 인상은 몸집만 어른처럼 큰 어린 소년 같은 구석이 있었다. 규정된 작업복을 입었는데도 파란 반바지에 회색 셔츠를 입고 빨간 스카프를 두른 스파이단이 연상되었다. 그를 떠올리면 푹 들어간 무릎과 두툼한 팔뚝까지 걷어 올린 소매가 늘 생각났다. 실제로 파슨스는 단체 행군이나 다른 신체 활동처럼 그럴싸한 핑곗거리만 있으면 어김없이 반바지로 갈아입었다.

"안녕, 안녕!"

그가 인사하며 자리에 앉는데 땀 냄새가 엄청나게 풍겼다. 그의 분홍빛 얼굴에 땀방울이 송골송골 맺혀 있었다. 그는 정말 지독하게 땀을 많이 흘렸다. 공회당에서 손잡이가 축축하게 젖은 탁구채가 있다면 그가 탁구를 한 게 분명했다. 사임은 단어가 길게 적힌 종이 한 장을 꺼내서 손가락 사이에 볼펜을 끼고 단어를 들여다보고 있었다.

"이 사람 점심시간에도 일하는 것 좀 보게."

파슨스는 윈스턴을 쿡 찌르며 말을 걸었다.

"열심이야, 응? 자네 거기서 뭘 하나? 내 머리로는 감당도 안 되는 것이겠지. 스미스, 왜 내가 자네를 쫓아왔는지 얘기해줄게. 자네 나한테 줄 기부금을 잊어버렸어."

"무슨 기부금?"

윈스턴은 자동으로 돈을 만지며 물었다. 당원들은 월급의 4분의 1을 자발적 기부금으로 내야 했다. 일일이 알아두기도 어려울 만큼 기부금 종류가 정말 많았다.

"증오 주간에 쓸 거야. 가구마다 내는 기부금 있잖아. 내가 우리 구역 회계 담당이야. 우리가 정말 노력 많이 하니까 엄청난 쇼를 보여줄 수 있어. 혹시 오래된 우리 빅토리 맨션이 이 거리 전체에서 가장 대단한 깃발 장식을 달지 못하더라도 그건 내 잘못이 아니야. 약속한 2달러 주게."

윈스턴이 꾸깃꾸깃하고 더러운 지폐 두 장을 꺼내서 건네자, 글도 잘 모르는 사람처럼 파슨스가 작은 공책에 내용을 또박또박 적었다.

"그건 그렇고, 자네. 어제 우리 애새끼가 자네한테 새총을 날렸다는 이야기를 들었어. 내가 아주 따끔하게 혼을 내줬어. 사실 다시 한번 그런 짓을 하면 새총을 빼앗아버린다고 했지."

"처형장에 가지 못해서 살짝 약이 오른 것 같더라고."

윈스턴이 대답했다.

"그래. 음, 내 말은 그러니까 애가 정신은 바른 것 같아, 그렇지? 애들이, 두 애들이 장난기는 있지만 얘기하는 게 진짜 열의가 있어. 얘네들이 생각하는 건 스파이단과 전쟁뿐이야. 지난주 토요일에 우리 딸애가 버크햄스테드로 단체 행군을 나가서 뭘 했는지 아나? 글쎄 다른 여자아이 둘을 데리고 행군에서 빠져나와서 오후 내내 낮선 남자를 쫓아다녔데. 애네들이 두 시간 동안 숲속을 돌아다니며 쭉 남자를 따라다니다가 아머샴에서 놈을 경찰에 넘겼대."

"애들이 뭐 때문에 그런 거야?"

윈스턴이 조금 주춤하며 묻자 파슨스는 의기양양하게 이야기를 이었다.

"우리 애는 그자가 적의 첩자라고 확신한 거야. 낙하산 같은 걸 타고 떨어졌을 수도 있지. 그런데 이게 중요해. 그러니까 우리 애가 애초에 왜 그자를 미행한 줄 아나? 그자가 이상한 구두를 신고 있었대. 우리 애는 그런 구두는 난생처음 봤다는 거야. 그래서 그자가 외국인이라고 생각한 거지. 일곱 살짜리 꼬맹이치고는 꽤 똑똑하지?"

"그 남자는 어떻게 됐어?"

윈스턴이 물었다.

"아, 그건 나도 모르지. 그런데 뭐 이렇게 됐어도 그리 놀랄 일은 아니지."

파슨스는 권총을 겨누는 흉내를 내더니 혀로 딸각하는 소리를 냈다.

"좋아."

사임은 종이에서 눈을 떼지도 않고 건성으로 대답했다.

이 이야기를 확인이라도 시켜주는 듯 이들 머리 바로 위에 있는 텔레스크린에서 트럼펫 소리가 쏟아져 나왔다. 하지만 이번에는 군대의 승리를 선언하는 내용이 아니라 풍요부의 단순 발표에 불과했다.

"동무들!"

열의에 찬 젊은 목소리가 울렸다.

"주목하세요, 동무들! 여러분에게 영광스러운 소식을 전하겠습니다. 생산 진두에서 승리를 거두었습니다! 방금 완료된 가종 소비재 생산량 보고에 따르면 생활 수준이 전년 대비 20퍼센트나 향상되었습니다. 오늘 아침 오세아니아 전역에서 억누를 수 없는 자발적인 시위가 이어졌습니다. 사무실을 빠져나온 노동자들이 깃발을 들고 거리를 돌며, 빅 브라더께서 현명하신 지도력으로 우리에게 부여하신 새롭고 행복한 인생에 소리 높여 감사 인사를 전하고 있습니다. 목표가 완료된 수치 몇 가지를 알려드리겠습니다. 우선 식량은⋯⋯."

우리의 새롭고 행복한 인생이라는 구절이 여러 차례 반복되었다. 풍요부에서 최근 자주 쓰는 말이었다. 트럼펫 소리에 정신이 팔린 파슨스는 일종의 공허한 엄숙함인지 혹은 교화된 지루함인지 모를 표정을 지으며 텔레스크린에서 나오는 목소리에 귀를 기울이고 있었다.

그는 발표된 수치를 이해할 수는 없었지만 만족할 만한 이유가 어느 정도 있다는 것은 알고 있었다. 이미 다 타버린 시커먼 담배가 반이나 들어찬 커다랗고 더러운 파이프를 끄집어냈다. 일주일에 100그램 받는 담배 배급량으로 파이프의 끝까지 채우는 것은 거의 불가능했다. 윈스턴은 빅토리 담배를 조심스럽게 수평으로 든 채로 피웠다. 새 배급은 내일이나 되어야 받을 수 있는데 지금 남은 담배는 네 개비밖에 없었다. 그는 잠시 멀리서 들리는 소음에 귀를 닫고서 텔레스크린에서 쏟아져 나오는 소리에만 귀를 기울였다. 초콜릿 배급을 일주일에 20그램으로 올려주는 것에 대해 빅 브라더에게 감사드리는 시위까지 열린 모양이었다. 그는 어제까지만 해도 초콜릿 배급이 일주일에 20그램으로 줄어들 것이라고 했던 발표가 떠올랐다. 불과 24시간밖에 안 지났는데 이렇게 속아 넘어갈 수 있을까? 맞다. 사람들은 속아 넘어갔다. 동물처럼 멍청한 파슨스도 쉽게 속아 넘어갔다. 옆자리의 눈 없는 인간도 열렬히 미친 듯이 속아 넘어갔다. 그는 지난주의 초콜릿 배급량이 30그램이었다고 말하는 사람은 누구라도 찾아내서 맹렬히 비난하고 증발시켜버리겠다는 열렬한 열의를 갖고 있었다. 사임도 이중사고와 연관된 다소 복잡한 방식으로 속아 넘어갔다. 그렇다면 그 사실을 기억하는 유일한 사람은 윈스턴 한 사람일까?

텔레스크린에서 기막히게 좋은 통계 자료가 끊임없이 쏟아져 나왔다. 작년 대비 식량과 의류, 주택, 가구, 요리 기구, 연료, 배, 헬리콥터, 책, 아기까지 많아졌다. 질병과 범죄, 정신병을 제외하고 늘어나지 않은 게 없었다. 해마다 시시각각 모든 사람과 모든 것이 윙윙 소리를 내며 급속히 증가하고 있었다. 윈스턴은 사임이 좀 전에 그런 것처럼 테이블 위로 이리저리 떨어진 연한 고깃국물에 숟가락을 담근 다음 기다란 줄무늬를 그리기 시작했다. 그는 삶의 물질적인 본질에 대해 분한 마음으로 곰곰이 생각했다. 삶이 원래 늘 이랬던가? 음식에서 늘 이런 맛이 났던가? 그는 구내식당을 둘러보았다. 사람들이 빽빽하게 들어찬 천장이 낮은 구내식당을 둘러보자, 수많은 사람이 만져서 때가 찌든 벽과 다른 사람의 팔꿈치가 닿을 만큼 빽빽하게 배치한 낡은 철제 테이블과 의자, 구부러진 숟가락, 옴폭 파인 쟁반, 표면은 기름에 절고 금이 간 곳마다 때에 절은 지저분한 하얀 머그잔, 질 나쁜 합성 재료로 만들어 시큼한 냄새가 나는 술과 커피와 쉰내 나는 스튜와 더러운 옷들이 눈에 들어왔다. 이 모습을 보고 있으면 위장과 피부가 그것들을 거부했다. 응당 누려야 할 것을 누리지 못하고 속았다는 기분이 들었다. 지금과 전혀 다른 상황은 기억에 없었다. 그가 기억할 수 있는 어느 때에도 먹을 것은 충분하지 않았고, 양말과 속옷은 구멍이 숭숭 뚫렸고, 가구는 늘 낡아서 무너질 것 같고, 방에는 난방이 들어오지 않았고, 지하철은 붐볐고, 집은 낡았고, 빵은 거무튀튀하고, 차는 희귀하고, 커피는 지독히도 더러운 맛이 나고, 담배는 부족했다. 싸고 넘치는 것은 합성 진뿐이었다. 물론 사람이 나이가 들면 몸이 나빠지는 것은 당연한 일이다. 하지만 불안과 더러움, 궁핍, 끝없는 겨울 추위, 찐득한 양말, 결코 작동하지 않는 엘리베이터, 찬물, 모래처럼 까끌까끌한 비누, 부스러지는 담배, 묘하게 지독한 맛이 나는 음식에 질린다면 그건 이런 상황이 삶의 자연스러운 섭리가 아니라는 징조가 아닐까? 상황이 예전에는 달랐다는 오래전 기억이 있지 않다면 이런 것을 못 견디겠다는 기분이 왜 들겠는가?

윈스턴은 다시 구내식당 안을 둘러보았다. 거의 모든 사람의 모습이 추해 보였다. 당원 복장인 파란 작업복 대신 잘 차려입었더라도 여전히 못생겨 보일 것이다. 구내식당 한쪽 구석에 혼자 테이블을 차지한 채 커피를 마시는 남자가 보였다. 기이하게도 딱정벌레처럼 생긴 자그마한 남자는 수상쩍은 눈빛으로 구내식당 이쪽저쪽을 흘낏거리고 있었다. 윈스턴은 주변을 돌아보지만 않으면 당이 이상적인 신체 조건이라고 생각하는 사람들, 활력이 넘치고 피부는 햇볕에 그을리고 머리카락은 금발인 큰 키에 근육질 청년과 가슴이 풍만한 금발 처녀들이 실제로 존재한다고, 아니 심지어 아주 많다고 쉽게 믿을 수도 있겠다는 생각이 들었다. 그런데 윈스턴이 지금까지 판단하건대 제1공대의 인구 중 작은 키에 피부가 검고 못생긴 사람들이 대다수였다. 정말 어릴 때부터 통통하게 자라서 그 짧은 다리로 종종걸음을 치고, 두 눈은 작고 표정도 없는 빵빵한 얼굴을 가진, 땅딸막한 딱정벌레같이 생긴 그런 사람들이 정부 청사에서 저렇게 많이 일하게 되었는지 정말 기이했다.

트럼펫 소리가 다시 한번 울리더니 풍요부의 발표는 끝이 나고 깡통이 찌그러지는 것 같은 음악 소리가 나왔다. 폭격처럼 퍼붓는 통계 수치에 희미하게 열이 오른 파슨스가 입에서 파이프를 끄집어냈다.

"풍요부가 올해 정말 대단한 일을 했네."

그는 뭘 아는 것처럼 고개를 흔들며 이야기를 꺼냈다.

"그건 그렇고, 스미스. 혹시 면도날 있으면 나한테 하나만 빌려줄 수 있어?"

"하나도 없어. 나도 6주째 면도날 하나로 버티고 있어."

윈스턴이 대답했다.

"아, 그래. 그냥 물어본 거야."

"미안해."

윈스턴이 얘기했다.

풍요부의 발표가 진행되는 동안 잠시 잠잠했던 옆 테이블의 꽥꽥 소리가 아까처럼 다시 크게 시작되었다. 윈스턴은 성긴 머리카락에 얼굴 주름 사이로 때가 낀 파슨스 부인이 왠지 모르게 갑자기 생각났다. 2년 안에 부인의 아이들은 부인을 사상경찰에 고발할 것이다. 파슨스 부인은 증발할 것이다. 사임도 증발할 것이다.

윈스턴도 증발할 것이다. 오브라이언도 증발할 것이다. 반면 파슨스는 절대 증발하지 않을 것이다. 꽥꽥대는 저 눈 없는 인간도 절대로 증발하지 않을 것이다.

정부 청사의 미로 같은 복도를 종종걸음으로 무척이나 민첩하게 돌아다니는 딱정벌레 같은 저 작은 인간들도, 창작국에서 일하는 검은 머리 여자도 절대 증발하지 않을 것이다. 그는 무엇 때문에 살아남는지 쉽게 말할 수는 없지만 누가 살아남고 누가 죽을지 본능적으로 알 것 같았다.

바로 이 순간 그는 진저리를 치면서 명상에서 빠져나왔다. 옆 테이블에 앉은 여자가 고개를 살짝 돌려서 그를 바라보고 있었다. 검은 머리 여자였다. 그녀는 곁눈질로 그를 바라보고 있었지만, 이상하게 눈빛이 강렬했다. 검은 머리 여자는 윈스턴의 눈과 시선이 마주치자 고개를 다시 돌려버렸다.

윈스턴의 등에서 땀이 솟았다. 끔찍한 공포가 그의 몸을 뚫고 지나갔다. 공포는 곧 사라졌지만 성가시고 불편한 마음이 남았다. 왜 그녀는 그를 바라보고 있었을까? 왜 그녀는 계속 그를 따라다녔을까? 그가 구내식당에 도착했을 때 그녀가 이미 테이블에 앉아 있었는지 아니면 나중에 들어온 것인지 기억나지 않았다. 그런데 어쨌든 어제 2분 증오 기간에 그녀는 그럴 필요가 전혀 없는데도 바로 그의 뒷자리에 앉았었다. 그녀의 진짜 목적은 그의 말을 귀 기울여 듣다가 그가 큰 소리로 고함치는 것은 아닌지 확인하려는 것이 분명했다.

그는 일전에 했던 생각이 다시 떠올랐다. 아마도 그녀는 사상경찰이 아닐지도 모른다. 하지만 가장 위험한 아마추어 스파이가 분명했다. 그는 그녀가 자신을 얼마 동안 바라보고 있었는지 모르지만 한 5분 정도일 것이라는 생각이 들었다. 그동안이면 그가 표정을 완벽하게 관리하지 못했을 가능성이 있었다. 공공장소나 텔레스크린의 감시가 가능한 장소에서 사색에 잠기는 것은 정말 위험한 행동이었다. 아주 사소한 행동으로도 정체가 드러날 수 있다. 긴장으로 인한 경련과 무의식적으로 불안해하는 표정, 혼자 중얼거리는 습관 등 그 어떤 행동으로도 비정상이거나 숨길 것이 있다는 인상을 줄 수 있다. 어떤 경우든, 얼굴에 부적절한 표정(예를 들어 승리가 발표되었을 때 믿을 수 없다는 표정)을 지으면 그 자체로 처벌이 가능했다. 심지어 새말로 이를 뜻하는 단어도 있었다. '표정죄'라는 죄명이었다.

검은 머리 여자는 다시 그에게 등을 돌렸다. 아마도 여자가 그를 따라온 것이 아닐지도 모른다. 여자가 이틀 연속 그와 가까운 자리에 앉은 것은 우연일지도 모른다. 담뱃불이 꺼지자 그는 테이블 모서리에 담배를 조심스럽게 두었다. 담배를 제대로 간직할 수만 있다면 일이 끝난 후에 마저 피울 것이다. 옆 테이블에 앉은 사람이 사상경찰의 첩보원이고 그래서 사흘이 지나기 전에 애정부 지하에 갇히게 될지도 모르지만, 담배는 아껴야만 했다. 사임은 종잇조각을 접어서 주머니에 집어넣었다. 파슨스가 다시 이야기를 꺼냈다.

"내가 이런 얘기 한 적 있나?"

그는 담뱃대를 입에 문 채 낄낄거리며 이야기를 시작했다.

"우리 두 애들이 나이 든 시장 아줌마의 치마에 불을 붙인 적이 있어. 우리 애들이 아줌마가 B. B의 포스터로 소시지를 포장하는 걸 봤거든. 얘네들이 아줌마 뒤로 살금살금 가서는 성냥통으로 불을 붙였다지. 아줌마는 꽤 심한 화상을 당했을 거야. 꼬마 악당들이지? 그래도 열성은 정말 끝내줘! 요새 그게 스파이단에서 아이들한테 하는 1등급 훈련이래. 우리 때보다 훨씬 나아. 자네 생각에 거기서 얘들한테 최근에 뭘 주었을 것 같아? 열쇠 구멍으로 이야기를 엿듣는 보청기를 준대! 지난날 저녁에 우리 딸애가 하나 집으로 갖고 왔거든. 거실문에 대고 시험을 했는데 그냥 구멍에 귀를 댄 것보다 두 배는 더 잘 들린다네. 물론 그건 그냥 장난감이지만, 그래도 아주 올바른 생각을 심어주잖아, 응?"

바로 그 순간 텔레스크린에서 귀청이 먹을 듯한 호루라기 소리가 터져 나왔다.

일터로 돌아가라는 소리였다. 세 남자는 벌떡 일어나서 엘리베이터를 타려고 꾸역꾸역 몰려드는 사람들 사이로 끼어들었다. 그때 윈스턴의 담배에 남아 있던 담뱃가루가 바닥으로 떨어졌다.

6

윈스턴은 일기를 쓰는 중이었다.

3년 전이었다. 어두운 저녁, 커다란 기차역 근처의 좁은 골목길에서였다. 빛 한 줄기 나오지 않는 가로등 아래 담장에 붙은 문 근처에 그녀가 서 있었다. 짙은 화장을 했지만, 얼굴은 어려 보였다. 가면을 쓴 것처럼 하얀 분 화장과 선명한 빨간 입술이 특히 내 마음에 들었다. 여성 당원들은 절대 화장하지 않는다. 길거리에는 아무도 없었다. 텔레스크린도 없었다. 그녀가 2달러를 불렀다. 나는…….

그런데 그 순간 이야기를 계속 쓰기가 정말 어려웠다. 두 눈을 감은 그는 계속 떠오르는 그 장면을 떨쳐버리기 위해 손가락으로 두 눈을 꾹 눌렀다. 그는 목청껏 한바탕 욕을 퍼붓고 싶은 강렬한 유혹에 시달렸다. 아니면 벽에 머리를 박거나 테이블을 발로 차거나 잉크병을 창문에 내던지고 싶었다. 자신을 괴롭히는 기억을 떨쳐버릴 수만 있다면 난폭하거나 시끄럽거나 고통스러운 것이라도 다 할 마음이 있었다.

그는 가장 무서운 적은 본인의 신경계라는 생각이 들었다. 우리 몸속의 긴장은 어느 순간이든 눈에 보이는 어떤 증상으로 드러나게 마련이다. 그는 몇 주 전 길거리를 지나치던 한 남자가 생각났다. 무척 평범하게 생긴 남자는 서른다섯에서 마흔 살 정도로 보이는 당원이었다. 키가 크고 마른 남자는 서류 가방을 들고 있었다. 두 사람의 거리가 몇 미터 정도 떨어졌을 때 남자의 왼쪽 얼굴에서 갑자기 경련 같은 것이 일어났다. 두 사람이 서로 지나치는 바로 그 순간에도 또다시 경련이 일어났다. 카메라 셔터가 찰칵하는 것처럼 아주 빠르게 씰룩이는 떨림에 불과했지만, 습관이 분명했다. 그는 당시 이런 생각이 들었다. 저 가련한 인간도 끝장났네. 가장 무시무시한 점은 그런 행동은 거의 무의식적으로 일어난다는 것이었다. 가장 치명적으로 위험한 행동은 바로 잠꼬대였다. 그가 아는 한 잠꼬대를 막을 방법은 없었다.

그는 잠깐 숨을 고른 다음 계속 글을 써 내려갔다.

난 그녀와 함께 출입구를 지나서 뒷마당을 가로지른 다음 지하실의 부엌으로 들어갔다. 벽에 붙여놓은 침대 하나와 테이블 위에 놓인 불빛이 기의 없는 램프 하나가 보였다. 그녀는…….

그는 이를 악물었다. 침을 뱉고 싶었다. 지하실 부엌에 여자와 함께 있으니 아내 캐서린이 생각났다. 윈스턴은 유부남이었다. 어쨌든 그는 결혼했던 몸이었다. 아내가 죽지 않은 것으로 알고 있으니, 여전히 결혼한 상태일 것이다. 지하실 부엌에서 벌레와 더러운 옷과 지독한 싸구려 향수 냄새가 섞여 고약한 냄새가 나는 것 같았다. 그런 지독한 냄새가 나는데도 왠지 유혹적이었다. 여성 당원들은 결코 향수를 쓰지 않기 때문이었다. 아니 상상도 할 수 없는 행동이었다. 프롤들만 향수를 썼다. 그의 머릿속에서 향수 냄새는 어쩔 수 없이 간음과 뒤섞인 것이었다.

그가 여자와 잔 것은 근 2년 만에 저지른 일탈이었다. 창녀와 관계를 맺는 것은 당연히 금지된 행위였지만 이따금 용기를 내서 깨도 될 만한 수준이었다. 위험하지만 생사가 걸린 문제는 아니었다. 창녀와 함께 있다가 적발되면 강제 노동 수용소에서 5년을 살 수도 있었지만, 그 이상의 죄를 짓지 않으면 더 큰 벌은 받지 않았다. 게다가 현장에서 걸리지만 않으면 되니까 그렇게 어려운 일도 아니었다. 빈민가에는 몸을 팔 여자들이 떼로 있었다. 심지어 술 한 병으로 살 수 있는 여자들도 있었다. 프롤들은 술을 마시는 것이 금지되었기 때문이다. 당은 완전히 억누를 수만은 없는 본능의 배출구로 매춘을 은근히 부추기는 경향이 있었다. 그런 일이 은밀하게 이뤄지고, 엄청난 쾌락이 있는 것도 아니었기에 멸시당하는 빈곤 계급의 여자들하고만 관계가 이뤄진다면 단순한 방탕은 그렇게 중요한 문제가 아니었다. 하지만 당원들 간에 이뤄지는 난교는 용서할 수 없는 범죄였다. 대숙청 때마다 고발당한 사람들이 그런 죄를 늘 고백하지만 실제로 그런 일이 일어난다고 상상하기는 어려웠다.

당의 목표는 남녀 간에 통제할 수 없는 충실한 애정이 생기는 것을 막는 것만은 아니었다. 겉으로 드러내지 않은 당의 실질적인 목표는 성행위로 인한 모든 쾌락을 없애는 것이었다. 부부 관계든 혼외 관계든 사랑보다는 성애가 더 큰 장애물이었다. 당원들 간의 결혼은 모두 담당 위원회의 승인을 받아야 했다. 명확하게 명시된 원칙은 없지만, 결혼할 남녀가 서로 성적으로 끌리는 인상을 보이면 위원회는 그 결혼을 무조건 거부했다. 결혼의 유일한 목적은 당에 봉사할 아이를 생산하는 것이었다. 성적 결합은 관장처럼 살짝 역겹지만 사소한 시술로 간주되었다. 이런 의견이 명백하게 표현된 적은 없지만 모든 당원은 어린 시절부터 간접적으로 이렇게 생각하도록 세뇌당했다. 심지어 남녀 간의 완전 금욕을 권장하는 청년반성동맹 같은 조직들도 있었다. 아이들은 모두 인공 수정(새말로 인수)을 통해 태어났고 공적 기관에서 양육되었다. 윈스턴은 이런 상황이 철저하게 의도된 것은 아니지만 어쨌든 당의 일반적인 이념과 어느 정도 맞아떨어진다는 생각이 들었다. 당은 성적 본능을 없애버리려고 했다. 혹시 없앨 수 없다면 성적 본능을 왜곡하고 추한 것으로 만들려고 애를 썼다. 윈스턴은 당이 이렇게까지 하는 이유를 알 수 없지만 그러는 게 당연한 것 같았다. 여성 당원들에 관한 당의 노력은 대체로 성공적이었다.

그는 다시 캐서린을 떠올렸다. 두 사람이 헤어진 지 9년, 10년

아니, 거의 11년이 다 되었다. 정말 희한하게도 그는 캐서린이 거의 생각나지 않았다. 그는 자신이 결혼했다는 사실을 며칠씩 잊어버릴 때도 있었다. 두 사람은 겨우 15개월 동안 같이 살았다. 당은 이혼을 허용하지 않았지만, 아이가 없는 경우 별거를 권장했다.

금발에 키가 큰 캐서린은 자세가 매우 곧고 동작이 아주 우아했다. 매부리코에 얼굴 윤곽이 뚜렷해서, 내면이 텅 비었다는 것을 알아차리기 전까지는 귀족적으로 보인다는 생각이 들 만한 얼굴이었다. 그는 결혼하자마자 어쩌면 다른 사람들보다 그녀를 더 잘 알아서 그런 것이겠지만, 지금까지 만난 누구보다 그녀가 가장 멍청하고 속되고 머리가 텅 빈 사람이라고 판단했다. 그녀의 머릿속에는 당의 슬로건밖에 없었다. 당이 그녀에게 나눠주는 것이라면 아무리 바보 같은 소리라도 몽땅 집어 삼켜버릴 수 있는 사람이었다. 그는 속으로 그녀에게 '인간 녹음기'라는 별명을 지어주었다. 그래도 딱 한 가지, 섹스만 괜찮았더라면 그는 그녀와의 결혼생활을 견딜 수 있었을 것이다.

그가 손을 대기만 하면 그녀는 바로 움찔하고 놀라며 몸이 굳어버렸다. 그녀를 안으면 마치 나무로 만든 관절 인형을 안는 것 같았다. 그리고 희한하게도 그녀가 그를 꼭 끌어안을 때도 온 힘을 다해 그를 밀쳐내는 것 같은 기분이 들었다. 뻣뻣하게 굳은 근육을 보고 있으면 그런 인상을 받을 수밖에 없었다. 그녀는 항상 두 눈을 꼭 감고 누워 있었다. 거부하지도 않았지만 협조하는 것도 아니었다. 그저 굴복하고 있었다. 그럴 때 그는 정말 수치스러웠다. 그러다 곧 끔찍한 기분이 들었다. 그래도 그는 두 사람이 성관계를 맺지 않고 사는 것으로 합의했더라면 그녀와의 결혼생활을 감내했을 것이다. 그런데 기이하게도 이런 상황을 받아들이지 않은 사람은 바로 캐서린이었다. 그녀는 꼭 아기를 낳아야 한다고 얘기했다. 그래서 별일이 없지 않으면 그런 행위가 일주일에 한 번씩 꽤 정기적으로 계속되었다. 그녀는 아침이면 저녁에 해야 할 일을 상기시키며 절대 잊지 말라고 당부했다. 그녀는 그런 행위에 이름까지 붙여서, '아기 만들기'나 '당에 대한 우리의 의무(그렇다, 그녀는 진짜 이렇게 얘기했다)'라는 표현을 썼다. 얼마 지나지 않아서 그는 약속된 날이 다가오는 것이 정말 끔찍하게 두려웠다. 다행히 둘 사이에 아기는 생기지 않았다. 결국 그녀는 임신 시도를 포기하기로 동의했다. 그리고 두 사람은 곧 헤어졌다.

윈스턴은 들리지 않게 한숨을 내쉰 후 다시 펜을 들고 글을 썼다.

그녀는 침대 위로 몸을 던졌다. 그녀는 아무런 예비 동작도 없이 정말 상상도 할 수 없을 정도로 음탕하고 끔찍하게 치마를 걷어 올렸다. 나는…….

그는 콧구멍에 스치는 벌레 냄새와 싸구려 향수 냄새를 맡으며 희미한 등불 아래 서 있었다. 그의 마음은 패배 의식과 적개심에 휩싸였다. 그는 바로 그 순간에도 당이 미치는 강력한 최면에 빠져 꽁꽁 얼어붙었던 캐서린의 하얀 몸을 떠올리고 있었다. 왜 항상 이런 식일까? 왜 그는 몇 년에 한 번씩 이렇게 추잡한 짓을 하는 대신 자기 여자를 가질 수 없는 걸까? 하지만 진정한 사랑의 행위는 거의 생각할 수도 없는 일이었다. 여성 당원들은 거의 똑같았다. 육체적 순결은 당에 대한 충성만큼 그들의 머릿속에 깊이 새겨진 덕목이었다. 학교와 스파이단과 청년동맹은 아주 이른 훈련(길들임)과 게임, 냉수 목욕, 강연, 퍼레이드, 노래, 슬로건, 군악을 동원해서 여성 당원들의 자연스러운 감정을 몰아냈다. 그는 이성적으로 생각해보면 예외가 있을 것이라고 예상했지만, 마음속으로는 믿을 수가 없었다. 여성 당원들은 당의 의도대로 모두 철벽같았다. 윈스턴은 사랑받는 것보다 평생에 단 한 번이라도 그 미덕의 벽을 무너뜨릴 수 있기를 더 바랐다. 성공적으로 치러진 성행위는 바로 반역이었고, 욕망은 사상죄에 해당했다. 캐서린이 아내일지라도 그녀의 욕망을 일깨울 수 있다면 유혹죄에 해당할 것이다.

어쨌든 나머지 이야기를 다 써야만 했기에 그는 글을 써 내려갔다.

나는 불빛을 더 환하게 켰다. 불빛 속에 바라본 그녀의 모습은…….

어둠에 익숙해져서 파라핀 램프의 희미한 불빛도 매우 환하게 느껴졌다. 그는 처음으로 여자를 잘 바라볼 수 있었다. 그는 여자 쪽으로 한 걸음 다가가다가 한없는 욕정과 두려움에 멈춰 섰다. 그는 여기로 오는 것이 얼마나 위험한지 아주 고통스럽게 의식하고 있었다. 그는 이곳을 빠져나오다가 순찰대에 붙잡힐 가능성도 충분했다. 이 순간 순찰대가 문밖에서 기다리고 있을지도 모른다. 만약 그가 이리로 와서 하려고 했던 것을 하지도 못하고 떠난다면……!

그래도 글을 써야만 했다, 고백해야만 했다. 그는 갑자기 불빛

속에서 바라본 여자가 늙었다는 것을 알아차렸다. 얼굴에 바른 화장이 얼마나 두껍던지 마치 마분지로 만든 마스크처럼 금이 갈 것처럼 보였다. 흰머리도 드문드문 보였다. 그런데 정말 끔찍하게도 그녀가 살짝 입을 벌리자, 동굴 같은 까만 어둠만 드러났다. 여자는 이가 전혀 없었다.

그는 허겁지겁 글을 써 내려갔다.

불빛 아래서 본 그녀는 상당히 나이가 들어 보였다. 적어도 쉰 살은 된 것 같았다. 그래도 나는 그 짓을 하고 말았다.

그는 손가락으로 눈두덩을 다시 꾹 눌렀다. 드디어 글을 다 썼지만 아무런 차이도 없었다. 글을 쓰는 치료법은 아무 효과도 없었다. 상스러운 말을 목청껏 외치고 싶은 충동이 그 어느 때보다 강렬했다.

7

만약 희망이 있다면 그것은 프롤들에게 있다.

윈스턴은 이렇게 썼다. 희망이 있다면 그것은 분명 프롤들에게 있었다. 오세아니아 인구의 85퍼센트나 되면서도 무시당하는 인간들만이 당을 파멸시킬 힘을 발휘할 수 있기 때문이다. 당이 내부에서 전복될 가능성은 없다. 설사 당에 적이 있더라도 그 적은 서로

합칠 방법이 없었다. 아니 서로를 알아볼 방법조차 없었다. 혹시 전설의 형제단이 존재하더라도 그 단원들이 둘 혹은 셋 이상 모이는 것은 상상도 할 수 없는 일이었다. 반역이라고 해야 눈초리와 어조와 기껏해야 가끔 주고받는 속삭임밖에 없었다. 하지만 프롤들이 자신들의 힘을 의식할 수 있다면, 음모를 꾸밀 필요도 없을 것이다. 그들은 그저 파리를 쫓아내려는 말처럼 몸을 일으켜 흔들기만 하면 될 것이다. 그들이 마음만 먹는다면 내일 아침이라도 당을 산산조각 낼 수 있을 것이다. 그들이 그런 생각을 하게 될 날이 조만간 반드시 올 것이다. 하지만 아직은……!

그는 예전에 혼잡한 거리를 걷고 있는데 조금 앞쪽 골목에서 여자들 수백 명이 고함치는 엄청난 소리를 들은 기억이 떠올랐다. 우-우! 분노와 절망이 뒤섞인 무시무시한 함성이었다. 그 소리는 마치 종의 반향처럼 크고 굵게 울렸다. 그는 가슴이 두근거렸다.

'이제 시작이야! 폭동이야! 프롤들이 드디어 떨치고 일어난 거야!'

그는 이런 생각이 들었다. 그가 현장으로 달려갔더니 노점 가판대를 폭도처럼 에워싼 여자 200~300명이 보였다. 침몰하는 배 위에서 죽음을 기다리는 승객들처럼 비장해 보였다. 그런데 이 순간 전체의 절망은 개인의 싸움으로 갈라졌다. 노점 한곳에서 양철 냄비를 팔고 있던 모양이었다. 양철 냄비는 형편없이 조잡했다. 그래도 조리 기구는 어떤 물건이라도 구하기가 늘 어려웠다. 그런데 생각지도 못한 냄비가 나온 것이었다. 용케 물건을 산 여자들은 다른 여자들과 부딪치고 밀치며 냄비를 갖고 빠져나가려 애를 쓰고 있었다. 그때 물건을 사지 못한 여자 수십 명이 노점을 에워싼 채, 노점 주인이 다른 여자들만 편애한다거나 다른 곳에 물것이 더 있을 것이라며 큰 소리로 떠들고 있었다. 그때 뚱뚱한 여자 두 명이, 그 중 한 명은 머리카락이 산발이었는데 냄비 하나를 찾게 되었다. 두 여자는 서로 냄비 하나를 붙잡은 채 뺏으려고 필사적으로 몸부림을 치고 있었다. 한동안 두 여자가 냄비 하나를 잡아당기다가 그만 냄비 손잡이가 빠져버렸다. 윈스턴은 치를 떨며 두 사람을 바라보았다. 그런데 정말 한순간이지만 겨우 몇백 명의 목에서 터져 나온 함성은 그 위력이 정말 어마어마했다! 왜 이들은 정말 중요한 문제에 대해서는 이렇게 소리를 지르지 못하는 것일까?

그는 글을 써 내려갔다.

그들은 자각하지 않는 한 결코 반란을 일으키지 않을 것이다. 반란을 일으킨 후에야 자각하게 될 것이다.

방금 쓴 글을 곰곰이 생각해보니 당의 교본을 거의 베낀 것처럼 보였다. 물론 당은 프롤들을 구속에서 해방시켰다고 주장하고 있다. 혁명 이전에 프롤들은 자본가들에게 끔찍하게 억압당했고, 굶주리며 채찍질을 당했다. 여자들은 광산에서 강제 노동에 시달렸고(사실 여자들은 지금도 광산에서 일하고 있다), 아이들은 여섯 살만 되면 공장으로 팔려 갔다.

그런데 이와 동시에 이중사고의 원칙에 따라 당은 프롤들이 열등하게 태어난 족속이므로, 간단한 규칙 몇 가지로 동물처럼 복종시켜야 한다고 가르쳤다. 실제로 프롤들에 대해 알려진 사실은 거의 없었다. 그렇게 많이 알 필요도 없었다. 그들이 노동하고 번식을 지속하는 한 그들이 행하는 다른 활동은 전혀 중요하지 않았다. 마치 아르헨티나 평원에 풀어놓은 소 떼처럼 그냥 놔두었더니 저들은 자신들에게 자연스러운 생활방식, 즉 일종이 원시생활로 되돌아갔다. 그들은 밑바닥에서 태어나고 자라며, 열두 살에 노동을 시작하고, 아름다움과 성적 욕망이 꽃피는 짧은 황금기를 거쳐서 스무 살에 결혼하고, 서른에 중년이 되고, 예순이 되면 대부분 죽음을 맞이했다. 힘든 육체노동과 가사와 양육, 이웃과의 사소한 다툼, 영화, 축구, 맥주, 무엇보다 도박이 그들 인생에 제일 중요한 것들이었다. 이들을 통제하는 것은 그렇게 어렵지 않았다. 사상경찰 몇 명이 늘 이들 사이를 오가며 거짓 소문을 퍼트리고, 위험인물이 될 것으로 판단되는 개인 몇 명만 제거하면 아무 일도 없었다. 하지만 이들에게 당의 이념을 심어주려는 시도는 전혀 없었다. 프롤들이 강한 정치의식을 갖는 것은 바람직하지 않았다. 이들의 노동시간을 늘리거나 배급을 줄일 때마다 이들이 순순히 받아들이기 쉽게 원시적인 애국심에만 호소하면 충분했다. 심지어 이들은 가끔 불만이 일어나더라도, 아무 일도 일어나지 않았다. 왜 그런 일이 일어나는지 전체적으로 상황을 파악하지 못하기에 불만이 생겨도 아무 소용이 없었다. 이들은 그저 사소한 불평거리에만 초점을 맞출 뿐이었다. 대다수 프롤의 집에는 텔레스크린도 없었다. 심지어 경찰들은 이들을 거의 간섭하지 않았다. 런던에는 범죄가 어마어마하게 일어났다. 도둑, 노상강도, 창녀, 마약상, 온갖 협잡꾼들이 들끓는 범죄의 온상이 런던이었지만 이 모든 범죄가 프롤들 사이에서만 일어났기에 문제가 되지 않았다. 이들은 도덕적인 문제는 조상의 관례를 따랐다. 당이 주장하는 성적 금욕주의도 이들에

게는 강요되지 않았다. 성적 문란으로 처벌받지도 않았으며 이혼
도 허용되었다. 심지어 프롤들이 원한다거나 필요하다는 표시만 보
였더라면 종교적 예배도 허용되었을 것이다. 이들은 의혹의 대상도
되지 않았다.

'프롤과 동물은 자유롭다.'

당이 내건 슬로건이었다.

윈스턴은 손을 뻗어서 정맥류성 궤양 부분을 살살 긁었다. 그
부위가 다시 가렵기 시작했다. 혁명 이전의 삶이 실제로 어땠는지
알 수 없다는 생각이 계속 머릿속에 맴돌았다. 그는 파슨스 부인에
게서 빌린 어린이 역사 교과서를 서랍에서 꺼낸 다음 일기에 한 구
절을 옮겨 적기 시작했다.

그 옛날(교과서에 따르면) 영광스러운 혁명이 일어나기 전, 런던은 오
늘날 우리가 알고 있는 것처럼 아름다운 도시가 아니었다. 당시 런던
은 먹을 것이 부족하고, 가난한 사람 수백수천 명은 신발도 없이 맨발
로 돌아다니고, 지붕도 없는 곳에서 잠을 자야 하는 어둡고 더럽고 비
참한 곳이었다. 여러분 또래의 아이들은 일이 느리다고 채찍을 휘두르
고, 오래된 빵 부스러기와 물만 주는 잔인한 주인 밑에서 하루에 12시
간씩 일해야 했다. 이렇게 끔찍하게 가난한 사람들이 태반이었지만 부
자들은 몇 채 안 되는 아주 으리으리하고 멋진 저택에서 시중을 두는
하인을 서른 명이나 두고 살았다. 이들을 자본가라고 불렀다. 옆 페이
지에 보이는 사람들처럼 뚱뚱하고 못생긴 사람들이 바로 자본가였다.
이들은 프록코트라는 기다란 검정 코트를 입고, 실크해트라는 난로
연통 모양의 번쩍거리는 괴상한 모자를 쓰고 다녔다. 이 복장은 자본

가들의 제복으로 다른 사람은 입을 수 없는 옷이었다. 자본가들은 세상의 모든 것을 소유했고, 다른 사람은 모두 이들의 노예였다. 자본가들은 땅과 주택과 공장과 돈을 모두 독차지했다. 자본가들은 자기 말에 복종하지 않는 사람은 누구든 감옥에 집어넣을 수 있었다, 아니면 이들의 일자리를 빼앗거나 굶어 죽게 만들 수도 있었다. 평범한 사람이 자본가와 이야기할 때는 굽실대며 절을 하고 모자를 벗어서 '나리'라고 불러야 했다. 자본가들의 우두머리는 바로 왕이라고 불렸다. 그리고…….

하지만 윈스턴은 다음 내용은 익히 알고 있었다. 고급 아마사 재질의 소매를 덧댄 예복을 입은 주교들과 담비 털로 장식한 법복을 입은 법관들, 죄인에게 씌우는 칼, 죄인의 발목에 채우는 차꼬, 죄인이 밟아 돌리는 쳇바퀴, 끝이 아홉 가닥인 채찍, 런던 시장이 베푸는 연회, 교황의 발가락에 입을 맞추는 관습 등이 소개될 것이다. 또한 초야권이라는 것도 있는데 어린이 교과서에는 아마 언급되지 않을 내용이었다. 초야권은 자본가가 자신의 공장에서 일하는 여성이라면 누구라도 동침할 권리를 갖는 법이었다. 그중에 어느 정도가 거짓인지 어찌 알 수 있을까? 보통 사람의 삶이 혁명전보다 나아졌다는 말은 사실일지도 모른다. 그 반대라는 증거는 우리의 뼛속에 박힌 무언의 반항과 현재 처한 상황을 참을 수 없으며 과거의 삶은 분명 달랐을 것이라는 본능적인 느낌밖에 없었다. 그는 현대생활의 진정한 특징은 잔인함과 불안함이 아니라 적막함과 음산함과 무기력함이라는 생각이 갑자기 떠올랐다. 주위 사람들의 삶을 둘러보면, 텔레스크린에서 쏟아져 나오는 거짓말은 물론이고 당이 성취하려고 애써 노력하는 이상과 너무 크게 차이 났다. 심지어 당원들의 생활도 중립적이고 비정치적인 것들이 대부분이었다. 이들은 따분한 일을 꾸준히 해치우고, 지하철에서 자리다툼을 하고, 구멍 난 양말을 꿰매고, 사카린 정을 얻어내고, 담배꽁초를 아끼며 살아갈 뿐이었다. 당이 내세운 이상은 너무나 거창하고, 어마어마하고, 번쩍번쩍했다. 철과 콘크리트로 만든 세상이며 무시무시하게 거대한 기계와 가공할 만한 무기로 만든 세상이었다. 완벽한 조화를 이루며 행진하고, 모두 같은 생각을 하고, 같은 슬로건을 외치며, 끊임없이 일하고, 투쟁하고, 승리하고, 박해하는 전사들과 광신도들의 나라이며 3억 인구가 같은 표정을 지으며 살아가는 나라였다. 그러나 현실은 썩어가는 지저분한 도시들밖에 없었다. 이 도시에는 구멍 난 신발을 신고 이리저리 배회하는 굶주린 사람들과 삶은 양배추 냄새와 더러운 화장실 냄새만 늘 진동하는 낡아빠진 19세기식 주택만 존재했다. 그는 런던을 떠올리자 100만 개의 쓰레기통으로 뒤덮인 거대하고 황폐한 도시가 보이는 것 같았다. 그 도시의 모습에 꽉 막힌 배수관을 무력하게 만지작대던 파슨스 부인의 주름진 얼굴과 성긴 머리카락이 뒤섞여서 떠올랐다.

그는 손을 뻗어서 다시 한번 발목을 긁었다. 텔레스크린이 듣는 사람의 귀에 딱지가 생길 정도로 통계 자료를 밤낮으로 떠들어댔다. 요새는 사람들이 먹을 것과 옷이 더 많고, 집이 좋아지고, 여가생활을 더 누리고 있다는 소리였다. 사람들은 50년 전보다 더 오래 살며, 근무시간은 더 줄어들고, 체격이 커지고, 더 건강해지고, 더 강해지고, 더 행복해지고, 더 똑똑해지고, 교육 수준이 더 좋아지고 있다는 말이었다. 하지만 증명하거나 반박할 수 있는 말은 하나도 없었다. 예를 들어 당은 현재 성인 프롤 중 40퍼센트가 글을 읽고 쓸 수 있지만, 혁명 이전에는 그런 사람이 15퍼센트에 불과했다고 주장했다. 또한 당은 현재 유아 사망률이 1,000명당 160명에 불과하지만, 혁명 전에는 1,000명당 300명이었다고 주장했다. 이런 식의 주장이 계속 이어졌다. 미지수가 두 개인 단일 방정식과 같았다. 심지어 아무런 의심 없이 모든 것을 받아들이는 역사책 속의 말도 모조리 지어낸 공상 같은 이야기일 가능성이 꽤 컸다. 그가 알기로 초야권이라는 법이나 자본가라는 인간이나 실크해트 같은 모자는 아예 없을 수도 있었다. 모든 것이 희미해졌다. 과거는 지워지고, 지워진 것은 잊고, 거짓은 진실이 되었다. 그는 평생 살면서 딱 한 번 위조 행위를 입증할 수 있는 구체적이고 명백한 증거를 가진 적이 있었다. 그 사건 이후라는 그 사실이 중요하다. 그는 30초 동안 손가락 사이에 그 증거물을 쥐고 있었다. 1973년이 분명했다. 어쨌든 그와 캐서린이 헤어진 그쯤이었다. 그러나 실제 관련 있는 날짜는 7년이나 8년 전이었다.

이야기는 60년대 중반에 시작되었다. 혁명의 초창기 지도자들이 단번에 말살된 대숙청의 시기였다. 1970년이 되자 빅 브라더만 남고 살아남은 지도자는 아무도 없었다. 그때쯤에는 나머지 사람들도 모두 반역자나 반혁명 분자로 몰렸다. 골드스타인은 도망쳐서 아무도 모르는 곳에 숨어버렸다. 다른 사람들 몇몇은 그냥 사라졌고, 대다수는 극적인 공개재판에서 본인의 죄를 자백한 후 처형당했다. 남은 생존자 중에 존스와 애런슨과 러더퍼드라는 사람들이 있었다. 이 세 사람도 1965년에 체포되었다. 흔히 그런 것처럼 이들이 1년인가 2년 정도 사라져서, 살았는지 죽었는지 아무도 몰랐는데 갑자기 나타나 늘 그렇듯이 죄를 자백했다. 이들은 적(당시에도 적은 유라시아였다)에게 정보를 제공하고 공금을 횡령하고 신망받던 당원들을 살해하고, 혁명이 일어나기 훨씬 전부터 시작된 빅브라더의 지도력에 맞서는 음모를 꾸미고, 수십만 명을 죽음으로 몰아넣은 파괴 공작을 벌인 것을 자백했다. 이들은 이런 것들을 자백한 후 용서받고 당에 복귀했다. 실제로는 한직이지만 듣기에만 중요한 자리에 기용되었다. 세 사람은 자신들이 변절했던 원인을 분석하고 앞으로 보상하겠다는 길고 지루한 글을 〈타임스〉에 기고했다.

이들이 석방되고 얼마 지나지 않아 윈스턴은 밤나무 카페에서 세 사람을 실제로 본 적이 있었다. 그는 두려움에 떨면서도 곁눈질로 세 사람을 바라보며 매혹되었던 그때의 기억이 떠올랐다. 그보다 나이가 훨씬 많은 세 사람은 구시대의 유물이었으며 투지 넘치던 시절에 거의 마지막으로 남은 거물급 인사들이었다. 이들에게는 지하투쟁과 내전의 영광이 여전히 희미하게 남아 있었다. 그는 당시에도 사실과 날짜에 대한 기억이 가물가물했지만, 이들의 이름을 빅 브라더의 이름보다 훨씬 이전에 알았던 것 같았다. 하지만 이들은 범죄자이자 적이고, 접근 금지 인물로 1, 2년 이내에 확실히 처형될 운명이었다. 사상경찰의 손에 넘어간 사람 중에 도망친 사람은 아무도 없었다. 그들은 무덤으로 돌아가기를 기다리는 시체들이었다.

그들 근처의 테이블은 모두 비어 있었다. 그런 사람들의 곁에 앉는 것은 현명한 행동이 아니었다. 세 사람은 카페의 명물인 정향으로 향을 낸 진을 앞에 두고 아무 말도 없이 앉아 있었다. 셋 중에서 윈스턴의 눈에 가장 띈 사람은 바로 러더퍼드였다. 러더퍼드는 한때는 유명한 만화가였다. 그의 무시무시한 만화는 혁명 전과 혁명 중에 여론을 일으키는 데 한몫했다. 심지어 지금까지 아주 가끔 그의 만화가 〈타임스〉에 실렸는데 그의 초기 스타일을 간단히 모방한 것으로 기이할 만큼 생명력과 설득력이 없었다. 그것들은 빈민가 주택들과 굶주린 아이들, 시가전, 실크해트를 쓴 자본가들(이들은 바리케이트 위에서도 실크해트를 꼭 붙잡고 있었다)처럼 예전의 주제를 늘 반복할 뿐이었다. 과거로 돌아가려고 끝도 없이 끔찍하게 노력할 뿐이었다.

기름진 잿빛 머리를 덥수룩하게 기른 러더퍼드는 늘어지고 주름진 얼굴과 흑인처럼 두툼한 입술을 가진 괴물처럼 무시무시하게 큰 남자였다. 한때는 힘이 어마어마했을 것처럼 보였다. 이제 거대한 그의 몸은 늘어지고 기울고 튀어나와서 사방으로 무너져내리고 있었다. 그는 산이 무너지는 것처럼 이제 사람들 앞에서 허물어질 것처럼 보였다.

한가한 시간인 15시였다. 윈스턴은 어쩌다 그런 시간에 그 카페에 들어갔는지 기억이 잘 나지 않았다. 카페는 텅 비어 있었다. 텔레스크린에서 깡통이 찌그러지는 것 같은 음악 소리가 흘러나왔다. 아무 말 없이 구석에 앉아 있는 세 사람은 거의 움직이지 않았다. 주문도 하지 않았는데 웨이터가 진 석 잔을 새로 갖고 왔다. 세 사람 옆에 체스판이 보였다. 말도 모두 놓여 있었지만 게임은 시작되지 않았다.

그리고 30초 정도 텔레스크린에서 어떤 일이 일어났다. 선율이 바뀌더니 음조마저 바뀌었다. 그리고 뭐라고 설명하기 힘든 소리가 나왔다. 기이하게 갈라지는 듯한 소리인 것 같기도 하고 당나귀 울음소리처럼 야유하는 소리 같기도 했다. 윈스턴은 속으로 그 소리를 황색 선율이라고 불렀다. 그리고 텔레스크린에서 이런 노랫말이 나왔다.

> 울창한 밤나무 아래
> 나는 너를 팔고 너는 나를 팔았지
> 그들은 저기에 누웠고 우리는 여기에 누웠지
> 울창한 밤나무 아래

세 사람은 꼼짝도 하지 않았다. 하지만 윈스턴이 다시 심하게 무너져내린 러더퍼드의 얼굴을 보았을 때, 그의 눈에 눈물이 가득 고여 있었다. 그는 애런슨과 러더퍼드의 코가 부러진 것을 처음으로 알아챘다. 그는 속으로 몸서리를 쳤지만, 무엇 때문에 그랬는지 알 수 없었다.

얼마 후에 세 사람은 다시 체포되었다. 세 사람은 석방되자마자 새로 음모를 꾸민 것으로 드러났다. 두 번째 재판에서 세 사람은 다시 한번 예전 죄를 자백하고 새로운 죄도 모두 털어놓았다. 세 사람은 처형되고, 그들의 운명은 후세에 경종을 울리는 차원에서 당의 역사에 기록되었다. 이 일이 있고 난 후 5년쯤 지났을 때인 1973년, 윈스턴은 기송관을 통해 막 책상으로 떨어진 서류 다발을 펼치다가 종잇조각을 하나 발견했다. 누군가 다른 종이 사이에 끼워두었는데 빠지는 바람에 잊어버린 종잇조각이 분명했다. 그는 그 종잇조각을 펼치자마자 중요한 종이인 것을 바로 알아챘다. 10년 전 〈타임스〉에 기고된 기사의 반쪽(잘리고 남은 부분이 위쪽이어서 날짜가 보였다)이었다. 기사에는 뉴욕에서 열린 당의 행사에 참석한 대표단의 사진도 들어 있었다. 대표단 한가운데에 자리 잡은 존스와 애런슨과 러더퍼드가 바로 눈에 띄었다. 그들이 분명했다. 그들의 이름이 실린 사진 밑의 표제도 보였다.

세 사람 모두 1, 2차 재판에서 그날 유라시아 땅에 있었다고 자백했었다는 사실이 문제였다. 세 사람은 캐나다의 비밀 비행장에서 시베리아의 어떤 약속 장소로 날아가서 유라시아의 작전 참모들과 협의하고, 이들에게 중요한 군사 기밀을 팔아넘겼다. 그날이 세례 요한 축일이어서 윈스턴의 기억 속에 확실히 새겨져 있었다. 하지만 이 모든 이야기는 분명 수많은 다른 곳에도 다 기록되었을 것이다. 그러니 유일하게 가능성이 있는 결론은 단 하나, 즉 세 사람의 자백은 거짓이라는 결론밖에 없었다. 물론 이는 새롭게 발견된 사실이 아니었다. 심지어 당시에도 윈스턴은 대숙청 때 말살된 사람들이 실제로 기소된 범죄를 저질렀다고 생각하지는 않았다. 그래도 이것은 확실한 증거였다. 마치 엉뚱한 지층에서 발견되어 지질학적 이론을 뒤엎은 화석 뼈처럼 말살된 과거의 한 조각이었다. 어떻게든 이 사진을 공개해서, 사진의 중요성을 알릴 수만 있다면 당을 산산조각 내기에 충분했다.

그는 곧바로 일을 시작했다. 그는 사진을 보고 사진에 어떤 의미가 있는지 알아차리자마자 다른 종이로 덮어버렸다. 다행히 그가 사진을 펼칠 때 텔레스크린 쪽에서 보기에 거꾸로 놓여 있었다. 그는 무릎 위에 메모장을 두고 의자를 가능한 텔레스크린에서 멀리 떨어진 뒤쪽으로 밀쳐냈다. 얼굴을 무표정하게 만드는 것은 그렇게 어렵지 않았다. 심지어 호흡도 노력만 하면 조절이 가능했다. 하지만 심장 박동을 조절할 수는 없었다. 텔레스크린은 달라진 심장 박동을 잡아낼 만큼 꽤 정교했다. 그는 10분 정도 되었다고 생각될 때까지 기다렸다. 그사이 갑자기 책상 위로 획 불어닥치는 찬바람처럼 우연한 사고가 일어날까 봐 마음이 정말 조마조마했다. 그는 사진을 덮었던 종이를 다시 들추지도 않고 그 사진을 다른 폐지와 함께 기억 구멍 속으로 던졌다. 아마 1분도 지나지 않아서 그 사진은 재가 되어 부스러졌을 것이다.

그것은 10년 혹은 11년 전의 일이었다. 지금이라면 그는 그 사진을 간직했을 것이다. 사진 자체와 사진에 기록된 사건이 기억에 불과한데, 자신의 손가락 사이에 그 사진을 끼워두었던 사실이 지금까지도 중요한 일처럼 느껴지다니 정말 기이했다. 한때는 존재했지만 이제 더 이상 존재하지 않는 증거 한 조각 때문에 과거를 장악하는 당의 지배력이 약해질 수 있을까? 윈스턴은 이런 의문이 들었다. 그런데 현재 재가 되어버린 그 사진이 어떻게든 살아난다고 하더라도 그 사진은 증거가 될 수 없을 것이다. 그가 그 사진을 발견했을 당시에도 오세아니아는 유라시아와 전쟁 중이 아니었다. 그러니 죽은 세 남자가 이스트아시아의 첩보원들에게 나라를 팔아먹은 것이 분명했다. 그 이후로도 변경은 몇 번 더 있었다. 두 번, 세 번, 그는 몇 번인지 기억할 수도 없었다. 최초의 사실이나 날짜가 더 이상 아무런 의미가 없어질 때까지 세 남자의 고백은 분명 다시 쓰이고 또다시 쓰였을 것이다. 과거는 변경되기만 한 것이 아니라 계속해서 변경되었다. 그가 가장 괴로운 것은 왜 이런 엄청난 사기가 자행되는지 분명히 이해할 수 없다는 사실이었다. 과거를 날조해서 얻을 수 있는 즉각적인 이득은 분명했지만, 궁극적인 동기가 무엇인지 도무지 알 수 없었다. 그는 다시 펜을 들고 글을 썼다.

나는 방법은 이해가 된다. 하지만 이유는 이해할 수 없다.

윈스턴은 전에도 몇 번이나 생각했던 것처럼 자신이 미쳤을지도 모르겠다는 생각이 들었다. 미친 사람은 그저 소수에 불과할 것이다. 한때는 지구가 태양의 주위를 돈다고 믿으면 미쳤다는 조짐을 보인 것이었다. 하지만 지금은 과거를 변경할 수 없는 불변이라고 믿으면 미친 사람이 되는 시대가 되었다. 윈스턴 혼자 그런 믿음을 가지고 있을지도 모른다. 만약 그렇다면 그는 미친 사람이 되는 것이다. 하지만 그는 자신이 미친 사람이라는 생각 때문에 크게 괴롭지는 않았다. 자신이 틀렸을지도 모른다는 생각이 두려울 뿐이었다.

그는 어린이 역사 교과서를 집어 들고서 속표지를 장식한 빅 브라더의 초상화를 자세히 들여다봤다. 최면을 거는 듯한 빅 브라더의 두 눈이 그의 두 눈을 쏘아보고 있었다. 마치 엄청난 힘이 짓누르는 것만 같았다. 그 힘이 두개골을 뚫고 들어와, 뇌를 두드리고, 신념을 몰아내라고 겁을 주고, 감각으로 확인한 증거를 부정하라고 설득하고 있었다. 결국 당은 둘 더하기 둘은 다섯이라고 선언하고, 그것을 믿게 할 것이다. 당은 조만간 그런 말도 안 되는 주장을 펼칠 것이 분명하다. 필연적인 일이다. 당의 논리가 그런 것을 요구하기 때문이다. 그들의 철학은 경험의 타당성뿐만 아니라 실재하는 외적 현실마저 암묵적으로 부정하는 것이었다. 이단의 이단은 상식이었다. 가장 두려운 것은 당이 당과 다르게 생각하는 사람을 죽이는 것이 아니라 당의 생각이 옳을 수도 있다는 사실이었다. 결국 둘 더하기 둘이 넷이라는 것이 옳다는 것을 어떻게 알겠는가? 중력의 작용은? 과거를 바꿀 수 없다는 것은? 과거와 외적 세계가 마음속에만 존재하는 것이고, 그 마음 자체가 통제할 수 있는 것이라면? 그럼 어떻게 되는 것일까?

하지만 안 돼! 갑자기 용기가 저절로 불끈 솟았다. 무슨 뚜렷한 연관도 없이 오브라이언의 얼굴이 그의 머릿속에 떠올랐다. 그는 오브라이언이 자기편이라는 사실을 전보다 더 확실하게 알았다.

윈스턴은 오브라이언을 위해 일기를 쓰고 있었다. 이제는 오브라이언에게 쓰는 일기였다. 그것은 읽어줄 사람이 아무도 없는 끝없이 계속되는 일기였다. 하지만 특정 인물에게 이야기를 건네는 것이기에 그런 사실이 영향을 미칠 수밖에 없는 일기였다.

당은 사람들에게 눈이나 귀로 확인한 증거를 거부하라고 요구한다. 그것은 당이 내린 최종 명령이며 가장 본질적인 명령이었다. 그는 자신을 내리누르는 당의 어마어마한 위력을 생각하자 가슴이 덜컥 내려앉았다. 당의 지식인은 누구라도 토론 중에 자신을 쉽게 굴복시키고, 그가 대답은커녕 이해할 수도 없는 교묘한 논리를 끄집어낼 것이다. 하지만 그가 옳았다! 그들은 틀렸고 그가 옳았다. 분명한 것, 단순한 것, 진실한 것은 지켜야 한다. 자명한 것은 진실하며 고수해야 한다! 세상은 확고하게 존재하며 그 세상의 법칙은 변하지 않는다. 돌은 단단하고, 물은 축축하며, 허공에 뜬 물체는 지구의 중심을 향해 떨어진다. 그는 오브라이언에게 이야기하는 기분으로, 또한 자명한 이치를 발표한다는 기분으로 글을 썼다.

둘 더하기 둘은 넷이라고 말할 수 있는 것이 자유다. 이것이 허용
된다면 다른 것도 모두 따라오게 마련이다.

8

복도 어디선가 커피(빅토리 커피가 아니라 진짜 커피) 볶는 냄새가
나더니 거리로 퍼져 나왔다. 윈스턴은 자신도 모르게 걸음을 멈
췄다. 아마 약 2초 동안 반쯤 잊어버린 어린 시절의 세상으로 돌아
갔다. 그때 문이 꽝 닫히는 소리가 나더니 커피 볶는 냄새가 마치
소리인 것처럼 뚝 끊겨버렸다.

그는 보도를 몇 킬로미터 걸었더니 정맥류성 궤양이 욱신거
렸다. 지난 3주 동안 공회당에 빠진 것이 이번이 두 번째였다. 당에
서 출석 횟수를 철저히 조사하고 있는 걸 알면서도 빠지다니 경솔
한 행동이었다. 원칙적으로 당원은 여가를 가질 수 없다. 잠잘 때
를 제외하곤 혼자 있는 것은 금물이었다. 일하거나 먹거나 잘 때가
아니면 단체 오락에 참여해야 했다. 고독을 즐기는 것을 내색하는
행동이라면 심지어 혼자 산책하는 것도 다소 위험했다. 새말로 이
것을 '자기삶'이라고 불렀는데 개인주의와 기이한 행동을 의미했다.
하지만 오늘 밤 청사를 나오자마자 그는 4월의 그윽한 향기에 끌
리고 말았다. 하늘은 올해 바라본 것 중에 가장 포근하고 파랬다.
그런데 공회당에서 지루하고 진 빠지는 게임을 하고, 강연을 들

고, 삐걱대는 동지애를 술로 달래며 시끄럽게 기나긴 밤을 보낼 생각을 하니 갑자기 참을 수가 없을 것 같았다. 그는 충동적으로 버스 정거장에서 발길을 돌려 런던의 미로 속으로 정처 없이 돌아다녔다. 처음에는 남쪽으로 다음에는 동쪽으로 그리고 다시 북쪽으로, 이름 모를 거리를 돌아다니며 어느 방향으로 가는지 신경도 쓰지 않았다.

'희망이 있다면, 그것은 프롤들에게 있다.'

그는 일기에 이렇게 썼다. 알 수 없는 진실이자 명백하게 터무니없는 이 구절이 계속 생각났다. 그는 예전에 세인트 판크라스 역이었던 북동쪽에 있는 우중충한 빈민가 어딘가에 이르렀다. 그는 낡아빠진 출입구가 도로로 바로 나 있는 아담한 이층집들이 늘어선 자갈길 위를 걷고 있었다. 이층집들을 보고 있으니 이상하게도 쥐구멍이 떠올랐다. 자갈길 사이 이곳저곳에 더러운 물이 고인 웅덩이가 드러났다. 어두운 출입구 안팎과 양쪽으로 갈라진 좁은 골목길 사이를 지나다니는 수많은 사람이 보였다. 립스틱을 어설프게 바른 아가씨들과 이렇게 활짝 피어난 아가씨들을 쫓아다니는 총각들, 저 아가씨들이 10년만 있으면 어떤 모습이 될지 보여주는 뒤뚱뒤뚱 걷는 여자들, 밭장다리를 질질 끌고 다니는 허리 굽은 노인네들, 더러운 물웅덩이 속에서 놀다가 어머니의 화난 고함을 듣고 이리저리 흩어지는 맨발에 누더기를 입은 아이들이 우글거렸다.

이 거리의 창문 중 4분의 1은 깨져서 판자를 덧댄 상태였다. 아무도 그에게 관심을 보이지 않았다. 그런데 호기심 어린 경계의 눈으로 그를 바라보는 사람들이 몇몇 있었다. 몸집이 어마어마하게 큰 여자 두 명이 앞치마 위로 붉은 팔뚝을 드러낸 채 출입구 앞에

서서, 수다를 떨고 있었다. 윈스턴은 그쪽으로 다가가며 이야기를 몇 마디 주워들었다.

"'그럼.' 내가 그렇게 말했잖아, '아주 다 맞는 말이야.' 내가 그랬잖아. '하지만 네가 내 입장이었다면 너도 딱 나처럼 했을걸. 욕이야 쉽지.' 내가 그랬어. '근데 넌 나 같은 일을 당하진 않았잖아.'"

"암, 맞는 말이야."

상대편 여자가 대답했다.

"아주 딱 맞는 말이야."

귀에 거슬리는 여자들의 목소리가 뚝 끊겼다. 윈스턴이 지나가자 여자들은 말없이 적대적으로 그를 빤히 쳐다봤다. 그런데 꼭 적대감은 아니었다. 낯선 동물이 지나치면 순간적으로 몸이 굳는 일종의 경계심 같은 것이었다. 당원들이 입는 파란 작업복은 이런 길거리에서 흔히 볼 수 있는 복장이 아니었다. 확실한 볼일도 없으면서 이런 곳에서 눈에 띄는 것은 현명한 행동이 아니었다. 우연히 순찰대원을 만난다면 검문을 받을 수도 있었다. "동무, 신분증 좀 보여주시죠? 여긴 무슨 볼일로 왔습니까? 퇴근은 몇 시에 했습니까? 집으로 갈 때 원래 이 길로 갑니까?" 하는 질문이 끝없이 이어질 것이다. 물론 평소 다니던 길과 다른 길로 집에 돌아가지 말라는 법은 없다. 하지만 사상경찰이 알면 주의를 끌기 충분한 행동이었다.

갑자기 거리 전체가 술렁거렸다. 사방에서 조심하라고 아우성치는 소리가 들렸다. 사람들이 토끼처럼 문 안으로 휙 들어가고 있었다. 어떤 젊은 여자가 윈스턴 바로 앞에 있는 문밖으로 뛰어나오더니 웅덩이에서 노는 어린아이를 잡아채서 앞치마로 감싼 다음 다시 문안으로 휙 뛰어 들어갔다. 순식간에 일어난 일이었다. 그와 동시에 콘서티나(작은 아코디언) 같은 검은 양복을 입은 남자가 골목길에서 튀어나오더니 윈스턴을 향해 달려오며 초조하게 하늘을 가리켰다.

"증기선이요!"

남자가 소리쳤다.

"조심하세요, 나리! 빵 터질 거예요. 어서 엎드리세요!"

'증기선'은 무슨 이유인지는 모르지만, 프롤들이 로켓탄에 붙여준 별명이었다. 윈스턴은 바로 바닥에 엎드렸다. 프롤들이 이렇게 경고할 때는 거의 들어맞았다. 그들은 로켓이 음속보다 빠른데도 로켓이 날아올 때 몇 초 전에 미리 알아챌 수 있는 본능 같은 것이 있는 것 같았다. 윈스턴은 두 팔로 머리를 감쌌다. 길바닥이 들썩일 것처럼 으르렁 소리가 들리더니 가벼운 파편들이 윈스턴의 등 뒤로 후드득 소나기처럼 떨어졌다. 그가 몸을 일으키자 가장 가까운 유리창이 깨지면서 생긴 파편이 자신을 덮고 있었다.

그는 계속 걸었다. 폭탄이 떨어지며 200미터 근방의 집들이 폐허가 되었다. 하늘에는 검은 연기 기둥이 자욱하고, 그 아래로 횟가루 먼지가 구름처럼 쌓이고, 폐허 주위로 벌써 사람들이 몰려들었다. 앞에 있는 거리에 작은 석회 더미가 있었다. 석회 더미 한가운데에 선명한 붉은 줄이 보였다. 그곳으로 갔더니 손목 부근에서 잘린 사람의 손이었다. 피투성이가 된 잘린 부분만 빼면 손은 정말 하얘서 마치 석고처럼 보였다.

그는 그것을 도랑 속으로 걷어차버린 다음 폐허 주위로 모여든 사람들을 피해서 오른쪽 거리로 돌아갔다. 그는 3, 4분도 안 되어

폭탄이 떨어진 지역에서 벗어났다. 마치 아무 일도 없었던 것처럼 지저분하게 우글대는 거리의 일상은 지속되고 있었다. 20시가 다 되어갔다. 프롤들이 주로 다니는 술집(이들은 '펍pub'이라고 불렀다)은 손님들로 미어터질 지경이었다. 끊임없이 열렸다가 닫히는 더러운 반회전문 사이로 소변 냄새와 톱밥 냄새와 시큼한 맥주 냄새가 풍겼다. 앞면이 툭 튀어나온 어느 집 모퉁이에 바짝 붙은 채로 서 있는 남자 세 명이 보였다. 가운데 남자가 접힌 신문을 들고 있고, 옆의 두 남자는 어깨너머로 그 신문을 들여다보고 있었다. 윈스턴은 세 남자의 얼굴을 알아볼 만큼 가까이 가기도 전에 몸짓만 보고도 그들이 신문에 얼마나 정신이 팔렸는지 알 수 있었다. 정말 심각한 기사를 읽고 있는 게 분명했다. 윈스턴이 몇 발짝 뗀 순간 갑자기 세 사람이 서 있는 간격이 벌어지더니 두 남자가 심각한 언쟁을 벌였다. 두 사람은 바로 주먹다짐을 벌일 것처럼 보였다.

"내 말을 그렇게 못 알아듣겠어? 지난 14개월 동안 7로 끝나는 건 당첨된 적이 없다고 했잖아!"

"아니, 있어!"

"아니야, 없다니까! 지난 2년 동안 당첨된 번호를 모조리 적어놓은 종이가 우리 집에 있어. 내가 시계처럼 꼬박꼬박 적어놨다고. 7로 끝나는 숫자는……."

"아니, 7도 당첨된 적이 있어! 그놈의 숫자를 알려줄 수 있다고. 4 하고 7. 그걸로 끝났다고. 2월이었어. 그래 2월 둘째 주였어."

"2월은 망할 놈의! 내가 모조리 적어놨어. 그러니까 7로 끝나는 건……."

"야, 그만해!"

세 번째 남자가 소리쳤다.

그 세 사람은 복권 이야기를 하고 있었다. 윈스턴은 30미터쯤 간 후에 뒤를 돌아봤다. 세 사람은 여전히 아주 열을 내며 말다툼을 하고 있었다. 일주일에 한 번씩 어마어마한 상금이 걸리는 복권은 프롤들이 큰 관심을 보이는 유일한 공공 행사였다. 복권은 수많은 프롤이 살아가는 유일한 이유는 아니더라도 주된 이유는 되었다.

복권은 프롤들의 기쁨이자 우매함을 드러내는 것이며, 진통제 역할도 하는 지적인 자극제가 되어주었다. 복권에 관한 한, 읽기와 쓰기를 거의 모르는 사람들까지도 복잡한 계산 능력과 깜짝 놀랄 암기 능력을 발휘하는 것처럼 보였다. 복권과 예상 번호와 행운의 부적을 파는 일로 생계를 잇는 사람들이 무척 많았다. 윈스턴은 복권 운영과는 아무런 관계가 없었지만(복권은 풍요부가 관리했다), 복권 당첨금이 거의 허위라는 사실은 알고 있었다(당원이면 거의 모든 사람이 아는 사실이었다). 고작해야 소액이 지급되고, 복권 당첨금을 제대로 타는 사람은 존재하지 않았다. 오세아니아 내 지역 간에 소통이 전혀 없어서 이런 일을 쉽게 꾸밀 수 있었다.

그런데도 희망이 있다면 그것은 프롤들에게 있었다. 이 생각에 매달릴 수밖에 없었다. 말로는 그럴듯하게 들리지만, 거리를 지나는 사람들을 바라볼 때면 신념에 입각한 행위가 되었다. 윈스턴이 방향을 틀자 내리막길이 나타났다. 그는 전에도 이 근처에 와본 적이 있고 멀지 않은 곳에 큰 도로가 있을 것이라는 기분이 들었다. 앞쪽 어디선가 엄청나게 시끄러운 소리가 들렸다. 길이 급하게 꺾이더니 층계가 나왔다. 층계는 가게 주인 몇 명이 시들어진 채소를 팔고 있는 움푹 들어간 골목길로 이어졌다. 순간 윈스턴은 자신이 서 있는 곳이 어디인지 생각났다. 이 골목은 대로로 이어지고 다음에 방향을 틀어서 내려가면, 5분도 못 가서 지금 일기장으로 쓰는 공책을 샀던 고물상이 나타난다는 생각이 났다. 그는 고물상에서 가까운 작은 문방구에서 펜대와 잉크병을 샀다.

그는 계단 꼭대기에 잠깐 멈춰 섰다. 골목 맞은편에 성에가 낀 것처럼 보이지만 실제로 먼지가 뒤덮인 유리창이 달린 작은 펍이 하나 있었다. 허리는 굽었지만, 무척 팔팔해 보이고 새우 수염처럼 뻣뻣한 하얀 콧수염을 기른 노인 한 명이 문을 휙 밀고 가게 안으로 들어갔다. 윈스턴은 적어도 여든 살은 되어 보이는 노인을 보고 있으니, 그 나이면 혁명 이전에 이미 중년이었을 것이라는 생각이 문득 들었다. 그 노인과 그와 비슷한 연배의 노인들은 사라져버린 자본주의 세계와 현재를 연결하는 마지막 연결고리였다. 당 내부에는 혁명 이전에 사상을 형성한 사람들이 많이 남아 있지 않았다. 구세대는 50년대와 60년대에 자행된 대숙청 때 대부분 제거되었다. 살아남은 소수도 이미 오래전에 겁에 질린 나머지 지적으로 완전히 굴복하고 말았다. 20세기 초반의 상황을 사실 그대로 알려줄 사람이 있다면 프롤밖에 없었다.

윈스턴은 갑자기 일기장에 베껴 적은 역사책 속 구절이 머릿속에 떠오르더니 터무니없는 충동에 사로잡히고 말았다. 그는 펍으로 들어가서 노인과 안면을 트고 이런 질문을 던지고 싶었다. 그는 노인에게 이렇게 말할 것이다.

"어르신이 어렸을 때 어떻게 사셨는지 이야기 좀 들려주세요. 그 시절은 어땠나요? 지금보다 사는 게 더 좋았나요, 아니면 그때가 더 나빴나요?”

그는 꾸물거리다가는 겁에 질릴까 봐 서둘러 계단을 내려가 좁은 길을 건너갔다. 물론 그 생각은 미친 것이었다. 프롤들에게 말을 걸고 그들이 다니는 술집에 드나들면 안 된다는 법은 물론 없었다. 하지만 그렇게 별난 행동은 눈에 띄게 마련이었다. 만약 순찰대가 나타난다면 어지러워서 그랬다고 변명할 수도 있지만, 그들이 그런 말을 믿어줄 리가 없었다. 그가 술집 문을 열자 지독하게 시큼한 싸구려 맥주 냄새가 얼굴에 훅 끼쳤다. 그가 술집 안으로 들어서자 웅성대던 목소리가 반으로 줄어들었다. 자신의 파란 작업복을 응시하는 모든 사람의 눈길을 등 뒤로 느낄 수 있었다. 술집 한쪽 구석에 벌어지던 다트 게임도 한 30초쯤 중단되었다. 그가 따라왔던 노인은 바에 서서 매부리코에 팔뚝이 어마어마하게 굵은 체격 좋은 젊은 바텐더와 실랑이를 벌이고 있었다. 술잔을 들고 서 있는 몇몇 무리가 그 모습을 바라보고 있었다.

“내가 뭘 잘못했는데, 응?”

노인은 호전적으로 어깨를 펴며 얘기했다.

“이놈의 술집에 파인트 잔이 없다는 거야?”

“그놈의 파인트가 대체 뭔데요?”

손가락 끝으로 카운터를 짚은 바텐더가 몸을 앞으로 기울이며 물었다.

“이놈 좀 보게, 명색이 바텐더가 돼서 파인트도 몰라! 자, 파인트는 반 쿼트야. 4쿼트는 1갤런이고. 다음에는 A, B, C도 가르쳐야겠네.”

“그런 건 들어본 적 없어요.”

바텐더는 딱 잘라서 대답했다.

"리터 아니면 반 리터예요. 우린 그렇게만 팔아요. 앞에 있는 선반에 놓인 유리잔 좀 보세요."

"난 파인트가 좋아."

노인은 고집을 꺾지 않았다.

"파인트로 주면 좋잖아. 내가 젊었을 때는 빌어먹을 리터는 없었어."

"영감이 젊었을 때는 우리 모두 나무 꼭대기에서 살았잖아요."

바텐더는 다른 손님들을 흘낏 쳐다보며 대답했다.

웃음소리가 터져 나오더니 윈스턴이 들어서면서 생긴 불편한 분위기가 사라지는 것 같았다. 하얀 수염이 뒤덮인 노인의 얼굴이 벌게졌다. 혼자 중얼대며 돌아서던 노인은 윈스턴과 부딪혔다. 윈스턴은 노인의 팔을 살짝 붙잡으며 물었다.

"제가 한 잔 사드려도 될까요?"

"자네 신사네."

노인은 다시 어깨를 쫙 펴며 대답했다. 노인은 윈스턴의 파란 작업복을 아직 알아채지 못한 것 같았다.

"파인트!"

노인은 바텐더에게 저돌적으로 덧붙였다.

"맥주 1파인트."

바텐더는 두꺼운 유리잔을 카운터 밑에 있는 양동이에 집어넣어 헹군 다음, 진갈색 맥주를 반 리터씩 따라주었다. 프롤들이 드나드는 술집에서는 맥주만 마실 수 있었다. 프롤들은 원래는 진을 마실 수 없었지만 사실 진을 구하는 건 어렵지 않았다. 다트 게임이 다시 시작되더니 바 주변의 몇몇 사람들이 복권 이야기를 꺼냈다. 사람들은 윈스턴의 등장을 잠시 잊은 것 같았다. 창가 아래 송판으로 만든 테이블이 있었다. 거기라면 윈스턴과 노인은 누가 엿들을 걱정 없이 이야기를 나눌 수 있었다. 끔찍하게 위험했지만 어쨌든 술집 안에는 텔레스크린이 없었다. 윈스턴은 안에 들어서자마자 그것부터 확인했다.

"파인트로 주면 좋잖아."

노인은 맥주잔 앞에 앉으며 투덜댔다.

"반 리터는 부족해. 양이 안 차. 1리터는 너무 많고. 오줌보가 터지려고 하지. 값은 말할 것도 없고."

"어르신이 젊었을 때와는 세상이 참 많이 변했지요?"

윈스턴은 주저하며 이야기를 꺼냈다.

마치 이 술집 안에 많은 변화가 일어나기라도 한 것처럼 노인의 담청색 눈이 다트판을 지나 바로 이동하더니, 바를 지나 남자 화장실 문 쪽으로 향했다.

"맥주 맛이 더 좋았어."

노인이 마침내 말문을 열었다.

"그리고 더 쌌어! 내가 젊었을 때는 순한 맥주가 있었어. 우린 그걸 왈럽이라고 불렀는데 1파인트에 4펜스였어. 물론 전쟁이 일어나기 전이었지."

"어떤 전쟁인가요?"

윈스턴이 물었다.

"죄다지, 뭐."

노인은 애매하게 대답했다. 노인은 잔을 들더니 어깨를 다시 쫙 펴며 얘기했다.

"자네 건강을 위하여!"

노인의 가느다란 목에 뾰족하게 튀어나온 목젖이 놀라울 정도로 빨리 위아래로 움직이더니 맥주잔이 비어버렸다. 윈스턴은 바로 가서 반 리터짜리 맥주를 두 잔 들고 돌아왔다. 노인은 1리터짜리 맥주를 마시면 안 된다는 생각을 잊어버린 것 같았다.

"어르신은 저보다 연세가 훨씬 많으시잖아요."

윈스턴이 이야기를 꺼냈다.

"어르신은 제가 태어나기 전에도 어른이셨을 겁니다. 예전이, 그러니까 혁명 전에는 어땠는지 기억나시나요? 제 나이 또래 사람들은 그 시절은 아무것도 모릅니다. 우린 책으로만 그 시절에 대해 읽었는데 책에 써진 내용이 사실이 아닐 수도 있지요. 어르신 의견을 듣고 싶습니다. 역사책에는 혁명 전의 삶은 지금과 완전히 다르다는 내용만 있지요. 그때는 가장 끔찍한 억압과 부정과 빈곤만 있었다고 하더군요. 우리가 상상도 할 수 없을 만큼. 여기 런던에는 나면서 죽을 때까지 먹을 게 없던 사람들이 태반이었다고 합니다. 그중에 절반은 신발이 없어서 맨발로 다녔죠. 사람들은 하루에 열두 시간씩 일하고, 아홉 살이면 학교를 떠나고, 한 방에서 열 명씩 잤답니다. 그런데 아주 극소수지만 자본가들이 있었답니다. 몇천 명밖에 안 되는 그들은 무척 부유하고 권세도 컸다고 합니다. 그자들이 모든 것을 소유했답니다. 으리으리한 대저택에 살면서 하인을 서른 명이나 부리고, 자동차와 사두마차를 타고 다니고, 샴페인을 마시고, 실크해트를 쓰고……."

노인의 얼굴빛이 갑자기 환해졌다.

"실크해트라고!"

노인이 이야기를 꺼냈다.

"자네가 그런 이야기를 꺼내다니 재밌군. 이유는 모르지만 나도 어제 똑같은 생각을 했거든. 실크해트 못 본 지 오래됐어. 완전히 사라졌어. 우리 형수 장례식 때 마지막으로 써봤지. 음, 그러니까 확실한 날짜는 모르겠지만 50년은 된 것 같아. 물론 그때 쓸려고 빌린 거야."

"실크해트는 그리 중요한 게 아닙니다."

윈스턴은 끈기 있게 이야기를 이었다.

"제 말은 그러니까 자본가들과 자본가들에 기생해 사는 몇몇 법조인들과 성직자들이 이 세상의 주인이었다는 말입니다. 만사가 이들의 이익을 위해 존재했어요. 어르신 같은 보통 사람들, 노동자들은 저들의 노예였어요. 저들은 어르신 같은 사람들을 마음대로 부릴 수 있었어요. 사람들을 가축처럼 배에 실어 캐나다로 보낼 수도 있었죠. 원하기만 한다면 다른 사람의 딸을 데려다가 잘 수도 있었죠. 아홉 가닥짜리 채찍으로 후려치라고 명령할 수도 있었죠. 사람들은 그들이 지나갈 때는 모자를 벗어야 했어요. 자본가들은 모두 하인 무리를 데리고……."

노인의 얼굴이 다시 환해졌다.

"하인이라!"

노인이 이야기를 꺼냈다.

"진짜 오랜만에 들어보는 말이네. 하인이라! 그 얘길 들으면 옛날 생각이 나, 진짜 그래. 예전 생각이 나네, 아주 예전에 일요일 오후에는 그 녀석들이 하는 연설을 들으려고 이따금 하이드파크에 가곤 했어. 구세군, 로마 가톨릭, 유대인, 인도인 등 온갖 사람이 모였지. 음, 어떤 녀석이 있었어. 이름은 잘 생각이 안 나지만 진짜 연설 잘했어. '종복들아! 부르주아의 종복들아! 지배 계급의 추종자들아!'라고 떠들었지. 기생충이라고도 했어. 그리고 하이에나, 그래, 분명히 하이에나라고도 불렀어. 물론 노동당한테 하는 소리였지."

윈스턴은 노인과 동문서답을 하는 것 같았다.

"제가 진심으로 알고 싶은 건 이겁니다."

윈스턴이 이야기를 꺼냈다.

"어르신이 느끼기에 그때보다 지금이 더 자유로우세요? 그때보다 더 인간다운 대접을 받고 계세요? 예전에 부자들, 윗자리의 높은 사람들⋯⋯."

"상원 의원들."

노인이 추억에 잠기며 얘기했다.

"상원 의원도 좋습니다. 제가 여쭤보고 싶은 건 이 사람들이 단지 자기들은 부자고 어르신 같은 사람은 가난하다는 이유로 업신여겼냐는 겁니다. 예를 들어, 그 사람들이 지나칠 때는 어르신이 '나리'라고 부르고, 모자를 벗어야 했다는 게 사실인가요?"

노인은 생각에 잠긴 것처럼 보였다. 그는 대답하기 전에 맥주를 4분의 1 정도 들이켰다.

"그럼, 그 사람들은 우리가 모자를 벗는 걸 좋아했어. 존경의 표시니까. 나도 마음에 들진 않았지만 자주 그랬어. 그래야 했으니까, 자네 말대로."

"그리고 역사책에서 읽은 건데, 이 사람들과 그 하인들이 어르신 같은 사람들을 도랑으로 밀어 넣었다고 하던데, 흔한 일인가요?"

"나도 한번 그렇게 밀쳐진 적이 있어."

노인이 대답했다.

"어제 일처럼 생각나네. 보트 경기가 있던 밤이었지. 그런 날 밤
에는 사람들이 아주 난폭해지게 마련이지. 나도 섀프츠베리 거리
에서 어떤 젊은 녀석이랑 부딪혔어. 아주 신사더라고, 드레스 셔츠
에 실크해트를 쓰고 검은 외투를 입었지. 녀석이 도로를 갈지자걸
음으로 걷더라고, 그래서 나랑 우연히 부딪혔어. 근데 녀석이 '왜 앞
도 안 보고 가는 거야?'라고 하는 거야. 그래서 내가 그랬지, '네가
이놈의 길을 샀어?' 근데 녀석이 그러더라고. '나한테 대들면, 네놈
의 목을 비틀어버리겠어.' 내가 대답했지, '당신 취했어. 당장 경찰
에 넘길 거야.' 그랬더니 내 말 믿을지 모르겠지만, 녀석이 내 멱살
을 잡더니 힘껏 떠밀어버렸지, 뭐야. 그 바람에 버스 바퀴 밑으로
깔릴 뻔했지. 음, 그때는 내가 젊었어. 한 방 먹이려고 했는데……."

무력감이 윈스턴을 덮쳤다. 노인은 쓰레기처럼 쓸데없는 내용만
기억할 뿐이었다. 하루 종일 물어도 실질적인 정보는 얻을 수 없을
것이다. 어쩌면 당의 역사가 진실일지도 모른다. 완전한 사실일 수
도 있었다. 그는 마지막으로 한 번 더 물었다.

"제가 명확하게 말씀드리지 않은 것 같습니다."

윈스턴이 이야기를 꺼냈다.

"제가 드리려는 말씀은 이렇습니다. 어르신은 정말 오래 사셨잖
아요. 혁명이 일어나기 전에 이미 반평생을 사셨으니까. 예를 들어
1925년에 이미 성인이셨죠. 1925년이 지금보다 살기가 더 좋았나
요, 아니면 더 나빴나요? 선택하실 수 있다면 그때와 지금 중에 어

떤 시절에 살고 싶으신가요?"

노인은 생각에 잠긴 듯 다트판을 바라보았다. 그는 전보다 천천히 맥주잔을 비웠다. 맥주 때문에 기분이 좋아졌는지 참을성 있고 철학적인 태도로 대답했다.

"내가 무슨 말을 하길 바라는지 알아. 내가 곧 다시 젊어지고 싶다는 말을 듣고 싶은 거지. 사람들은 그런 질문을 받으면 대부분 곧 젊어지고 싶다고 대답하지. 젊을 땐 건강하고 힘도 좋지. 그런데 내 나이가 되면 몸이 좋지 않아. 난 발이 몹시 아프고 방광도 아주 나빠. 하룻밤에도 일고여덟 번은 자다가 일어나지. 그런데 늙어서 썩 좋은 것도 있어. 젊어서 하던 걱정이 없어지거든. 여자들을 상대할 필요가 없지, 그래서 아주 좋아. 안 믿을지도 모르지만, 여자를 안아본 지 근 30년은 됐어. 그리고 이제 더 이상 그러고 싶지도 않아."

윈스턴은 다시 한번 창턱에 몸을 기대고 앉았다. 더 계속해봐야 아무 쓸모도 없었다. 그가 맥주를 더 사려고 하는 순간 갑자기 노인이 자리에서 일어나더니 발을 질질 끌며 술집 구석에 있는 지린내 나는 화장실 안으로 급히 들어갔다. 맥주 반 리터를 더 마신 게 노인에게 벌써 작용하고 있었다. 1, 2분 정도 빈 잔을 들여다보고 있던 윈스턴은 자신도 모르게 다시 거리로 나와버렸다.

'혁명 전이 지금보다 살기가 더 좋았을까?'

그는 거창하지만 단순한 질문을 곰곰이 생각하고 있었다. 기껏해야 20년만 지나도 사라질 질문이었고, 대답을 내놓을 수도 없는 질문이었다. 하지만 지금도 그것은 대답을 내놓을 수 없는 질문이었다. 지금은 여기저기로 흩어진, 옛 시절을 살았던 몇 안 되는 생존자들도 한 시대와 다른 시대를 비교할 능력이 없기 때문이었다. 그들은 직장 동료와의 말다툼이나 잃어버린 자전거를 찾아다닌 일, 오래전에 죽은 누이의 얼굴, 70년 전 바람 부는 날 아침에 휘몰아치던 먼지처럼 쓸데없는 일은 무수히 기억했지만 유의미한 사실에는 관심을 두지 않았다. 그들은 작은 물체는 볼 수 있지만 큰 물체는 볼 수 없는 개미 같았다. 그리고 기억이 희미해지고 기록으로 남은 것들이 위조되면, 인간의 생활 환경이 향상되었다는 당의 주장은 받아들여질 수밖에 없었다. 왜냐하면 그것을 반박할 수 있는 기준이 존재하지 않았고, 앞으로도 존재할 수 없기 때문이었다.

바로 이 순간 끝없이 이어지던 그의 생각이 갑자기 중단되었다. 그는 자리에 서서 고개를 들었다. 그는 주택가 사이에 작고 어두운 상점들이 산재해 있는 좁은 골목길에 서 있었다. 그의 머리 바로 위로 한때는 금박을 입힌 적이 있는 색이 바랜 금속 공 세 개가 걸려 있었다. 그는 이곳을 알 것 같았다. 그는 일기를 샀던 고물상 밖에 서 있었다.

두려움 때문에 몸이 찌릿했다. 애초에 그 공책을 산 것도 충분히 경솔한 행동이었다. 그는 다시는 이곳 근처에도 오지 않겠다고 맹세했었다. 그런데 이런저런 생각에 빠진 순간 자신도 모르게 발길이 다시 이곳을 찾은 것이었다. 이런 식의 자살적인 충동을 막으려고 애초에 일기를 쓰기 시작한 것이다. 21시가 거의 다 되었는데, 가게 문이 열려 있었다. 그는 길바닥에서 꾸물대기보다는 가게 안으로 들어가면 덜 의심스러울 것 같아서 안으로 들어갔다. 혹시 왜 갔냐고 물어보는 사람이 있으면 면도날을 사려고 들어왔다고 둘러댈 수 있을 것이다. 상점 주인이 석유램프에 막 불을 붙이자,

불결하지만 친숙한 냄새가 났다. 예순 정도 된 상점 주인은 등이 굽고 허약해 보이는 남자로, 코가 길고 자애로워 보였다. 순한 두 눈은 두꺼운 안경 때문에 찌푸린 것처럼 보였다. 머리카락은 온통 하얬지만 진한 눈썹은 아직 시커멨다. 두꺼운 안경과 조심스럽지만 부산스러운 몸짓, 몸에 걸친 낡아빠진 검은 벨벳 재킷 때문에 그에게서 문학가나 음악가 같은 지적인 분위기가 풍겼다. 목소리에 힘은 없지만 부드럽고, 말투는 대다수 프롤보다 덜 상스러웠다.

"길에 서 계신 걸 알아봤습니다."

그가 즉시 말을 꺼냈다.

"젊은 숙녀들의 장식용 공책을 사 가신 신사분이시지요? 그 공책은 종이가 참 아름답지요. 예전엔 그걸 크림 바른 종이라고 했지요. 이제 그런 종이는 없습니다. 50년은 됐을 거예요."

그는 안경 너머로 윈스턴을 빤히 쳐다보며 얘기했다.

"특별히 찾으시는 물건이 있나요? 아님, 그냥 둘러보러 오셨나요?"

"지나던 길이었습니다."

윈스턴은 애매하게 대답했다.

"그냥 들어왔어요. 특별히 필요한 건 없습니다."

"괜찮습니다."

상점 주인이 대답했다.

"손님을 만족시킬 만한 물건도 없습니다."

상점 주인은 미안하다는 손짓을 보였다.

"보면 아시겠지만, 가게가 텅 비었습니다. 손님이라 하는 말인데 골동품 거래도 이제 다 끝났습니다. 이제는 수요도 없고 재고도 없습니다. 가구, 도자기, 유리잔도 모두 부서지고 깨졌어요. 물론 쇠로 된 물건도 모두 녹여버렸으니까요. 놋쇠 촛대를 본 지도 오래됐어요."

사실 좁은 가게 안은 불편할 정도로 물건이 꽉 차 있었지만 조금이라도 쓸 만한 물건은 거의 눈에 띄지 않았다. 벽을 따라 먼지 낀 액자들이 쭉 늘어서 있어서 바닥에는 공간이 거의 없었다. 창가에는 너트와 볼트가 담긴 쟁반과 닳아빠진 끌, 이 빠진 주머니칼, 작동할 기미도 없는 변색된 시계, 잡다한 쓰레기 같은 온갖 물건이 눈에 띄었다. 한쪽 구석에 옻칠한 담뱃갑과 마노 브로치 등이 놓인 작은 테이블이 보였다. 그나마 흥미를 일으킬 만한 물건이었다. 윈스턴이 그 테이블 쪽으로 가는데 그의 눈길을 사로잡는 작고 매끄러운 물건이 보였다. 그는 전등 불빛을 받아 은은하게 빛나는 그 물건을 집어 들었다. 그 물건은 한쪽은 둥그렇고, 다른 한쪽은 편편해서 반구처럼 보이는 묵직한 유리 덩어리였다. 유리의 색깔과 질감이 마치 빗방울처럼 특이하게 부드러웠다. 유리 덩어리 속에 둥근 표면 때문에 커다랗게 보이는, 대단히 구불구불한 이상한 분홍빛 물체가 들어 있었다. 장미나 말미잘이 생각나는 물건이었다.

"이게 뭔가요?"

물건에 혹한 윈스턴이 물었다.

"산호입니다."

늙은 상점 주인이 대답했다.

"틀림없이 인도양에서 왔을 겁니다. 유리 속에 박아 넣곤 했지요. 100년은 더 됐을 겁니다. 모양새로 봐서는 더 됐을 거예요."

"참 아름답군요."

윈스턴이 얘기했다.

"아름답지요."

상점 주인이 음미하듯 대꾸했다.

"그런데 요새는 그렇게 말할 만한 물건이 별로 없어요."

그는 기침하며 덧붙였다.

"사실 마음이 있으시다면 4달러만 받겠습니다. 저런 물건이 8파운드 나갈 때가 있었지요. 8파운드는 음, 계산하기도 힘든 큰돈이지요. 하지만 요새 누가 진짜 골동품에 관심이 있겠어요. 남은 물건이 거의 없는데도 그래요."

윈스턴은 즉시 4달러를 지불하고 탐나는 그 물건을 주머니 속에 집어넣었다. 그는 그 물건이 아름다워서가 아니라 지금과는 전혀 다른 시대에 속한 것 같은 분위기에 끌렸다. 빗방울처럼 부드러운 그 유리는 지금까지 본 유리와는 전혀 달랐다. 그 유리가 예전에 문진이었을 것이라는 짐작은 가지만, 분명 아무런 쓸모가 없어서 더 매력적으로 보였다. 주머니가 꽤 묵직했지만, 다행히 불룩 튀어나오지는 않았다. 당원이 이런 것을 소유하다니 괴이하고 심지어 의심을 살 행동이었다. 옛날 것, 더구나 아름다운 것은 늘 막연하게 의심을 샀다. 늙은 상점 주인은 4달러를 받고는 눈에 띄게 좋아했다. 윈스턴은 그가 3달러 심지어 2달러도 받았을 것이라는 사실을 깨달았다.

"2층에 방이 또 있는데 둘러보실 만할 겁니다."

상점 주인이 이야기를 꺼냈다.

"별로 많지는 않아요. 그냥 몇 개 있어요. 올라가실 거면 불을 가져오죠."

그는 다른 램프에 불을 켠 후에 허리를 숙이고 먼저 낡은 계단을 올라가더니 좁은 복도를 지나 방으로 안내했다. 그 방에서 길거리는 보이지 않지만, 자갈길과 굴뚝 숲이 내다보였다. 방 안의 가구는 마치 사람이 사는 것처럼 배치되어 있었다. 바닥에 깔린 카펫과 벽에 걸린 그림 한두 점과 난로 쪽에 붙여둔 지저분한 안락의자가 눈에 띄었다. 벽난로 선반에 올려둔 열두 시간이 표시된, 오래된 유리 시계가 똑딱거렸다. 창문 아래는 방의 4분의 1을 차지할 만큼 커다란 침대가 놓였는데 매트리스도 깔려 있었다.

"안사람이 죽기 전까지 우리 부부는 여기서 살았어요."

늙은 상점 주인은 미안한 기색으로 이야기를 꺼냈다.

"가구를 조금씩 내다 팔고 있어요. 저건 근사한 마호가니 침대에요. 빈대를 잡을 수만 있다면 그렇다는 말이지요. 그건 좀 번거롭긴 할 거예요."

상점 주인이 램프를 높이 들어서 방 안을 구석구석 비추었다. 희미하지만 따스한 불빛이 비치자 기이하게도 방 안이 솔깃해 보였다. 윈스턴은 위험을 감수할 수만 있다면, 일주일에 몇 달러를 내고 꽤 쉽게 이 방을 빌릴 수 있다는 생각이 머릿속을 스쳤다. 무모하고 말도 안 되는 이런 생각은 떠오르는 즉시 그만둬야 한다. 하지만 이 방을 보자 윈스턴은 왠지 일종의 향수 같은, 조상 대대의 기억이 떠올랐다. 그는 이런 방 안에 앉아 있으면 어떤 기분이 들지 정확히 알 것 같았다. 불을 피워둔 난로 받침대에 발을 올린 채, 팔걸이의자에 앉아서 불판 위에 주전자를 올려두고, 감시하는 사람도 없고, 나를 뒤쫓는 목소리도 없이, 주전자의 물 끓는 소리와 시계가 친근하게 똑딱이는 소리를 빼면 아무 소리도 들리지 않는 곳에서 철저히 혼자서 완전히 마음을 놓고 있으면 어떤 기분이 들지 알 것 같았다.

"텔레스크린이 없네요!"

그는 자신도 모르게 중얼거렸다.

"아, 그런 건 가져본 적이 없습니다. 너무 비싸요. 게다가 그런 게 필요한 것 같지도 않고요. 저쪽 구석에 근사한 접이식 테이블이 있습니다. 물론 덮개를 쓰시려면 경첩을 새로 달아야 합니다."

다른 구석에 자그마한 책장이 보였다. 윈스턴은 벌써 마음이 끌려서 그쪽으로 갔다. 책장 안에는 잡동사니밖에 없었다. 다른 곳과 마찬가지로 프롤들의 구역에서도 책을 끝까지 찾아내서 완전히 파기한 모양이었다. 오세아니아 어디에서든 1960년대 이전에 출판된 책은 단 한 권도 남아 있을 리가 없었다. 늙은 상점 주인은 여전히 램프를 들고 침대 맞은편이자 벽난로 옆면에 걸린 자단목으로 틀을 만든 그림 앞에 서 있었다.

"자, 오래된 그림에 관심이 있으시다면……."

상점 주인이 조심스럽게 말을 꺼냈다.

윈스턴은 그림을 살펴봤다. 네모난 창문이 달린 타원형 건물과 앞면의 작은 탑을 새긴 금속 소재의 판화였다. 건물 주변에 쇠로 만든 울타리가 쳐져 있고, 뒤쪽 끝에는 동상으로 보이는 물체가 있었다. 윈스턴은 잠시 동상을 응시했다. 동상을 기억할 수는 없지만 희미하게 낯이 익었다.

"액자는 벽에 붙어 있습니다. 원하시면 떼어드릴 수 있습니다."

상점 주인이 얘기했다.

"이 빌딩을 압니다."

윈스턴이 결국 입을 뗐다.

"지금은 폐허가 되었지요. 정의궁 바깥 거리 한가운데 있어요."

"맞습니다. 법원 바깥쪽이죠. 아주 오래전에 폭격을 당했습니다. 예전에 교회였죠. 이름은 성 클레멘트 데인스였죠."

상점 주인은 살짝 엉뚱한 말을 했다는 의식이 들어서인지 미안한 기색으로 미소를 지으며 덧붙였다.

"오렌지와 레몬, 성 클레멘트의 종이 말하네!"

"그게 뭔가요?"

윈스턴이 물었다.

"'아, 오렌지와 레몬, 성 클레멘트의 종이 말하네'는 제가 어릴 때 부르던 노랫말이죠. 다음 가사는 기억이 안 나지만 끝부분은 압니다. '그대 침대를 밝혀줄 촛불이 여기 오네, 그대 머리를 베어줄 도끼가 여기 오네.' 춤출 때 부르는 노래지요. 사람들이 팔을 들어올려서 다른 사람이 지나가게 한 다음 '그대 머리를 베어줄 도끼가 여기 오네' 부분이 나올 때, 팔을 내려서 지나가는 사람을 붙잡는 거죠. 죄다 교회 이름만 나오는 노래예요. 런던에 있는 교회는 다 들어 있죠, 큰 교회들 말입니다."

윈스턴은 그 교회가 몇 세기에 지어진 것인지 살짝 애매했다. 런던의 건물이 지어진 시기를 확실히 알기는 늘 어려웠다. 크고 멋진 건물은 외양이 새것처럼 보이면 혁명 이전에 지어진 것이라는 주장이 자동으로 나왔지만, 누가 봐도 오래된 건물은 중세 시대라는 애매한 시절의 건물로 매도되었다. 자본주의가 지배하던 몇 세기는 가치 있는 것은 하나도 내놓지 못한 시대로 간주했다. 책을 통해 역사를 배울 수 없는 것처럼 건축물을 통해서도 역사를 배울

수 없었다. 동상, 비문, 기념석, 거리 이름 등 과거를 알 수 있을 만
한 것들은 무엇이든 체계적으로 뜯어고쳤다.

"이게 교회였다니 처음 알았습니다."

윈스턴이 얘기했다.

"비록 지금은 다른 용도로 사용되긴 하지만 그런 교회가 꽤 많
습니다. 참, 가사가 어떻게 되더라? 아, 생각났어요!"

늙은 상점 주인이 대답을 이었다.

오렌지와 레몬, 세인트 클레멘트의 종이 말하네,
넌 내게 3파딩을 빚졌어.
세인트 마틴의 종이 말하네…….

"여기까지만 기억이 나네요. 파딩은 작은 구리 동전인데 센트랑
모양이 비슷해요."

"세인트 마틴 교회는 어디 있었나요?"

윈스턴이 물었다.

"세인트 마틴 교회요? 아직 있습니다. 미술관 옆 빅토리 광장 안
에 있어요. 입구가 세모나고 앞쪽에 기둥이 몇 개 있고 계단이 높
은 건물이지요."

윈스턴은 그곳을 잘 알았다. 로켓탄과 해상 요새를 축소한 모형
과 적의 잔인무도함을 묘사한 밀랍 인형 등 온갖 정치 선전물을 전
시하는 박물관이었다.

"예전에 '들판의 세인트 마틴'이라고 불렸어요."

늙은 상점 주인이 설명을 보충했다.

"제 기억에 그 근방에 벌판이라고는 하나도 없었는데 말이죠."

윈스턴은 그 판화를 사지 않았다. 유리 문진보다 갖고 있기가 더 이상한 물건인 데다 틀을 떼어내지 않으면 집으로 갖고 갈 수도 없었다. 그런데도 그는 몇 분 더 머물며 노인과 이야기를 나누었다. 그 덕에 노인의 성이 윅스가 아니라 채링턴이라는 것을 알아냈다(가게 앞 간판에 적힌 윅스를 보면 사람들은 그렇게 짐작할 것이다). 채링턴 씨는 예순세 살 된 홀아비로, 이 가게에 30년 동안 거주한 것 같았다. 그는 그 기간을 살면서 창문 위에 적힌 이름을 바꿀 마음은 있었지만, 실행에 옮기지는 못했다. 두 사람이 대화하는 내내 윈스턴의 머릿속에 반 정도만 들은 노랫말이 계속 떠올랐다. 오렌지와 레몬, 세인트 클레멘트의 종이 말하네, 넌 내게 3파딩을 빚졌어. 세인트 마틴의 종이 말하네! 기이한 노랫말이었지만 혼잣말하다 보니, 어딘가에는 존재하겠지만 변형되어 잊힌 채로 남아 있는 잃어버린 런던의 종소리가 실제로 들리는 것 같은 착각이 들었다. 유령이 나올 것 같은 첨탑 이쪽에서 저쪽으로 울려 퍼지는 종소리가 그의 귀에 들리는 것만 같았다. 그런데 그가 기억하는 한 살면서 교회 종소리를 들은 적은 단 한 번도 없었다.

채링턴 씨와 헤어진 그는 가게 문을 나서기 전에 거리를 살피는 모습을 늙은 상점 주인에게 보이고 싶지 않아서 혼자 계단을 내려왔다. 그는 이미 적당한 시간(한 달 정도)이 흐른 후에 위험을 무릅쓰고 이 가게를 다시 찾겠다고 마음먹었다. 공회당의 저녁 모임을 빠지는 것보다 더 위험할 것 같지는 않았다. 일기를 산 후에, 가게 주인이 믿을 만한 사람인지 알지도 못하면서 이곳을 다시 찾은 것부터가 심각하게 어리석은 행동이었다. 하지만⋯⋯!

그렇다, 그는 다시 올 것이라고 또 생각했다. 근사한 잡동사니를 더 살 것이다. 그는 세인트 클레멘트 데인스 판화를 사서 액자틀을 벗기고, 작업복 재킷 속에 숨겨서 집으로 돌아올 것이다. 그는 채링턴 씨의 기억 속에서 나머지 노랫말도 끄집어낼 것이다. 심지어 위층 방을 빌리겠다는 미친 생각마저 순간적으로 다시 떠올랐다. 기분이 날아갈 듯이 좋아서 약 5초 정도 조심성이 없어진 그는 창문 너머를 미리 살피지도 않고 길가로 나갔다. 그는 심지어 즉흥적으로 콧노래를 부르기 시작했다.

오렌지와 레몬, 세인트 클레멘트의 종이 말하네,
넌 내게 3파딩을 빚졌어…….

갑자기 그의 심장이 얼어붙는 것 같더니 속이 울렁거렸다. 파란 작업복을 입은 사람이 다가오고 있었다. 10미터도 떨어지지 않은 곳에 창작국에서 일하는 검은 머리 여자였다. 불빛은 거의 없지만 그 여자가 확실했다. 그녀는 윈스턴의 얼굴을 똑바로 마주 보더니 마치 못 본 것처럼 바로 지나가버렸다.

윈스턴은 몸이 마비된 것처럼 몇 초 동안 꼼짝도 할 수 없었다. 그리고 오른쪽으로 돌아서 길을 잘못 든 것도 모른 채 한동안 무거운 발걸음을 옮겼다. 어쨌든 의문 하나는 풀린 셈이다. 그 여자가 윈스턴을 미행한 것은 더 이상 의심할 수 없는 사실이었다. 그녀가 여기까지 그를 쫓아온 것이 분명했다. 당원들이 사는 구역에서 몇 킬로미터나 떨어진, 으슥한 뒷길을 하필이면 이날 그녀도 걷다니 있을 수 없는 일이었다. 너무 지나친 우연이었다. 그녀가 사상경찰의 요원이건 비공식적으로 움직이는 아마추어 스파이건 간에 그게 문제가 아니었다. 그녀가 그를 지켜보고 있었다는 사실만으로 충분했다. 그녀는 그가 펍으로 들어가는 장면까지 분명히 보았을 것이다.

걷기가 힘들었다. 주머니 속의 유리 덩어리가 걸을 때마다 허벅지에 부딪혔다. 그는 유리 덩어리를 꺼내서 던져버리고 싶은 마음도 들었다. 배가 너무 아픈 것이 제일 큰 고통이었다. 곧 화장실에 가지 못하면 죽을 것 같은 기분이 몇 분 동안 들었다. 하지만 이런 곳에 공중화장실이 있을 리 없었다. 쥐어짜는 듯한 통증은 곧 가시고 무지근한 통증만 남았다.

길은 막다른 골목이었다. 윈스턴은 잠시 멈춰 서서 어떻게 할까 잠시 생각하다가 왔던 길로 다시 돌아갔다. 발걸음을 돌리는 순간 검은 머리 여자와 마주친 것이 고작 3분 전이니 달려가면 그녀를 붙잡을 수 있겠다는 생각이 번득 들었다. 계속 여자를 따라가다가 조용한 곳에 이르면 돌멩이로 머리를 박살 내면 되는 것이다. 주머니 속의 유리 덩어리도 일을 치를 수 있을 만큼 묵직했다. 하지만 그는 바로 그 생각을 포기했다. 완력을 쓰겠다니, 생각만 해도 참을 수 없었다. 그는 달릴 수도 없고 한 대 칠 수도 없었다. 게다가 그녀는 젊고 튼튼해서 얼마든지 자신을 방어할 수 있었다. 그는 또한 그날 저녁의 알리바이를 만들기 위해 공회당으로 서둘러 가서 문이 닫힐 때까지 기다릴 생각도 했다. 하지만 그것도 불가능한 일이었다. 엄청난 피로가 몰려왔다. 그는 얼른 집으로 가서 조용히 앉아 있고 싶은 마음밖에 없었다.

그는 22시가 넘어서 집에 돌아왔다. 23시 30분이면 불이 모두 꺼졌다. 그는 부엌으로 들어가서 빅토리 진을 한 잔 가득 들이 켰다. 그리고 벽감 속에 있는 테이블에 자리를 잡고 앉은 후 서랍에서 일기장을 꺼냈다. 하지만 바로 일기장을 열지는 않았다. 텔레스크린에서 악을 쓰며 애국가를 부르는 귀에 거슬리는 여자 목소리가 나왔다. 그는 대리석 무늬의 일기장 표지를 물끄러미 바라보며 귀에 거슬리는 여자 목소리를 의식하지 않으려고 애썼지만, 소용이 없었다.

그들은 늘 밤에 찾아왔다. 그들에게 잡히기 전에 자살하는 것이 옳았다. 그렇게 하는 사람들도 분명 있었다. 실종된 사람 중 대부분은 사실 자살한 것이다. 하지만 총이나 약효가 빠른 독약을 확실히 구할 수 없는 상황에 스스로 목숨을 거두려면 필사적인 용기가 필요했다. 그는 고통과 두려움이 생물학적으로 쓸모없다는 사실에 경의로움을 느꼈다. 고통과 두려움은 특별한 노력이 필요한 바로 그 순간에 늘 얼어붙는 인체의 배신 행위나 마찬가지였다. 그가 재빨리 움직였더라면 검은 머리 여자를 침묵시켰을지도 모른다. 하지만 극도의 위험 때문에 행동할 힘을 잃어버렸다. 그는 위기의 순간에 맞서 싸워야 할 대상은 외부의 적이 아니라 자기 몸이라는 생각이 문득 떠올랐다. 심지어 진을 마신 지금도 배 속의 무지근한 통증 때문에 생각이 이어지지 않았다. 그는 겉으로 보기에 영웅적인 상황이나 비극적인 상황은 모두 마찬가지일 것이라는 생각도 들었다. 전쟁터, 고문실, 가라앉는 배 안에서 사람들은 누구를 상대로 싸우는지 잊어버리게 된다. 우리 몸이 우주를 채울 때까지 부풀어 오르기 때문이다. 우리 몸이 공포로 마비되거나 고통으로 울부짖지 않더라도 우리 인생은 매 순간 굶주림이나 추위, 불면, 배앓이, 치통 같은 것들과 싸워야 하는 것이기 때문이다.

윈스턴은 일기장을 펼쳤다. 뭔가를 쓰는 것이 중요했다. 텔레스크린에서 새로운 노래를 부르는 여자 목소리가 나왔다. 들쭉날쭉한 유리 조각이 그의 뇌 속에 박히는 것 같은 목소리였다. 그는 오브라이언을 생각하려고 애썼다. 그를 위해 아니 그에게 쓰는 일기였다. 하지만 그는 사상경찰에 붙잡힌 후 일어날 일이 생각났다. 그들이 단번에 죽인다면 문제 될 것이 없었다. 처형은 예상한 일이었다. 하지만 죽기 전에 꼭 거쳐야 할 자백의 과정이 있다(그런 얘기를 하는 사람은 아무도 없지만 모두 알고 있는 사실이다). 바닥을 기어다니며 살려달라고 애원하며 소리치고, 뼈가 부러지고, 이가 박살 나고, 머리카락에 피떡이 져야 한다. 어차피 결과는 같은데 왜 이런 과정을 견뎌야 하는 것일까? 목숨을 며칠이나 몇 주 단축하는 것이 왜 불가능할까? 수색을 피하기는커녕 자백을 피한 사람도 아직 없었다. 일단 사상죄에 걸리면 정해진 날짜에 죽는 건 피할 수 없었다. 그렇다면 어째서 아무것도 바꿀 수 없는 그런 공포가 미래의 시간 속에 박혀 있는 것일까?

윈스턴은 전보다 오브라이언의 모습이 더 잘 떠올랐다.

"우리는 어둠이 없는 곳에서 만나게 될 거예요."

오브라이언은 그에게 이렇게 말했었다. 그는 그 말의 의미를 알고 있었다. 아니, 알고 있다고 생각했다. 어둠이 없는 곳은 상상의 미래를 의미했다. 본 사람은 이제까지 아무도 없지만, 예지를 발휘해서 신령스럽게 공유할 수 있는 세상이었다. 그런데 윈스턴은 귀를 쪼아대는 텔레스크린의 목소리 때문에 생각의 나래를 더 이상 펼칠 수 없었다. 그는 담배 한 개비를 물었다. 담배가 절반이나 혓

바닥으로 떨어졌다. 쓰디쓴 가루는 다시 뱉어내기도 어려웠다. 이
제 오브라이언 대신 빅 브라더의 얼굴이 그의 머릿속에 떠올랐다.
윈스턴은 바로 며칠 전에 그랬던 것처럼 주머니에서 동진 하나를
꺼내 보았다. 동전 속 엄격한 얼굴이 침착하게 지켜주는 듯 그를
응시했다. 검은 수염 속에 가려진 저 미소는 어떤 것일까? 납으로
만든 조종knell(죽은 자를 위해 울리는 종 - 역주)처럼 그 말이 다시 떠
올랐다.

전쟁은 평화

자유는 예속

무지는 힘

제2부

1

아침이 한참 지났을 때 윈스턴은 화장실에 가려고 칸막이 사무실을 나왔다.

불이 환하게 켜진 기다란 복도 끝에서 그를 향해 다가오는 한 사람이 보였다. 검은 머리 여자였다. 고물상 밖에서 우연히 만난 그날 밤 이후로 나흘이 지났다. 그녀가 가까이 다가오자, 오른팔에 두른 팔걸이 붕대가 눈에 띄었다. 팔걸이 붕대와 작업복 색깔이 같아서 멀리서는 알아볼 수 없었다. 소설 줄거리의 '윤곽을 잡는' 커다란 만화경 가운데 하나를 돌리다가 팔을 다친 것 같았다. 창작국에서 흔히 일어나는 사고였다.

두 사람의 거리가 4미터 정도로 가까워졌을 때, 검은 머리 여자가 비틀대더니 바닥에 얼굴을 박을 듯이 넘어졌다. 여자는 고통에 찬 날카로운 비명을 질렀다. 다친 팔을 바닥에 부딪힌 모양이었다. 윈스턴은 바로 멈춰 섰다. 여자는 바닥에 무릎을 대고 일어섰다. 희부옇게 질린 여자의 얼굴 때문에 붉은 입술이 어느 때보다 더 도드라져 보였다. 애원하는 눈빛으로 그를 뚫어지게 바라보는 여자의 두 눈은 아프다기보다는 두려워하는 것처럼 보였다.

윈스턴의 마음에 기묘한 감정이 일어났다. 그를 죽이려고 했던 적이 눈앞에 있었다. 그런데 그 적은 뼈가 부러졌을지도 모를 고통스러워하는 인간이기도 했다. 그는 그녀를 도우려고 이미 본능적으로 다가가고 있었다. 붕대를 감은 팔로 엎드러지듯 넘어지는 그녀를 본 순간 자신의 몸이 아픈 것만 같았다.

"다쳤어요?"

윈스턴이 물었다.

"아니에요. 팔이, 금방 나을 거예요."

대답하는 그녀의 심장이 파닥이는 것 같았다. 얼굴빛도 확실히 창백했다.

"부러진 데는 없어요?"

"아니요, 괜찮아요. 잠깐 아팠을 뿐이에요."

그녀가 붕대를 감지 않은 팔을 내밀자, 윈스턴이 그 손을 잡아서 일으켰다. 그녀의 얼굴 혈색이 돌아오자 훨씬 좋아 보였다.

"정말 괜찮아요."

그녀는 짧게 반복해서 얘기했다.

"손목을 살짝 부딪힌 것뿐이에요. 고마워요, 동무!"

그녀는 정말 아무 일도 없던 것처럼 씩씩하게 원래 가던 방향으로 걸어갔다. 이 모든 일이 일어나는 데 채 30초도 걸리지 않았다. 얼굴에 아무런 감정을 드러내지 않는 것은 본능적인 습관이 되었다. 게다가 이런 일이 일어났을 때 두 사람은 텔레스크린 바로 앞에 있었다. 그런데도 그는 순간적인 놀라움을 감추기가 너무 어려웠다. 그가 그녀를 잡아서 일으키려는 2, 3초 동안 그녀가 그의 손에 뭔가를 재빨리 넣어주었기 때문이다. 의도적으로 한 행동이 분명했다. 그녀가 건넨 물건은 작고 납작했다. 그는 화장실로 들어가면서 주머니 속에 그것을 넣고 손끝으로 만져보았다. 네모나게 접은 종이쪽지였다.

소변기 앞에 선 윈스턴은 손으로 만져서 접힌 것을 간신히 펼쳤다. 어떤 메시지가 적힌 쪽지가 분명했다. 그는 변기가 있는 화장실 안으로 갖고 들어가서 그것을 당장 펼쳐보고 싶은 충동이 생겼다. 하지만 말도 안 되는 어리석은 행동이 분명했다. 그곳만큼 텔레스크린의 감시가 지속되는 곳은 없었다.

그는 다시 칸막이 사무실로 돌아와 자리에 앉은 다음 종이쪽지를 책상 위에 놓인 다른 종이 사이에 무심하게 던져두었다. 안경을 쓰고 구술기록기를 자기 쪽으로 당겼다.

'5분.'

그는 속으로 생각했다.

'최소 5분이면 돼!'

심장이 쿵쾅쿵쾅 걷잡을 수 없이 뛰었다. 다행히 지금 처리하는 일은 긴 수치 목록을 수정하는 단순한 작업이어서 세심하게 주의할 필요는 없었다.

쪽지에 어떤 내용이 적혀 있든, 정치적인 의미가 있는 말이 분명했다. 그는 두 가지 가능성을 생각할 수 있었다. 가능성이 무척 큰 하나는 그가 두려워하는 대로 그 여자가 사상경찰의 요원일 것이라는 추측이었다. 사상경찰이 무슨 이유로 메시지를 이런 식으로 전달하는지 알 수 없지만 아마도 그들 나름의 이유가 있을 것이다.

여자가 건넨 종이에는 협박이나 소환, 자살 명령, 함정 같은 메시지가 들어 있을지도 모른다. 그런데 그가 억누르려고 아무리 애를 써도 계속 고개를 쳐드는 무모한 가능성이 또 하나 있었다. 여자가 건넨 종이의 메시지는 사상경찰이 보낸 것이 아니라 지하 조직이 보냈다는 추측이었다. 결국 형제단이 존재하는 것이다! 그 여자도 형제단의 일원이다! 분명 터무니없는 생각이었지만 그의 손바닥에 종이쪽지가 닿는 바로 그 순간 그런 생각이 머릿속에 떠올랐었다. 더 그럴듯한 가능성은 몇 분이 지나서야 생각났다. 이성적으로 생각해보면 그 메시지는 죽음을 의미하는 것이었다. 심지어 지금도 이성적인 생각은 믿어지지 않고, 말도 안 되는 희망만 계속되어 가슴이 두근거려서 구술기록기에 숫자를 중얼거리는데 목소리가 떨리는 것을 참기가 어려웠다.

그는 완성된 종이를 돌돌 말아서 기송관 속으로 밀어 넣었다. 8분이 지났다. 그는 안경을 고쳐 쓴 다음 한숨을 내쉰 후, 여자가 건넨 종이가 놓인 일거리를 끌어당겨서 펼쳤다. 종이에는 서툰 필체로 이런 글이 쓰여 있었다.

당신을 사랑해요.

몇 초 동안은 너무 놀라서 죄를 뒤집어쓰게 만들 그 종이를 기억 구멍에 던져넣지도 못했다. 그는 기억 구멍에 종이를 던질 때, 너무 많은 관심을 보이는 것이 얼마나 위험한지 잘 알면서 정말 그런 말이 쓰여 있는지 확인하고 싶어서 다시 한번 읽어볼 수밖에 없었다.

그는 나머지 오전 시간에 집중하기가 너무 어려웠다. 계속 이어지는 하찮은 일에 마음을 쏟는 것보다 더 힘든 것은 텔레스크린에 동요된 마음을 들키지 않는 것이었다. 그는 배 속에 불이 붙은 것 같았다. 사람이 버글버글한 시끄럽고 더운 구내식당에서 점심을 먹는 것은 고역이었다. 그는 점심을 먹을 동안 잠깐이라도 혼자 있고 싶었다. 하지만 천치 같은 파슨스가 첫내 나는 스튜보다 더 강한 땀내를 풍기며 그의 옆자리에 털썩 앉더니 증오 주간을 준비하는 이야기를 계속 늘어놓았다. 파슨스는 딸아이의 스파이단에서 증오 주간에 대비하여 종이로 만드는 폭 2미터짜리 빅 브라더의 두상 모형에 대해 특히 열을 내며 떠들었다. 짜증 나게도 주변의 소음 때문에 파슨스의 얼빠진 이야기가 거의 들리지 않았다. 그 바람에 윈스턴은 그에게 다시 얘기해달라고 계속 부탁해야 했다. 그는 구내식당 구석에 다른 여자 두 명과 함께 있는 검은 머리 여자를 딱 한 번 흘낏 쳐다보았다. 그녀는 그를 보지 못한 것 같았다. 그도 그쪽으로는 다시 시선을 돌리지 않았다.

그날 오후는 좀 참을 만했다. 점심을 먹은 직후에 세심하게 다뤄야 하는 까다로운 일거리가 들어왔는데 다른 일은 다 제쳐놓고 몇 시간을 쏟아야만 하는 일이었다. 지금은 총애를 잃은 유력한 내부 당원을 비난하기 위해 2년 전의 생산 보고서를 위조하는 일이었다. 이런 일은 그가 잘하는 일이어서 2시간 넘게 그 여자를 머릿속에서 몰아낼 수 있었다. 일을 마치자 그녀의 얼굴이 다시 떠올랐다. 그러자 혼자 있고 싶은 바람이 걷잡을 수 없이 강하게 일어났다. 그는 혼자 있어야만 이 새로운 국면을 생각해볼 수 있었다. 오늘 밤은 공회당에서 시간을 보내야 했다. 그는 구내식당에서 맛

없는 음식을 게걸스럽게 먹어 치운 후 공회당으로 서둘러 갔다. '토론 그룹'이라는 근엄한 바보짓에 참석한 후, 탁구를 두 게임하고, 진을 몇 잔 들이켜고, 30분 동안 '영사와 체스의 관계'라는 강연을 들었다. 지루해서 미칠 것 같았지만 오늘 밤 처음으로 공회당의 저녁 모임을 빠지고 싶은 충동이 들지 않았다. 그는 '당신을 사랑해요'라는 구절을 본 순간 살고 싶은 욕망이 솟구치더니 사소한 위험을 감수하려는 자신이 어리석게 느껴졌다. 그는 23시가 되어서야 집으로 돌아와 잠자리에 들었다. 조용히만 있으면 텔레스크린의 감시에서 벗어나 어둠 속에서 계속 생각할 수 있었다.

그런데 해결해야 할 실질적인 문제가 있었다. 어떻게 하면 그 여자와 접촉하고 만날 약속을 잡을지 그 방법이 문제였다. 그는 그녀가 자신에게 덫을 놨을지도 모른다는 의심은 더 이상 고려하지 않았다. 그녀가 그에게 쪽지를 건넬 때 확실히 불안해하는 모습을 봤기에 그럴 가능성은 전혀 없었다. 그녀는 분명 두려워서 덜덜 떨고 있었다. 당연히 그럴 수밖에 없었다. 그는 그녀의 접근을 거절할 생각은 아예 없었다. 그는 5일 전만 해도 돌멩이로 그녀의 머리통을 때려 부술 생각을 했었다. 하지만 이제 그런 것은 중요하지 않았다. 그는 마치 꿈속에서 본 것처럼 벌거벗은 그녀의 싱싱한 몸을 상상했다. 그는 그녀가 머리에 거짓말과 증오가 가득하고 배 속은 얼음만 가득한 다른 사람들처럼 바보라고 생각했었다. 하지만 이제 그녀를, 그 하얗고 싱싱한 육체를 잃어버릴지도 모른다는 생각만으로도 그는 초조했다. 무엇보다도 신속히 그녀와 접촉하지 않으면 그녀의 마음이 바뀔까 봐 그게 두려웠다. 하지만 그녀와 만나려면 실질적으로 엄청난 어려움이 따랐다. 이미 진 체스 게임에서 묘수를 두려고 애쓰는 것이나 마찬가지였다. 사람들이 어느 쪽으로 향하든 늘 감시하는 텔레스크린이 있었다. 사실 그녀가 건넨 쪽지를 읽은 지 5분도 안 돼서 그녀와 접촉할 수 있는 여러 가지 방법이 생각났다. 이제 생각할 시간이 생기자, 그는 테이블 위에 도구를 한 줄 늘어놓는 것처럼 하나씩 점검했다. 오늘 아침 일어난 것 같은 만남을 분명 다시 되풀이할 수는 없었다. 그녀가 기록국에서 일한다면 일이 쉬울지도 모른다. 하지만 윈스턴은 창작국이 어디 있는지도 전혀 모르는 데다가 그곳에 갈 구실도 없었다. 그녀가 사는 곳과 퇴근 시간을 알고 있다면 그녀의 집에 가는 길 어딘가에서 어떻게든 만날 수 있을지도 모른다. 그러나 그녀의 집을 따라가는 것은 위험했다. 청사 밖에서 어슬렁거리다가는 남의 눈에 띌 수 있었다. 우편으로 편지를 보내는 것도 말이 안 되었다. 모든 편지가 배달 중에 개봉되는 것은 비밀도 아닌 일상적인 일이었다. 실제로 편지를 쓰는 사람은 거의 없었다. 꼭 메시지를 보낼 필요가 있을 때는 엽서를 이용했다. 엽서에 인쇄된 여러 가지 구절 중 적용할 수 없는 부분은 지워서 보냈다. 어쨌든 그는 여자의 이름은커녕 주소도 몰랐다. 결국 그는 구내식당이 가장 안전하다는 결론을 내렸다. 만약 그녀가 텔레스크린과 너무 가깝지 않은, 구내식당 한가운데 어딘가에 혼자 앉아 있고, 주변에 대화를 나눠도 될 만한 소음이 들린다면, 30초만 이런 환경이 지속된다면 그녀와 몇 마디 나눠볼 수 있을지도 모른다.

이런 일이 있고 1주일 동안 윈스턴의 삶은 뒤숭숭한 꿈만 같았다. 다음 날 그가 막 구내식당을 나가려고 할 때, 호루라기 소리가 이미 시작된 후에야 그녀가 나타났다. 아마도 그녀의 교대 시간이 바뀐 모양이었다. 두 사람은 흘낏 쳐다보지도 않으며 서로를 지나쳤다. 다음 날 그녀는 평상시와 같은 시간에 구내식당에 있었지만 다른 여자 세 명과 함께 텔레스크린 바로 아래 자리에 앉아 있었다. 그리고 그녀가 모습을 보이지 않는 무시무시한 날이 사흘이나 이어졌다. 그는 온몸과 마음이 참을 수 없이 민감해지고 투명해진 것 같았다. 그래서 말해야 하거나 들어야만 하는 모든 동작과 소리와 접촉과 말 때문에 극도의 고통이 밀려들었다. 심지어 잠을 자는 동안에도 그녀의 모습을 떨칠 수 없었다. 그동안 그는 일기장은 손도 대지 않았다. 그나마 일이 있어서 다행이었다. 그는 일하는 중에 가끔 10분씩 몰두할 수 있었다. 그녀에게 무슨 일이 생긴 건지 짐작도 할 수 없었다. 그렇다고 알아보고 다닐 수도 없었다. 그녀는 증발했거나 자살했거나 오세아니아의 반대편으로 이송되었을지도 모른다. 아니면 단지 그녀의 마음이 바뀌어서 그를 피할지도 모른다는 것이 가장 최악이자 그럴싸한 해석이었다.

다음 날 그녀가 다시 나타났다. 삼각건은 벗어버리고 팔목에 붙인 반창고가 보였다. 그는 그녀를 보자 마음이 얼마나 놓이던지 몇 초 동안 그녀를 뚫어지게 쳐다보지 않을 수 없었다. 다음 날 그는 그녀에게 성공적으로 말을 걸 뻔했다. 그가 구내식당으로 들어서자 벽에서 꽤 떨어진 테이블에 혼자 앉아 있는 그녀가 보였다. 이른 시간이어서 식당은 사람이 많지 않았다. 음식을 받으려는 줄이 앞으로 나아갔다. 윈스턴이 거의 카운터 앞에 이르렀을 때 앞줄에 있던 사람이 사카린 정을 받지 못했다고 불평하는 바람에 2분 정도 늦어졌다. 하지만 검은 머리 여자는 윈스턴이 식판을 챙겨서 그녀를 향해 올 때까지 혼자 앉아 있었다. 그는 그녀 뒤에 앉을 자리를 찾으며 무심하게 그녀 쪽으로 걸어갔다. 그녀와의 거리가 이제 3미터 정도 남았을 때였다. 거의 2초만 더 가면 되는 순간이었다. 등 뒤에서 그를 부르는 목소리가 들렸다.

"스미스!"

그는 못 들은 척했다.

"스미스!"

이번에는 더 큰 목소리로 다시 불렀다. 소용없었다. 그는 돌아섰다. 금발에 우스꽝스럽게 생긴 윌셔라는 젊은 남자로, 윈스턴은 잘 모르는 사이였다. 젊은 남자가 환하게 웃으며 자기 테이블의 빈자리로 오라고 그를 청했다. 거절은 위험했다. 오라고 청하는 사람이 있는데 혼자 있는 여자의 테이블로 가서 앉을 수는 없었다. 너무 남의 눈에 띄는 행동이었다. 그는 친근한 미소를 지으며 자리에 앉았다. 바보같이 생긴 금발 남자가 윈스턴을 보며 환하게 웃었다. 윈스턴은 곡괭이로 그의 얼굴 한가운데를 내려치는 상상을 했다. 몇 분 후, 여자가 앉은 테이블도 다른 사람들로 꽉 찼다.

하지만 여자도 그가 자기를 향해 오는 걸 분명히 봤을 테니 그가 보내는 암시를 받았을 것이다. 다음 날 그는 신경을 써서 좀 더 일찍 도착했다. 여자도 확실히 같은 자리에 혼자 앉아 있었다. 윈스턴 바로 앞에 서 있는 사람은 움직임이 날쌘 딱정벌레처럼 작은 남자로 얼굴은 납작하고 작은 두 눈은 의심스러워 보였다. 윈스턴이 쟁반을 들고 카운터를 돌아서는데 검은 머리 여자의 테이블로 곧장 걸어가는 딱정벌레같이 생긴 남자가 보였다. 다시 희망이 사라졌다. 더 멀리 떨어진 테이블에 빈자리가 보였지만 그 작은 남자는 왠지 본인이 편안하기 위해 빈자리가 가장 많은 테이블을 고를 것 같았다. 마음이 내려앉은 윈스턴은 그 작은 남자를 따라갔다. 그 여자와 단둘이 있을 수 없다면 아무 소용 없었다. 바로 이 순간 엄청난 소리가 났다. 작은 남자가 대자로 엎어지며, 쟁반이 날아가고, 수프 두 개와 커피잔이 바닥으로 흘러넘쳤다. 작은 남자는 윈스턴을 노려보면서 자리에서 일어났다. 그는 분명 윈스턴이 자기 발을 걸었다고 의심하고 있었다. 아무 상관 없었다. 5초 후 윈스턴이 검은 머리 여자의 테이블 앞에 앉는데 가슴이 터질 것만 같았다. 그는 그녀를 바라보지 않았다. 쟁반을 펼치며 바로 먹기 시작했다. 다른 사람이 오기 전에 단번에 말하는 것이 중요했다. 그런데 무시무시한 두려움이 그를 덮쳤다. 그녀가 그에게 처음 다가온 후 일주일이나 지났다. 그녀가 마음을 바꾸었을지도 몰랐다, 그녀가 마음을 바꾼 게 분명했다! 이런 연애가 성공적으로 끝날 리 없었다. 이런 일은 실제로 일어날 수 없다. 이 순간 쟁반을 들고 앉을 자리를 찾아 느릿느릿 구내식당을 돌아다니는 귀에 털이 난 시인 앰플포스가 그의 눈에 들어오지 않았더라면 윈스턴은 말도 못 걸어보고 꽁무니를 뺐을지 모른다. 애매하게 윈스턴에게 호감을 보이는 앰플포스가 윈스턴을 본다면 분명 그 자리에 앉을 것이다. 실행에 옮기는 데 1분 정도 걸릴 것이다. 윈스턴과 검은 머리 여자는 계속 먹기만 했다. 두 사람이 먹는 음식은 묽은 스튜였는데, 실제로는 강낭콩으로 만든 수프였다. 윈스턴은 낮은 목소리로 중얼대기 시작했다. 하지만 두 사람은 고개를 들지는 않았다. 묽은 수프를 입속에 집어넣으며 감정이 실리지 않은 낮은 목소리로 필요한 몇 마디만 주고받았다.

"몇 시에 퇴근해요?"

"18시 30분."

"어디서 만날까요?"

"빅토리 광장, 기념비 근처."

"텔레스크린이 많아요."

"사람들만 많으면 괜찮아요."

"신호는?"

"없어요. 제 옆에 사람들이 많이 모일 때까지 제 쪽으로 오지 마세요. 그리고 저를 쳐다보지 마세요. 그냥 제 근처에 계세요."

"몇 시에?"

"19시."

"좋아요."

앰플포스는 윈스턴을 보지 못하고 다른 테이블에 앉았다. 두 사람은 다시 말하지 않았다. 같은 테이블의 맞은편에 앉아 있었지만 되도록 서로를 쳐다보지 않았다. 여자는 점심을 빨리 먹고 자리를 떴다. 그동안 윈스턴은 자리에 앉아서 담배를 피웠다.

윈스턴은 약속 시간보다 일찍 빅토리 광장으로 갔다. 그는 홈이 파인 어마어마한 기둥의 받침대 근처를 돌아다녔다. 기둥 꼭대기에 놓인 빅 브라더의 동상이 제1공대 전투에서 유라시아 비행대(몇 년 전에는 이스트아시아의 비행대였다)를 섬멸시킨 남쪽 하늘을 응시하고 있었다. 그 앞쪽 거리에 올리버 크롬웰로 추정되는 남자가 말을 타고 있는 동상도 보였다. 약속 시간보다 5분 늦었지만 검은 머리 여자는 아직 나타나지 않았다. 다시 엄청난 공포가 윈스턴을 덮쳤다. 그녀가 오지 않는다, 그녀의 마음이 바뀐 것이다! 그는 빅토리 광장의 북쪽을 향해 천천히 걸어가다가 세인트 마틴 교회를 알아보고는 희미한 쾌감을 느꼈다. 아직 종이 달려 있던 시절 '넌 내게 3파딩을 빚졌어'라는 종소리가 울렸던 교회였다. 그 순간 기념비 받침돌 아래 서 있는 여자가 눈에 띄었다. 그녀는 어마어마한 기둥을 휘감으며 붙어 있는 포스터를 읽고 있었다, 아니 읽는 척을 하고 있었다. 사람들이 더 모이기 전에 그녀 쪽으로 가는 것은 위험했다. 페디먼트(고대 그리스식 건물 입구 위의 삼각형 부분-역주)를 쭉 에워싼 채 설치된 텔레스크린이 눈에 들어왔다. 그런데 이 순간 왼쪽 어딘가에서 시끄러운 소리가 나더니 무게가 나가는 대형 차량이 쌩 지나가는 소리가 들렸다. 갑자기 사람들이 모두 빅토리 광장을 가로질러서 달려가는 것 같았다. 검은 머리 여자가 기념비 받침돌의 사자상을 재빨리 돌더니 무리 속으로 끼어들었다. 그녀를 따라 달려가던 그는 사람들이 외치는 몇 마디를 듣고 유라시아 포로들을 호송하는 차량이 지나간다는 것을 알 수 있었다.

이미 수많은 사람이 빅토리 광장의 남쪽을 막고 있었다. 윈스턴은 보통 때라면 이런 난장판에 바깥쪽 끝까지 끌려갈 사람이었지만 이번만큼은 밀치고, 들이받고, 꿈틀대서 결국 군중의 한가운데로 길을 터 나아갔다. 그는 곧 팔만 뻗으면 여자와 닿을 만큼 가까이 다가갔다. 하지만 몸집이 어마어마한 프롤과 그에 맞먹게 몸집이 커다란 부인으로 보이는 여자가 통과할 수 없는 육체의 장벽을 이루는 바람에 길이 막혀버렸다. 윈스턴은 꿈틀거리며 옆으로 몸을 돌린 다음 힘세게 달려들며 몸집이 어마어마한 부부 사이로 간신히 어깨를 들이밀었다. 한동안 두 부부의 단단한 엉덩이 사이에 끼어서 그의 내장이 터질 것만 같았다. 결국 땀을 흘리며 빠져나올 수 있었다. 그는 검은 머리 여자 옆에 섰다. 두 사람은 어깨를 붙이고 서서 꼼짝없이 앞만 뚫어지게 바라봤다.

　줄지어 나오는 트럭 행렬이 보였다. 기관총으로 무장한 무표정한 얼굴의 경비병들이 트럭 모서리마다 서 있고, 그 안에는 낡아빠진 파르스름한 제복을 입고 얼굴이 노르스름한 남자들이 빽빽하게 한데 모여 쭈그려 앉아 있었다. 슬퍼 보이는 몽골인들은 아무런 흥미도 없이 트럭 밖을 내다보고 있었다. 가끔 트럭이 거칠게 지나갈 때면 철그렁철그렁 소리가 났다. 포로들은 모두 다리에 쇠사슬이 묶여 있었다. 트럭이 지나칠 때마다 수심에 찬 얼굴도 따라갔다. 윈스턴은 그들을 본 적은 있지만 어쩌다 한 번이었다. 여자의 어깨와 팔뚝이 그의 몸에 바짝 붙었다. 온기를 느낄 만큼 그녀의 뺨이 그의 몸에 바짝 붙었다. 그녀는 지난번에 구내식당에서 그런 것처럼 바로 상황을 주도했다. 그녀는 전처럼 감정이 없는 목소리로 입술을 거의 움직이지 않으며 이야기를 시작했다. 주위 사람들이 아우성치고 트럭이 지나다니는 소리 때문에 중얼거리는 소리는 쉽게 묻혔다.

　"제 말 들리세요?"

　"네."

　"일요일 오후에 시간 되세요?"

　"네."

　"그럼 잘 들으세요. 이걸 명심하세요. 패딩턴 역으로 가서……."

　그녀는 놀랄 만큼 명료한 군대식 말투로 그가 따라와야 할 길을 알려주었다. 30분 동안 기차를 탄 후, 역 밖으로 나오면 왼쪽으로 돌아서 도로를 따라 2킬로미터를 걸으면, 문설주가 없는 문이 나온다. 들판을 가로지르면 길이 있는데 풀이 자란 오솔길이다. 덤불 사이로 길이 보이고 이끼가 낀 고목이 나온다. 그녀는 머릿속에 지도가 있는 것 같았다.

"다 기억할 수 있겠어요?"

그녀가 마지막으로 중얼거렸다.

"네."

"왼쪽으로 돌았다가 오른쪽으로 돌았다가 다시 왼쪽으로 도세요. 그러면 문설주가 없는 문이 나와요."

"네. 몇 시에?"

"15시쯤. 기다려야 할지도 몰라요. 저는 다른 길로 갈 거예요. 다 기억할 수 있어요?"

"네."

"그럼 어서 제 곁을 뜨세요."

말할 필요도 없는 얘기였다. 하지만 두 사람은 한동안 군중으로부터 몸을 뺄 수가 없었다. 트럭들은 여전히 줄지어 지나가고, 사람들은 질리지도 않는지 여전히 입을 벌린 채, 구경하고 있었다. 초반에는 야유하는 소리가 나왔지만, 군중 사이에 있는 당원들이 내는 소리일 뿐, 그 소리도 곧 중단되었다. 사람들이 느끼는 감정은 그저 호기심에 불과했다. 유라시아 출신이든 이스트아시아 출신이든 외국인은 낯선 동물에 불과했다. 사람들은 포로 신세가 되어버린 경우를 제외하고는 외국인을 볼 일이 없었다. 그마저도 흘낏 쳐다보는 것이 전부였다. 전쟁범으로 사형을 당하는 소수를 제외하면 그들이 어떻게 될지 알 수 없었다. 다른 포로들은 강제 노동 수용소로 그저 사라지고 말았다. 얼굴이 둥근 몽골인들이 지나간 자리를 수염이 덥수룩하게 자란, 피곤함에 절은 유럽인을 닮은 지저분한 포로들이 지나갔다. 수염이 덥수룩하고 볼이 홀쭉한 포로들이 이 따금 기이하게 강렬한 시선으로 윈스턴을 쏘아보았지만, 그 시선은 다시 훌쩍 지나갔다. 후송 차량은 이제 끝이 나고 있었다. 맨 마지막 트럭에 나이 든 남자가 보였다. 머리가 희끗희끗한 남자는 손목을 묶는 게 익숙한 것처럼 손목이 앞으로 엇갈린 채 똑바로 서 있었다. 이제 윈스턴과 검은 머리 여자가 헤어질 시간이 되었다. 그런데 사람들이 아직 두 사람을 에워싼 마지막 순간 그녀가 그의 손을 만지더니 아주 잠깐 꽉 붙잡았다.

10초도 안 되는 순간이었지만 두 사람이 손을 꽉 잡은 그 시간이 길게 느껴졌다. 그녀의 손을 아주 자세히 알 만큼의 시간이었다. 그는 그녀의 긴 손가락과 균형 잡힌 손톱, 험한 일로 굳은살이 박인 손바닥, 손목 아래 매끄러운 살을 만졌다. 손을 만지기만 해도 눈으로 본 것 같은 기분이 들었다. 그와 동시에 그녀의 눈이 무슨 색인지도 모른다는 생각이 들었다. 아마 갈색일 것이다. 하지만 머리카락이 검은 사람도 파란 눈을 가진 경우가 있었다. 고개를 돌려서 그녀를 바라보는 행동은 어리석은 짓일 것이다. 두 사람은 손을 맞잡은 채, 몸으로 누르는 사람들의 눈에 띄지 않게 앞만 쭉 바라보았다. 머리카락 사이로 윈스턴을 애절하게 바라보는 건 그녀의 눈이 아니라 늙은 포로의 눈이었다.

2

윈스턴은 햇살과 그늘이 이리저리 일렁이는 오솔길로 접어들더니, 나뭇가지가 갈라진 곳이면 어디든 황금빛 햇살이 쏟아지는 곳으로 걸어 들어갔다. 그가 서 있는 나무 아래로 안개처럼 땅을 덮은 블루베리가 보였다. 주변 공기가 피부에 입을 맞추는 것 같았다. 5월 2일이었다. 숲 한가운데 깊은 곳 어디선가 비둘기들이 우는 소리가 들렸다.

그는 조금 일찍 도착했다. 오는 길은 그렇게 어렵지 않았다. 검은 머리 여자가 확실히 잘 아는 곳 같아서 윈스턴은 평소보다 덜 두려웠다.

아마도 그녀가 안전한 곳을 찾았다고 믿어도 좋을 것이다. 사람들은 일반적으로 시골이 런던보다 훨씬 안전하다고 생각했다. 물론 시골에는 텔레스크린이 없지만 목소리를 수신해서 인식하는 마이크로폰이 숨겨져 있을 위험성은 늘 있었다. 게다가 혼자서 여행을 다니면 늘 주의를 끌 수밖에 없었다. 100킬로미터 이내의 거리는 여행 증명서가 필요 없었지만, 기차역을 어슬렁대는 순찰대가 가끔 있었다. 그들은 당원 증명서를 조사하거나 귀찮은 질문을 퍼부었다. 하지만 아직 순찰대는 보이지 않았다. 윈스턴은 역에서 나오는 길에 계속 뒤를 흘낏 돌아보며 따라오는 사람이 없는지 확인했다. 기차에는 프롤들이 아주 많았는데 여름철의 일요일이라 휴일 분위기가 났다. 그가 탑승한 기차 칸은 나무로 된 좌석이었는데, 이가 다 빠진 증조할머니부터 생후 한 달 된 갓난아기까지 규모가 어마어마한 일가족이 타고 있었다. 이들은 시골에 있는 '인척들'과 오후를 보내고, 암시장에서 버터를 구하려 나왔다고 노골적으로 얘기했다.

길이 넓어지더니 1분 정도 걷자, 그녀가 얘기한 대로 소가 밟아서 생긴 오솔길이 덤불 사이로 뚝 떨어질 듯 나타났다. 그는 시계는 없었지만, 아직 15시는 아닐 것 같았다. 블루벨이 발밑으로 너무 무성하게 자라서 밟지 않고는 지나갈 수가 없었다. 그는 시간을 보내기 위해 무릎을 꿇고 블루벨 몇 송이를 꺾기 시작했다. 물론, 그녀를 만났을 때 블루벨을 건네고 싶은 생각도 막연하게 작용했다. 그가 꽃다발을 풍성하게 만들어 희미하게 풍기는 꽃향기를 맡고 있는데, 탁탁 잔가지를 밟는 소리가 등 뒤로 들리자 몸이 얼어붙고 말았다. 그는 계속 블루벨을 꺾었다. 지금으로서는 최선이었다. 발소리의 주인공은 그녀이거나 그를 따라온 사람일 것이다. 주위를 둘러보면 의심을 살 것이다. 그는 블루벨을 한 송이 한 송이 꺾기 시작했다. 누군가 그의 어깨를 살짝 만졌다. 그가 고개를 들자, 검은 머리 여자가 보였다. 그녀는 고개를 저으며 그에게 아무 소리도 내지 말라는 경고를 확실히 보낸 후, 덤불을 빠져나온 다음 재빨리 좁은 길을 따라 숲속으로 들어갔다. 그녀가 습관적으로 수렁 같은 곳을 피하는 것으로 볼 때, 전에 와본 것이 분명했다. 윈스턴은 꽃다발을 안고 계속 그녀를 따라갔다. 그는 처음에는 안심했다. 하지만 골반의 곡선이 도드라지게 주홍색 띠를 꽉 둘러맨 그녀가 강하고 날씬한 몸으로 앞서 나가자 열등감에 짓눌리게 되었다. 지금도 그녀가 돌아서서 그를 바라보면 결국 뒷걸음질을 칠 것만 같았다. 달콤한 공기와 푸른 나뭇잎들도 그의 기를 꺾어놓을 기세였다. 5월의 햇살을 받으며 역에서 걸어 나오자 윈스턴은 자신이 땀구멍마다 런던의 거무튀튀한 먼지가 낀, 실내에서만 사는 더럽고 기력도 부족한 존재로 보일 것만 같았다. 그리고 그녀가 대낮에 환한 곳에서 그를 본 적이 아직 없다는 생각도 들었다. 두 사람은 그녀가 말한 쓰러진 나무가 있는 곳에 도착했다.

검은 머리 여자는 훌쩍 뛰어오르더니 틈이 없을 것 같은 덤불을 헤쳤다. 윈스턴이 그녀를 따라가니 자연적으로 생긴 빈터가 나왔다. 작은 풀이 덮인 빈터는 키가 큰 묘목이 빽빽하게 에워싼 공터였다. 여자가 멈춰 서더니 돌아섰다.

"여기예요."

그녀가 이야기를 꺼냈다. 그는 몇 걸음 떨어진 곳에서 그녀를 마주 보았다. 하지만 아직은 그녀 곁으로 더 다가갈 엄두가 나지 않았다.

"오솔길에서는 아무 이야기도 하고 싶지 않았어요."

그녀가 이야기를 이었다.

"마이크가 숨겨져 있을지도 몰라요. 있을 것 같지는 않지만 있을 수도 있으니까요. 저 돼지 새끼들이 당신 목소리를 알아챌 수 있어요. 우린 여기서는 괜찮아요."

그는 그녀에게 다가갈 엄두가 나지 않았다.

"여기선 괜찮을까요?"

그는 바보처럼 그녀의 말을 반복했다.

"네, 저 나무들 좀 보세요."

작은 물푸레나무가 보였다. 언젠가 잘려 나갔다가 다시 싹을 피워 숲을 이룬 모양이었는데 사람의 손목보다 두껍지는 않았다.

"여긴 마이크를 숨길 만큼 큰 나무가 없어요. 게다가 전에도 여기 와본 적이 있어요."

두 사람은 대화만 나누었다. 그는 이제 그녀에게 더 가까이 다가갈 수 있었다. 그녀는 그가 이렇게 느리게 행동하는 것이 이상하다는 듯이 살짝 비꼬는 표정으로 그 앞에 똑바로 섰다. 블루벨이 땅바닥에 우수수 떨어졌다. 블루벨들이 저절로 떨어지는 것처럼 보였다. 그가 그녀의 손을 잡았다.

"이 순간까지 내가 당신의 눈 색깔을 몰랐다는 게 믿어지나요?"

그가 물었다. 그녀의 눈은 갈색이었다. 그는 그녀의 까만 속눈썹과 좀 연한 갈색 눈을 주목했다.

"이제 내 모습을 제대로 봤는데, 내가 봐줄 만한가요?"

"그럼요, 당연하죠."

"나는 올해 서른아홉 살이에요. 헤어질 수 없는 아내도 있고, 정맥류성 궤양도 앓고 있소. 이도 다섯 개는 의치고."

다음 순간 누가 먼저 그런 것인지는 모르지만 그녀는 그의 품속에 있었다. 처음에 그는 결코 믿을 수가 없었다. 그의 몸에 딱 붙은 싱싱한 몸과 그의 얼굴에 딱 붙은 풍성한 검은 머리카락이라니, 이럴 수가! 그녀가 정말로 얼굴을 치켜들자 그는 크고 붉은 그 입술에 입을 맞추었다. 그녀는 두 팔로 그의 목을 꽉 끌어안으며 자기, 소중한 사람, 사랑하는 사람이라고 그를 불렀다. 그는 그녀를 바닥에 눕혔다. 이제 그녀는 전혀 저항하지 않았다. 그는 원하는 대로 할 수 있었다. 하지만 사실 그는 육체적인 감흥을 전혀 느끼지 못했다. 그저 그녀를 끌어안고만 있었다. 믿을 수 없었지만 자랑스러웠다. 그는 이런 일이 일어나서 기뻤지만, 욕정은 일어나지 않았다. 진행이 너무 빨랐다. 그가 그녀의 젊음과 미모 때문에 주눅 들었을 뿐만 아니라 여자 없이 사는 데 너무 익숙해진 탓도 있었다. 어쨌든 그는 무엇 때문인지 이유를 알 수 없었다. 검은 머리 여자는 몸을 일으키더니 머리에서 블루벨을 떼어냈다. 그녀는 그에게 몸을 붙이며 앉더니 두 팔로 그의 허리를 감았다.

"신경 쓰지 마세요. 서두를 필요도 없어요. 우리에겐 오후 내내 시간이 있잖아요. 여기 정말 숨기 좋은 곳이죠? 단체 행군을 하다가 길을 잃었을 때 찾은 곳이에요. 누가 오더라도 100미터 떨어진 곳에서도 소리가 들려요."

"이름이 뭐죠?"

윈스턴이 물었다.

"줄리아. 당신 이름은 알아요. 윈스턴, 윈스턴 스미스죠."

"어떻게 알았어요?"

"제가 당신보다 뭐든 잘 알아낼걸요. 말해보세요, 쪽지를 건네기 전에 저를 어떻게 생각했죠?"

그는 그녀에게 거짓말을 하고 싶은 마음은 전혀 없었다. 최악의 상황을 얘기하며 시작하는 것도 일종의 사랑 제물이었다.

"꼴도 보기 싫었어요. 당신을 강간해서 죽이고 싶었어요. 2주 전만 해도 돌멩이로 당신의 머리를 박살 낼 생각도 진지하게 했었지. 실은 당신이 사상경찰과 관련이 있다고 생각한 거요."

검은 머리 여자는 그의 말을 자신의 위장술이 뛰어나서 그런 것이라고 확신하며 기분 좋게 웃었다.

"사상경찰은 아니죠! 정말로 그렇게 생각한 건 아니죠?"

"음, 꼭 그렇지는 않아요. 하지만 당신 태도가, 그러니까 당신은 젊고 생기가 넘치는 데다가 건강하니까 그런 생각이 들었지."

"당신은 내가 좋은 당원인 줄 알았겠죠. 말과 행동이 명백하니까요. 현수막, 행진, 슬로건, 게임, 단체 행군 등등이요. 게다가 내가 당신을 사상범으로 고발할 기회만 있으면 처형당하게 할 줄 알았죠?"

"맞아요. 대충 그렇게 생각했죠. 수많은 젊은 여자가 그러니까요."

"이놈의 물건 때문에 그런 거죠."

그녀는 청년반성동맹의 진홍빛 띠를 풀어서 나뭇가지에 던지며 얘기했다. 그녀는 허리를 만지자 무슨 생각이라도 났는지 작업복 주머니 속을 더듬더니 작은 초콜릿 조각을 꺼냈다. 그녀는 초콜릿을 반으로 가른 다음 윈스턴에게 한 조각을 주었다. 그는 초콜릿을 입속에 넣기도 전에 냄새만 맡고도 특별한 초콜릿이라는 것을 알았다. 윤기가 나는 검은색 초콜릿은 은박지로 포장한 것이었다. 보통 초콜릿은 흔히 쓰레기를 태울 때 나는 연기 맛이 나고 색깔도 흐릿한 갈색이었다. 하지만 그도 그녀가 방금 건네준 것과 비슷한 맛이 나는 초콜릿을 예전에 먹어본 적이 있었다. 초콜릿 냄새를 처음 맡았을 때 어떤 기억이 떠올랐다. 꼭 집어낼 수는 없지만 강렬하고 고통스러운 기억이었다.

"이런 건 어디서 났죠?"

그가 물었다.

"암시장이요."

그녀는 무심하게 대답했다.

"사실 전 겉으로 볼 때만 그런 여자예요. 전 게임을 잘해요. 스파이단의 분대장이었고 청년반성동맹에서 일주일에 사흘 저녁 봉사활동을 해요. 몇 시간이고 런던 전역을 돌아다니며 그들의 말도 안 되는 헛소리를 붙이고 다니죠. 행진할 때는 늘 깃발 한쪽을 들고 다니고요. 저는 늘 기운차게 보이고 어떤 일에도 몸을 사리지 않아요. 늘 사람들과 함께 소리를 질러라, 전 그렇게 얘기해요. 그래야 안전하니까요."

첫 번째 초콜릿 조각이 윈스턴의 혀 위에서 녹았다. 맛이 아주 좋았다. 그런데 의식의 끄트머리를 맴도는 기억이 있었다. 곁눈질로 본 물체처럼 정확하지는 않지만 강렬하게 느껴지는 기억이었다. 하고 싶었지만 할 수 없었던 어떤 행동이라는 것만 알고 있었다. 그는 그 기억을 밀어내고 싶었다.

"당신은 정말 젊어요. 나보다 열 살 아니 열다섯 살은 어릴걸. 나 같은 남자의 어떤 점에 끌렸소?"

"당신 얼굴에 있는 그 무엇이죠. 난 모험을 해보자는 생각이 들었어요. 난 거기 속하지 않은 사람을 알아보는 눈이 있어요. 당신을 보자마자, 그들의 반대편이라는 사실을 알았죠."

그들은 당원, 특히 내부 당원을 의미하는 것 같았다. 그녀가 그들을 툭 터놓고 야유하며 미워하자 윈스턴은 안전한 곳이 있다면 바로 이곳이 안전하다는 사실을 알았지만, 마음이 불안했다. 그는 그녀의 거친 말투가 놀라웠다. 당원들은 욕을 하지 말아야 했다. 윈스턴 자신도 어쨌든 욕을 하거나 큰 소리를 내는 경우가 거의 없었다.

하지만 줄리아는 당원 특히 내부 당원을 언급할 때 음침한 골목길에서 본 것 같은 말만 꺼냈다. 그는 줄리아의 그런 모습이 싫지 않았다. 그녀가 당과 당의 방식에 저항하는 증거일 뿐이며, 말이 나쁜 건초 냄새를 맡으면 재채기가 터져 나오는 것처럼 자연스럽고 건강한 현상으로 보였다. 두 사람은 빈터를 나왔다. 둘이 나란히 걸을 만큼 넓은 길만 나오면 서로의 허리를 껴안으며 이리저리 그늘이 진 숲속을 다시 돌아다녔다. 그녀가 진홍빛 띠를 벗어버리자 허리가 훨씬 더 부드러워진 것 같았다.

두 사람은 속삭이듯 얘기했다. 줄리아는 공터 밖에서는 조용히 가는 것이 더 좋겠다고 얘기했다. 두 사람은 곧 작은 숲의 가장자리에 도착했다. 줄리아가 그를 멈춰 세웠다.

"훤한 데로 가지 마세요. 보는 사람이 있을지도 모르잖아요. 나뭇가지 뒤에만 있으면 문제없을 거예요."

두 사람은 개암나무 덤불 그늘 속에 서 있었다. 햇살이 수많은 잎사귀를 뚫고 그들의 얼굴을 여전히 따갑게 비추었다. 들판 너머를 바라보던 윈스턴은 그곳을 알고 있다는 기이한 느낌에 서서히 놀랄 수밖에 없었다. 눈에 익은 곳이었다. 동물이 먹다 남은 풀밭과 그 풀밭을 가로지르는 오솔길과 여기저기에 뚫린 두더지 구멍이 보였다. 누더기처럼 낡은 맞은편 울타리에는 느릅나무 가지가 산들바람에 살살 살랑대고, 느릅나무 잎사귀는 숱 많은 여자의 머리카락처럼 찰랑거렸다. 보이지는 않지만, 근처 어딘가에 황어 떼가 헤엄치는 푸른 웅덩이가 있는 개울이 있을 것이 분명했다.

"이 근처 어딘가에 개울이 있지 않나요?"

윈스턴이 속삭이듯 물었다.

"맞아요. 개울이 있어요. 저 들판 끄트머리에 있어요. 그곳엔 물고기들이 살아요. 꽤 크지요. 버드나무 아래 웅덩이에 꼬리를 흔들며 누워 있는 물고기들을 볼 수 있어요."

"황금의 나라지요. 거의 그래요."

그가 중얼거렸다.

"황금의 나라라고요?"

"아무것도 아니에요. 내가 꿈속에서 가끔 보는 경치에요."

"보세요!"

줄리아가 속삭였다.

5미터도 떨어지지 않은 나뭇가지에 내려앉은 개똥지빠귀 한 마리가 보였다. 두 사람의 얼굴과 높이가 거의 같았다. 개똥지빠귀는 두 사람을 보지 못한 것 같았다. 개똥지빠귀는 햇볕 속에 있고, 두 사람은 그늘 속에 있었다. 개똥지빠귀가 날개를 펼치더니 다시 살포시 접으며 마치 해를 향해 절이라도 하는 것처럼 잠시 고개를 숙였다. 그리고 노래 한 곡을 쏟아내기 시작했다. 오후에 들리는 개똥지빠귀의 노랫소리는 놀라웠다. 노랫소리에 마음을 빼앗긴 윈스턴과 줄리아는 서로를 꼭 끌어안았다. 개똥지빠귀의 노래는 놀라운 변주로 매분 계속되었다. 개똥지빠귀는 마치 일부러 기교를 부리는 것처럼 한 번도 같은 노래를 부르지 않았다. 때때로 몇 초 동안 날개를 펼쳤다가 다시 접고, 얼룩진 가슴을 부풀리며 다시 노래를 시작했다. 윈스턴은 경외심을 갖고 이 모습을 지켜보았다. 개똥지빠귀는 누구를 위해, 무엇 때문에 노래를 부르는 것일까? 노래를 부르는 개똥지빠귀를 바라보는 짝도 없고 경쟁자도 없었다. 저 새는 무엇 때문에 인적 없는 숲의 가장자리에 앉아 헛되이 노래 쏟아내는 것일까? 그는 근처 어딘가에 마이크가 숨겨진 것은 아닌가 걱정되었다. 그와 줄리아는 낮게 속삭였으니까 마이크에 그들의 말이 잡힐 리 없었지만, 개똥지빠귀의 노랫소리는 잡힐 것이다. 마이크의 반대편에서 딱정벌레같이 생긴 작은 남자가 열심히 그 소리를 듣고 있을지도 모른다. 하지만 홍수처럼 쏟아지는 노랫소리가 그의 머릿속 생각을 몰아내고 말았다. 마치 노랫소리가 액체처럼 그의 온몸에 쏟아지더니 잎사귀를 비추는 햇살과 뒤섞이는 것 같았다. 그는 잠시 생각을 멈추고 감각에만 집중했다. 그의 팔에 안긴 검은 머리 여자의 허리는 부드럽고 따뜻했다. 그는 가슴과 가슴이 맞닿을 수 있도록 그녀를 돌려 안았다. 그녀의 몸이 그의 몸속으로 녹아드는 것 같았다. 그의 손이 닿는 곳마다 그녀의 몸은 마치 물처럼 반응했다. 두 사람의 입술이 한데 엉켰다. 좀 전에 했던 딱딱한 키스와는 전혀 달랐다. 두 사람이 다시 얼굴을 떼는 순간 숨을 깊이 내쉬었다. 놀란 개똥지빠귀가 날개를 퍼덕이며 날아가버렸다.

윈스턴은 그녀의 귀에 입술을 묻으며 속삭였다.

"이제."

"여기선 안 돼요."

그녀도 속삭였다.

"그 은신처로 돌아가요. 거기가 더 안전해요."

두 사람은 작은 나뭇가지를 탁탁 밟으며 공터로 급히 돌아갔다. 어린나무로 둘러싸인 곳에 이르자, 그녀가 고개를 돌려 그를 마주보았다. 두 사람의 호흡 소리가 빨라졌다. 그녀의 입꼬리에 미소가 다시 보였다. 잠시 윈스턴을 바라보던 그녀는 작업복 지퍼를 더듬었다. 그랬다! 그녀의 모습은 그의 꿈과 거의 같았다. 그가 상상했던 그대로 그녀는 잽싸게 옷을 벗어 옆으로 던져버렸다. 문명을 말살할 것처럼 아름다운 몸짓이었다. 햇빛을 받은 그녀의 몸이 하얗게 빛났다. 하지만 그는 한동안 그녀의 몸을 바라보지 않았다. 그의 두 눈은 주근깨가 깔린 그녀의 얼굴에 고정되었다. 그녀는 대담한 미소를 띠고 있었다. 그는 무릎을 꿇더니 그녀의 손을 잡았다.

"전에도 이런 걸 해본 적이 있나요?"

"물론이죠. 수백 번, 음, 수십 번쯤."

"당원들과?"

"그럼요, 늘 당원들이죠."

"내부 당원들하고도?"

"그런 돼지 새끼들하고는 안 했어요. 하지만 기회만 있으면 하려고 드는 놈들은 많았어요. 그자들은 겉보기처럼 점잖지 않거든요."

그의 심장이 뛰었다. 그녀는 몇십 번이나 그걸 했다. 그는 수백, 아니 수천 번이기를 바랐다. 그는 당원들이 썩었다는 기미만 보이면 늘 터무니없는 희망이 솟았다. 누가 알겠는가? 당은 속부터 썩었고, 당의 분투와 금욕 숭배는 부정을 숨기려는 사기일 뿐일 것이다. 그는 나병과 매독으로 그자들을 모조리 감염시킬 수만 있다면 기꺼이 그렇게 하고 싶었다! 그자들을 부패시키고, 약하게 만들고, 기반까지 뒤집어버릴 수만 있다면 무슨 짓이든 할 것이다.

그는 그녀를 끌어당긴 다음 얼굴을 마주 본 채로 서로 무릎을 꿇었다.

"잘 들어요. 당신이 더 많은 남자를 상대할수록 난 당신을 더 사랑할 거요. 내 말 알아듣겠어요?"

"네. 잘 알아요."

"난 순수한 게 정말 싫어요! 선한 것도 증오하죠! 난 어떤 미덕이든 다 싫어요. 난 사람들이 모두 뼛속까지 썩었으면 좋겠어요."

"그렇다면, 전 당신한테 딱 맞는 사람이네요. 난 뼛속까지 썩었어요."

"당신 이런 것을 하는 걸 좋아하나요? 나랑 하는 걸 말하는 게 아니에요. 내 말은 이런 행위 자체를 말하는 거예요."

"너무 좋아해요."

162

그가 무엇보다 듣고 싶은 말이었다. 한 사람을 사랑하는 것뿐만 아니라 동물적인 본능, 상대를 가리지 않는 단순한 욕망은 당을 갈 가리 찢어버릴 힘이 되는 것이다. 그는 블루벨꽃이 떨어진 풀밭 위에 그녀를 눕혔다. 이번에는 어려움이 없었다. 두 사람의 가슴이 천천히 오르락내리락하다가 이내 정상 속도로 느려졌고, 두 사람은 기분 좋은 나른함으로 허물어졌다. 태양이 더 뜨거워진 것 같았다. 두 사람은 똑같이 졸렸다. 그는 던져둔 작업복 쪽으로 팔을 뻗어서 그녀에게 일부 덮어주었다. 두 사람은 금세 잠이 들었고 30분 정도 잤다.

윈스턴이 먼저 눈을 떴다. 그는 자리에서 일어나 손바닥을 베고 잠이 든 주근깨가 깔린 얼굴을 바라보았다. 입을 빼면 예쁘다고 할 수 없는 얼굴이었다. 자세히 들여다보면 눈가에 주름살도 한두 개 보였다. 짧은 검은 머리는 유난히 숱이 많고 부드러웠다. 그는 아직 그녀의 성과 사는 곳도 모른다는 생각이 들었다.

꼼짝없이 잠든 젊고 건강한 육체를 보자 그는 연민과 보호해주고 싶은 마음이 들었다. 그래도 개똥지빠귀가 노래를 부르던 동안 개암나무 밑에서 느꼈던 터무니없이 다정한 마음은 다시 들지 않았다. 그는 작업복을 옆으로 당긴 다음, 그녀의 희고 매끈한 옆구리를 자세히 들여다보았다. 예전에 그는 남자가 여자의 몸을 보고 욕망을 느끼면, 그것으로 충분하다고 생각했다. 하지만 요새는 순수한 사랑이나 순수한 욕망은 없었다. 순수한 감정도 없었다. 모든 것이 공포와 증오로 뒤섞였기 때문이다. 두 사람의 포옹은 전쟁이고 절정은 승리였다. 두 사람의 성관계는 당에 맞서는 일격이며 정치적 행위였다.

3

"우리 여기 다시 한번 와도 돼요."

줄리아가 이야기를 꺼냈다.

"어떤 은신처든 두 번은 안전하게 이용할 수 있어요. 하지만 한 두 달 안에 더 오는 건 안 돼요."

그녀는 잠이 깨자마자 태도가 바뀌었다. 기민하고 사무적인 태도로 옷을 입은 그녀는 진홍빛 띠를 허리에 묶더니 집으로 돌아가는 길을 자세히 정리해서 얘기했다. 이런 일은 그녀에게 맡기는 것이 자연스러워 보였다. 그녀는 윈스턴에게 부족한 세속적인 지혜가 있었다. 또한 수많은 단체 행군 덕분에 런던 근교의 시골을 아주 빠삭하게 알고 있는 것 같았다. 그녀는 그가 왔던 길과는 전혀 다른 길을 알려주더니 기차역도 완전히 다른 곳으로 안내했다.

"집에 갈 때는 왔던 길로 가면 안 돼요."

그녀는 중요한 원칙을 발표하듯이 얘기했다. 그녀가 먼저 출발한 다음 윈스턴은 30분 정도 기다렸다가 가기로 했다.

그녀는 나흘 후 퇴근 후에 만날 장소를 정했다. 늘 사람들이 붐비는 시끄러운 시장이 있는 빈민가의 거리였다. 그녀는 구두끈이나 실을 사는 척하며 상점 사이를 돌아다니기로 했다. 만약 그녀가 보기에 들킬 위험이 없다고 판단되면 그가 다가올 때 코를 풀기로 했다. 반대의 경우라면 그녀를 쳐다보지 않고 지나가기로 했다. 만약 운이 좋아서 많은 사람 틈에 끼게 된다면 15분가량 안전하게 이야기를 나누며 다음 만남을 정하기로 했다.

"이제 전 가야 해요."

그녀는 지시 사항을 마치자마자 이렇게 얘기했다.

"전 19시 30분까지 돌아가야 해요. 청년반성동맹에 가서 두 시간 동안 전단을 나눠주거나 다른 일을 해야 하거든요. 옛 같죠? 저 좀 털어주세요. 머리에 잔가지는 없나요? 확실해요? 그럼 잘 가요, 내 사랑, 잘 가요!"

그녀는 그의 품속으로 달려들더니 와락 키스를 퍼부었다. 잠시 후 어린나무 사이를 뚫고 나가더니 아무 소리도 내지 않고 숲속으로 사라졌다. 심지어 지금까지도 그는 그녀의 성이나 주소를 알지 못했다. 어차피 실내에서 만나거나 편지를 주고받는 일 같은 건 상상도 할 수 없으니 상관없었다.

그 후 두 사람은 그 숲속의 빈터를 다시 찾지 못했다. 5월 한 달 동안 사랑을 나눌 기회가 딱 한 번 있었다. 이번에도 줄리아가 아는 은신처였다. 30년 전 원자폭탄이 떨어져서 거의 폐허가 되어버린 시골 교회의 종탑이었다. 은신처로는 좋았지만 가는 길이 무척 위험했다. 이때를 제외하고 두 사람은 이제 길거리에서만 만날 수 있었다. 매일 저녁 다른 곳에서 만났는데 30분을 넘기지 못했다. 거리에서는 어느 정도 대화가 가능했다. 두 사람은 인파로 붐비는 보도로 밀려들어 갔지만 나란히 서거나 서로를 쳐다보지는 않았다. 깜박이는 등대 불빛처럼 뚝뚝 끊기는 별난 대화를 나누다가, 당원복을 입은 사람이 접근하거나 텔레스크린이 근처에 보이면 갑자기 입을 꾹 다물었다가, 다시 몇 분 후에 끊었던 대화를 이었다. 그리고 약속된 장소에서 헤어질 때가 되면 갑자기 말을 끊었고, 다음 날 만나면 서론도 없이 대뜸 이전에 끊었던 대화를 이었다. 줄리아는 이런 식의 대화에 꽤 익숙한지 이를 '분할 대화'라고 불렀다. 또한 그녀는 입술을 까딱하지 않으면서 말을 하는 놀라운 능력이 있었다. 밤마다 거의 만났는데 한 달 동안 딱 한 번 키스를 나눌 수 있었다. 어느 날 두 사람이 말없이 골목길을 지나는데(줄리아는 큰길이 아니면 절대 말을 하지 않았다) 엄청난 소리가 나더니 땅이 흔들리고, 주위가 캄캄해졌다. 겁에 질린 윈스턴은 상처를 입고 땅바닥에 쓰러졌다. 로켓탄이 근처에 떨어진 게 분명했다. 갑자기 몇 센티미터 떨어진 곳에 분필처럼 하얗게 질린 줄리아의 얼굴이 그의 눈에 들어왔다. 입술마저 하얗게 질려 있었다. 그녀가 죽었다! 그는 그녀를 꽉 껴안고 입을 맞추었다. 얼굴의 온기 때문에 그녀가 살아 있다는 것을 알 수 있었다. 그런데 그의 입술에 하얀 가루 같은 게 묻어 있었다. 두 사람은 얼굴에 횟가루를 잔뜩 뒤집어쓴 모양이었다.

두 사람이 만났어도 아무런 신호도 없이 그냥 지나쳐야 하는 저녁도 있었다. 그 지역을 도는 순찰대원이 나타나거나 머리 위를 돌아다니는 헬리콥터 때문이었다. 데이트보다 아무리 덜 위험하더라도 만날 시간을 내기는 여전히 어려웠다. 윈스턴의 작업 시간은 주당 60시간이었고, 줄리아의 작업 시간은 그보다 더 길었다. 쉬는 날은 업무 강도에 따라 달라져서 겹칠 때가 자주 없었다. 줄리아는 완전히 자유로운 저녁 시간을 거의 낼 수 없었다. 그녀는 각종 강연과 시위에 참석했고, 청년반성동맹의 인쇄물을 배포했으며, 증오주간에 쓸 깃발을 준비하고, 저축 캠페인의 모금을 마련하는 등 이런저런 활동을 하느라 엄청난 시간을 쏟았다. 그녀는 그만한 가치가 있는 위장 활동이라며 사소한 규칙을 지키면 커다란 법을 위반할 수 있다고 했다. 심지어 그녀는 열성 당원들이 자발적으로 일하는 시간제 군수품 공장에서 저녁 시간에 일하라고 윈스턴을 설득해서 스스로 등록하게 유도했다. 그래서 윈스턴은 텔레스크린에서 나오는 음악 소리와 망치 두드리는 소리가 섞여 나오는 어둡고 추운 공장에서 폭탄의 퓨즈 같은 자그마한 금속 조각을 나사로 죄는, 너무너무 지겨운 일을 하느라 일주일에 하룻밤, 꼬박 네 시간이나 바쳐야 했다.

두 사람이 교회 종루 안에서 만나면 끊어졌던 대화가 다시 이어졌다. 그날은 푹푹 찌는 오후였다. 종탑 위에 자리 잡은 작고 네모난 방 안은 더운 데다 공기가 통하지 않아서, 비둘기 똥 냄새가 심하게 풍겼다. 두 사람은 잔가지가 흩어진 먼지 나는 바닥에 앉아서 몇 시간 동안 이야기를 나누었다. 두 사람 중 한 명은 때때로 자리에서 일어나 화살 구멍 밖을 흘깃 보며 오는 사람은 없는지 확인했다.

줄리아는 스물여섯 살이었다. 그녀는 다른 여자 서른 명과 함께 호스텔에서 살고 있었다("여자들 냄새라니! 난 여자라면 지긋지긋해요!" 그녀는 중간중간 이런 말을 했다). 그가 짐작한 대로 그녀는 창작국에서 소설 제작 기계를 만지는 일을 했다. 그녀는 다루기 힘든 강도 높은 전기 모터를 작동하고 점검하는 일을 주로 담당했는데 그런 일을 좋아했다. 그녀는 '똑똑한 편은 아니었지만', 손으로 하는 일을 좋아하는 만큼 기계를 잘 다루었다. 그녀는 기회 위원회Planning Committee에서 내린 대략적인 지시부터 수정 분대Rewrite Squad의 최종 점검까지 소설 창작의 모든 과정을 설명할 수 있었다. 하지만 완성 작품에는 전혀 관심이 없었다. 그녀는 "독서는 관심 없어요"라고 말했다. 그녀에게 책은 잼이나 신발 끈처럼 생산해야 하는 상품에 불과했다.

그녀는 60년대 초반 이전에 대해서는 전혀 기억이 없었다. 혁명 이전에 자주 이야기를 나눈 사람은 그녀가 여덟 살 때 사라진 할아버지가 유일했다. 학교에서 그녀는 하키팀 주장이었고, 2년 연속 체조 트로피를 받았었다. 또한 스파이단의 분대장이었고, 청년반 성동맹에 들어가기 전에는 청소년동맹의 지부장을 맡았었다. 그녀는 언제나 평판이 아주 좋았다. 그래서 프롤들에게 배포할 목적인 값싼 포르노를 만드는 창작국의 분과인 포르노과에 차출되었다 (평판이 좋다는 확실한 증거였다). 그녀는 그곳에서 일하는 사람들끼리는 그곳을 오물 창고로 부른다고 얘기했다. 그녀는 그곳에서 1년 동안 일하며, '엉덩이 때리기Spanking Stories'나 '여학교에서의 하룻밤One Night in a Girls School' 같은 제목이 붙은 봉인된 소책자를 만드는 일을 도왔다. 프롤 청년들은 불법적인 물건을 사는 것 같은 기분으로 이것들을 몰래 산다고 했다.

"어떤 책들인데?"

윈스턴이 호기심을 보이며 물었다.

"음, 완전 쓰레기에요. 지루하기 짝이 없어요. 줄거리는 딱 여섯 개밖에 없지만 조금씩 내용을 바꾸는 거죠. 물론 난 만화경만 다뤄요. 나는 수정 분대는 들어가지도 않았어요. 난 문학적인 사람이 아니에요, 그런 것도 쓸 만한 자질이 없을 정도예요."

그는 포르노과의 직원들이 팀장을 제외하고는, 모두 여자라는 사실이 놀라웠다. 여자들보다 성적 본능을 다루기가 훨씬 힘든 남자들이 그런 쓰레기들을 다루면 타락할 위험이 훨씬 크다는 이유가 있었다.

"거기는 결혼한 여자들도 싫어해요."

그녀가 덧붙였다.

"여자들은 늘 순수해야 한다나. 여기 그렇지 않은 여자가 있긴 하지만요."

그녀는 열여섯 살에 예순 살 된 당원과 첫 경험을 했다. 그 당원은 나중에 체포되지 않으려고 자살했다.

"잘된 일이었어요."

줄리아가 이야기를 꺼냈다.

"안 그랬으면 그 사람이 자백하다가 제 이름이 나왔겠죠."

그때 이후로 다양한 일들이 일어났다. 그녀는 인생을 아주 단순하게 생각했다. 사람은 쾌락을 바란다. 당을 의미하는 '그들'은 그것을 막으려고 한다. 그래서 사람들은 규칙을 깰 수밖에 없다. 그녀는 '그들'이 사람들의 즐거움을 빼앗고 싶어 하는 만큼, 붙잡히지 않으려는 사람들의 마음도 자연스럽다고 생각하는 것 같았다. 그녀는 당을 끔찍이 싫어해서 거친 말로 욕했지만, 전체를 비판하지는 않았다. 본인의 삶에 간섭하는 부분만 아니면 당의 강령에 관심이 없었다. 윈스턴은 그녀가 일상적으로 사용되는 말을 제외하고 새말을 전혀 쓰지 않는다는 것을 알아챘다. 그녀는 형제단에 대해 들어본 적이 없었고 형제단의 존재를 믿으려고 하지도 않았다. 그녀는 당에 반대하는 조직적인 반란은 어떤 것이든 실패할 것이기에 어리석은 짓이라고 생각하고, 규칙을 어기며 계속 살아남는 것이 영리한 일이라고 여겼다. 그는 그녀처럼 혁명의 세상 속에서 자란 젊은 세대 중에 다른 것은 아무것도 모른 채, 당을 하늘처럼 불변의 것으로 받아들이며, 개를 피하는 토끼처럼 당의 권위에 항거

하지 않고, 피하기만 하는 사람이 얼마나 될지 살짝 궁금했다. 두 사람은 결혼할 가능성에 대해서는 의논하지 않았다. 생각할 가치도 없는 먼 이야기였다. 윈스턴의 아내인 캐서린이 사라진다고 해도, 이런 결혼을 승인해줄 위원회는 전혀 없었다. 뜬구름처럼 가망 없는 일이었다.

"당신 아내요, 그 여자는 어떤 사람이었어요?"

줄리아가 물었다.

"그 사람은…… 혹시 새말로 '좋은-생각다운'이라는 단어 알아? 나쁜 생각을 할 수 없는, 타고난 정통이야."

"그런 말은 모르지만 어떤 사람인지는 충분히 알겠어요."

그는 자신의 결혼생활에 관해 얘기했다. 그녀는 희한하게도 이미 그 결혼생활의 본질을 알고 있는 것 같았다. 그녀는 그가 만지기만 하면 뻣뻣하게 굳어지던 캐서린의 몸과 아무리 그를 꽉 끌어안아도 온 힘을 다해 그를 밀어내는 것 같던 캐서린의 몸짓 등 마치 그의 결혼생활을 보았거나 느낀 것처럼 묘사했다. 윈스턴은 줄리아와 함께 있으면 그런 이야기를 하는 게 전혀 어렵지 않았다. 어쨌든 캐서린은 뼈아픈 추억이 아니라 그저 역겨운 기억이 되어버렸다.

"한 가지만 없었더라면 그 결혼생활을 참았을 거야."

그는 캐서린이 매주 같은 날 밤에 그에게 강요한 냉랭한 의식을 설명했다.

"그 여자는 그걸 싫어했어. 그런데도 그걸 멈출 수가 없었지. 그녀는 그걸 이렇게 불렀어. 당신은 상상도 못 할 거야."

"당에 대한 우리의 의무."

줄리아가 즉각 대답했다.

"어떻게 그걸 알았지?"

"나도 학교는 다녔어요. 열여섯 살이 넘으면 한 달에 한 번 성에 관해 얘기해요. 청년 운동도 있고요. 그들은 몇 년 동안 사람들 머릿속에 그걸 새겨 넣죠. 정말 많은 사람한테 효과가 있을 거라고 장담할 수 있어요. 하지만 아무도 모르는 일이죠. 사람들은 위선자 니까."

그녀는 그 화제에 대해 자세히 얘기하기 시작했다. 줄리아와 있으면 모든 것이 성생활 이야기로 돌아갔다. 어쨌든 이런 이야기만 나오면 줄리아는 상당한 통찰력을 발휘할 수 있었다. 윈스턴과 달리 그녀는 당이 내세우는 성적 순수주의의 내적 의미를 잘 파악하고 있었다. 성적 본능을 가능한 한 파괴해야 하는 것은 성적 본능이 그 자체로 나름의 세상을 만들어서 당의 통제를 벗어나기 때문만은 아니었다. 그보다 더 중요한 것은 성을 박탈하면 히스테리를 유발할 수 있었고, 히스테리는 전쟁 욕구와 지도자 숭배로 바뀌기 때문에 바람직했다. 그녀는 다음처럼 설명했다.

"사람들은 섹스할 때 힘을 다 써버려요. 성관계가 끝나면 기분이 좋고 다른 것은 아무렇지도 않게 되죠. 그들은 사람들이 그런 기분을 느끼는 걸 견딜 수가 없는 거예요. 그들은 사람들이 늘 기운이 넘치기를 바라죠. 오르락내리락 행진하고 응원하고 깃발을 흔드는 건 섹스가 더럽게 변질된 것에 불과해요. 사람이 행복하면, 빅 브라더나 3개년 계획이나 2분 증오 같은 썩어빠진 일들에 뭐 하러 흥분하겠어요?"

그는 정말 맞는 말이라는 생각이 들었다. 육체적 순결과 정치적 정설 사이에는 직접적인 관련이 있었다. 강력한 본능을 억눌러서 추진력으로 쓰지 않는다면 당이 당원들에게 요구하는 공포나 증오, 광적인 맹신을 어떻게 적절히 유지할 수 있을까? 성적 충동은 당에는 위협이었다. 그래서 당은 성적 충동을 이용하게 되었다. 당은 부모 자식 사이의 본능도 비슷한 방식으로 이용했다. 가족은 실제로 폐지할 수 없는 것이다. 당은 사람들에게 사실 거의 옛날 방식으로 자기 자식을 사랑하라고 권하고 있다. 그와 반대로 자식들은 체계적인 훈련을 통해 부모에게 등을 돌리고 부모를 감시하고 부모의 일탈을 보고하라고 교육받았다. 가족은 사실 사상경찰의 연장이 되어버렸다. 가족은 자신을 아주 잘 아는 밀고자들로, 모든 사람을 밤낮으로 에워쌀 수 있는 장치가 되었다.

그는 캐서린이 불쑥 생각났다. 캐서린이 정통적이지 않은 그의 견해를 알아낼 수 있을 만큼 멍청하지 않았더라면 분명 사상경찰에게 그를 고발했을 것이다. 하지만 이 순간 그가 그녀를 떠올린 것은 그의 이마에 땀이 맺힐 만큼 더웠던 오후의 열기 때문이었다. 그는 줄리아에게 11년 전, 숨이 막히게 더웠던 여름날 오후에 일어났던, 아니 일어날 뻔한 일을 얘기하기 시작했다. 두 사람이 결혼한 후 서너 달쯤 후의 일이다. 두 사람은 켄트 지방 어디선가 단체행군을 하다가 길을 잃어버렸다. 다른 사람들보다 약 2분 정도 뒤처졌는데 길을 잘못 들어서는 바람에 오래된 채석장 끄트머리에서 갑자기 멈춰 섰다. 10미터나 20미터쯤 되는 깎아지른 낭떠러지가 보였는데 바닥은 바위투성이였다. 주위에 길을 물어볼 사람도 없었다. 그녀는 길을 잃었다는 것을 깨닫자 바로 매우 불안해했다. 시끄럽게 행군하는 사람들과 잠시 떨어지기만 해도 부정행위를 치르는 기분이 드는 탓이었다. 그녀는 왔던 길로 속히 돌아가서 다른 방향으로 길을 찾고 싶어 했다. 그런데 이 순간 두 사람이 서 있던 절벽 틈 사이로 튀어나온 좁쌀풀 몇 다발이 윈스턴의 눈에 띄었다. 그중에 자홍색과 벽돌색이 섞여 있는 좁쌀풀 한 포기가 보였다. 뿌리가 같아 보였다. 그는 난생처음 보는 꽃이어서 이리로 와서 보라고 캐서린을 불렀다.

"캐서린! 이 꽃들 좀 봐. 한 포기가 저 밑에 있네. 두 가지 색깔로 피었어."

이미 가려고 돌아서던 그녀는 초조하게 다시 돌아왔다. 그녀는 그가 가리킨 곳을 마주 보려고 절벽 너머로 몸을 기울이기까지 했다. 조금 뒤에 서 있던 윈스턴은 그녀를 지탱하기 위해 손으로 허리를 잡아주었다. 바로 그때 갑자기 그는 여기 오로지 두 사람만 있다는 생각이 들었다. 어디에도 사람은 없었다. 흔들리는 잎사귀 하나, 깨어 있는 새 한 마리도 보이지 않았다. 이런 곳에 마이크로폰이 숨겨져 있을 가능성은 거의 없었다. 설사 있더라도 소리만 잡힐 뿐이었다. 오후 중 가장 덥고 졸리는 시간이었다. 태양이 이글거리며 두 사람에게 쏟아지고 그의 얼굴에 땀이 쏟아졌다. 갑자기 그 생각이 머리에 떠올랐다.

"왜 확 떠밀지 않았어요?"

줄리아가 물었다.

"나라면 그랬을 텐데."

"그래, 당신이라면 그랬겠지. 나도 지금의 나라면 그랬을 거야. 아니…… 확실하진 않아."

"그때 못해서 후회해요?"

"응, 그때 못한 걸 후회한다고 봐야겠지."

두 사람은 먼지 낀 바닥에 나란히 앉아 있었다. 윈스턴은 줄리아를 바짝 끌어당겼다. 그녀의 머리가 어깨에 닿자, 머리카락의 좋은 냄새가 비둘기 똥 냄새를 지워버렸다. 그는 불현듯 그녀가 매우 젊다는 생각이 들었다. 그녀는 여전히 삶에서 기대하는 것이 있었다. 그녀는 불편한 사람 한 명을 절벽으로 밀어버린다고 문제가 해결되지 않는다는 것을 이해하지 못했다.

"사실 그래봤자 아무 차이도 없었을걸."

그가 이야기를 꺼냈다.

"그럼 왜 그러지 못해서 후회한다는 거죠?"

"난 부정보다는 긍정을 좋아하는 사람이니까. 우리가 판을 벌인 이 게임을 이길 순 없어. 실패도 급이 다르거든. 그게 다야."

그는 이견을 보이려고 들썩이는 그녀의 어깨가 느껴졌다. 그녀는 그가 이런 이야기를 할 때면 늘 반박했다. 개인은 늘 질 수밖에 없다는 자연의 법칙을 받아들이려고 하지 않았다. 그녀는 자신이 죽을 운명이라는 것을 알고 있었다. 사상경찰에 체포되어 죽을 것을 어느 정도는 알고 있었지만, 마음 한편으로는 자신이 선택한 대로 살 수 있는 비밀스러운 세상을 만들 수 있다는 믿음이 있었다. 그러기 위해 운과 술수와 담대함이 필요할 뿐이었다. 그녀는 행복 같은 것은 없고, 유일한 승리는 사람들이 모두 죽고 난 머나먼 미래에나 있고, 당에 전쟁을 선포한 그 순간부터 자신을 시체로 여기는 것이 더 낫다는 사실을 이해하지 못했다.

"우린 죽은 목숨이야."

그가 이야기를 꺼냈다.

"아직 안 죽었어요."

줄리아는 단조롭게 얘기했다.

"몸은 안 죽었지. 6개월, 1년…… 5년 정도지. 난 죽는 게 두려워. 당신은 젊으니 나보다 훨씬 두려울 거야. 우린 할 수 있는 한 죽음을 미룰 거야. 하지만 그래봤자 별 차이 없어. 인간이 인간인 이상, 죽음과 삶은 같은 거야."

"헛소리예요! 그럼 당신은 나랑 자고 싶어요, 아니면 해골이랑 자고 싶어요? 살아 있는 걸 즐기고 싶지 않아요? 이게 나예요. 이건 내 손이고, 이건 내 다리죠. 느끼는 게 좋지 않아요? 난 진짜예요. 난 확실히 살아 있어요! 이게 마음에 들지 않아요?"

그녀는 몸을 비틀더니 그에게 가슴을 바짝 붙였다. 윈스턴은 그녀의 작업복을 통해 풍만하고 단단한 가슴을 느낄 수 있었다. 그녀의 몸에서 그의 몸으로 젊음과 활력이 쏟아져 들어오는 것만 같았다.

"물론, 마음에 들지."

"그럼 죽는 얘긴 그만 좀 해요. 이제 내 말 잘 들어요. 다음번 만날 약속을 잘 잡아야 해요. 숲속 그 자리로 돌아가는 게 좋을 것 같아요. 한참 안 갔으니까요. 하지만 당신은 이번에는 다른 길로 와야 해요. 내가 계획을 다 짜놨어요. 당신은 기차를 타세요, 아니, 그림을 그려줄게요."

줄리아는 그녀만의 실용적인 방법으로 흙을 네모나게 끌어모은 다음, 비둘기 둥지에서 잔가지를 꺼내 바닥에 지도를 그리기 시작했다.

4

윈스턴은 채링턴 씨의 상점 위층에 있는 허름한 작은 방을 둘러보았다. 창가 옆에 놓인 커다란 침대에는 낡은 담요와 베갯잇도 없는 베개가 놓여 있었다. 문자판이 열두 개만 있는 오래된 시계가 벽난로 위에서 똑딱거렸다. 구석 자리에 놓인 접이식 테이블 위에는 윈스턴이 지난번에 샀던 유리 문진이 어슴푸레한 어둠 속에서 희미한 빛을 발하고 있었다.

난로망 안에 채링턴 씨가 내놓은 낡아빠진 양철 석유난로와 냄비와 컵 두 잔이 보였다. 윈스턴은 버너에 불을 붙이고, 냄비에 물을 끓였다. 그는 빅토리 커피를 가득 담은 봉투와 사카린 정을 몇 개 준비했다. 시계는 7시 20분을 가리키고 있었다. 실제로는 19시 20분이었다. 그녀는 19시 30분에 오기로 했다.

'어리석어, 어리석어.'

그는 속으로 계속 이런 말을 되뇌었다.

'멀쩡한 정신에 쓸데없이 죽을지도 모를 어리석은 짓을 하다니.'

당원이 저지를 수 있는 범죄 중에서 이 일은 가장 숨기기 힘든 범죄였다. 사실 이 생각은 접이식 테이블 표면에 유리 문진이 비칠 때 그의 머리에 처음 떠올랐다. 그가 예상한 대로 채링턴 씨는 별 어려움 없이 방을 빌려주었다. 그는 방을 빌려주는 대가로 몇 달러를 버는 것이 무척 기쁜 모양이었다. 채링턴 씨는 윈스턴이 정사의 목적으로 이 방을 원하는 것이 분명한데도 충격을 받거나 무례하게 알려고 하지 않았다. 그 대신 너무나 미묘한 태도로 먼 곳을 바라보면서 일반적인 이야기를 하는 바람에 마치 그의 일부가 보이지 않는 것 같은 인상을 주었다.

"사생활은, 정말 중요한 것이지요."

그는 이렇게 이야기를 꺼냈다.

"사람은 모두 때때로 혼자 있을 장소를 원하지요. 그런 장소를 갖게 되면, 그 장소를 알고 있는 사람은 누구든 혼자만 알아야 하며, 그건 상식적인 예의지요."

채링턴 씨는 심지어 그런 말을 한 후에 그 집의 입구는 두 곳이며, 뒷마당으로 들어오는 입구가 골목길로 통한다는 말을 덧붙일 때는 마치 존재가 사라지는 것처럼 보였다.

창가 아래서 누군가 노래를 부르고 있었다. 윈스턴은 모슬린 커튼 뒤에 숨어서 밖을 내다보았다. 6월의 태양이 여전히 하늘 높이 떠 있었다. 햇볕이 내리쬐는 마당에는 구릿빛 팔뚝을 가진 노르만 양식의 기둥처럼 튼튼하고 몸집이 어마어마한 여자가 보였다. 허리춤에 삼베 앞치마를 두른 여인은 빨래통과 빨랫줄 사이를 쿵쾅쿵쾅 오가며 네모나고 하얀 천을 널고 있었다. 윈스턴이 보니 아기들 기저귀였다. 여인은 입에 빨래집게를 물고 있지 않을 때는 콘트랄토로 힘차게 노래를 부르고 있었다.

덧없는 꿈이었지,
4월의 하루처럼 사라져버렸네,
그래도 눈빛과 한마디 말과 꿈으로 뒤흔들더니
내 마음을 앗아버렸네!

지난 몇 주 동안 런던을 사로잡은 노래였다. 음악국의 한 분과에서 프롤들을 위해 비슷비슷하게 만든 수많은 노래 중 한 곡이었다. 이런 노래의 가사는 인간이 만든 것이 아니라 '가사제조기'라는 도구가 만든 것이었다. 하지만 거구의 여자가 하도 유창하게 부르니 쓰레기 같은 끔찍한 노래도 듣기가 꽤 좋았다. 여자의 노랫소리와 돌바닥을 디디는 신발 소리, 거리에서 아우성치는 아이들의 고함, 멀리서 희미하게 들리는 차 소리가 뒤섞여 들렸다. 다행히 텔레스크린이 없어서 방 안은 기이할 만큼 조용했다.

'어리석다, 어리석어, 어리석어!'

그는 또다시 이런 생각이 들었다. 두 사람이 이곳에 몇 주만 들락거려도 붙잡힐 것이 뻔했다. 하지만 실내이면서 가까운 곳에 오로지 두 사람만의 은신처를 갖고 싶다는 바람이 너무 강렬했다. 두 사람이 교회 종탑을 들른 후로 다시 만날 장소를 마련하는 것은 너무나 어려웠다. 증오 주간을 대비하기 위해 작업 시간이 엄청나게 늘었다. 증오 주간은 한 달도 더 남았지만, 수반되는 준비 작업이 어마어마하게 복잡해서 모든 사람에게 추가 작업이 떨어졌다. 마침내 두 사람은 같은 날 오후에 간신히 짬을 낼 수 있었다. 두 사람은 숲속 공터로 돌아가기로 약속했다. 전날 저녁 두 사람은 거리에서 잠깐 만났다. 여느 때처럼 두 사람이 군중 속을 떠밀려 다닐 동안 윈스턴은 줄리아를 거의 쳐다볼 수 없었다. 그런데 그가 줄리아를 흘끗 쳐다보니 여느 때보다 더 창백하게 보였다.

"모두 취소예요."

그녀는 말해도 된다는 판단이 들자마자 중얼중얼 이야기를 꺼냈다.

"내일 말이에요."

"뭐라고?"

"내일 오후요. 못 간다고요."

"왜 못 오는데?"

"늘 같은 이유죠. 이번에는 일찍 시작했어요."

한순간 그는 몹시 화가 났다. 그녀를 알게 된 한 달 동안 그녀에 대한 그의 욕망이 바뀌어버렸다. 처음에는 진정한 성욕은 거의 없었다. 두 사람의 첫 번째 성관계는 의지를 발휘한 행위에 불과했다. 그런데 두 번째 이후로 관계가 달라졌다. 그녀의 머리카락 냄새와 입술의 맛, 피부 감촉이 그의 몸속으로 들어온 것 같았다. 아니 그의 주변 공기 속으로 배어든 것 같았다. 그녀는 이제 육체적으로 꼭 필요한 사람, 그가 원할 뿐만 아니라 가져도 되는 권리라고 느껴지는 존재가 되었다. 그는 그녀가 올 수 없다고 말하자, 자신을 속이는 느낌까지 들었다. 하지만 군중에 밀려 두 사람의 손이 우연히 맞닿은 바로 그 순간, 그녀가 그의 손가락 끝을 꽉 쥐자 욕망이 아닌 애정을 구하는 것 같았다. 바로 그때 그는 한 사람이 한 여자와 살면 이런 식의 낙심은 정상이고, 늘 일어나는 사건이라는 생각이 들었다. 그리고 그녀를 향해 전에는 느껴보지 못했던 깊은 애정이 갑자기 솟구쳤다. 그는 두 사람이 결혼한 지 10년 된 부부라면 좋겠다는 바람이 생겼다. 그는 지금 그런 것처럼, 하지만 두려워하지 않으며 떳떳하게 거리를 걸어 다니고, 사소한 이야기를 나누며 집안 살림을 사고 싶었다. 그는 만날 때마다 관계를 가져야 한다는 의무감을 느끼지 않으며 함께 있을 수 있는 장소를 갖고 싶었다. 바로 그 순간 그런 생각이 떠오른 것은 아니었지만, 다음 날 어느 때인가 채링턴 씨의 방을 빌리자는 생각이 문득 들었다. 그가 줄리아에게 이런 생각을 제안했을 때, 그녀는 예상과는 달리 선뜻 좋다고 했다. 두 사람 모두 이 생각이 미친 짓이라는 것을 알고 있었다. 두 사람이 일부러 자기들의 무덤을 향해 걸어가는 것이나 마찬가지였다. 그는 침대 모서리에 앉아서 기다리는 동안 애정부의 지하실을 다시 생각했다. 그렇게 예정된 공포가 한 사람의 의식을 드나들다니 정말 기이했다. 죽기 전에 그곳을 거치는 것은 99 다음에 100이 오는 것처럼 확실한 일이다. 일어날 수밖에 없는 미래였다. 누구도 이런 미래를 피할 수 없지만 미룰 수는 있을지 모른다. 하지만 그렇게 하는 대신 삶과 죽음 간의 간격을 줄이려고 의식적으로 또한 고의로 선택하는 사람도 때때로 있게 마련이었다. 바로 이 순간 계단을 올라오는 빠른 발걸음 소리가 들렸다. 줄리아가 방 안으로 급히 들어왔다. 그녀는 거친 캔버스 재질의 갈색 공구 가방을 들고 있었다. 윈스턴은 그녀가 이 가방을 들고 청사를 드나드는 모습을 가끔 보았었다. 그가 그녀를 안으려고 앞으로 다가갔지만, 공구 가방을 들고 있어서 그런지 다소 급히 몸을 뺐다.

"잠깐만요."

그녀가 이야기를 꺼냈다.

"내가 갖고 온 것 좀 보여줄게요. 당신 그 맛없는 빅토리 커피 갖고 왔죠? 그럴 줄 알았어요. 그건 던져버려요. 그딴 건 필요 없으니까요. 이것 좀 보세요."

그녀는 무릎을 꿇고 앉더니 가방을 확 열어서 윗부분에 있던 스패너 몇 개와 드라이버 하나를 쏟아냈다. 그 밑에 있던 깔끔한 종이 봉지가 여러 개 보였다. 그녀가 제일 먼저 건넨 종이 봉지에는 낯설지만, 왠지 알 듯한 물건이 들어 있었다. 만지면 쑥 들어가는 모래 같은 것이 묵직하게 가득 들어 있었다.

"설탕 아닌가?"

그가 물었다.

"진짜 설탕이에요. 사카린이 아니라 설탕이에요. 빵도 있어요. 제대로 만든 흰 빵이죠. 우리가 먹던 거지 같은 빵이 아니에요. 잼도 작은 병으로 하나 있어요. 우유도 한 깡통 있고요. 여기 제일 자랑스러운 게 하나 있어요. 삼베로 꼭꼭 싸서 갖고 왔어요. 왜냐하면……."

그녀가 왜 물건을 꼭꼭 싸맸는지 이유를 말할 필요도 없었다. 물건의 냄새가 이미 방에 가득 퍼졌다. 그가 어린 시절에 맡아본 것처럼 뜨겁고 풍부한 향기였다. 지금도 가끔 문이 닫히기 전에 복도를 떠돌거나, 사람들로 붐비는 도로에서 기묘하게 퍼져 나오는 바람에 바로 코를 쿵쿵대며 냄새를 맡지만, 다시 사라져버리는 향기였다.

"커피네."

그가 중얼거렸다.

"진짜 커피야."

"내부 당원의 커피예요. 1킬로그램이에요."

그녀가 대답했다.

"이것들을 어떻게 다 구했어?"

"내부 당원들 거예요. 그 돼지들은 없는 게 없어요. 물론 웨이터들이나 하인이나 주변 사람들이 조금씩 훔치는 거죠. 보세요, 차도 한 봉지 갖고 왔어요."

윈스턴은 줄리아 옆에 쭈그리고 앉았다. 그는 차 봉지의 끄트머리를 찢었다.

"진짜 차네. 블랙베리 잎사귀가 아니라."

"요샌 차가 많아요. 인도를 점령했거나 뭐 그런 거겠죠."

그녀는 애매하게 얘기했다.

"근데 3분만 등을 돌리세요. 침대 끝으로 가서 앉으세요. 창가로 너무 가까이 가진 마세요. 이제 내가 말할 때까지 몸을 돌리지 마세요."

윈스턴은 모슬린 커튼 너머를 멍하니 바라보았다. 마당에는 구릿빛 팔뚝의 여인이 빨래통과 빨랫줄 사이를 여전히 오가고 있었다. 여인은 입에 물고 있던 빨래집게 두 개를 빼더니 감정을 잡고 노래를 부르기 시작했다.

사람들은 시간이 약이라고 말하지.

늘 잊을 수 있다고 말하지.

하지만 해마다 엇갈리던 미소와 눈물이

아직도 내 마음을 울리네!

여인은 하찮은 그 노래를 전부 외우고 있었다. 여인의 듣기 좋은 목소리가 달콤한 여름 공기와 함께 위로 떠오르자, 기분 좋은 우울감이 사방에 가득 찼다. 6월의 밤이 끝없이 지속되고 빨랫감이 끝없이 밀려들어도, 여인은 천 년이라도 그 자리에 머물며 기저귀를 널고 쓰레기 같은 노래를 부르며 아주 만족할 것만 같았다. 윈스턴은 당원이 혼자서 자발적으로 노래 부르는 것을 들어본 적이 없다는 기이한 사실이 생각났다. 혼자서 노래를 부르는 행동은 마치 혼잣말하는 것처럼 살짝 정통에서 어긋나고 위험한 기행처럼 보일 거다. 사람들이 굶어 죽을 정도가 되어야만 노래를 부를지도 모를 일이었다.

"이제 돌아서도 돼요."

줄리아가 말했다.

그는 몸을 돌렸지만 잠시 그녀를 알아보지 못했다. 윈스턴은 사실 그녀의 벌거벗은 몸을 기대했다. 그런데 그녀는 벌거벗은 게 아니었다. 그녀의 변신은 그것보다 훨씬 더 놀라웠다. 화장한 그녀의 얼굴이 드러났다.

그녀는 프롤들의 구역에 있는 상점에 몰래 들어가서 화장품을 풀세트로 산 것이 분명했다. 매우 진한 붉은 입술과 발그레한 뺨과 파우더를 바른 코가 보였다. 눈 밑에도 뭔가를 발라서 더 환해 보였다. 솜씨가 좋은 편은 아니었지만, 그런 부분에 대한 윈스턴의 기준도 그리 높은 편이 아니었다. 그는 화장한 여성 당원의 얼굴은 본 적도 없을뿐더러 상상한 적도 없었다. 그녀는 놀라울 만큼 아름다웠다. 적절한 곳에 색조를 살짝 입혔을 뿐인데, 그녀는 무척 아름다울 뿐만 아니라 훨씬 여성스러워 보였다. 그녀의 짧은 머리와 남자다운 작업복 때문에 오히려 효과가 더 커 보였다. 그가 그녀를 안자 합성 제비꽃 향이 코를 찔렀다. 그는 어두컴컴한 지하실 부엌과 여자의 동굴 같은 입속이 생각났다. 그녀도 같은 향수를 썼지만, 이 순간 그런 것은 문제가 되지 않았다.

"향수까지 뿌렸네!"

그가 이야기를 꺼냈다.

"그럼요. 향수도 뿌렸어요. 내가 다음에는 뭘 할지 알아요? 난 어디서든 진짜 여자 드레스를 구해서 이 거지 같은 바지 대신 입을 거예요. 실크 스타킹과 하이힐도 신을 거예요. 이 방에서 난 당의 동무가 아니라 여자가 될 거예요."

두 사람은 옷을 벗어던지고 커다란 마호가니 침대로 올라갔다. 윈스턴이 줄리아 앞에서 옷을 다 벗은 건 이번이 처음이었다. 지금까지 그는 창백하고 빈약한 몸과 정맥류성 궤양 때문에 툭 튀어나온 종아리의 혈관, 발목을 덮은 얼룩덜룩한 반점이 너무 부끄러웠다. 침대에 시트는 없었다. 두 사람이 깔고 있는 담요는 낡았지만 부드러웠다. 두 사람이 깜짝 놀랄 만큼 침대가 크고 푹신했다.

"빈대가 많겠지만 상관없어요."

줄리아가 얘기했다. 요새는 프롤의 집을 제외하고 더블 침대는 볼 수 없는 물건이었다. 윈스턴은 어렸을 때 이런 침대에서 가끔 잔 적이 있지만 줄리아 본인의 기억으로는 그런 적이 단 한 번도 없다고 했다. 두 사람은 곧 깜빡 잠이 들었다. 윈스턴이 눈을 뜨니 시곗바늘이 거의 9시를 가리키고 있었다. 그는 꼼짝도 하지 않았다. 줄리아가 그의 팔을 베고 잠들었기 때문이다. 그녀의 화장은 대부분 그의 얼굴이나 베개에 묻어버렸지만, 볼에 남은 연한 연지 자국 덕분에 줄리아의 광대뼈가 아름답게 보였다. 저물어가는 태양의 노란 빛이 침대 발치에 쏟아지더니 냄비 물이 끓고 있는 벽난로를 비추었다. 마당에 있던 여인은 이제 노래를 그만 불렀다. 그래도 길거리에서 아우성치는 아이들의 함성은 희미하게 들렸다. 윈스턴은 폐기된 과거에는 서늘한 여름날 저녁, 남자와 여자가 벌거벗은 채로 침대에 누워, 원할 때 사랑을 나누고, 하고 싶은 말을 하고, 일어나야 한다는 부담도 없이, 그냥 누워서 평화로운 바깥소리에 귀를 기울이는 이런 일이 평범한 일이었을지 막연히 궁금해졌다. 그런 일이 일상이었던 시절이 정말 없었을까? 잠에서 깨어난 줄리아가 두 눈을 비비며 팔꿈치를 괴고 몸을 일으키더니 석유난로를 바라봤다.

"물이 반은 날아갔어요."

그녀가 이야기를 꺼냈다.

"내가 일어나서 커피를 만들게요. 우리 한 시간은 남았어요. 당신 아파트는 몇 시에 불이 꺼지죠?"

"23시 30분."

"합숙소는 23시에 꺼져요. 그래도 당신은 그보다 더 빨리 가야 해요. 왜냐하면…… 야! 꺼져, 이 더러운 새끼!"

그녀는 갑자기 침대에서 몸을 비틀며 일어나더니 바닥에 놓인 신발 한 짝을 붙잡아서 남자처럼 팔에 힘을 주며 구석 자리로 휙 던졌다. 그날 아침 2분 증오 때 골드스타인을 향해 사전을 던지던 모습과 똑같았다.

"그게 뭔데?"

그가 깜짝 놀라며 물었다.

"쥐예요. 녀석이 징두리 판벽 밖으로 보기 싫은 코를 내밀잖아요, 저 밑에 구멍이 있거든요. 아무튼 나 때문에 깜짝 놀랐을 거예요."

"쥐라고!"

윈스턴이 중얼거렸다.

"이 방에!"

"녀석들은 사방에 있어요."

줄리아는 다시 몸을 누이며 무심하게 얘기했다.

"우리 합숙소 부엌에도 있는데요. 런던은 어디든 쥐들이 우글거려요. 녀석들이 아이들을 공격하는 거 아세요? 그래요. 진짜라니까. 그 동네는 여자들이 아기를 2분도 혼자 둘 수 없대요. 진짜 커다란 갈색 쥐래요. 끔찍한 건 그 짐승 같은 것들이 늘……."

"그만!"

윈스턴은 두 눈을 꼭 감으며 소리쳤다.

"자기야! 당신 얼굴이 너무 창백해요. 왜 그래요? 녀석들 때문에 속이 불편해요?"

줄리아는 몸의 온기로 그를 달래려는 것처럼 그에게 바싹 붙으며 팔다리로 그의 몸을 감쌌다. 그는 잠시 눈을 뜨지 않았다. 그는 살면서 때때로 겪었던 악몽 속으로 다시 빠져드는 것 같은 기분이 들었다. 악몽은 늘 똑같았다. 그는 캄캄한 벽 앞에 서 있었다. 벽 반대편에 참을 수 없는, 너무 끔찍해서 마주 볼 수 없는 어떤 것이 있었다. 꿈속에서 그는 늘 자기기만의 감정을 절실히 느끼고 있었다. 사실 그는 캄캄한 벽 너머에 뭐가 있는지 알고 있었다. 자기 뇌의 일부를 떼어낼 만큼 엄청난 노력을 기울이면 그 끔찍한 것을 밖으로 끄집어낼 수도 있었다. 그는 늘 그것이 무엇인지 알아내기 전에 잠에서 깼다. 줄리아가 말하는 순간 그가 잘라버리는 바람에 꺼내지 못했던 말과 어느 정도 연관이 있었다.

"미안."

그가 이야기를 꺼냈다.

"별거 아니야. 난 쥐를 싫어해. 그뿐이야."

"걱정하지 말아요. 저 더러운 것들은 이제 여기 없을 거예요. 여길 나가기 전에 내가 삼베로 구멍을 막을게요. 그리고 다음에 여기

올 때는 회반죽을 갖고 와서 구멍을 잘 막을게요."

엄청난 공포는 이미 반쯤 가라앉았다. 살짝 창피해진 그는 침대 머리에 몸을 기대고 앉았다. 침대 밖으로 나온 줄리아는 작업복을 입고 커피를 만들었다. 냄비에서 퍼지는 커피 향이 너무 강하고 자극적이어서 바깥에 있는 사람이 알아채고 캐물을까 봐 창문을 닫았다. 커피 맛보다 더 좋은 것은 커피에 스며든 비단결 같은 설탕의 질감이었다. 윈스턴이 오랫동안 사카린만 먹느라 잊어버린 느낌이었다. 줄리아는 한 손을 주머니에 넣고 다른 손으로 빵과 잼을 들고서 방 안을 어슬렁거렸다. 그리고 무심하게 책장을 흘낏 바라본 다음, 접이식 책장을 수리하는 가장 좋은 방법을 얘기하다가 다 낡은 안락의자가 편안한지 확인하려고 털썩 몸을 묻더니, 문자판이 열두 개뿐인 엉뚱한 시계를 흥미롭게 바라봤다. 그녀는 유리 문진을 침대로 가져와 밝은 불빛에 자세히 들여다봤다. 윈스턴은 그녀의 손에서 유리 문진을 가져오더니 늘 그렇듯이 빗방울처럼 매끄러운 유리 문진의 모습을 홀린 듯 바라봤다.

"그게 뭐 같아요?"

줄리아가 물었다.

"아무것도 아닌 것 같아. 내 말은 그러니까 무슨 쓸모가 있는 건 아닌 것 같아. 그래서 내가 이걸 좋아하지. 그들이 잊어버려서 고치지 않은 역사의 일부니까. 100년 전의 메시지야. 해독할 사람만 있다면."

"그럼, 저기 걸린 그림은……."

줄리아는 맞은편 벽에 걸린 판화를 향해 고개를 흔들며 물었다.

"100년 정도 된 건가요?"

"더 됐어. 200년은 됐을 거야. 누구도 알 수 없지. 요새는 어떤 것이든 연대를 알아볼 수가 없거든."

그녀는 그쪽으로 가서 판화를 들여다봤다.

"여기가 그 새끼가 코를 내민 곳이에요."

그녀는 그림 밑의 징두리 판벽을 발로 툭툭 차며 얘기했다.

"그런데 여긴 어디예요? 전에 언젠가 여길 본 적이 있어요."

"교회야, 아니 교회로 쓰였던 곳이지. 이름은 세인트 클레멘트 교회야."

채링턴 씨가 그에게 가르쳐준 가사가 머릿속에 다시 떠올랐다. 그는 살짝 향수에 젖어서 덧붙였다.

"오렌지와 레몬, 세인트 클레멘트의 종이 말하네."

정말 놀랍게도 줄리아가 가사를 이어 불렀다.

넌 내게 3파딩을 빚졌어. 세인트 마틴의 종이 말하네, 돈은 언제 갚을 거야? 올드 베일리의 종이 말하네…….

"다음은 기억이 안 나요. 그래도 어쨌든 마지막 부분은 기억이 나요. 당신을 침대로 안내할 촛불이 이리로 오네, 당신의 머리를 베어버릴 도끼가 이리로 오네."

암호의 반쪽이 맞춰진 것 같았다. 하지만 '올드 베일리의 종이 말하네' 다음에 한 구절이 더 있는 게 분명했다. 그 노랫말로 채링턴 씨의 기억을 적당히 자극한다면 그가 기억을 되살릴지도 모를 일이다.

"누가 그걸 가르쳐줬어?"

그가 물었다.

"우리 할아버지요. 어렸을 때 할아버지가 내게 불러주던 노래예요. 할아버진 내가 여덟 살 때 증발했어요. 아무튼 사라졌어요. 난 레몬이 어떤 건지 모르겠어요."

그녀가 엉뚱한 소리를 덧붙였다.

"오렌지는 본 적이 있어요. 껍질이 두꺼운 동그란 노란색 과일이잖아요."

"난 레몬이 기억나."

윈스턴이 이야기를 받았다.

"레몬은 50년대에 꽤 흔했어. 정말 시큼해서 레몬 냄새만 맡아도 이가 시렸어."

"저 그림 뒤에 분명 벌레가 있을 거예요."

줄리아가 이야기를 꺼냈다.

"나중에 그림을 내려서 깨끗이 치워야겠어요. 이제 거의 떠날 때가 된 것 같아요. 먼저 화장을 지워야 해요. 아, 지겨워! 자기 얼굴에 묻은 립스틱 자국은 나중에 닦아줄게요."

윈스턴은 몇 분이 지나도 일어나지 않았다. 방 안이 어두워지고 있었다. 그는 빛이 있는 곳으로 돌아누워서 유리 문진 속을 빤히 들여다보았다. 아무리 봐도 지겹지 않은 것은 산호 조각이 아니라 유리 문진의 내부였다. 유리 문진은 속이 한없이 깊지만, 마치 공기처럼 투명했다. 유리 표면이 활처럼 휜 하늘 같아서, 마치 완전한 공기를 가진 작은 세계를 에워싸고 있는 것처럼 보였다. 그는 그 속으로 들어갈 수 있을 것 같은 기분이 들었다. 사실 그는 그 속에 들어가 있었다. 마호가니 침대와 접이식 테이블과 문자판이 열두 개인 시계와 금속 판화와 문진 자체와 함께. 문진은 그가 들어가 있는 방이었고, 산호는 크리스털의 중심부에 영원히 고정된 줄리아와 그의 목숨이었다.

5

사임이 사라졌다. 어느 날 아침 그가 직장에 나타나지 않았다. 생각 없는 몇몇 사람이 그의 결근을 지적했다. 하지만 다음 날이 되자 그에 대해 말하는 사람은 아무도 없었다. 사흘째 되던 날 윈스턴은 게시판을 보려고 기록국의 현관으로 들어섰다. 사임이 회원으로 있던 체스 위원회의 명단이 실린 공고 하나가 눈에 띄었다. 공고는 전과 거의 똑같아 보였지만(줄을 친 이름도 없었다) 이름이 하나 없었다. 그것으로 충분했다. 사임은 이제 존재하지 않았다. 아니 존재한 적도 없었다.

날이 찌는 듯이 더웠다. 미로 같은 청사의 창문 없는 사무실은 에어컨이 계속 돌아가며 정상 온도가 유지되었다. 하지만 바깥의 인도는 발을 태울 만큼 뜨겁고 출퇴근 시간 지하철의 악취는 정말 끔찍했다. 증오 주간 준비가 한창이었다. 모든 청사의 직원들은 초과 근무를 하고 있었다. 행진과 회의, 군사 퍼레이드, 강연, 밀랍 인형 전시, 영화 상영, 텔레스크린 프로그램 등 모든 것을 준비해야 했다. 스탠드를 세워야 하고, 초상화도 그리고, 슬로건도 만들고, 노랫말도 짓고, 소문도 퍼트려야 하고, 사진도 위조해야 했다. 줄리아가 일하는 창작국 부서에서는 소설 제작을 중단하고 잔혹 행위와 관련된 팸플릿을 시리즈로 찍어내고 있었다. 윈스턴은 평소 하던 일에 더해서 매일 〈타임스〉 파일을 파헤쳐서 연설에 인용할 뉴스 기사를 수정하고 윤색하느라 오랫동안 근무해야 했다. 늦은 밤마다 무리를 지어 거리를 돌아다니는 거친 프롤들 때문에 도시에 기묘한 열기가 감돌았다. 로켓탄이 그 어느 때보다 자주 떨어지고, 먼 곳에서 엄청난 폭발음이 가끔 들렸지만 아무도 설명할 수 없는 기괴한 소문만 나돌 뿐이었다.

증오 주간의 주제가가 될 새로운 곡(증오가로 불렸다)이 이미 제작되어 텔레스크린을 통해 끝없이 쏟아져나왔다. 그 노래의 리듬은 음악이라고 부를 수도 없었다. 그저 북소리처럼 야만스럽게 짖어대는 소리에 불과했다. 행진하는 발소리에 맞춰 수백 명이 질러대는 고함은 정말 끔찍했다. 프롤들은 그 노래를 좋아해서, 한밤중 거리에서 아직 인기가 있는 '덧없는 꿈이었지It was only a hopeless fancy'라는 노래와 경합을 벌였다. 파슨스의 자식들은 빗과 휴지 조각으로 밤이고 낮이고 노상 그 노래를 연주했다. 윈스턴은 그 어느 때보다 밤에 바빴다. 파슨스가 조직한 자원봉사단은 증오 주간을 대비해서 거리를 단장하고, 깃발을 꿰매고, 포스터를 만들고, 지붕에 깃대를 세우고, 환영의 줄을 매달 전선을 위험을 무릅쓰고 거리를 가로지르며 매달았다. 파슨스는 오직 빅토리 맨션만 400미터짜리 장식용 깃발을 휘날릴 것이라고 으스댔다. 그는 물 만난 물고기처럼 으스대고 종달새처럼 행복해서 어쩔 줄을 몰라 했다. 더위와 육체노동을 핑계 삼아 저녁마다 다시 반바지와 오픈 셔츠로 갈아입었다. 그는 어디나 나타나서 밀고, 당기고, 톱질하고, 망치를 두드리고, 뚝딱뚝딱 필요한 것을 만들고, 동지라고 격려하며 모두를 즐겁게 하고, 몸을 움직일 때마다 시큼한 땀 냄새를 끝도 없이 풍겼다.

갑자기 런던 전역에 새 포스터가 등장했다. 표제도 없이 괴물 같은 유라시아 군인의 모습만 달랑 등장한 포스터였다. 키가 3~4미터쯤 되는 무표정한 몽골인 병사가 어마어마하게 큰 부츠를 신고 허리춤에 기관총을 내민 채 앞으로 나아가고 있었다. 어떤 각도에서 보더라도 원근법으로 확대된 총부리가 보는 사람을 똑바로 겨냥하는 것처럼 보이게 만든 포스터였다. 그 물건은 빈자리만 있으면 사방 어느 벽에든 붙어 있었다. 심지어 빅 브라더의 초상화보다 더 많았다. 전쟁에 무관심한 프롤들도 주기적으로 등장하는 광적인 애국심에 동참하는 분위기였다. 이러한 전반적 분위기에 호응하듯 로켓탄이 평소보다 더 많은 사람을 죽여나갔다. 로켓탄 하나가 스테프니에 있는 사람들이 몰린 영화관에 떨어지면서 수백 명이 한꺼번에 묻혀버렸다. 동네 사람들 모두가 장례식에 참석했다. 장례식이 몇 시간이나 지속되면서 결국 규탄 대회로 바뀌었다. 거기다 놀이터였던 쓰레기장에 폭탄 하나가 떨어지면서 아이들 수십 명이 산산조각이 났다. 분노에 찬 시위가 일어나면서 골드스타인의 모형이 불에 타고, 유라시아 군인을 그린 포스터 수백 장이 찢어진 다음 불길에 휩싸이고, 다수의 상점이 약탈당했다. 스파이들이 무선으로 로켓탄을 직접 조종한다는 소문이 떠돌면서, 외국 출신으로 의심받던 노부부의 집이 불타는 바람에 그들이 질식사하는 사건도 일어났다.

줄리아와 윈스턴은 시간이 나서 채링턴 씨의 가게 위층 방에 오면 더위를 식히려고 창문을 열어둔 채로, 옷을 홀딱 벗고 낡은 침대에 나란히 누웠다. 쥐는 이제 더 이상 나타나지 않았지만 더운 날씨에 빈대가 무섭게 늘었다. 그러나 두 사람은 상관없었다. 지저분하든 깨끗하든 그 방은 천국이었다. 두 사람은 방에 도착하자마자 암시장에서 산 후추를 사방에 뿌리고, 옷을 벗은 후 땀을 뻘뻘 흘리며 사랑을 나누었다. 그리고 바로 잠이 들었다가 깨면 빈대들이 반격이라도 하듯 떼를 지어 몰려들었다. 두 사람은 6월 한 달 동안, 네 번, 다섯 번, 여섯 번, 아니 일곱 번 만났다. 윈스턴은 이제 온종일 진을 마시던 습관을 버렸다. 그럴 필요를 느끼지 못했다. 그는 몸에 살도 붙고 정맥류성 궤양도 가라앉아서 발목 위에는 갈색 반점만 남았다. 이른 아침이면 발작적으로 하던 기침도 멈춰버렸다. 삶이 견딜 만해져서 그는 더 이상 텔레스크린을 향해 얼굴을 찌푸리거나 목청껏 욕을 하고 싶은 충동도 사라졌다. 이제 거의 집 같은 안전한 은신처가 생겨서 두 사람은, 자주 만나지 못하고 만나도 한 번에 두어 시간만 같이 있을 수 있어도 그렇게 곤경처럼 느껴지지 않았다. 중요한 것은 고물상의 위층 방이 그대로 있어야 한다는 것이었다. 그 방이 침범받지 않고 그곳에 있다는 것을 알기만 해도 그 안에 있는 것 같은 기분이 들었다. 그 방은 하나의 세상이었다. 말하자면 멸종 동물들이 걸어 다닐 수 있는 과거의 세상이었다. 윈스턴은 채링턴 씨를 또 다른 멸종 동물이라고 생각했다. 그는 위층으로 올라가는 길에 채링턴 씨와 몇 분씩 대화를 나누곤 했다. 채링턴 씨는 가게 밖으로는 거의 나가지 않는 것 같았다. 손님도 거의 없어 보였다. 채링턴 씨는 작고 어두운 고물상과 음식을 준비하는 더 작은 부엌을 유령처럼 오가며 지냈다. 그의 부엌에는 특히 어마어마하게 큰 뿔이 달린 믿을 수 없을 만큼 오래된 축음기가 있었다. 그는 말할 상대가 생겨서 기쁜 것 같았다. 기다란 코에 걸친 두꺼운 안경과 벨벳 재킷을 입은 구부정한 어깨, 쓸데없는 물건들 사이를 오가는 모습을 보면 그에게는 장사꾼이 아닌 수집가다운 분위기가 막연하게 있었다. 그는 희미해진 열의를 담아 도자기 병마개와 깨진 담뱃갑의 채색된 뚜껑, 오래전에 죽은 아기 머리카락을 담은 금색동(구리와 아연의 합금-역주) 로켓 같은 고물을 가리키며 윈스턴에게 그런 걸 사겠느냐고 묻는 대신 감탄해주길 바랐다. 그와 이야기를 나누면 마치 낡아빠진 뮤직 박스에서 나오는 쨍그랑 소리가 들리는 것만 같았다. 그는 기억을 구석구석 더듬어서 잊어버린 노랫말을 더 끄집어냈다. 종달새 스물네 마리에 대한 노랫말 하나와 일그러진 뿔이 달린 소 한 마리에 대한 노랫말과 가난한 콕 로빈의 죽음에 대한 노랫말이었다.

"방금 생각이 났는데 그쪽이 흥미를 보일지도 모르겠네요."

그는 새로운 노랫말이 생각날 때마다 애원하듯이 살짝 웃으며 이야기를 꺼냈다. 하지만 어떤 노랫말이든 몇 구절 이상은 기억하지 못했다.

두 사람은 지금 일어나는 일이 결코 계속될 수 없다는 것을 어느 정도는 알고 있었다. 아니 이런 생각을 늘 하고 있었다. 곧 죽음이 닥치리라는 것은 두 사람이 침대에 누워 있는 것만큼이나 실감이 나는 사실이었다. 두 사람은 시계 종이 5분을 치기 전까지 마지막 쾌락 한 줌을 움켜쥐려는 저주받은 영혼처럼 절망하듯 관능에 매달렸다. 하지만 자신들이 안전할 뿐만 아니라 영원할 것이라는 환상을 가질 때도 있었다. 두 사람은 실제로 이 방에 있는 한, 어떤 해로운 일도 일어날 수 없다고 느꼈다. 방으로 오는 길이 갈수록 어렵고 위험했지만, 이 방 자체는 성소와 같았다. 윈스턴이 유리 문진의 중심부를 뚫어지게 바라볼 때 그 유리의 세상으로 들어갈 수 있고, 일단 그 속으로 들어간다면 시간이 정지될 것 같다고 생각하는 것과 같았다. 두 사람은 탈출이라는 백일몽에 자주 빠졌다. 탈출한다면 두 사람의 행운이 영원히 지속되고 지금처럼 은밀한 관계를 남은 생애 내내 지속할 것이다. 아니면 캐서린이 죽고, 윈스턴과 줄리아는 묘책을 써서 결혼에 성공할지도 몰랐다. 혹은 두 사람이 함께 자살을 감행할 수도 있었다. 아니면 사라져서, 다른 사람들이 알아볼 수 없게 변신한 다음, 프롤의 말투를 익히고, 공장에서 일자리를 얻고, 뒷골목에서 들키지 않고 살아가는 방법도 있었다. 모두 말이 안 되는 소리였다. 두 사람도 알고 있었다. 실제로 탈출은 있을 수 없었다. 한 가지 실행 가능한 계획인 자살은 두 사람 다 실행할 마음이 없었다. 하루하루, 한 주 한 주 미래가 없는 현재에 매달리며 계속 살아가는 것은 공기가 있는 한, 사람의 폐가 언제나 숨을 들이쉬는 것처럼 억누를 수 없는 본능 같은 것이다.

두 사람은 때로는 당에 적극적으로 반역을 꾀하겠다는 이야기를 나눌 때도 있었다. 하지만 첫발을 떼는 방법을 알 수가 없었다. 저 유명한 형제단이 실제로 존재한다고 해도, 그 속에 들어가는 방법을 찾기란 어려웠다. 윈스턴은 줄리아에게 자신과 오브라이언 사이에 존재하는, 아니 존재하는 것 같은 기이한 친밀함에 관해 얘기했다. 또한 오브라이언 앞으로 가서 자신은 당의 적이며 그의 도움이 필요하다고 말하고 싶은 충동이 있다고 얘기했다. 그런데 정말 이상하게도 줄리아는 이런 이야기를 듣고도 터무니없이 경솔한 일이라고 생각하지 않았다. 그녀는 사람의 얼굴을 보고 판단하는 습관이 있었다. 그래서 윈스턴이 오브라이언의 눈빛을 단 한 번만 보고도 믿을 수 있는 사람이라고 생각하는 것을 자연스럽게 여겼다. 더욱이 그녀는 모든 사람, 거의 모든 사람이 속으로는 당을 증오하며, 안전하다는 생각만 든다면, 당의 규칙을 어기고 싶어 하는 것을 당연하게 여겼다. 하지만 조직적인 대규모 반대 세력이 존재하거나 존재할 수 있다는 말은 믿지 않았다. 그녀는 골드스타인에 대한 얘기와 그의 지하 조직은 당이 일부러 지어낸 쓰레기 같은 이야기고 사람들이 믿어주는 척하는 것일 뿐이라고 얘기했다. 그녀는 셀 수 없는 당의 집회와 자발적인 시위에 나가면 이름도 들어본 적 없거나 죄를 지었다는 생각이 전혀 들지 않는 사람들을 처형하라고 목청껏 외쳤다. 공개재판이 일어날 때, 그녀는 청년동맹의 파견대 속에 자리를 잡고서 아침부터 밤까지 법원을 에워싼 채 '반역자들을 죽여라!'라는 구호를 외쳤다. 2분 증오 때 누구보다 큰 목소리로 골드스타인에게 욕을 퍼부었다. 하지만 골드스타인이 누구고 그가 제시하는 정책이 어떤 것인지 전혀 알지 못했다. 그녀는 혁명 후에 자랐기에 50년대와 60년대의 이념적 투쟁을 기억하기에는 너무 젊었다. 독자적인 정치 운동 같은 것은 그녀가 상상할 수 있는 것이 아니었다. 어떤 경우든 당은 천하무적이었다. 당은 늘 존재할 것이며 늘 같을 것이다. 사람들은 몰래 불복하거나 기껏해야 다른 사람을 죽이거나 무언가를 날려버리는 것처럼 폭력적인 행동으로 당에 저항할 수 있었다.

어떤 면에서 줄리아는 윈스턴보다 훨씬 더 예리하고, 당의 과장된 선전에 쉽게 넘어가지 않았다. 어느 때인가 그가 유라시아와의 전쟁에 대해 언급한 적이 있었다. 그때 그녀가 전쟁은 일어나지 않왔다고 무심하게 말하는 바람에 그는 깜짝 놀랐다. 그녀는 런던에 매일 떨어지는 로켓탄도 오세아니아 정부가 일부러 발사한 것이라며 이렇게 얘기한 적도 있었다.

"그냥 사람들을 겁주려고 그러는 거예요."

그는 한 번도 해본 적이 없는 생각이었다. 또한 그녀가 2분 증오 때 터져 나오는 웃음을 참느라 무척 힘들다고 말할 때 그는 살짝 부럽기까지 했다. 하지만 그녀는 당의 가르침이 본인의 삶과 어떤 식으로든 영향을 미칠 때만 의문을 가졌다. 당의 공식적 신화를 기꺼이 받아들일 때도 자주 있었는데, 단지 그 신화가 진실이든 허구이든 그 차이가 자신에게 중요하지 않을 때 자주 그랬다. 예를 들어, 학교에서 배운 대로 당이 비행기를 발명했다는 말을 믿었다. (그의 기억에 의하면 학교에 다니던 50년대에 당이 헬리콥터만 발명했다는 주장이 있었다. 10여 년 후 줄리아가 학교에 다닐 때는 당이 비행기를 발명했다는 주장이 나오고 있었다. 한 세대가 지나면 증기기관을 발명했다는 주장이 나올 게 뻔했다.) 윈스턴이 줄리아에게 비행기는 그가 태어나기 전에 있었고, 혁명이 일어나기 훨씬 전에도 있었다고 얘기했지만, 그녀는 전혀 관심을 보이지 않았다. 결국 누가 비행기를 발명했든 무슨 상관이 있을까? 윈스턴은 4년 전에 오세아니아가 이스트아시아와 전쟁 중이었고, 유라시아와는 평화로운 상태였다는 사실을 그녀가 기억하지 못하는 것을 이야기 도중에 우연히 알고 꽤 놀랐다. 그녀는 전쟁은 모두 사기라고 생각했다. 하지만 적의 이름이 바뀌는 것도 알아채지 못하는 게 분명했다.

"난 우리가 늘 유라시아와 싸우는 줄 알았어요."

그녀가 애매하게 얘기하자, 그는 살짝 겁이 났다. 비행기의 발명은 그녀가 태어나기 훨씬 이전의 일이었지만, 전쟁 상대국이 바뀐 것은 불과 4년 전이고 그녀가 성인이 되고도 한참 후에 일어난 일이었다. 그는 이 문제로 15분 동안 그녀와 말다툼을 벌였다. 결국 유라시아가 적이 아니라 이스트아시아가 적이었다는 사실을 그녀도 희미하게 떠올릴 수 있었다. 하지만 이 문제는 그녀에게 중요하지 않았다.

"누가 신경 써요?"

그녀는 짜증스럽게 얘기했다.

"망할 놈의 전쟁은 계속될 거예요. 아무튼 뉴스가 온통 거짓이라는 건 다 알고 있는 사실이에요."

그는 줄리아에게 기록국과 그곳에서 자신이 저지른 뻔뻔한 위조 행위에 대해 가끔 얘기했다. 하지만 그녀는 그런 이야기를 들어도 그렇게 놀라는 것 같지 않았다. 그녀는 거짓이 진실로 바뀐다고 생각하면서도 그리 놀라지 않았다. 그는 존스와 애런슨, 러더퍼드와 한때 손가락 사이로 쑥 들어왔던 엄청난 종잇조각에 관해 얘기했다. 이런 이야기를 들어도 그녀는 별로 놀라지 않았다. 처음에는 이야기의 요지를 잘 이해하지 못했다.

"그 사람들이 자기 친구예요?"

그녀가 물었다.

"아니, 모르는 사람들이야. 내부 당원이었지. 게다가 나보다 나이도 훨씬 많고. 그 사람들은 혁명 전의 옛날 사람들이지. 난 얼굴만 알아."

"그럼 왜 걱정해요? 사람들은 늘 죽어 나가잖아요. 그렇지 않아요?"

윈스턴은 그녀를 이해시키려고 노력했다.

"이건 상황이 달라. 누군가 죽어 나가는 문제가 아니라고. 어제를 비롯한 모든 과거가 실제로 폐기되는 걸 알아? 섬사 과거가 어디선가 살아남더라도, 저기 저 유리 덩어리처럼 단단한 물체들 속에 아무 말도 없이 박혀 있을 뿐이야. 우린 이미 혁명과 혁명 이전의 시절에 대해서는 아는 게 거의 없어. 모든 기록이 폐기되고 위조되고 있어. 모든 책이 다시 쓰이고, 모든 그림도 다시 그려지고, 모든 동상과 거리와 건물의 이름도 바뀌고, 날짜까지 바뀌고 있어. 그 과정이 매일매일, 매 순간 진행되고 있어. 역사는 멈춰버렸어. 늘 현재만 존재할 뿐이고 그런 현재 속에서 당은 늘 옳기만 해. 물론 나도 과거가 위조되었다는 것을 알아. 하지만 내가 직접 위조를 감행했지만 그걸 증명할 방법은 없어. 위조 처리가 된 후에는 증거가 남지 않으니까. 유일한 증거는 내 머릿속에만 있어. 게다가 난 나와 기억이 같은 사람이 있는지 확신할 수 없거든. 살면서 딱 한 번, 그 사건 이후에 구체적인 증거를 실제로 가진 적이 있었지."

"그래서 그게 무슨 소용이 있나요?"

"아무 소용도 없어. 몇 분 후에 버렸으니까. 하지만 오늘 그런 일이 다시 일어난다면, 난 증거를 간직할 거야."

"음, 나라면 그렇게 안 할 거예요."

줄리아가 끼어들었다.

"난 그런 위험을 감수할 마음은 있어요. 하지만 그럴 가치가 있을 때만 그렇지, 오래된 신문 조각 때문에 위험을 무릅쓸 마음은 없어요. 혹시 당신이 그걸 갖고 있다고 하더라도 그걸로 뭘 할 수 있겠어요?"

"별 소용 없지. 하지만 그건 증거였어. 누군가에게 보여줄 마음만 있었다면, 여기저기에 의심의 씨앗을 심을 수는 있었겠지. 우리가 살아 있을 동안 무언가를 바꿀 수는 없다고 생각해. 하지만 여기저기에 저항의 무리가 퍼지고, 소규모의 사람들이 함께 모여서 점차 수를 키우고 기록만 몇 개 남길 수 있다면, 다음 세대는 우리가 다하지 못한 것을 계속 이어갈 수 있어."

"난 다음 세대는 관심 없어요. 내가 관심 있는 건 바로 우리예요."

"당신은 허리 아래만 반역자야."

윈스턴이 얘기했다. 줄리아는 윈스턴의 말을 재치로 받아들였는지 기분이 좋아서 그를 꽉 끌어안았다.

그녀는 당의 정책이 가져올 파문에는 전혀 관심이 없었다. 그가 영사의 원리와 이중사고, 변하기 쉬운 과거, 객관적 사실의 부정, 새말의 사용법을 얘기하기 시작하면 그녀는 지루해하고 혼란스러워하다가 그런 일에는 전혀 관심이 없다고 대답했다. 그게 다 헛소리인 것을 누구나 알고 있는데 왜 그런 일로 걱정할까? 그녀는 언제 환호하고 언제 야유를 보내야 하는지 알고 있었고, 그것이면 충분했다. 그가 만약 그런 이야기를 끈질기게 계속하려고 들면, 그녀는 바로 잠드는 당황스러운 버릇이 있었다. 그녀는 언제 어디서든 잠들 수 있는 사람이었다. 윈스턴은 줄리아와 대화를 하면서 정통이 무슨 의미인지도 전혀 모르면서 정통주의자처럼 구는 것이 얼마나 쉬운 일인지 깨달았다. 어떤 면에서 당의 세계관은 그것을 이해할 수 없는 사람들에게 가장 성공적으로 주입되었다. 그런 사람들은 자신들에게 요구되는 것이 얼마나 엄청나고 잔악무도한 것인지 전혀 알 수 없고, 현재 일어나는 공적 사건에도 관심이 거의 없기에 가장 잔인한 현실 침해도 그대로 받아들일 수 있었다. 그들은 이해력이 부족한 덕분에 제정신으로 살 수 있었다. 그들은 단지 모든 것을 그대로 꿀떡꿀떡 받아들였다. 게다가 그렇게 받아들인 것들이 그들에게 해를 입히지도 않았다. 새의 몸속으로 들어왔다가 소화되지 않은 채로 빠져나가는 옥수수 알갱이처럼 그들의 몸속에 아무것도 남기지 않기 때문이었다.

6

드디어 그 일이 일어났다. 기대했던 메시지가 도착한 것이다. 윈스턴은 평생 이 일이 일어나기를 기다린 것만 같았다.

그는 기다란 청사 복도를 걸어가고 있었다. 줄리아가 그의 손에 쪽지를 건넸던 그 자리에 왔을 때, 자신보다 몸집이 큰 누군가가 바로 뒤에서 걸어오는 것이 느껴졌다. 누군지는 몰라도 그 사람은 이야기를 꺼낼 준비를 하려는 모양인지 잔기침을 했다. 윈스턴은 바로 자리에서 멈춰서 뒤를 돌아보았다. 그 사람은 오브라이언이었다.

드디어 두 사람이 얼굴을 마주 보게 되었을 때, 윈스턴은 도망치고 싶은 충동이 일어나는 것만 같았다. 심장이 마구 뛰었다. 그는 말도 할 수 없었다. 하지만 오브라이언은 앞으로 다가오더니 다정하게 윈스턴의 팔을 잡았다. 이제 두 사람은 나란히 걷고 있었다. 그는 대다수 내부 당원과 달리 상당히 정중하게 말을 걸었다.

"당신에게 말을 걸 기회를 찾고 있었어요."

오브라이언이 이야기를 꺼냈다.

"지난번에 〈타임스〉에 실린 당신의 새말 기사 하나를 읽었어요. 새말에 학문적 관심이 있더군요, 그런가요?"

어느 정도 침착해진 윈스턴이 대답했다.

"학문적이랄 것까지는 없습니다. 전 아마추어에 불과합니다. 제 분야도 아니고요. 새말을 만드는 과정에 참여한 적도 없습니다."

"하지만 새말을 아주 세련되게 썼어요."

오브라이언이 얘기했다.

"나만 그렇게 생각하는 것이 아닙니다. 그 분야의 전문가인 당신 친구와 최근에 이야기를 나누었지요. 지금은 그 사람 이름이 생각이 안 나네요."

또다시 윈스턴의 심장이 고통스럽게 뛰었다. 사임을 언급한 것이 분명했다. 하지만 사임은 이미 죽은 사람이었다. 그는 제거되어 존재조차 인정되지 않았다. 그에 대해 눈에 띄게 얘기하는 것은 치명적으로 위험했다. 오브라이언의 말은 신호나 암호를 의도한 것이 분명했다. 오브라이언은 사소한 사상죄를 함께 범하면서 윈스턴과 함께 공범이 되었다.

두 사람은 복도를 느릿느릿 걸었다. 그런데 이번에는 오브라이언이 멈춰 섰다. 그는 기이하게도 늘 사람의 마음을 누그러뜨리는 다정한 몸짓으로 안경을 다시 고쳐 쓰며 이야기를 계속했다.

"내가 정말 하고 싶은 얘기는 당신 기사에 대한 거예요. 당신은 이미 사어가 되어버린 단어 두 개를 썼더군요. 그런데 그게 아주 최근에 없어진 말이긴 해요. 혹시 새말 사전 제10판을 봤나요?"

"아니요."

윈스턴이 대답했다.

"아직 발행되지 않은 걸로 알고 있습니다. 기록국은 아직 제9판을 쓰고 있습니다."

"제10판은 몇 달 있어야 나올 거예요. 그런데 견본이 이미 나왔어요. 나도 한 권 갖고 있어요. 혹시 관심 있나요?"

"꼭 보고 싶습니다."

윈스턴은 그의 말에 어떤 의도가 있는지 바로 알아차리고 대답했다.

"새로 개발된 몇 가지는 아주 기발해요. 동사 수의 축소는 당신 마음에도 들 것 같아요. 어디 보자, 사전을 보내드릴까요? 그런데 그런 일을 내가 잘 잊어버리거든요. 혹시 편한 시간에 우리 집에 와서 가져갈 수 있을까? 기다려요. 내가 주소를 적어줄게요."

두 사람은 텔레스크린 앞에 서 있었다. 오브라이언은 다소 건성으로 주머니 두 개를 뒤지더니 가죽 수첩과 금장 만년필을 꺼냈다. 그런 자세로 텔레스크린 바로 밑에 있으니 누가 보더라도 오브라이언이 뭔가를 쓰고 있는 것을 볼 수 있었다. 그는 주소를 갈겨쓴 후 종이를 찢어서 윈스턴에게 건넸다.

"난 저녁에는 주로 집에 있어요."

그가 얘기했다.

"내가 없으면 하인이 사전을 전해줄 거예요."

오브라이언은 윈스턴에게 종이쪽지를 남긴 후 사라졌다. 이번에는 숨길 필요가 없었다. 그런데도 그는 종이에 적힌 주소를 세심하게 외운 다음 다른 종이들과 함께 기억 구멍 속으로 던져버렸다.

두 사람은 기껏해야 2, 3분 정도 이야기를 나누었다. 이들의 대화에는 단 한 가지 의미만 있었다. 오브라이언이 윈스턴에게 본인의 주소를 알려주기 위해 세심하게 생각한 계획이었다. 누군가 어디에 사는지 알려면 직접 물어보는 방법밖에 없기에 이런 계획이 필요한 것이다. 주소록 같은 것은 없었다.

"혹시 나를 보고 싶다면, 이리로 오면 나를 찾을 수 있어요."

오브라이언이 그에게 한 말은 바로 이것이었다. 어쩌면 사전 속 어딘가에 메시지가 숨겨져 있을지도 모른다. 그러나 어쨌든, 한 가지는 확실했다. 윈스턴이 꿈꾸었던 음모가 정말 존재하고, 그가 그 음모의 끄트머리에 도달했다는 것이다.

그는 조만간 오브라이언의 소환을 따를 것이라는 사실을 알고 있었다. 아마도 내일, 아니면 좀 더 시간을 끌지는 확실하지 않았다. 지금 일어나는 일은 몇 년 전에 시작된 과정을 진행하는 것일 뿐이었다. 첫 번째 단계는 무의식적으로 일어난 은밀한 생각에서 시작되었다. 두 번째 단계는 일기장을 펼친 것이었다. 그는 생각을 말로 바꾸고 말을 행동으로 바꿀 것이다. 이제 마지막 단계는 애정부에서 일어날 것이다. 그는 그것을 받아들였다. 어차피 최후는 시작부터 내포된 일이었다.

그래도 그것은 두려운 일이었다. 아니 더 정확히 말하자면 죽음을 미리 맛본 것 같은, 조금 덜 살아 있는 것 같은 기분이었다. 심지어 그는 오브라이언과 얘기하는 동안에 그 말의 의미를 충분히 이해하자 온몸에 몸서리치는 전율이 일었다. 마치 축축한 무덤 속으로 걸어 들어가는 기분이 들었다. 무덤이 거기 있고 자신을 기다린다는 것을 늘 알고 있다고 해서 더 나을 것도 없었다.

7

윈스턴은 눈물을 글썽이며 잠에서 깼다. 줄리아는 잠결에 그를 향해 돌아누우며 "무슨 일이에요?"라고 중얼거린 것 같았다.

"꿈을……."

그는 말하려다 말고 바로 멈췄다. 꿈이 너무 복잡해서 말로 표현할 수 없었다. 꿈을 꾸었는데, 꿈과 관련된 어떤 기억이 깨어나자마자 몇 초 사이에 머릿속으로 밀려든 모양이었다.

그는 꿈의 분위기에 흠뻑 젖어서 그저 두 눈을 감은 채로 누워 있었다. 비가 온 후 여름날 저녁의 전경처럼 광활하고 선명한 꿈이었다. 마치 전 생애가 윈스턴 앞에 쫙 펼쳐진 것 같았다. 모든 일이 유리 문진 안에서 일어났다. 유리 표면은 하늘의 돔이었고, 돔 내부는 모든 것이 맑고 부드러운 빛으로 가득 차 있어 끝없이 멀리 떨어진 곳까지 보였다. 꿈속에 어머니가 나오더니 30년 후 극장에서 보았던 영화 속 유대인 여인이 등장했다. 유대인 여인은 자신과 어린 아들을 산산조각 내려는 헬리콥터의 기관총으로부터 아들을 구하기 위해 안간힘을 쓰고 있었다(어떤 의미로는 어머니의 팔 동작과 유대인 여인의 팔 동작으로 이해할 수 있는 꿈이었다).

"이 순간까지 내가 우리 어머니를 죽인 걸로 믿고 있는 거 알아?"

윈스턴이 물었다.

"왜 어머니를 죽였어요?"

아직 잠에서 깨지 않은 줄리아가 물었다.

"난 어머니를 죽이진 않았어. 실질적으로는."

그는 꿈속에서 어머니를 마지막으로 잠깐 본 것을 기억했다. 꿈에서 깨어난 지 몇 분 만에 꿈과 관련된 사소한 사건들이 모두 기억났다. 아주 오랫동안 일부러 의식 밖으로 몰아내야만 했던 기억이었다. 날짜를 확실히 기억할 수는 없지만, 그가 열 살은 넘었을 때 아마 열두 살 무렵에 그 일이 일어났다.

그의 아버지는 얼마나 전인지는 기억할 수 없지만, 그 일이 일어나기 얼마 전에 사라졌다. 그는 당시의 소란스럽고 불안한 환경이 잘 기억났다. 주기적인 공습으로 인한 공포, 지하철역으로 피난하던 일, 사방에 쌓인 잔해 더미, 거리 구석구석에 붙어 있던 알 수 없는 선언문, 모두 같은 색깔의 셔츠를 입은 젊은 패거리들, 빵집 앞으로 엄청나게 늘어선 인파, 멀리서 간간이 들리던 기관총 소리가 기억났는데 무엇보다 먹을 것이 너무 부족했다.

그는 다른 사내아이들과 기나긴 오후 내내, 쓰레기통과 쓰레기 더미를 뒤져서 양배추 줄기와 감자 껍질을 추려내고, 심지어 곰팡내 나는 빵 껍데기 조각을 주워서 탄 부분을 긁어내고, 소먹이를 실은 트럭이 늘 다니던 길을 지나가다가 푹 파인 도로를 덜컥 지나칠 때 흘린 깻묵 조각을 줍던 기억이 떠올랐다.

그의 아버지가 사라졌을 때, 어머니는 놀라거나 격하게 슬퍼하는 모습을 보이지 않았다. 하지만 갑작스러운 변화가 찾아왔다. 어머니는 영혼이 쑥 빠져나간 사람처럼 보였다. 윈스턴이 보기에도 어머니는 반드시 일어날 것이라고 믿는 그 일을 기다리는 것이 분명했다. 어머니는 요리와 빨래, 수선, 침대 정리, 바닥 청소, 벽난로 먼지 털기 등 필요한 일은 모두 해냈다. 그런데 화가의 지시에 따라 움직이는 인체 모형처럼 언제나 기이할 만큼 필요한 동작만으로 아주 천천히 해냈다. 균형 잡힌 어머니의 큰 몸집은 저절로 정물로 퇴화하는 것 같았다. 어머니는 몇 시간 동안 침대에 꼼짝없이 앉아서, 너무 말라서 얼굴이 원숭이처럼 보이던, 우는 소리도 내지 않던 작고 병든 두세 살 먹은 여동생에게 젖을 먹이곤 했다. 아주 가끔은 오랫동안 아무 말도 없이 윈스턴을 꼭 끌어안을 때도 있었다. 그는 어리고 이기적이었지만 이런 행동이 앞으로 일어날 말로 표현할 수 없는 그 일과 어느 정도 연관이 있다는 것을 알고 있었다. 그는 가족이 살던 방도 생각났다. 하얀 이불이 깔린 침대가 어둡고 갑갑한 냄새가 나던 방의 절반을 차지한 것 같았다. 난로망에 가스풍로가 있고, 음식을 보관하는 선반 한 칸이 있고, 바깥 층계에는 몇 집이 공용으로 쓰는 갈색 도기 싱크대가 있었다. 그는 냄비에 올린 음식을 휘저으려고 가스풍로 너머로 몸을 구부리던 동상 같은 어머니의 모습도 생각났다. 채울 수 없는 굶주림과 치열하고 추악했던 밥그릇 싸움이 무엇보다 뚜렷하게 생각났다. 그는 어머니에게 왜 음식이 더 없냐고 끝도 없이 귀찮게 묻다가 소리치며 대들곤 했다(심지어 변성기가 일찍 시작되어서 가끔은 이상하게 울리던 자신의 목소리까지 기억났다). 아니면 자기 몫보다 더 얻어내려고 훌쩍거릴 때도 있었다. 어머니는 '사내아이'는 많이 먹어야 한다며 윈스턴의 행동을 당연하게 여겼지만 아무리 음식을 많이 주어도, 그는 변함없이 더 많은 것을 요구했다. 식사 때마다 어머니는 그에게 이기적으로 굴면 안 된다고, 아픈 여동생도 음식이 필요하다고 애원했지만 소용없었다. 그는 어머니가 음식을 그만 담으면 몹시 화를 내며 소리치고, 어머니 손에서 냄비와 숟가락을 확 잡아채서 여동생의 접시에서 음식을 집어내곤 했다. 그는 자신 때문에 두 사람이 굶주린다는 것을 알았지만 어쩔 수가 없었다. 심지어 그래도 된다는 생각이 들었다. 요란하게 울어대는 배 속의 굶주림 때문에 그런 행동이 용납되는 것 같았다. 어머니가 지켜보지 않을 때는 식사 때가 아니더라도 선반 위에 올려둔 형편없는 음식에도 계속 손을 댔다.

어느 날 초콜릿이 배급되었다. 몇 주 아니 몇 달 동안 초콜릿이 배급된 적이 없었다. 그는 귀중하고 조그만 초콜릿 조각이 분명히 기억났다. 세 사람 몫으로 나온 2온스짜리 조각이었다(당시에는 여전히 온스라는 단위를 썼다). 당연히 세 사람이 나눠야 하는 몫이었다. 그런데 갑자기 전부를 다 받아야겠다고 큰 소리로 요구하는 자신의 목소리가 다른 사람의 말처럼 윈스턴의 귀에 들렸다. 어머니는 욕심부리지 말라고 얘기했다. 그리고 소리 지르고 징징거리고 눈물을 흘리고 대들고 협상하는 기나긴 말다툼이 계속되었다. 어린 여동생은 새끼 원숭이처럼 어머니에게 꼭 매달린 채 커다랗고 애절한 눈으로 어머니의 어깨너머로 오빠를 바라보고 있었다. 결국 어머니는 초콜릿을 잘라서 4분의 3은 윈스턴에게 주고 나머지는 동생에게 주었다. 어린 여자아이는 초콜릿을 잡고 있었지만 그게 뭔지도 모르는지 심드렁하게 바라보았다.

윈스턴은 잠시 여동생을 바라보며 서 있었다. 그러다 갑자기 잽싸게 달려들어 여동생의 손에서 초콜릿 조각을 낚아챈 다음 문 쪽으로 달아났다.

"윈스턴, 윈스턴!"

어머니가 윈스턴을 불렀다.

"돌아와! 동생한테 초콜릿 돌려줘!"

그는 멈춰 섰지만 돌아가지는 않았다. 어머니는 애타는 눈빛으로 그의 얼굴을 빤히 바라보았다. 지금 생각해봐도 바로 다음에 무슨 일이 일어났는지 그는 알 수 없었다. 이제야 뭔가를 빼앗겼다는 것을 알아챈 어동생은 힘없이 울었다. 어머니는 팔로 아이를 감싸며 가슴에 아이의 얼굴을 꼭 묻었다. 여동생이 죽어간다는 것을 보여주는 몸짓이었다. 하지만 그는 계단을 뛰어 내려갔다. 돌아선 그의 손에 들린 초콜릿은 이미 끈적하게 녹아내리고 있었다. 그는 다시 어머니를 보지 못했다. 초콜릿을 다 먹어 치운 것이 살짝 부끄러워서 몇 시간 동안 거리를 쏘다니다가 배가 고파지자 집으로 돌아갔지만, 어머니는 사라지고 없었다. 이런 일은 당시에도 이미 흔한 일이 되어가고 있었다. 어머니와 여동생을 빼면 방 안에 없어진 것은 하나도 없었다. 두 사람은 옷가지를 하나도 가져가지 않았다. 어머니의 외투도 그대로 있었다. 이날까지 그는 어머니가 죽었는지 확실히 알지 못했다. 어머니는 강제 노동 수용소로 보내졌을 가능성이 가장 컸다. 여동생은 윈스턴처럼 내전으로 인해 고아가 된 아이들을 위한 집단 거주지(당시에는 교화 시설이라고 불렀다)에서 자랐거나 어머니와 함께 강제 노동 수용소로 보내졌거나 그냥 어딘가로 사라졌거나 죽었을지도 모른다.

그 꿈은 여전히 그의 머릿속에 생생하게 남아 있었다. 여동생을 보호하려고 감싸듯이 안던 어머니의 팔 동작이 특히 생생하게 기억났다. 그 몸짓에 모든 의미가 들어 있는 것 같았다. 두 달 전에 꾼 또 다른 꿈이 다시 생각났다. 어머니가 매달리는 어린아이를 안고 하얀 이불이 덮인 더러운 침대에 앉아 있던 그때처럼, 그 꿈속에서도 어머니는 가라앉는 배 안에 앉아서 매 순간 밑으로 깊이 가라앉으면서 시커먼 물 너머로 그를 올려다보고 있었다.

그는 줄리아에게 어머니가 사라진 이야기를 꺼냈다. 줄리아는 눈도 뜨지 않은 채로 몸을 돌려서 더 편안한 자세를 취했다.

"자기도 그때는 잔인한 새끼 돼지였네요."

줄리아는 웅얼거리듯 얘기했다.

"아이들은 죄다 돼지예요."

"맞아. 그런데 내 이야기의 본질은……."

숨소리로 보아 그녀는 다시 잠든 것이 분명했다. 그는 어머니에 대해 계속 얘기하고 싶었다. 어머니에 대해 기억할 수 있는 사실로 추정해보면, 어머니는 비범한 사람은 아니었다. 지적인 사람은 더더욱 아니었다. 그래도 어머니가 어머니만의 기준을 따랐다는 점에서 그녀에게는 일종의 고귀함과 순수함이 있었다. 어머니의 감정은 어머니만의 것이고, 외부에서 바꿀 수 있는 것이 아니었다. 어머니는 효과가 없는 조치라고 해서 무의미한 것으로 여기지 않았다. 누군가를 아낀다면 그 사람을 사랑하는 것이고, 줄 것이 없어도, 사랑은 줄 수 있었다. 마지막 남은 초콜릿 조각이 사라지자, 어머니는 아이를 꼭 안아주었다. 그래봤자 아무 소용없고, 아무것도 바꿀 수 없는 데다가 초콜릿이 더 생기지도 않았고, 아이와 본인의 죽음을 막을 수도 없었다. 하지만 어머니는 그렇게 하는 것이 당연한 것 같았다. 배 안에 있던 난민 여인도 총알을 막기에는 종이 한 장만큼의 소용도 없는 일이었지만 두 팔로 어린 아들을 감싸주었다. 당은 단순한 충동과 단순한 감정은 전혀 중요하지 않다고 사람들을 설득하는 끔찍한 짓을 저지르는 동시에 물질세계를 지배하는 힘까지 모두 빼앗아버렸다. 일단 당의 손아귀에 사로잡히면 무엇을 느끼든 느끼지 않든, 무엇을 하거나 하지 않든 거의 차이가 없었다.

무슨 일이 일어나건 사람들은 사라지고, 그 사람들과 그들의 행동까지 다시는 들을 수 없게 된다. 사람들은 역사의 흐름 밖으로 제거되어버리는 것이다. 두 세대 전만 해도, 사람들은 이런 일을 중요하게 여기지 않는 것 같았다. 역사를 바꾸려고 하지 않았기 때문이다. 당시 사람들은 의문의 여지가 없는 사사로운 의리에 따라 살았다. 중요한 것은 개인적인 관계였다. 죽어가는 사람에게 건네는 한마디 말과 눈물과 포옹은 정말 무력한 몸짓에 불과했지만, 그 자체로 가치가 있었다. 윈스턴은 갑자기 프롤들이 이런 상태로 남아 있다는 생각이 들었다. 프롤들은 당이나 국가나 사상에 충성하지 않았다. 그들은 서로에게 충성을 다했다. 그는 난생처음으로 프롤들을 경멸하지 않았다. 그저 언젠가는 활기를 띠고 일어나 세상을 재건할 잠재 세력으로만 생각하지도 않았다. 프롤들은 인간으로 남아 있었다. 그들의 마음은 딱딱하게 굳어지지 않았다. 그들은 윈스턴이 의식적인 노력으로 다시 배워야만 했던 원시적인 감정을 지키고 있었다. 그는 이런 생각을 하다 보니, 몇 주 전 길거리에서 잘린 손을 보고, 마치 양배추 줄기처럼 발로 차서 하수구 속으로 집어넣은 일이 뜬금없이 생각났다.

"프롤들이 바로 인간이야."

그가 큰 소리로 떠들었다.

"우린 인간이 아니야."

"왜 아닌데요?"

줄리아가 다시 잠에서 깨며 물었다. 그는 잠시 생각한 후 물었다.

"혹시 너무 늦기 전에 여기를 나가서 다시 보지 않는 게 우리에게 최선이라는 생각, 해본 적 있어?"

"물론이죠, 그런 생각 여러 번 했어요. 하지만 난 그렇게 하지는 않을 거예요."

"우린 운이 좋았어."

그가 이야기를 꺼냈다.

"하지만 그렇게 오래갈 수는 없어. 당신은 젊어. 당신은 그냥 평범하고 순수해 보여. 나 같은 사람들만 가까이하지 않으면 50년은 더 살 수 있어."

"싫어요. 나도 그런 생각을 해봤어요. 난 당신이 하는 대로 따라 살래요. 그리고 너무 낙담하지 말아요. 난 잘 살아남아요."

"우린 6개월 아니면 1년은 함께할 수 있을지도 몰라. 아무도 모를 일이지. 결국 우린 헤어져야 할 거야. 우리가 얼마나 철저하게 혼자가 될지 알아? 저들의 손에 넘어가기만 하면 우린 서로를 위해 해줄 수 있는 게 하나도 없지, 그야말로 하나도 없을 거야. 만약 내가 자백하면, 저들은 당신을 쏠 거야. 내가 자백을 거부하면, 그래도 저들은 당신을 쏘겠지. 내가 무얼 하건, 무슨 말을 하건, 아니 아무 말도 하지 않아도, 당신의 죽음을 채 5분도 미룰 수 없을 거야. 우린 서로가 살아 있을지 죽었을지 알지도 못할 거야. 우리에겐 아무런 힘도 남지 않을 거야. 우린 서로를 배신하지 말아야 해. 그게 제일 중요해. 그런다고 해서 달라지는 게 하나도 없을지라도 그래야 해."

"자백을 말하는 거라면."

그녀가 이야기를 꺼냈다.

"우리도 반드시 자백하게 될 거예요. 모든 사람이 자백하잖아요. 그건 어쩔 수 없는 거예요. 고문을 당하니까요."

"난 자백을 얘기하는 게 아니야. 자백은 배신이 아니야. 무슨 말을 하건 어떤 행동을 하건 그런 건 중요하지 않아. 중요한 건 감정이야. 저들 때문에 내가 당신을 사랑할 수 없다면, 그렇게 된다면 그건 진짜 배신이야."

그녀는 거듭 생각했다.

"저들은 그럴 수 없어요."

그녀는 마침내 이야기를 꺼냈다.

"저들도 그것만은 할 수 없어요. 당신에게 무슨 말이든 시킬 수 있을 거예요. 무슨 말이든. 하지만 그 말을 믿게 할 수는 없어요. 당신 마음속까지 들어올 수는 없어요."

"그럼."

그는 좀 더 희망적으로 대답했다.

"그렇지. 확실히 그래. 저들이 사람 마음속까지 들어올 수는 없지. 인간으로 남는 것이 가치 있다고 느낄 수만 있다면, 어떤 결과를 얻을 수 없더라도 저들을 이기는 거지."

그는 절대 잠들지 않는 귀가 달린 텔레스크린을 생각했다.

저들은 밤낮으로 사람들을 감시할 수 있지만, 제정신을 차릴 수만 있다면 저들의 허점을 노릴 수 있다. 저들이 아무리 영리해도 다른 사람이 어떤 생각을 하는지 찾아내는 비법을 터득하지는 못했다. 실제로 저들의 손아귀에 넘어가면 사정은 달라질 것이다. 애정부 안에서 어떤 일이 일어나는지 아무도 모른다. 하지만 고문, 약물, 사람의 신경 반응을 기록하는 세밀한 기구들, 불면, 고독, 끊임없는 심문으로 점점 진을 빼는 수법 등을 추측할 수는 있다. 어쨌든, 사실을 계속 숨길 수는 없다. 저들이 심문으로 추적하고, 고문으로 짜낼 수 있는 것이 바로 사실이다. 하지만 살아남는 것이 아니라 인간으로 남는 것이 심문당하고 고문당하는 사람의 목적이라면 궁극적으로 어떤 차이가 있을까? 저들은 고문당하는 사람의 감정을 바꿀 수 없다. 사람은 설사 원한다고 해도 자신의 감정을 바꿀 수 없는 존재다. 저들은 사람이 행동하고 말하고 생각하는 모든 것을 세세히 발가벗길 수 있다. 하지만 그 사람 본인조차 알 수 없는 속마음까지 공략할 수는 없는 것이다.

8

그들이 그 일을 해냈다, 결국 해내고 말았다!

그들이 서 있는 기다란 방에 은은한 불빛이 비쳤다. 낮은 소리로 중얼거리는 텔레스크린이 보였다. 짙푸른 카펫은 벨벳을 밟는 기분이 들었다. 방 한구석에 초록빛 갓이 달린 램프가 놓인 테이블 앞에 오브라이언이 앉아 있었다. 그의 양옆에는 서류 더미가 쌓여 있었다. 그는 하인이 줄리아와 윈스턴을 안으로 데리고 들어왔는데도 굳이 고개를 들지 않았다.

윈스턴은 심장이 너무 쿵쾅거려서 말을 할 수 없을 것 같았다. '해냈어, 드디어 해냈어' 하는 생각만 들었다. 여기로 온 것은 성급한 행동이었다. 비록 다른 길로 와서 오브라이언의 집 앞에서 만나기는 했지만, 줄리아와 함께 오다니 정말 어리석은 행동이었다. 하지만 이런 곳으로 걸어 들어온다는 것은 정말 용기를 긁어모은 일이었다. 내부 당원이 사는 집 안에 들어오거나 그들이 사는 구역에 들어가는 것은 정말 드문 일이었다. 거대한 아파트 단지의 전체적인 분위기와 풍요롭고 넓은 모든 것, 좋은 음식과 좋은 담배의 낯선 냄새, 엄청나게 빠른 속도로 위아래를 오르내리는 엘리베이터, 바쁘게 움직이는 하얀 재킷을 입은 하인들. 모든 것이 압도적이었다. 윈스턴은 이곳을 찾을 좋은 구실이 있었지만, 계단을 오를 때마다 검은 제복을 입은 경비가 갑자기 한쪽 구석에서 나타나 서류를 요구하고 나가라고 명령할까 봐 겁이 났다. 그러나 오브라이언의 하인은 아무런 이의 없이 두 사람을 안으로 들여보냈다. 하얀 재킷을 입은 하인은 검은 머리에 키가 작았는데 마름모꼴 얼굴이 중국 사람처럼 아주 무표정했다. 하인이 안내한 통로에는 부드러운 카펫이 깔려 있고, 하얀 징두리 벽에 판을 두른 크림색 벽은 눈이 부시게 깨끗했다. 기를 죽일 만큼 압도적이었다. 윈스턴은 이렇게 사람의 흔적이 닿지 않은 복도 벽은 본 적이 없었다.

오브라이언은 손가락 사이에 끼운 서류 한 장을 열심히 들여다보는 것처럼 보였다. 그가 두툼한 얼굴을 숙이고 있어서 무섭고 지적으로 보이는 콧날만 보였다. 20초 동안은 미동도 없이 그러고 있었다. 이제 그는 구술기록기를 앞으로 당기더니 청사에서 쓰는 혼성 언어로 메시지를 힘차게 말했다.

"항목 하나 쉼표 다섯 쉼표 일곱 완전히 승인 항목 여섯 포함 제안 더더욱 터무니없음 사상죄 인접 취소 마침표 기계류 총경비 합산 견적서 입수 전 공사 중단 마침표 메시지 끝."

그는 자리에서 천천히 일어나더니 푹신한 카펫을 밟으며 두 사람을 향해 다가왔다. 새말을 써서 그런지 사무적인 분위기는 살짝 사라진 것 같지만, 방해를 받아서 기분이 좋지 않은 것처럼 얼굴이 평소보다 더 위압적으로 보였다. 윈스턴은 이미 겁에 질렸는데 갑자기 당혹스럽기까지 했다. 그는 바보 같은 실수를 저지른 것 같은 기분이 들었다. 그는 무슨 증거로 오브라이언을 정치적 공모자라고 생각했을까? 한 번의 눈빛과 애매한 말 한마디뿐이었다. 그 이상은 윈스턴이 꿈속에서 비밀스럽게 상상한 것밖에 없었다. 윈스턴은 사전을 빌리려고 왔다는 핑계를 댈 수도 없었다. 줄리아를 데리고 온 것을 설명할 수 없기 때문이었다. 텔레스크린을 지나치던 오브라이언은 무슨 생각이 났는지 갑자기 걸음을 멈췄다. 그리고 옆으로 몸을 돌려 벽에 있는 스위치를 꺼버렸다. 딸깍 소리가 나더니 텔레스크린의 소리가 중단되었다.

깜짝 놀란 줄리아가 낮게 비명을 질렀다. 공포에 휩싸인 윈스턴은 너무 놀라서 입을 다물지 못했다.

"저걸 끌 수 있군요!"

윈스턴이 얘기했다.

"그럼."

오브라이언이 대답했다.

"우린 끌 수 있어요. 우리에겐 그런 특권이 있지."

오브라이언이 이제 그들 앞에 섰다. 그는 단단한 몸으로 두 사람 앞에 우뚝 섰는데, 그의 얼굴만 봐서는 여전히 속을 알 수 없었다. 그는 윈스턴이 무슨 말을 하기를 다소 엄숙하게 기다렸다. 그러나 무슨 말을 해야 할까? 바빠 죽겠는데 왜 방해를 받았는지 짜증스럽게 궁금해하는 게 분명해 보였다. 아무도 말을 꺼내지 않았다. 텔레스크린이 멈춘 방 안은 지독히 조용했다. 시간이 성큼성큼 지나가는 것 같았다. 윈스턴은 힘겹게 오브라이언의 두 눈을 계속 바라보고 있었다. 그러자 갑자기 딱딱한 그의 얼굴이 풀리며 미소 같은 표정이 보였다. 오브라이언은 특유의 몸짓으로 안경을 다시 고쳐 썼다.

"내가 먼저 말할까, 아니면 자네가?"

그가 물었다.

"제가 말하겠습니다."

윈스턴이 즉시 대답했다.

"저게 정말로 꺼졌나요?"

"맞아요. 모두 꺼졌어요. 우리뿐이에요."

"우리가 여기 온 이유는……."

윈스턴은 이곳을 찾은 이유가 애매하다는 것을 처음으로 깨닫고 잠시 말을 멈췄다. 사실 그는 오브라이언에게 어떤 도움을 기대하는지도 몰랐기에 여기 온 이유를 말하기가 쉽지 않았다. 그는 지금 하려는 말이 설득력도 없고 허세 같다는 것을 의식하면서 이야기를 계속했다.

"우린 일종의 공모가 있다고, 당에 반대하는 비밀 조직이 있다고 믿고 있습니다. 당신도 그 조직과 관련이 있다고 생각합니다. 우리도 그곳에 들어가서 일하고 싶습니다. 우린 당의 적입니다. 우린 영사의 강령을 믿지 않습니다. 우린 사상범들입니다. 또한 간통을 저질렀습니다. 저는 당신의 처분을 바라고 이런 말을 드리는 것입니다. 우리가 다른 죄를 짓기 바라셔도 따를 준비가 되었습니다."

그는 문이 열린 느낌이 들어서 말을 멈추고 어깨 너머를 흘낏 바라보았다. 과연 얼굴이 노란 하인이 노크도 없이 안으로 들어

왔다. 윈스턴은 유리병과 잔이 놓인 쟁반을 들고 들어오는 하인을
바라보았다.

"마틴도 우리 편이지."

오브라이언은 무표정하게 이야기를 꺼냈다.

"마틴, 음료는 이리로 가져오게. 테이블에 두고. 의자는 충분한
가? 그럼 우린 앉아서 편안히 얘기하지. 마틴, 자네 의자도 가져와.
이건 일이야. 앞으로 10분 동안은 하인처럼 굴지 말게."

자그마한 남자는 편안하게 앉았지만, 여전히 하인 같은 태도를
보였는데 특권을 누리는 종복 같은 분위기였다. 윈스턴은 곁눈질
로 하인을 바라봤다. 그러자 그 남자는 평생 한 가지 일만 했기에
아무리 잠시라도 맡은 일을 그만두는 것을 위험하게 여기는 것처
럼 보였다. 오브라이언은 유리병의 목 부분을 잡더니 유리잔에 암
적색 액체를 따랐다. 그 모습을 보자 윈스턴은 오래전 벽이나 게시
판에서 본 적이 있는 기억이 희미하게 떠올랐다. 전구가 가득 들어
있는 아주 거대한 유리병이 위아래로 움직이며 유리잔에 내용물
을 쏟아내는 광경이었다. 오브라이언이 유리잔에 따른 내용물은
윗부분만 보면 거의 검은색으로 보였지만 유리병 속의 액체는 루
비처럼 빛이 났다. 시큼하면서 달콤한 냄새가 났다.

그는 유리잔을 들어서 호기심을 감추지 않고 냄새를 맡는 줄리
아를 바라봤다.

"와인이라는 것이지."

오브라이언이 희미하게 미소를 지으며 이야기를 꺼냈다.

"분명 책에서 봤을 거예요. 외부 당원들은 구할 수 없을 거야."

그는 다시 엄숙한 표정을 지으며 유리잔을 들었다.

"건배 먼저 하는 게 좋겠네요. 우리의 리더를 위하여, 이매뉴얼 골드스타인을 위하여!"

윈스턴은 정말 간절한 마음으로 유리잔을 들었다. 와인은 책에서 보고 상상만 하던 것이었다. 와인은 유리 문진이나 채링턴 씨가 반만 기억하는 노랫말처럼 마음속으로 몰래 옛 시절이라고 불러보는 사라져버린 낭만적인 과거에 속한 것이었다. 어떤 이유에서인지 그는 와인이 블랙베리 잼처럼 굉장히 달고 금세 취하는 술인 줄 알았다. 그런데 실제로 와인을 마시니 맛이 너무나 실망스러웠다. 사실 그는 오랜 세월 진을 마셔서 와인 맛을 알 수가 없었다. 그는 빈 잔을 내려놓았다.

"그럼 골드스타인이라는 사람이 정말 있나요?"

그가 물었다.

"있어요. 그런 사람이 정말 있지. 그는 살아 있는 사람이에요. 어디 있는지는 나도 모르지."

"그럼 음모와 조직은요? 사실인가요? 사상경찰이 만들어낸 것은 아닌가요?"

"있지요. 진짜로 있어. 우린 그걸 형제단이라고 부르지. 형제단이 실제로 존재하고 자네가 형제단에 속해 있다는 것 외에는 더 알지 못할 거야. 그 얘기는 곧 다시 할게요."

그는 손목시계를 보며 이야기를 꺼냈다.

"아무리 내부 당원이라도 텔레스크린을 30분 이상 끄는 건 현명하지 않아요. 자네들은 함께 오지 말았어야 했어. 갈 때는 따로 가게. 동무, 자네가."

그는 줄리아를 향해 고개를 끄덕이며 얘기했다.

"먼저 가게, 시간이 20분 정도 있어요. 먼저 내가 여러분에게 꼭 물어봐야 할 게 있어요. 자넨 어떤 일을 할 각오가 되었나요?"

"뭐든 할 수 있습니다."

윈스턴이 대답했다. 오브라이언은 의자에 앉은 채로 몸을 살짝 돌려서 윈스턴을 마주 보았다. 그는 윈스턴이 줄리아 대신 대답하는 것을 당연하게 여기는 것처럼 줄리아는 거의 무시하는 태도를 보였다. 그는 잠시 눈을 깜박였다. 그리고 교리문답을 하듯이 낮고 감정 없는 목소리로 이미 대답을 거의 알고 있는 질문을 던졌다.

"목숨을 바칠 각오가 되었나요?"

"네."

"살인을 저지를 각오도 되었나요?"

"네."

"수많은 무고한 사람을 죽음으로 몰아갈 수도 있는 파괴 행위를 감행할 수 있나요?"

"네."

"조국을 배반하고 외국 세력에 넘어갈 수 있나요?"

"네."

"속이고, 위조하고, 협박하고, 아이들의 마음을 타락시키고, 상습성 마약을 뿌리고, 매춘을 부추기고, 성병을 퍼트릴 각오가 되었나요? 당의 사기를 저하하고 당의 세력을 약화시킬 수 있다면 무엇이든 할 수 있나요?"

"네."

"예를 들어, 만약 어린아이의 얼굴에 황산을 뿌리는 것이 우리의 이익에 부합하는 것이라면 그렇게 할 각오가 되었나요?"

"네."

"신분을 잃고 여생을 웨이터나 부두 노동자로 살아갈 각오가 되었나요?"

"네."

"우리가 시키면 자살할 각오도 되었나요?"

"네."

"두 사람은 헤어져서 다시 못 볼 각오도 되었나요?"

"아니요!"

줄리아가 끼어들었다.

윈스턴이 대답하기까지 오랜 시간이 흐른 것 같았다. 그는 잠시 말할 능력을 잃어버린 것만 같았다. 그의 혀가 첫 단어의 첫음절을, 다음 단어의 첫음절을 반복해서 계속 소리 없이 말하고 있었다. 결국 그는 대답할 때까지도 어떤 말을 하려고 했는지 알 수 없었다.

"아니요."

결국 그는 이렇게 대답했다.

"잘 말해주었어요."

오브라이언이 이야기를 꺼냈다.

"우리는 모든 것을 알아야 해요."

그는 줄리아를 향해 몸을 돌리며 다소 감정을 실은 목소리로 덧붙였다.

"윈스턴이 살아남더라도 다른 사람이 될 수도 있는데 이해할 수 있나요? 우린 윈스턴에게 새로운 신분을 줘야 할지도 몰라. 얼굴과 움직임, 손 모양, 머리카락 색깔, 심지어 목소리까지 달라질 거예요. 그리고 자네도 다른 사람이 될 수 있어. 우리 외과 의사는 사람의 모습을 알아볼 수 없게 바꿀 수 있어요. 때로는 그런 게 필요해. 사지를 잘라낼 때도 있어요."

윈스턴은 자신도 모르게 몽골인 같은 마틴의 얼굴을 슬쩍 훔쳐 봤다. 그의 얼굴에 흉터는 없었다. 줄리아는 얼굴이 더 창백해져서 주근깨가 도드라져 보였다. 하지만 그녀는 대담하게 오브라이언을 마주 보더니, 동의하는 것 같은 말을 중얼거렸다.

"좋아요. 그럼 다 된 거예요."

테이블 위에 놓인 은제 담뱃갑이 보였다. 오브라이언은 다소 멍한 태도로 담뱃갑을 다른 사람들에게 내밀었다. 먼저 한 개비를 집으며 자리에서 일어나더니 마치 서 있어야 생각이 잘 나는 것처럼 천천히 왔다 갔다 하기 시작했다. 무척 두툼하고 속이 꽉 차 있는 데다가 흔치 않은 비단 같은 종이로 만 담배는 무척이나 질이 좋았다. 오브라이언은 다시 손목시계를 보았다.

"마틴, 자넨 주방으로 돌아가는 게 좋겠어."

그가 이야기를 꺼냈다.

"15분 후에 스위치를 켜야 해. 가기 전에 이 동무들 얼굴 좀 잘 보게. 다시 보게 될 거야. 난 못 볼 수도 있어."

자그마한 남자의 검은 눈이 정문에서 그런 것처럼 두 사람의 얼굴을 흘깃거렸다. 그의 태도에 호의적인 기색이 전혀 없었다. 그는 두 사람의 외모를 외우고 있었지만, 전혀 관심이 없었다. 아니 관심이 없는 것처럼 보였다. 윈스턴은 인조 얼굴은 표정을 바꿀 수 없다는 생각이 들었다. 마틴은 한마디 말은커녕 인사도 없이 조용히 나가며 문을 닫았다. 오브라이언은 한 손은 검은 작업복 주머니 속에 넣고, 다른 한 손으로는 담배를 든 채로 방 안을 어슬렁거렸다.

"자네들은 어둠 속에서 싸우게 될 겁니다. 늘 어둠 속에 있을 거예요. 그걸 명심해야 해. 명령을 받으면 이유를 묻지 말고, 복종해야 해요. 내가 책 한 권을 보내줄게. 그 책을 읽으면 우리가 사는 사회의 실체와 그것을 파괴할 전략을 알게 될 겁니다. 그 책을 다 읽으면, 형제단의 단원이 되지. 그러면 우리가 싸우는 일반적 목표와 그 순간의 긴급한 관제는 알게 될 거요. 그 외에는 전혀 알 수 없지. 난 자네들에게 형제단이 존재한다는 말은 하지만, 그 수가 백 명인지 천만 명인지 말해줄 수 없어요. 자네들이 개인적으로 알아봤자 여남은 명도 말할 수 없을 거야. 자네들에겐 접선책이 서너 명 있을 거고, 때때로 사라지는 사람이 있으면 다른 사람과 접촉할 거예요. 이건 첫 번째 접선책이니 그대로 유지될 겁니다. 앞으로 자네들이 받을 명령은 내가 내리게 될 거야. 우리가 자네들과 접촉할 필요가 있으면 마틴을 통해서 할 거예요. 만약 자네들이 체포되면 결국 자백을 하게 될 겁니다. 피할 수 없는 일이죠. 하지만 이렇게 하면 자백할 게 거의 없겠지. 자네들이 저지른 일 말고는. 배신한다면 중요하지 않은 몇 사람을 배신하겠지요. 아마 나는 배신할 수 없을 겁니다. 그때쯤이면 나는 죽었거나 다른 사람이 되겠죠, 얼굴도 달라지겠지."

그는 부드러운 카펫 위를 계속 왔다 갔다 했다. 체구가 무척 육중한데도 동작이 정말 우아했다. 그는 한 손을 주머니 속에 밀어 넣거나 담배를 다루는 몸짓을 취할 때도 그런 우아함이 묻어났다. 힘보다는 자신감과 아이러니가 가미된 이해력이 있어 보였다. 그는 아무리 열성을 보여도 광신도들이 보이는 외골수 같은 모습은 전혀 보이지 않았다. 그가 살인과 자살, 성병, 사지 절단, 얼굴 성형을 이야기할 때 농담을 하는 기색이 희미하게 보였다. "피할 수 없는 일이죠"라고 얘기할 때 그의 목소리는 "이건 굽히지 않고, 꼭 해야 하는 일이죠. 하지만 삶이 다시 살 만한 가치가 있을 때, 우린 그런 일은 하지 않을 겁니다"라고 말하는 것 같았다. 윈스턴은 오브라이언을 향해, 거의 경외심에 가까운 찬탄하는 마음이 흘러넘쳤다. 그는 그림자 인간 골드스타인을 잠시 잊어버렸다. 오브라이언의 힘찬 어깨와 못생겼지만 교양 있는 두툼한 얼굴을 보고 있으면 그가 패할 수 있다는 사실을 믿을 수가 없었다. 그가 감당할 수 없는 전략이나 예측할 수 없는 위험은 없을 것 같았다. 심지어 줄리아도 깊은 인상을 받은 것 같았다. 그녀는 담뱃불이 꺼진 채로 골똘히 귀를 기울이고 있었다. 오브라이언은 이야기를 계속했다.

"형제단이 존재한다는 소문을 들었을 거예요. 분명 마음대로 상상도 했을 거야. 아주 거대한 지하세계의 음모자들이 지하실에서 몰래 만나서 벽에 메시지를 휘갈기고 암호나 특별한 손동작으로 서로를 알아본다고 상상했겠죠. 하지만 그런 건 전혀 없어. 형제단 단원들은 서로를 알아볼 방법이 전혀 없어요. 한 사람이 몇 명 이상의 정체를 알아볼 수 없습니다. 골드스타인 자신이 사상경찰의 손에 넘어가더라도 단원의 명단이나 명단을 입수할 수 있는 정보를 전해줄 수 없어. 명단 같은 건 없어요. 형제단은 일반적인 의미의 조직이 아니야. 그래서 전멸시킬 수 없어요. 파괴할 수 없는 사상 하나만으로 형제단은 존재합니다. 그런 생각이 없다면 여러분도 지탱할 수 없을 거예요. 여러분은 동지애도 없고 격려를 받지도 못합니다. 결국 잡히면 도움을 받지도 못하지. 우리는 단원들을 도와주지 않아요. 기껏해야 누군가 반드시 입을 다물어야 할 사람이 있다면, 감방 안으로 면도칼을 넣어줄 수는 있어요. 여러분은 결과도 없고 희망도 없는 그런 삶에 익숙해질 거예요. 잠시 일을 하다가 붙잡히고 자백하고 결국은 죽게 됩니다. 여러분이 보게 될 유일한 결과예요. 우리가 살아 있는 동안 눈에 띌 만한 변화가 일어날 가능성은 없어요. 우리는 죽은 목숨이야. 진정한 우리의 삶은 미래에 있어요. 우린 한 줌의 먼지와 뼛조각이 되어 거기 동참할 거야. 하지만 그런 미래가 얼마나 멀리 있을지 아무도 모릅니다. 천년이 걸릴 수도 있어. 지금은 온전한 정신의 영역을 조금씩 확장하는 것 말고는 없어요. 우리는 집단으로 행동할 수도 없어."

그는 잠시 말을 멈추더니 세 번째로 손목시계를 봤다.

"동무, 이제 떠날 시간이 됐어요."

그는 줄리아에게 얘기했다.

"잠깐, 술이 반이나 남았네."

그는 술을 붓더니 유리잔을 들었다.

"이번에는 무엇을 위해 건배할까요?"

그는 여전히 살짝 빈정대는 투로 얘기했다.

"사상경찰의 혼란을 위해? 빅 브라더의 죽음을 위해? 인류를 위해? 미래를 위해?"

"과거를 위해."

윈스턴이 대답했다.

"과거가 더 중요하지."

오브라이언이 엄숙하게 동의했다.

세 사람은 잔을 비웠다. 잠시 후 줄리아가 가려고 자리에서 일어났다. 오브라이언은 캐비닛 위에서 작은 상자 하나를 꺼내더니 납작한 하얀 알약을 건네며 혓바닥에 넣어두라고 얘기했다. 그는 엘리베이터 안내원의 관찰력이 매우 좋으므로 와인 냄새를 풍기지 말아야 한다고 당부했다. 그녀가 나가고 문이 닫히자마자, 그는 그녀의 존재를 잊어버린 것처럼 보였다. 그는 한두 걸음 내딛다가 바로 멈춰 섰다.

"정리해야 할 세부 사항이 있어요."

오브라이언이 이야기를 꺼냈다.

"내가 보니 자네에게 은신처 같은 게 있을 것 같은데?"

윈스턴은 채링턴 씨 가게의 위층 방에 관해 얘기했다.

"당분간 거기가 좋겠군. 나중에 자네한테 맞는 장소를 마련해줄게요. 은신처는 자주 바꿔야 해. 그리고 내가 '그 책'을 한 권 보내줄게."

심지어 오브라이언도 그 말을 발음할 때, 강조하는 것처럼 들렸다.

"골드스타인의 책이죠. 최대한 빨리 보내줄게. 나도 한 권 구하려면 며칠 걸려요. 자네 생각처럼 그렇게 많지 않아요."

"우리가 책을 발간하자마자 사상경찰이 찾아내서 없애거든. 그래도 별로 달라지는 건 없어요. 그 책은 없어질 수 없어. 마지막 한 권이 사라지면 우리가 단어 하나도 빼먹지 않고 다시 만들 수 있거든. 자네 일하러 갈 때 서류 가방을 들고 다니나?"

그가 덧붙였다.

"어떻게 생긴 거지?"

"검은색인데 아주 낡았습니다. 끈이 두 개 달렸죠."

"검은색에 끈이 두 개고, 아주 낡았다. 좋아요. 조만간, 나도 정확한 날짜는 모르지만, 자네가 아침에 출근하면 오자가 들어간 메시지 하나를 받을 거예요. 자네는 다시 보내달라고 해요. 다음 날 자넨 서류 가방을 들고 가지 말아요. 그날 어느 때인가, 거리에서 한 남자가 자네 팔을 만지며 이렇게 말할 거예요. '가방을 떨어뜨리신 것 같네요.' 그 사람이 준 가방에 골드스타인의 책 한 권이 들어 있을 거예요. 자넨 14일 안에 그 책을 돌려줘야 해."

두 사람은 한동안 말이 없었다.

"가기 전에 2분 정도 시간이 있네."

오브라이언이 이야기를 꺼냈다.

"우린 다시 만날 거예요…… 다시 만난다면……."

윈스턴은 고개를 들어 그를 바라봤다.

"어둠이 없는 곳에서?"

그는 주저하며 물었다. 오브라이언은 놀라는 기색도 없이 고개를 끄덕였다.

"어둠이 없는 곳에서."

그는 그 말이 암시하는 것을 알고 있는 것처럼 대답했다.

"그럼 여길 나가기 전에 혹시 하고 싶은 말이 있나요? 메시지나 질문이라도?"

윈스턴은 생각했다. 더 묻고 싶은 말은 없는 것 같았다. 거창한 일반론을 펼치고 싶은 충동은 더더욱 없었다. 오브라이언이나 형제단과 직접 관련된 것 대신에 어머니가 며칠 동안 마지막으로 시간을 보냈던 어두운 침실과 채링턴 씨 가게 위의 작은 방과 유리 문진과 장미목 액자에 담긴 판화가 합성 사진처럼 머릿속에 떠올랐다. 그는 그저 생각나는 대로 얘기했다.

"혹시 '오렌지와 레몬, 세인트 클레멘트의 종이 말하네'로 시작되는 오래된 노래를 들어본 적 있습니까?"

오브라이언은 다시 고개를 끄덕였다. 그는 엄숙하고 침착한 태도로 4행시를 다 읊었다.

오렌지와 레몬, 세인트 클레멘트의 종이 말하네,
넌 내게 3파딩을 빚졌어. 세인트 마틴의 종이 말하네,
언제 갚을 거야? 올드 베일리의 종이 말하네,
부자가 되면, 쇼디치의 종이 말하네.

"마지막 구절까지 아시네요!"

윈스턴이 얘기했다.

"그럼, 마지막까지 알고 있지. 이제, 갈 시간이 되었군요. 잠깐, 기다려요. 자네에게도 이 알약 하나를 주는 게 좋겠어."

윈스턴이 자리에서 일어나자 오브라이언이 손을 내밀었다. 그의 손아귀 힘이 얼마나 센지 윈스턴의 손바닥뼈가 으스러질 것만 같았다. 윈스턴은 문 앞에서 다시 돌아봤지만, 오브라이언은 이미 그를 머릿속에서 몰아내는 작업을 하는 것 같았다. 그는 텔레스크린을 조종하는 스위치에 손을 대고 기다리고 있었다. 오브라이언 너머로 초록빛 갓이 달린 등과 구술기록기와 서류 더미가 가득 쌓인 철사 바구니가 보였다. 이 일은 종결되었다. 윈스턴은 30초도 안 돼서 오브라이언이 하다 만, 당을 위한 중요한 일을 다시 시작할 것이라는 생각이 들었다.

9

윈스턴은 피로 때문에 몸이 젤리처럼 흐물흐물해진 것 같았다. 젤리라는 말이 맞았다. 젤리라는 말이 그냥 자연스럽게 그의 머리에 떠올랐다. 그의 몸은 젤리처럼 흐물흐물 약해졌을 뿐만 아니라 투명해진 것 같았다. 그는 손을 들어 올리면 손을 통과하는 빛이 보일 것만 같았다. 엄청난 업무로 몸에서 피와 림프액이 다 빠져나가고 연약한 신경 구조와 뼈와 피부만 남은 것 같았다. 모든 감각이 팽창된 것 같았다. 작업복이 어깨를 파고들었고, 보도가 발을 간지럽히고, 심지어 손을 쥐었다 폈다 하기만 해도 관절이 삐걱 소리를 냈다.

그는 5일 동안 90시간 이상 근무했다. 청사의 다른 직원들도 모두 같았다. 이제 일이 다 끝났다. 윈스턴도 할 일이 전혀 없었다. 내일 아침까지는 당무가 전혀 없었다. 그는 은신처에서 여섯 시간, 자기 집 침대에서 아홉 시간을 더 보낼 수 있었다. 그는 온화한 오후 햇살을 받으며 우중충한 길을 천천히 걸어가며 채링턴 씨의 가게 방향으로 향했다. 순찰대가 나타날까 눈을 크게 뜨고 계속 확인했지만, 이상하게도 오늘 오후는 순찰대를 만날 위험이 전혀 없다는 확신이 들었다. 그가 들고 있는 무거운 서류 가방이 걸을 때마다 무릎에 부딪히며 다리 살갗이 따끔거렸다. 그는 서류 가방 안에 들어 있는 그 책을 받은 지 이제 6일이 지났지만 들여다보기는커녕 펼쳐 보지도 않았다.

그날은 증오 주간의 엿새째 되는 날이었다. 행진과 강연, 고함, 노래, 깃발, 포스터, 영화, 밀랍 인형 전시, 통통 북소리, 끼익하는 트럼펫 소리, 터벅터벅 행군하는 발소리, 쿠르르릉 탱크 지나가는 소리, 우르릉 편대를 지어 날아가는 비행기 소리, 탕탕 발사되는 총소리 등이 6일 동안 계속되었다. 엄청난 흥분은 절정에 치닫고 유라시아에 대한 대중의 증오심은 정신착란을 일으킬 만큼 끓어올랐다. 공개처형이 예정된 행사 마지막 날, 유라시아의 전쟁범 2,000명이 군중의 손에 넘어갔다면 분명 이들은 갈기갈기 찢겼을 것이다. 그런데 바로 이 순간 오세아니아가 유라시아와 전쟁을 벌인 것이 아니라는 발표가 나왔다. 오세아니아는 이스트아시아와 전쟁을 벌이고 있었다. 유라시아는 동맹이었다.

물론 어떤 변화가 일어났다고 인정하는 말은 전혀 없었다. 그저 유라시아가 아니라 이스트아시아가 적이라는 발표가 곳곳에서 동시에 급작스럽게 퍼져나갔다. 이때 윈스턴은 런던의 중심가에 있는 광장 한곳에서 일어난 시위에 참여하고 있었다.

밤이어서 시위에 참여한 사람들의 하얀 얼굴과 주홍빛 깃발이 무서울 정도로 빛났다. 광장에는 수천 명의 사람이 가득 모여 있었다. 그중에 스파이단 제복을 입은 어린 학생들도 천 명 정도 모여 있었다. 주홍빛 천이 드리워진 연단 위로 키가 작고 마른, 내부 당원 웅변가가 보였다. 팔은 지나치게 길고, 머리카락이 듬성듬성 보이는, 머리통만 커다란 대머리 웅변가는 군중을 향해 장광설을 늘어놓고 있었다. 증오로 똘똘 뭉친 작은 룸펠슈틸츠킨처럼 생긴 웅변가는 한 손으로는 마이크를 잡고 있고, 뼈만 남은 팔 때문에 지나치게 커 보이는 다른 한 손으로는 머리 위의 허공을 위협적으로 할퀴고 있었다. 그는 확성기로 인해 기계음처럼 들리는 목소리로 잔학 행위와 대량 학살, 강제 추방, 약탈, 강간, 포로 고문, 민간인 폭격, 거짓 선전, 부당한 공격, 조약 위반 등에 대해 끝도 없이 떠들었다. 그의 이야기를 귀 기울여 들으면 처음에는 납득이 되다가 나중에는 미칠 만큼 화가 나지 않을 수 없었다. 매 순간 군중의 분노가 끓어 넘치고, 수천 명의 목구멍에서 나오는 걷잡을 수 없는 야수 같은 소리에 웅변가의 목소리는 묻혀버렸다. 초등학생들이 가장 야수 같은 함성을 질렀다. 연설이 거의 20분 동안 진행되고 있을 때, 배달원 한 명이 급히 연단으로 다가오더니 종이쪽지를 연설가의 손에 쥐여주었다. 그는 연설을 쉬지 않으며 종이를 펼쳐서 내용을 읽었다. 연설가의 목소리나 태도, 말하는 내용은 달라진 것이 없었다. 그런데 갑자기 연설에 나오는 이름이 달라졌다. 아무런 말도 없이 알아들었다는 이해의 물결이 군중 속으로 퍼졌다. 오세아니아는 이스트아시아와 전쟁 중이다! 다음 순간 엄청난 소동이 일어났다. 광장을 장식한 깃발과 포스터는 모두 잘못되었다! 그중에 절반은 얼굴이 잘못되었다. 사보타주다! 골드스타인의 요원들이 활동하고 있다!

벽에서 포스터가 뜯겨나가고, 깃발이 갈기갈기 찢겨서 사람들의 발에 밟히며 아수라장이 되었다. 스파이단 단원들은 지붕 위로 기어 올라가 굴뚝에서 나부끼는 깃발을 잘라내는 굉장한 활약을 펼쳤다. 하지만 2, 3분도 지나지 않아서 모든 소동이 끝났다. 어깨를 앞으로 구부정하게 숙인 웅변가는 한 손으로 여전히 마이크를 쥐고, 자유로운 한 손으로 허공을 할퀴며, 계속 연설을 진행했다. 1분 후, 야수 같은 분노의 함성이 다시 한번 군중 속에서 터져 나왔다. 대상만 바뀌었을 뿐, 증오는 전과 다름없이 계속 진행되었다.

윈스턴이 돌이켜봤을 때, 가장 인상적인 부분은 연설가가 문장

중간에 한 줄을 다른 한 줄로 바꾸면서 잠시 멈추지도 않았을 뿐만 아니라 문맥이 달라지지도 않았다는 점이다. 그러나 그 순간 그는 정신이 다른 일에 팔렸다. 포스터가 찢겨나가는 무질서한 순간에 처음 보는 남자가 그의 어깨를 툭 치며 이렇게 말한 것이다.

"실례지만 서류 가방을 떨어뜨린 것 같습니다."

그는 아무 말도 없이 멍하게 서류 가방을 받았다. 윈스턴은 며칠은 있어야 가방 안을 들여다볼 수 있다는 것은 알고 있었다. 시위가 끝났을 때, 거의 23시가 다 되었지만, 그는 바로 진리부 청사로 갔다. 직원 모두가 같은 입장이었다. 직원들을 근무지로 소환하라는 명령이 텔레스크린에서 나오고 있었지만 그럴 필요도 없었다.

오세아니아는 이스트아시아와 전쟁 중이었다. 오세아니아는 이미 이스트아시아와 전쟁을 치르고 있었다. 지난 5년 동안의 정치적 문서가 이제 대부분 무용지물이 되었다. 온갖 보고서와 신문, 책, 팸플릿, 영화, 녹음, 사진 같은 모든 기록물을 빛의 속도로 수정해야 했다. 직접적인 지시가 내려진 것은 아니었지만, 부서의 팀장들은 일주일 이내에 유라시아와의 전쟁이나 이스트아시아와의 동맹에 대한 언급이 어디에 있든 모조리 제거하려고 했다. 모두 팀장들의 의도를 알고 있었다. 작업량은 어마어마했다. 작업과 연관된 일 처리 과정을 원래 이름으로 부를 수 없어서 더더욱 부담스러웠다. 기록국의 직원은 모두 두세 시간씩 쪽잠을 자며 24시간 중 18시간을 일했다. 지하실에서 가져온 매트리스가 복도 바닥에 깔리고, 종업원들이 구내식당에서 샌드위치와 빅토리 커피로 구성된 식사를 수레에 담아 끌고 왔다. 윈스턴은 잠시 일을 중단하고 쪽잠을 자러 갈 때마다 책상 위에 남은 일을 다 처리하려고 애썼다. 하지만 쑤시는 몸과 뻑뻑한 눈을 뜨지도 못하고 다시 기어가다시피 일자리로 돌아가면 책상 위에는 종이 두루마리들이 바람에 날려 쌓여 있는 눈처럼 구술기록기를 반쯤 덮고 있었고, 나머지 반은 바닥으로 넘쳐흘렀다. 그래서 먼저 작업을 하려면 쌓여 있는 돌돌 말린 종이 두루마리들을 깔끔하게 정리해서 일할 공간을 마련해야 했다. 그중에 최악은 일을 순전히 기계적으로만 처리할 수 없다는 점이었다. 단지 이름 하나를 다른 이름으로 대체하는 일도 자주 있었지만, 각 사건의 세부 보고서는 주의력과 상상력이 필요했다. 심지어 전쟁이 발발한 지역을 바꾸려면 지리학적 지식이 상당히 필요했다. 사흘째가 되자 눈이 참을 수 없이 아프고, 몇 분마다 안경을 닦아야 했다. 거부할 권리가 있지만 무슨 신경증에라도 걸려서 꼭 완수해야만 하는 치명적인 물리적 업무와 사투를 벌이는 것 같았다. 그는 구술기록기에 대고 중얼거리는 모든 말과 만년필로 끄적이는 모든 글이 교묘한 거짓말이라는 사실 때문에 괴롭지는 않았다. 그도 기록국의 다른 직원들처럼 위조 작업이 완벽하기만을 바랐다. 엿새째 되는 아침이 되자, 서류 뭉치가 떨어지는 속도가 느려졌다. 30분 동안 기송관에서 아무것도 나오지 않더니 서류 하나가 떨어진 후 아무것도 나오지 않았다. 동시에 사방에서 업무가 줄어들었다. 비밀스러운 깊은 한숨이 기록국에서 쏟아졌다. 결코 언급할 수 없는 엄청난 일을 해낸 것이다. 이제 유라시아와 전쟁을 한 적이 있다는 사실을 서류상으로 입증할 수 있는 사람은 아무도 없었다. 12시가 되자 기록국의 모든 직원은 내일 아침까지 일이 없다는 뜻밖의 발표가 나왔다. 윈스턴은 일할 때는 발밑에 두고, 잠을 잘 때는 몸으로 깔고 자던, 그 책이 들어 있는 서류 가방을 갖고 집으로 돌아갔다. 그는 면도 후 미지근한 물밖에 없는 욕조 속에 있다가 깜박 잠이 들 뻔했다.

윈스턴이 채링턴 씨의 가게 위 계단을 오르는데 관절에서 우두둑 소리가 났다. 몸이 피곤했지만 잠은 오지 않았다. 그는 창문을 열고, 지저분한 작은 석유난로에 불을 붙인 다음 냄비에 커피 물을 올렸다. 줄리아는 곧 도착할 것이다. 그동안 그 책을 보면 되었다. 그는 더러운 안락의자에 앉아서 서류 가방을 풀었다.

그것은 묵직한 검은색 책이었다. 표지에 저자의 이름과 제목도 없고, 제본도 어설펐다. 인쇄도 고르지 않게 보였다. 여러 사람의 손을 거쳤는지 페이지의 끄트머리가 달아서 쉽게 넘어갔다. 속표지에 이런 제목이 나왔다.

과두적 집단주의의 이론과 실제
이매뉴얼 골드스타인 지음

윈스턴은 책을 읽기 시작했다.

제1장

무지는 힘

유사 이래, 아마도 신석기 말기 이후로 세상에는 상, 중, 하, 이렇게 세 가지 계급의 인간이 존재했다. 이들은 다시 여러 갈래로 나뉘었고, 저마다 이름이 다른 후손들이 수없이 태어났다. 시대에 따라 서로를 대하는 태도와 계급별 인구수도 다양하게 변했다. 그러나 사회의 본질적 구조는 결코 바뀐 적이 없었다. 엄청난 격변과 돌이킬 수 없는 변화가 있었지만, 자이로스코프를 이리저리 아무리 밀어도 늘 평형상태로 되돌아오는 것처럼, 정형화된 양상이 다시 나타났다.

이들 세 집단은 타협할 수 없는 목표를 갖고 있다.

윈스턴은 편안하고 안전하게 책을 읽고 있다는 사실을 음미하기 위해 읽는 것을 멈추었다. 그는 혼자 있었다. 텔레스크린도 열쇠구멍에 귀를 대는 사람도, 어깨너머를 흘낏거리거나 손으로 페이지를 덮고 싶은 불안한 충동도 없었다. 그의 뺨에 닿는 여름 공기가 달콤했다. 어딘가 멀리서 아이들의 고함이 희미하게 들렸다. 방 안에는 벌레 소리 같은 시계 소리를 제외하면 아무 소리도 나지 않았다. 그는 안락의자에 깊숙이 앉아서 난로 받침대 위에 발을 올렸다. 더할 나위 없이 행복한 영원 같은 순간이었다.

결국은 이 책을 다 읽을 것이고, 모든 단어를 하나하나 다시 읽으리라는 것을 알고 있을 때 가끔 그런 것처럼 갑자기 그는 다른 페이지를 펼쳤다. 제3장이 나왔다. 그는 그 부분부터 읽었다.

제3장

전쟁은 평화

세상이 세 개의 초강대국으로 나뉜 것은 20세기 중반 이전에 예측 가능했고, 이미 예견된 일이었다. 러시아가 유럽을 흡수하고 미국이 대

영제국을 흡수하면서, 현존하는 3대 열강 중 2대 열강인 유라시아와 오세아니아는 이미 존재하게 되었다. 세 번째 열강인 이스트아시아는 10년 동안의 혼란스러운 전쟁을 치른 후에야 뚜렷한 단일 세력으로 등장했다. 초강대국 세 곳 사이의 국경은 임의로 정해진 곳도 있고, 전운에 따라 변동을 거듭한 곳도 있지만, 대체로 지리적 경계선을 따라 생겼다. 유라시아는 포르투갈부터 베링해협에 이르기까지 유럽과 아시아 대륙 북부 전 지역을 차지하고 있다. 오세아니아는 아메리카 대륙, 영국제도를 포함한 대서양제도, 오스트랄라시아, 아프리카의 남부를 차지하고 있다. 2대 열강보다 규모가 작고 서쪽 국경선이 불분명한 이스트아시아는 중국과 중국 남쪽의 나라들, 일본 열도와 변동이 심한 만주와 몽골, 티베트 지역의 대부분을 차지하고 있다.

이들 초강대국 세 곳은 지난 25년 동안 다른 초강대국과 동맹을 맺거나 전쟁을 치러왔다. 그러나 이제 전쟁은 20세기 초반처럼 필사적으로 상대국을 전멸하려는 투쟁의 성격은 없다. 서로를 전멸할 수 없고, 싸울 만한 중요한 이유도 없고, 순수한 이념적 차이로 나눌 수도 없는 교전국 간에 제한된 목표를 가진 전쟁이 되었다. 이런 상황이 되었다고 해서 전쟁 행위나 전쟁을 대하는 태도가 덜 잔인하거나 기사도가 더 해졌다고 말할 수는 없다. 그와는 반대로 전쟁에 대한 과잉 흥분은 모든 나라에서 보편적으로 만연한 가운데 강간, 약탈, 아동 학살, 전인구의 노예화, 끓는 물에 삶아 죽이거나 산 채로 매장하는 포로에 대한 보복 행위 같은 것들을 정상 행위로 여기고, 이런 일이 상대편이 아닌 우리 편에서 일어날 경우, 공을 세운 것으로 여겼다. 그런데 물리적인 차원에서 보면, 전쟁은 극소수의 사람이 필요하다. 대개 고도로 훈련된 전문가가 동원되기 때문에 사상자의 수는 비교적 적은 편이다. 평범한 사람들은 추측만 할 수 있는 국경선 근처의 애매한 지역이나 해로의 전략상 요충지를 지키는 해상 요새에서 전투가 벌어진다. 문명의 중심지에서 전쟁은 만성적인 소비재 부족이나 수십 명을 죽음으로 몰아넣는 로켓탄의 간헐적인 폭격을 의미할 뿐이다. 사실상 전쟁의 성격이 바뀌었다. 더 정확히 말하자면 전쟁을 벌이는 중요한 이유의 순위가 바뀐 것이다. 20세기 초반에 일어난 큰 전쟁에서 이미 조금씩 등장했던 동기가 이제는 지배적인 동기가 되고 의식적으로 인정되면서 전쟁 양상에 영향을 미치게 되었다. 현대 전쟁의 본질을 이해하려면(몇 년에 한 번씩 상대국이 바뀌기는 하지만, 전쟁은 늘 같은 것이다), 먼저 전쟁이 결정적일수 없다는 것을 반드시 알아야만 한다. 3대 초강대국 중 두 세력이 연합한다고 해도 어느 한 세력을 완전히 정복할 수는 없다. 이들 세 세력은 우열을 가릴 수 없고, 자연적 방어 조건도 너무나 막강하다. 유라시아는 광대한 땅의 보호를 받고 있고, 오세아니아는 광활한 대서양과 태평양의 보호를 받고 있고, 이스트아시아는 근면하고 생식 능력이 강한 거주민의 보호를 받고 있다. 둘째, 실질적으로 이들 세 초강대국이더 싸울 이유가 없다. 자급자족 경제가 확립되면서 생산과 소비가 잘맞아떨어지고, 예전에 전쟁이 발발한 주요 원인이었던 시장의 쟁탈전도 종식되고, 원자재 경쟁도 이제 더 이상 죽고 사는 문제가 아니기 때문이다. 어떤 경우든 3대 초강대국은 너무나 광대해서 자국 내에서 필요한 자원을 거의 다 획득할 수 있다. 전쟁에 직접적인 경제적 목적이있다면 그것은 바로 노동력 확보일 것이다. 초강대국들의 국경선 사이에 대충 형성된 사각형 모양의 네 귀퉁이에 탕헤르와 브라자빌, 다윈, 홍콩이 자리 잡고 있다. 세 열강 중 어느 열강도 영구적으로 소유한 적이 없는 이곳에 전 세계 인구의 5분의 1이 살고 있다. 인구 밀집 지역과

북극의 빙산을 소유할 목적으로 3대 초강대국은 끊임없이 다툼을 벌이고 있다. 실제로 어느 한 초강대국이 이 분쟁 지역 전체를 장악한 적은 없다. 분쟁 지역 중 일부를 장악하는 세력이 계속 바뀌고 있다. 기습 공격 같은 갑작스러운 배신으로 이 지역이나 저 지역을 장악할 가능성이 있으면 동맹국은 끊임없이 바뀐다.

이들 분쟁 지역에는 모두 귀중한 광물 자원이 매장되어 있다. 몇몇 지역에서는 예를 들어 추운 기후에 비교적 값비싼 방식으로 합성해야 하는 고무 같은 귀중한 식물 자원이 산출된다. 그런데 무엇보다 이들 지역은 값싼 노동력이 무한하다. 적도 지역의 아프리카나 중동 지역, 인도 남부, 인도네시아 군도를 지배하는 세력은 싼 임금으로 중노동을 시킬 수 있는 노동자 수천만 명을 장악할 수 있다. 공공연히 노예의 신분으로 전락한 이들 지역의 거주민들은 정복자가 계속 바뀌고 있다. 이들은 더 많은 무기를 생산하고, 더 많은 땅을 확보하고, 더 많은 노동력을 장악하고, 더 많은 군비를 확충하고, 더 많은 땅을 확보하기 위한 경쟁국들의 경쟁에 시달리며 석탄이나 석유처럼 소비되고 있다. 그런데 이런 싸움이 실제로 분쟁 지역의 경계선을 넘어간 적이 없다는 점에 주목해야 한다. 유라시아의 국경선은 콩고 분지와 지중해 북부 해안 사이를 넘나들고 있다. 오세아니아와 이스트아시아가 인도양과 태평양의 섬들을 번갈아 억류해왔다. 유라시아와 이스트아시아 사이에 자리 잡은 몽골리아는 늘 불안했다. 세 열강이 사람이 살지 않는 데다가 개발도 되지 않은 엄청나게 넓은 극지 부근의 권리를 주장하고 있기 때문이었다. 게다가 세 열강의 힘의 균형은 대체로 균등한 편이어서 초강대국의 심장부를 형성하는 지역은 침략당한 적이 없다. 게다가 적도 부근의 착취당하는 주민들의 노동력이 세계 경제에 꼭 필요한 것도 아니다. 이들은 세계 경제에 도움이 되는 존재도 아니다. 이들이 생산하는 것은 모두 전쟁 용도로 사용되고, 전쟁을 벌이는 목적은 늘 다음 전쟁을 벌일 때 더 나은 위치를 차지하는 데 있기 때문이다. 노예 인구의 노동력은 지구전의 속도를 더 가속화할 뿐이다. 그러나 이들이 존재하지 않더라도 사회 구조와 사회를 유지하는 과정은 근본적으로 달라지지 않을 것이다.

현대 전쟁의 기본 목적(이중사고의 원리에 따라, 내부당 지도부는 이 목표를 인정하는 동시에 인정하지 않는다)은 전반적인 생활 수준은 올리지 않으면서 기계제품을 다 써버리는 데 있다. 19세기 말 이후로, 잉여 소비재의 처리 문제는 산업사회에 늘 잠재된 문제였다. 먹을 것이 충분하지 않은 현재, 이 문제는 분명 당면한 일이 아니다. 설사 파괴 작업을 인위적으로 진행하지 않았더라도, 당면한 문제가 되지는 않았을 것이다. 오늘날의 세계는 1914년 전에 비해서 헐벗고, 굶주리고, 황폐해진 세상이 되었다. 또한 사람들이 기대하는 상상의 미래에 비해서 더 형편없는 편이다. 20세기 초반, 미래사회에 대한 비전은 믿을 수 없을 만큼, 풍요롭고, 한가하고, 질서가 잡히고, 효율적인 세상(유리와 강철과 눈처럼 하얀 콘크리트로 만들어진, 세균이 없는 번쩍이는 세계)으로 지식인 대부분의 마음 한구석에 그런 세상이 자리 잡고 있었다. 과학과 테크놀로지는 엄청난 속도로 발전하고 있었고, 당연히 계속 발전하리라는 추정이 있었다. 하지만 그런 일은 없었다. 오래 지속된 전쟁과 혁명으로 인한 빈곤 때문에 그런 것도 있고, 과학과 테크놀로지의 발전은 경험적 사고 습관에 의존하는데 엄격히 통제된 사회에서는 그 발전이 지속될 수 없기 때문이기도 했다. 현재 50년 전에 비해 대체로 더 원시적인 세상이 되었다. 퇴보된 지역 가운데 일부는 발전했고, 전쟁이나 경찰의 간첩 행위와 연관이 있는 다양한 장치도 개발되었지만, 실험과 발명은 대개 멈추었고, 1950년대 핵무기 전쟁으로 폐허가 된 곳은 결코 완전히 복구되지 않았다. 그런데도 기계에 내재된 위험성은 여전히 존재한다. 기계가 등장한 그 순간부터 생각 있는 사람들은 인간의 고된 노역에 기계가 필요하고, 인간의 불평등이 대부분 사라질 것이라고 봤다. 만약 기계가 그런 목적으로 일부러 사용된다면, 굶주림, 과로, 더러움, 문맹, 질병까지 몇 세대 안에 사라질 수 있다. 사실 기계가 그런 목적으로 사용되지 않았지만, 일종의 자동적인 과정(기계로 인해 부가 생성되고, 부를 분배하지 않을 수는 없으므로)으로 인해 19세기 말부터 20세기 초반까지 약 50년 동안 평범한 인간의 생활 수준이 크게 향상되었다.

하지만 부의 전반적인 증가는 분명 계급사회의 파괴(실제로 어떤 의미에서 파괴가 있었다)를 위협하는 것이다. 사람은 모두 일하는 시간이 짧아지고, 먹을 것이 충분하고, 욕실과 냉장고가 있는 집에서 살고, 자동차나 심지어 비행기를 소유하게 된다면, 가장 분명하고 어쩌면 가장 중요한 불평등의 형식은 확실히 사라지게 될 것이다. 일단 부가 일반적인 것이 된다면 부로 인한 차별(구분)은 없어질 것이다. 개인의 소유물과 사치품이라는 의미에서, 부가 공평하게 분배되는 사회에서 권력이 소수 특권층의 손안에만 머무는 상황은 상상 속에서는 가능하다. 하지만 실제로 이런 사회는 오래 유지될 수 없다. 모두 똑같이 여가와 안전을 누릴 수 있다면, 가난으로 인해 어리석을 수밖에 없는 대다수 인간은 글을 읽고 스스로 생각하는 법을 배우게 된다. 그리고 일단 사람들이 이렇게 되면, 이들은 곧, 특권층이 하는 일이 없다는 것을 깨닫고 그들을 완전히 없애버리려고 할 것이다. 결국 계급사회는 가난과 무지를 기반으로만 가능한 것이다. 20세기 초반에 일부 사상가들이 꿈꾼 것처럼 과거의 농경사회로 돌아가는 것은 실질적인 해결책이 될 수 없다. 거의 전 세계를 통해 유사 본능이 되어버린 기계화 경향과 상충 된다. 더욱이 산업이 낙후된 나라는 군사력도 무력해서 선진 경쟁국의 지배를 직간접적으로 받을 수밖에 없다.

또한 상품 생산을 제한해서 대다수 국민을 계속 가난한 상태로 만드는 것도 만족스러운 해결책은 아니다. 이런 상황은 대략 1920년부터 1940년까지 자본주의의 마지막 국면에 확대되었다. 대다수 국가의 경제가 정체되고, 땅은 경작되지 못하고 자본 설비가 추가되지 못하고 수많은 대중이 일을 구하지 못해서, 정부 보조금으로 겨우 살았다. 이로 인한 군사력 약화와 궁핍은 부적절한 것이 분명하기에 반대가 일어날 수밖에 없었다. 세상의 부를 실제로 늘리지 않으면서 산업의 바퀴를 계속 돌리는 방법이 문제였다. 상품은 반드시 만들어야 하지만 분배는 하지 말아야 한다. 이를 실제로 성취할 수 있는 유일한 방법은 끊임없는 전쟁밖에 없었다.

전쟁 행위의 본질은 파괴에 있다. 반드시 인간의 생명을 파괴하는 것이 아니라 인간의 노동력으로 만들어낸 산물을 파괴하는 데 있다. 인간을 너무 안락하게 만들어서 결국 너무 똑똑하게 만들 물자를 산산조각 내서 성층권 안으로 쏟아붓거나 바다 깊은 곳으로 가라앉히는 방법이 바로 전쟁이다. 설사 전쟁 무기가 실제로 파괴되지 않더라도 전쟁 무기 제조는 소비재를 생산하지 않고 노동력만 소비하는 편리한 방법이 된다. 예를 들어 해상 요새 하나를 건설하려면 화물선 수백 척을 건조할 노동력이 필요하다. 결국 그 해상 요새는 어떤 물질적 이익도 낳지 못한 채 쓸모없는 것으로 전락하지만, 또 다른 해상 요새를 건설하면서 막대한 노동력을 소모하게 된다. 원칙적으로 전쟁은 언제나 국민이 가진 최소한의 욕구를 맞춰준 후 남아도는 잉여분을 소진하도록 계획된다. 실제로 국민의 욕구는 늘 저평가되었다. 그 결과 생활필수품의 절반가량이 언제나 늘 부족한 상황이 초래되게 마련이다. 하지만 이런 현상은 오히려 이점으로 간주된다. 정부는 총애하는 집단마저 곤궁하기 직전의 상태를 유지하는 정책을 일부러 고수한다. 물자가 부족한 상태에서는 작은 특권도 더 중요해지고 이 집단과 저 집단 간의 차이가 확대되기 때문이다. 20세기 초반 수준과 비교하자면 내부 당원들조차 생활이 소박하고 고된 편이다. 그래도 내부 당원이 누리는 시설 좋은 커다란 아파트와 질 좋은 옷, 질 좋은 음식과 음료와 담배, 하인 두세 명, 자가용이나 헬리콥터 같은 몇 가지 사치는 외부 당원과 구별되는 부분이다. 또한 외부 당원들도 우리가 '프롤'이라고 부르는 최하층 계급과 비교하면 비슷한 혜택을 누리는 셈이다. 사회 분위기는 말고기 한 덩어리의 소유 여부로 부와 가난이 구분되는 포위된 도시의 분위기와 같다. 그리고 전쟁과 전쟁으로 인한 위험을 동시에 의식하다 보면, 살아남기 위해서는 모든 권력을 소수 계급에게 넘기는 것이 당연하고 불가피한 조건처럼 보일 수밖에 없다.

나중에 설명하겠지만 전쟁은 꼭 필요한 파괴를 수행할 뿐만 아니라 심리적으로 수용 가능한 방식으로 이를 성취한다. 원칙적으로 사원과 피라미드를 건설하고, 구멍을 팠다가 다시 메꾸고, 심지어 방대한 상품을 제조하고 다시 불을 붙이면 세상의 잉여 노동력을 간단히 써버릴 수 있다. 하지만 이런 방식으로는 계급사회에 경제적 토대는 마련해주지만, 감정적 토대는 마련해주지 못한다. 여기서 중요한 것은 대중의 사기가 아니다. 일만 열심히 한다면 대중의 태도는 중요하지 않다. 당 자체의 사기가 중요하다. 가장 하찮은 당원이라도 유능하고, 근면하고,

한정된 범위 내에서 똑똑해야 한다. 또한 늘 공포와 증오, 아첨, 진탕 마시고 노는 환희에 젖어 지낼 수 있게 잘 속는 무지한 광신도일 필요도 있다. 다시 말해, 당원은 전쟁 상태를 받아들일 수 있는 정신력이 있어야 한다. 전쟁이 실제로 발발했는지 여부는 중요하지 않다. 결정적인 승리는 있을 수 없으므로 또한 전쟁이 잘 되거나 못 되거나 중요하지 않다. 전쟁 상태를 지속하는 것만 필요할 뿐이다. 당이 당원들에게 요구하는 지성의 분열은 전쟁 분위기 속에서 더 쉽게 성취되고 보편적인 것이 되었다. 그런데 당원의 지위가 올라갈수록 지성의 분열이 더 뚜렷해진다. 내부당에서 전쟁 열기와 적에 대한 증오가 가장 강하게 나타난다. 관료로서 내부 당원은 전쟁의 이런저런 뉴스가 거짓인지 알아낼 필요가 있다. 또한 전쟁 전체가 거짓이거나 실제로 일어나지 않았거나, 선언된 목적과는 다른 목적으로 전쟁이 벌어진다는 것을 알아내야 한다. 하지만 이렇게 알아낸 사실은 이중사고의 기술로 쉽사리 무력해진다. 전쟁이 실제로 일어났고, 결국은 승리로 귀결되며, 오세아니아가 전 세계가 확실히 인정하는 주인이라는 불가사의한 신념을 의심하는 내부 당원은 단 한 명도 없다.

내부 당원은 모두 앞으로 다가올 승리를 신조처럼 믿고 있다. 이들은 더 많은 영토를 점진적으로 획득해서 압도적인 힘의 우위를 구축하거나, 반박할 수 없는 새로운 무기를 개발해야만 다가올 승리를 쟁취할 수 있다고 믿고 있다. 신무기 탐색이 끊임없이 계속되고 있다. 이는 창의적이거나 사색적인 유형의 사람만이 배출구를 찾아낼 수 있는 거의 얼마 남지 않은 활동 가운데 하나다. 현재 오세아니아에서 예전 의미의 과학이라는 말은 이미 존재하지 않는다. 새말로 '과학'이라는 단어도 없다. 과거 모든 과학적 성취의 기반이 되었던 경험적 사고방식은 영사의 가장 근본적인 강령에 반하는 것이다. 또한 심지어 테크놀로지는 테크놀로지의 산물로 인간의 자유를 축소시키는 데 사용될 수 있을 때만 발전할 수 있다. 세상의 모든 유용한 기술은 그대로 정체되었거나 퇴보하고 있다. 책은 기계로 쓰면서 땅은 말이 끄는 쟁기로 경작하는 것이다. 그런데 지극히 중요한 문제(사실상 전쟁과 경찰의 사찰을 의미한다)에 있어, 경험적 접근 방법은 여전히 권장되거나 적어도 용납되고 있다.

당은 전 세계를 모두 정복하고, 독립적인 사고의 가능성을 모두 없애버리는 두 가지 목표를 갖고 있다. 이를 위해, 풀어야 할 커다란 문제가 두 개 있다. 하나는 다른 인간의 생각을 그의 의지에 반해 알아내는 것이며, 다른 하나는 미리 경고하지 않고 몇 초 만에 수억 명을 죽이는 방법이다. 과학 연구가 여전히 지속되는 한, 이것이 연구 주제가 된다. 오늘날의 과학자는 표정과 몸짓, 목소리 톤을 연구하고, 약물과 충격 요법, 최면, 육체적 고문의 자백 효과를 알아내는 심리학자와 심문관을 혼합한 자리에 있다. 또한 생명을 빼앗는 것과 연관 있는 특정 분야에만 관심 있는 화학자나 물리학자나 생물학자와 같다. 평화부의 방대한 연구소와 브라질 숲속이나 오스트레일리아 사막이나 남극의 이름 없는 섬에 숨어 있는 실험소에는 여러 팀으로 구성된 전문가들이 연구를 계속하고 있다. 단순히 미래 전쟁의 병참술을 계획하거나, 더 큰 로켓탄과 더 강력한 폭발물, 더 뚫리지 않는 장갑 강철판을 고안하고, 더 치명적인 신종 가스나 전 대륙의 식물을 전멸할 만한 양을 대량 생산할 수 있는 수용성 독약, 모든 항체를 이기는 신종 병원균을 찾거나, 수중 잠수함처럼 땅속에서 전진할 수 있는 차량이나 대형 범선처럼 기지와 독립된 비행기를 개발하려고 애쓰거나, 지구에서 수천 킬로미터 떨어진 우주에 설치한 렌즈를 통해 들어오는 태양광선을 모으거나, 지구 중심의 열을 건드려서 인공적인 지진이나 해일을 일으키는 것처럼 가능성이 희망한 연구를 탐색하는 과학자들이 있다.

하지만 이런 프로젝트 가운데 실현된 것은 하나도 없고, 3대 열강 중 다른 열강에 비해 현저히 우위를 점한 열강도 없다. 더 놀라운 사실은 3대 열강은 현재의 연구 수준으로 발견할 가능성이 없는 더 강력한 무기인 원자폭탄을 이미 소유하고 있다는 사실이다. 비록 당은 습관처럼 원자폭탄을 발명했다고 주장하지만, 원자폭탄은 1940년 초반에 처음 등장했으며 10년 후에 대규모로 처음 사용되었다. 당시 원자폭탄 수백 개가 주로 유럽 러시아와 서유럽, 북아메리카의 산업 중심지에 떨어졌다. 그 결과 각국의 지도자들은 원자폭탄 몇 개만 더 떨어뜨리면 문명사회의 종말, 즉 자신들의 권력이 끝장난다는 사실을 확실히 알게 되었다. 그 후로, 비로 공식적인 협정은 만들어지지 않았지만, 아니 그런 기미도 없었지만, 원자폭탄은 더 이상 떨어지지 않았다. 3대 열강 모두 원자폭탄을 계속 만들고 저장하면서 모두가 믿고 있는 결정적인 기회가 곧 올 것에 대비하고 있다.

한편 전쟁의 기술은 지난 30~40년 동안 거의 제자리걸음을 걷고 있는 상태다. 헬리콥터는 이전보다 더 자주 사용되며, 폭격기는 자체 추진의 발사포로 거의 대체되었고, 취약한 이동식 전함은 거의 가라앉지 않는 해상 요새에 자리를 내주었다. 하지만 그 외에는 발전이 거의 없다. 현재 탱크와 잠수함, 어뢰, 기관총, 심지어 권총과 수류탄이 여전히 사용되고 있다. 언론과 텔레스크린이 끊임없이 도살을 보고하고 있지만, 몇 주 만에 수천 혹은 수백만 명이 살해되었던 필사적인 과거의 전쟁은 다시 일어나지 않았다.

3대 초강대국 중 어느 한 곳도 심각한 패배의 위험성이 있는 계책을 시도한 나라는 없다. 대규모 작전을 실시할 때는 동맹국에 대한 기습 공격이 대부분이다. 3대 열강이 따르고 있거나 혹은 따르는 척하는 전략은 모두 같다. 싸움, 협상, 시기적절한 뜻밖의 배신을 잘 섞어서 경쟁국 한 곳을 완전히 에워싸는 고리 모양의 기지를 획득한 다음, 그 경쟁국과 우호 조약을 맺고, 상대국의 의심을 가라앉힐 만큼 오랫동안 평화 상태를 유지하는 것이다. 이 기간에 원자폭탄을 실은 로켓을 전략적 요충지에 집결시킬 수 있다. 결국 로켓이 동시에 발사되면 그 결과는 너무나 참혹해서 상대국의 보복은 불가능할 것이다. 그러면 또 다른 공격에 대비하기 위해 남아 있는 다른 열강과 우호 조약을 맺을 시기가 온다. 이런 책략은 말할 필요도 없는 실현 불가능한 백일몽에 불과하다. 더욱이 적도와 극지방의 분쟁 지역을 제외한 지역에서는 결코 전투가 일어나지 않았다. 적국의 영토를 침략한 적도 없다. 이는 초강대국 간의 국경선 내 일부 지역이 제멋대로 정해졌다는 사실을 설명하는 것이다. 예를 들어, 유라시아는 지리학적으로 유럽의 일부 지역인 영국제도를 쉽게 정복할 수 있다. 반면에 오세아니아는 라인강이나 비슬라강까지 국경선을 밀어붙이는 것이 가능하다. 하지만 이는 결코 공식화된 적은 없지만, 모두가 따르는 문화적 온전성cultural integrity(혹은 문화 보전-역주)의 원칙을 위반하는 것이다. 만약 오세아니아가 한때 프랑스와 독일이었던 지역을 정복한다면, 거의 백만 명에 달하는 거주민을 전멸하거나(물리적으로 엄청나게 고된 작업이다), 기술 발전에 관한 한 오세아니아와 대략 비슷한 수준인 일억 명에 가까운 주민을 동화시켜야 한다. 이 문제는 3대 초강대국 모두에게 걸려 있다. 3대 초강대국의 체제를 유지하려면 한정된 수의 전쟁 포로와 유색인종 노예를 제외한

246

외국인과의 접촉은 금물이다. 심지어 그 순간에는 공식적인 동맹도 가장 의심스러운 불신의 대상으로 간주된다. 전쟁 포로와 별개로, 오세아니아의 평범한 시민은 유라시아나 이스트아시아의 시민을 결코 볼 수 없다. 또한 외국어를 배우는 것도 금지되었다. 만약 외국인과 접촉할 기회가 허용된다면 그들도 자신과 유사한 사람이고 그들에 대해 들은 이야기가 대부분 거짓이라는 것을 알게 될 것이다. 자신이 살고 있는 밀폐된 세상은 무너지고, 공포와 증오, 사기를 진작시켜주던 독선이 증발해버릴 수도 있다. 그래서 페르시아나 이집트나 자바 혹은 실론섬은 주인이 아무리 자주 바뀌더라도, 주요 국경선에는 폭탄을 제외한 그 무엇도 넘어설 수 없다. 이는 모두가 알고 있는 사실이다.

이런 상황에서 큰 소리로 언급된 적은 없지만, 암묵적으로 이해되고 영향을 미치는 사실이 하나 있다. 3대 초강대국은 생활 조건이 거의 똑같다는 사실이다. 오세아니아에는 영사라고 불리는 철학이 널리 퍼져 있다. 유라시아에는 신볼셰비즘Neo-Bolshevism이 널리 퍼져 있고, 이스트아시아에는 중국어로 죽음-숭배Death-Worship라고 번역되지만, 더 정확히 표현하자면 자아 말살이라는 철학이 널리 퍼져 있다. 오세아니아의 주민은 다른 두 나라 철학의 교리 중 어떤 것도 알아서는 안 된다. 하지만 그 철학들이 도덕과 상식에 대한 야만적인 잔학 행위라고 맹렬히 비난하라고 교육받는다. 사실 3대 초강대국의 철학은 거의 똑같다. 이들 철학이 지지하는 사회 제도도 거의 다를 것이 없다. 모든 곳에 같은 피라미드 구조가 있고 리더를 신처럼 숭배하는 것도 같고, 전쟁에 의해 혹은 전쟁을 위해 존재하는 경제 구조도 다 같다. 그래서 이들 3대 초강대국은 결코 서로를 정복할 수 없을 뿐만 아니라 그렇게 해서 얻는 이득도 전혀 없다. 오히려 3대 초강대국은 갈등 상황을 유지하는 한, 서로를 지지하는 짚단처럼 상대방 국가의 버팀목이 되어줄 수 있다. 이들 초강대국의 지도자 집단은 자신들이 무엇을 하는지 알 때도 있고 동시에 모를 때도 있다. 이들은 세계 정복에 목숨을 바쳤지만, 승리 없는 전쟁이 영원히 계속되어야 한다는 사실을 알고 있다. 한편 정복당할 위험이 없다는 사실로 인해 영사와 다른 두 사고 체계의 특징인 현실 부정이 가능해지는 것이다. 그러므로 이쯤에서 계속되는 전쟁으로 인해 전쟁의 성격이 근본적으로 바뀌었다는 앞서 얘기한 사실을 다시 말할 필요가 있다.

과거에 전쟁은 승리하거나 패배하거나 조만간에 확실히 종결되는 것으로 정의를 내릴 수 있었다. 또한 인간사회가 물리적 현실과 계속 접촉할 수밖에 없는 주요 수단 가운데 하나였다. 어느 시대든 지도자들은 국민에게 거짓 세계관을 심어주려고 노력했다. 하지만 군사적 효율성을 해치는 환상을 부추길 만한 여력은 없었다. 패배가 독립의 상실이나 일반적으로 바람직하지 못한 결과를 의미하는 한, 패배하지 않도록 심각하게 조심해야 했다. 또한 물리적 사실도 무시할 수 없다. 철학이나 종교, 윤리, 정치에서 둘 더하기 둘은 다섯이 될 수 있지만, 총이나 비행기를 제작할 때, 둘 더하기 둘은 넷이 되어야만 했다. 능률이 떨어지는 국가는 늘 정복당할 수밖에 없었다. 능률을 높이기 위한 투쟁은 환상에 반하는 것이며 능률을 키우려면 과거로부터 배울 수 있어야 한다. 즉, 과거에 어떤 일이 있었는지 정확히 알아야 한다는 의미다. 물론 신문과 역사책은 늘 각색되고 편향되지만, 오늘날에 시행되는 것 같은 위조는 불가능했을 것이다. 전쟁은 제정신을 지키기 위한 안전장치와 같은 것이다. 지배 계급만 놓고 본다면 가장 안전하고 중요한 안전장치일 것이다. 전쟁은 이길 수도 있고 질 수도 있지만 어떤 지배 계층도 완전히 책임을 면할 수는 없었을 것이다. 그런데 전쟁이 문자 그 대로 계속 진행된다면 위험성도 사라지게 된다. 전쟁이 계속되면 군 사적 필요(전수戰敗, 전쟁 요건을 달성하는 데 필수 불가결하며 합법성을 가진 방 안을 취하기 위한 필요 요건-역주)도 사라지게 된다. 과학 기술의 발전 은 중단되고, 가장 명백한 사실마저 부정되거나 무시될 수 있다. 우리 가 봐온 것처럼, 과학 연구라고 불린 것들이 여전히 전쟁 목적을 위해 수행될 뿐이다. 하지만 이런 용도의 과학 연구는 본질적으로 백일몽에 불과하다. 결과를 내지 못해도 중요하지 않다. 능률, 심지어 군사적 능 률도 이제 더 이상 필요가 없다.

오세아니아에서 능률이 있는 것은 사상경찰밖에 없다. 3대 초강대국 은 서로 정복될 수 없으므로 사실상 각국은 별개의 세상에 속하며, 그 안에서는 어떤 사고의 왜곡이든 안전하게 실행될 수 있다. 현실은 매 일 필요한 것들(먹고 마시고, 잠자리와 옷을 구하고, 독약을 마시거나 꼭대기 층 창문 밖으로 뛰어내리는 것을 피하는 것 등)을 통해서만 힘을 발휘할 뿐 이다. 삶과 죽음, 육체적 쾌락과 육체적 고통 사이에는 여전히 구분이 있지만 그뿐이다. 바깥세상과 단절되고, 과거와 단절된 오세아니아 시 민은 어느 방향이 위고 어느 방향이 아래인지 알 방법이 없는 성간 사 이에 있는 인간과 같다. 그런 국가의 지도자들은 파라오나 시저도 될 수 없었던 절대권력자다. 이들은 곤란할 지경으로 많은 국민이 굶어 죽지 않게 해야 하며, 군사 기술 또한 경쟁국과 같은 수준으로 낮게 유 지할 의무도 있다. 그러나 이렇게 최소한의 수준만 성취되면, 이들은 자신이 원하는 대로 맘껏 현실을 왜곡할 수 있다.

그러므로 현재의 전쟁은 과거의 전쟁을 기준으로 판단해보면, 그저 사기에 불과하다. 다른 동물을 공격할 수 없는 각도로 뿔이 나 있는 반

추동물들의 싸움과 유사하다. 하지만 오늘날의 전쟁이 비현실적이기는 하지만 의미가 없는 것은 아니다. 전쟁은 남아도는 소비재를 다 소진하고 계급사회에 꼭 필요한 특별한 정신적 환경을 제공하는 데 유익한 역할을 한다. 전쟁은 뒤에서 언급하겠지만, 순전히 국내의 문제일 뿐이다. 과거에는 비록 모든 나라의 지배 계층이 공동의 이해관계를 알고 있어서 전쟁의 파괴성을 제한했지만 어쨌든 서로 싸우기는 했다. 그리고 승자는 늘 패자를 약탈했다. 하지만 오늘날의 전쟁은 각국의 지배 계층이 그 나라의 국민을 대상으로 벌이는 싸움이다. 전쟁의 목표는 영토를 확대하거나 경쟁국의 정복을 막는 것이 아니라 사회 구조를 온전히 유지하는 데 있다. 그러므로 '전쟁'이라는 단어는 잘못된 것이다. 전쟁은 늘 계속되고 있으므로 이제는 전쟁이 없다고 말하는 것이 더 정확할 것이다. 신석기 시대와 20세기 초반 사이 전쟁이 인류에 미쳤던 특유의 압박은 이제 사라졌으며 완전히 다른 것이 그 자리를 대신하게 되었다. 세 초강대국이 서로 싸우는 대신, 자국의 경계를 서로 지키며 영원히 평화롭게 살기로 동의하더라도 그 결과는 다르지 않을 것이다. 왜냐하면 그런 경우 외적 위험이 미치는 영향력이 사라지더라도 자국 내의 문제는 여전히 남아 있기 때문이다. 진실로 영원한 평화는 영원한 전쟁과 같은 것이다. 당원 대다수는 피상적으로만 이해하는 사실이지만, 이것이 바로 '전쟁은 평화'라는 당이 내건 슬로건의 진정한 의미다.

윈스턴은 잠시 읽기를 멈추었다. 어딘가 먼 곳에서 로켓탄이 떨어지는 소리나 났다. 그는 텔레스크린도 없는 방에서 홀로 금지된 책을 읽고 있다는 행복한 기분에 푹 젖어 있었다. 피곤한 몸과 포

근한 의자와 창문 너머로 들어와 그의 뺨을 간질이는 산들바람
의 감촉이 뒤섞여서 고독하면서도 왠지 안전한 느낌이 들었다. 그
는 그 책에 매료되었다. 아니 더 정확히 말하자면 그 책 때문에 안
심이 되었다. 어떤 의미에서 보면 그 책에 새로운 내용은 없었지만,
그 점도 매력이었다. 마치 그의 흩어진 생각을 순서대로 정리하는
것이 가능하다면, 그 책은 그가 말하려는 내용을 얘기한 것이었다.
그 책은 그의 생각과 비슷하지만, 훨씬 더 강력하고, 더 체계적이
고, 두려워하지 않는 마음의 산물이었다. 그는 최고의 책이란 읽는
사람이 이미 알고 있는 사실을 알려주는 책이라는 생각이 들었다.
그가 막 제1장을 펼쳤을 때 계단을 올라오는 줄리아의 발소리가
들렸다. 그는 그녀를 맞이하려고 의자에서 일어났다. 줄리아는 갈
색 공구 가방을 바닥에 털썩 던진 후 그의 품에 안겼다. 두 사람은
일주일 넘게 서로를 보지 못했다.

"나, 그 책 받았어."

두 사람이 포옹을 풀자 그가 이야기를 꺼냈다.

"어, 받았어요? 잘됐네요."

그녀는 별로 관심을 보이지 않으며 대답하더니, 바로 커피를 끓
이려고 석유풍로 옆에 무릎을 꿇고 앉았다.

두 사람은 침대에서 30분 정도 시간을 보낸 후에야 다시 그 이
야기를 꺼냈다. 이불을 끌어 덮을 만큼 서늘함이 감도는 저녁이
었다. 창문 아래쪽에서 익숙한 노랫소리와 땅바닥을 디디는 신발
소리가 들렸다. 마당에서 처음 봤던 구릿빛 팔뚝의 여인은 붙박이
처럼 마당에 늘 나와 있는 모양이었다. 여인은 해만 있으면 입에 빨
래집게를 물고 빨래통과 빨랫줄 사이를 오가며 기운차게 노래를

부르는 것 같았다. 옆으로 누운 줄리아는 이미 잠에 빠져든 것 같았다. 그는 손을 뻗어 바닥에 놓여 있던 그 책을 집어 들고 침대 머리에 몸을 기대고 앉았다.

"우린 이걸 읽어야 해."

그가 이야기를 꺼냈다.

"당신도 읽어봐. 형제단의 단원들은 모두 이걸 읽어야 해."

시곗바늘이 6시를 가리켰다. 18시였다. 두 사람에게 서너 시간이 남아 있었다. 윈스턴은 무릎으로 그 책을 떠받치고 읽기 시작했다.

제1장

무지는 힘

유사 이래, 아마도 신석기 말기 이후로 세상에는 상, 중, 하, 이렇게 세 가지 계급의 인간이 존재했다. 이들은 다시 여러 갈래로 나뉘었고, 저마다 이름이 다른 후손들이 수없이 태어났다. 시대에 따라 서로를 대하는 태도와 계급별 인구수도 다양하게 변했다. 그러나 사회의 본질적 구조는 결코 바뀐 적이 없었다. 엄청난 격변과 돌이킬 수 없는 변화가 있었지만, 자이로스코프를 이리저리 아무리 밀어도 늘 평형상태로 되돌아오는 것처럼, 정형화된 양상이 다시 나타났다.

"줄리아, 자?"

윈스턴이 물었다.

"아니요, 듣고 있어요. 계속 읽어요. 정말 멋지네요."
그는 계속 책을 읽어나갔다.

이들 세 집단은 타협할 수 없는 목표를 갖고 있다. 상층 계급의 목표는 지금 상태를 유지하는 것이다. 중간 계급의 목표는 상층 계급의 자리를 차지하는 것이다. 고되고 지루한 일에 너무 지쳐서 일상생활 밖의 다른 일은 어쩌다 생각할 수도 없는 하층 계급에 만약 목표가 있다면, 모든 차별을 없애고 모든 사람이 똑같아질 수 있는 평등한 사회를 건설하는 것이 이들의 목표다. 따라서 본질적으로 비슷한 투쟁이 역사상 반복해서 계속 일어났다.

상층 계급은 오랜 기간 권력을 안전하게 유지한 것 같았다. 하지만 효율적으로 나라를 통치할 수 있다는 스스로에 대한 믿음이나 능력, 아니면 둘 다를 조만간 잃어버릴 순간이 늘 오게 되어 있다. 그러면 중간 계급은 자유와 정의를 위해 투쟁하는 척하면서 하층 계급을 자기편으로 끌어들인 후, 상층 계급을 전복할 것이다. 중간 계급은 목적을 달성하자마자, 하층 계급을 원래의 자리인 노예 상태로 밀어 넣고, 스스로 상층 계급이 된다. 현재 새로운 중간 계급은 다른 한 계급이나 두 계급에서 분리되어 나오는데 이로 인해 계급 간 투쟁이 다시 시작된다. 세 계급 중 오직 하층 계급만 자신들의 목적을 일시적으로라도 달성한 적이 단 한 번도 없다. 역사를 통틀어 물질적인 발전이 없었다고 말한다면 과장일 것이다. 심지어 쇠락의 시기인 오늘날에도 평범한 인간은 몇 세기 전보다 물질적으로 더 나아졌다. 하지만 부가 아무리 증가하고, 관습이 아무리 관대해지고, 혁신과 혁명이 아무리 일어나도 인간의 평등은 눈곱만큼도 좋아지지 않았다. 하층 계급의 관점에서 봤을 때 주인의 명칭만 바뀐 것이지, 이들에게 역사적 변화는 아무런 의미가 없다고 봐야 한다.

19세기 후반이 되자 많은 사람이 이런 양상이 재현된다는 것을 확실히 알아보았다. 그러자 역사를 순환 과정으로 해석하고, 불평등은 인간의 삶에서 불변의 법칙이라고 보는 사상가들이 생겨났다. 물론 이런 교리를 지지하는 사람들은 늘 있었지만, 이 교리가 제안하는 방식에 엄청난 변화가 생겼다. 사회의 계층 구조는 특히 과거 상층 계급에 필요한 교리였다. 그것은 왕과 귀족, 신부, 법률가, 이들에 기생하면 사는 사람들이 설파한 교리였다. 이들은 사후에 가상의 세계로 가면 보상이 따른다고 약속하며 그 교리를 순화했다. 중간 계급은 권력을 얻으려고 투쟁할 때마다 자유와 정의, 동지애 같은 용어를 늘 사용했다. 그런데 이제 인류애라는 개념은 명령을 내리는 계층은 아니지만, 오랫동안 그런 계층이 되고 싶은 사람들에 의해 공격을 받기 시작했다. 과거에 중간 계급은 평등의 기치 아래 혁명을 일으켰다. 그리고 옛 전제 정권이 전복되자마자 바로 새로운 전제 정권을 세웠다. 사실 새로운 중간 계급은 사전에 자신들의 전제 정권을 주장한 것이었다.

19세기 초반에 등장한 사회주의는 고대 노예 반란으로까지 거슬러 올라간 사상 가운데 하나로 과거 유토피아주의의 영향을 아주 많이 받았다. 하지만 1900년부터 등장한 사회주의의 모든 변종은 자유와 평등을 설립하려는 목표를 더더욱 공공연하게 포기했다. 20세기 중반에 등장한 새로운 운동, 오세아니아의 영사, 유라시아의 신볼셰비즘, 이스트아시아의 죽음 숭배에는 비자유와 불평등을 영속화하려는 의식적인 목표가 있다. 물론 이 새로운 운동은 옛 운동에서 출발한 것으로 명칭을 그대로 유지하고 말로만 그 이념을 찬양하는 경향이 있다.

그런데 이들 운동은 진보를 막고, 편리한 순간에 역사를 동결시키려는 목적이 있다. 익숙한 진자의 움직임이 단 한 번만 더 일어나고 바로 멈추는 것과 마찬가지다. 지금까지 상층 계급은 대개 중간 계급에 의해 밀려나고, 중간 계급이 그 자리를 차지하는 경우가 대부분이었다. 하지만 이제 상층 계급은 자신들의 지위를 영원히 유지하기 위해 의식적 전략을 활용할 것이다.

  새로운 교리가 나오게 된 것은 부분적으로는 19세기 이전에는 거의 없었던 역사적 지식이 쌓이고 역사의식이 성장한 덕분이다. 역사의 순환 운동은 이제 이해가 될 수 있는 것이다. 아니 이해할 수 있는 것처럼 보였다. 역사의 순환을 이해할 수 있다면, 변경도 가능한 것이다. 하지만 새로운 교리가 나오게 된 가장 크고 중요한 원인은 20세기가 시작할 때부터 인간의 평등이 실제로 가능해진 덕분이다. 인간은 타고난 재능이 다르니까, 일부 개인에게 유리한 방식으로 그 기능이 전문화되어야 한다는 것은 여전히 맞는 말이다. 하지만 계급 차이나 큰 부의 격차는 더 이상 필요하지 않았다. 예전에는 계급 차이가 불가피했을 뿐만 아니라 바람직한 현상이었다. 불평등은 문명의 대가였다. 하지만 기계 생산의 발달로 상황이 바뀌었다. 설사 인간이 다양한 종류의 일을 해야 한다고 해서, 사회적 수준이나 경제적 수준까지 다르게 살 필요는 없어졌다. 그러므로 이제 막 권력을 잡으려는 새로운 집단의 관점에서 볼 때, 인간의 평등은 더 이상 애써 추구해야 할 이상이 아니라 오히려 피해야 할 위험이었다. 정의와 평화로운 사회가 사실상 불가능했던 좀 더 원시적인 시대에는 인간의 평등을 믿는 것이 훨씬 쉬웠다. 인간이 법도 없고, 힘든 노동도 하지 않으며 형제애 속에서 함께 살아야 지상 낙원이라는 개념이 수천 년 동안 인간의 상상 속에서 떠나지 않왔다. 그리고 이런 생각은 역사적 변화로 실제 이득을 본 집단에까지 영향력을 행사했다. 프랑스, 영국, 미국의 혁명을 계승한 사람들은 인간의 권리와 언론의 자유, 법 앞에 평등 같은 자신들만의 말을 믿었고, 그 말은 그들의 행동에도 어느 정도 영향을 미쳤다. 그러나 1940년대부터 독재주의가 정치적 사고의 주된 흐름이 되었다. 지상 낙원은 그것이 실현될 바로 그 순간에 신임을 잃게 되었다. 새로운 정치 이론은 그것이 어떤 이름으로 불리든, 모두 계급주의와 통제 체제의 복귀를 주장했다. 그리고 1930년경에 시작된 경색 국면으로 오랫동안, 혹은 수백 년 동안 폐기되었던 관행들(재판 없는 감금, 전쟁 포로의 노예 이용, 공개 처형, 자백받기 위한 고문, 인질 이용, 전 인구의 강제 추방)이 다시 일반적인 일이 되었을 뿐만 아니라 스스로 계몽적이고 진취적이라고 여기는 사람들마저 용인하고 옹호하게 되었다.

영사와 영사의 경쟁 이론이 완전히 체계 잡힌 정치 이론으로 등장한 것은 10여 년 동안 세계 전역에서 전쟁과 내란, 혁명, 반혁명이 일어난 후였다. 그런데 이들 이론은 20세기 초반에 등장했던 일반적으로 전체주의라고 불리는 다양한 것은 체제에 의해 미리 예견된 것들이었다. 만연한 혼란 속에서 그 같은 세계 대세가 나타나리라는 것은 명백한 사실이었다. 어떤 사람들이 이런 세상을 지배할지도 똑같이 분명했다. 주로 관료와 과학자, 기술자, 노조 조직자, 홍보 전문가, 사회학자, 교사, 언론인, 전문 정치가들이 새로운 귀족 계층이 되었다. 원래 중류층 월급쟁이와 상층 노동계급 출신인 이 사람들은 독과점 산업과 중앙 집권으로 인해 세상이 황폐해지자 한데 모인 것이다. 이들은 과거에 같은 계급에 있던 사람들에 비해 덜 탐욕스럽고 덜 사치스럽지만, 순수 권력을 더 갈망했다. 무엇보다 이들은 자신들이 무얼 하는지 더 잘 의식했고, 반대 세력을 더 강력히 응징했다. 이 마지막 차이가 가장 중요하다. 오늘날과 비교할 때, 과거의 전제 정치는 모두 미온적이고 능률도 떨어졌다. 과거의 지배 집단은 어느 정도는 자유사상의 영향을 받았고, 무슨 일이든 끝마무리를 짓지 않아도 만족했다. 오직 외적 행위만 고려하고 백성들이 무슨 생각을 하는지 관심이 없었다. 중세 시대의 가톨릭교회마저도 현대 기준으로 보면 관대한 편이었다. 과거에는 정부에 백성을 계속 감시할 힘이 없는 것이 부분적인 이유였다. 그러나 인쇄술의 발명으로, 여론 조작이 더 쉬워졌고, 영화와 라디오도 그 과정에 한몫했다. 텔레비전의 발전과 함께 기계 하나로 동시에 송수신이 가능한 기술 발달 덕분에 사생활은 끝장이 났다. 모든 시민, 아니 적어도 감시할 가치가 있는 시민은 모두 하루 24시간 동안 경찰의 감시를 받으며 모든 통신 수단은 단절된 채 공식적인 선전 소리만 계속 듣게 되었다. 그래서 사상 처음으로 정부의 뜻에 완전히 복종할 뿐만 아니라 모든 주제에 대해 완전히 똑같은 의견을 강요할 수 있게 되었다.

1950년대와 1960년대에 혁명의 시기를 거친 후, 사회는 다시 상, 중, 하로 재편되었다. 하지만 새로 만들어진 상층 계급은 이전의 선조와는 달리 자리를 지키려면 무엇이 필요한지 알고 있어서 본능대로 행동하지 않았다. 과두 정치를 안전하게 지킬 수 있는 유일한 기반은 집산주의라는 것은 이미 오래전에 깨달은 사실이었다. 부와 특권은 공동으로 소유할 때 가장 쉽게 지킬 수 있는 것이다. 1950년대에 일어난 소위 '사유 재산의 폐지'로 인해 예전보다 더 소수 집단에 재산을 집중시키는 현상이 초래되었다. 새로 사유 재산을 소유하게 된 사람들은 다수의 개인이 아닌 집단이라는 차이점이 생겼다. 당원은 개인적으로는 사소한 개인 소유물 외에는 아무것도 소유할 수 없다. 오세아니아에서 당은 집단으로서 모든 것을 소유한다. 당이 모든 것을 통제하고 알맞다고 생각하는 대로 생산품을 처분하기 때문이다. 혁명 이후, 당은 거의 아무런 반대도 없이 지배적 위치에 오를 수 있었다. 당이 행하는 모든 과정을 공영화 행위라고 주장했기 때문이다. 자본주의 계급이 재산을 몰수당하면 사회주의가 뒤따른다는 것은 늘 예측된 일이었다. 그리고 정말 의심할 여지 없이 자본가들은 재산을 몰수당했다. 자본가들은 공장과 광산, 토지, 주택, 이동 수단 등 모든 것을 빼앗겼다. 이것들은 더 이상 사유 재산이 아니기에 공적 재산이 되어야만 했다. 초기 사회주의 운동에서 성장하고 사회주의의 어법을 계승한 영사는 사실 사회주의자들의 계획 중 주요 조항을 수행했다. 그 결과 미리 예견되고 의도되었던 경제적 불평등이 고착되었다.

그런데 계급사회의 고착화 문제는 이보다 더 중대하다. 지배 집단이 권력을 빼앗길 때는 네 가지 이유밖에 없다. 지배 계급이 외부 세력에 의해 정복당하거나, 너무 무능한 통치로 대중이 반역을 일으키거나, 불만을 품은 강력한 중간 계급의 등장을 허용하거나, 지배 계급 스스로 자신감과 통치할 의지를 잃어버릴 때가 그렇다. 이런 일은 단독으로 일어나지 않는다. 대체로 네 가지 요인이 같이 작용한다. 이 네 가지 요인을 모두 막을 수 있는 지배 계급만이 권력을 영구히 지킬 수 있다. 결국 지배 계급의 정신 자세가 가장 중요한 요인이다.

20세기 중반 이후로 첫 번째 위험은 사실 사라졌다. 각각 세계를 나누어 지배하는 세 초강대국은 사실 정복할 수 없는 무적의 존재다. 점진적인 인구 변화를 통해서만 정복할 수 있지만, 권한이 큰 정부는 이를 쉽게 피할 수 있다. 두 번째 위험은 이론적 요인일 뿐이다. 대중은 결코 자발적으로 반란을 일으키지 않는다. 단지 억압받는다는 이유로 반란을 일으키지 않는다. 비교 기준이 허락되지 않는 한, 억압받는다는 사실마저 인식하지 못하는 것이다. 과거에 되풀이되던 경제 위기는 완전히 불필요하며 이제는 일어날 수도 없다. 하지만 정치적 결과로 이어지지는 않더라도 그와 비슷한 대규모 혼란은 일어날 수 있고, 일어나기도 한다. 왜냐하면 대중의 불만은 그런 식으로만 표출될 수 있기 때문이다. 기계 기술의 발달로 우리 사회에 잠재된 과잉 생산의 문제는 끊임없는 전쟁(3장 참조)이라는 계책으로 해결될 수 있고, 이는 국민의 사기를 필요한 정도로 끌어올리는 데도 유익하다. 그러므로 현 지배 계급의 관점에서 볼 때, 능력은 있지만 제대로 발휘하지 못하며 권력을 갈망하는 새로운 집단의 등장과 현 지배 계층 내에서 싹트는 자유주의와 회의주의가 유일한 진짜 위험이다. 다시 말해 문제는 교육이다. 지배 계급과 그 밑에 있는 더 방대한 수행 계급 모두의 의식을 끊임없이 주물럭대야 한다. 대중의 의식은 단지 부정적인 방식으로만 영향을 미치면 된다.

이러한 배경을 알고 나면, 누구나(아직 모르는 사람이 있더라도) 오세아니아 사회의 일반적 구조를 추측할 수 있다. 피라미드의 정점에 빅 브라더가 있다. 빅 브라더는 완전무결하고 전지전능한 존재다. 모든 성공과 모든 성취, 모든 승리, 모든 과학적 발견, 모든 지식, 모든 지혜, 모든 행복, 모든 덕은 그의 리더십과 통찰력에서 직접 나온다. 빅 브라더를 직접 본 사람은 아무도 없다. 광고판에 등장한 얼굴과 텔레스크린에서 나오는 목소리가 전부다. 그는 절대 죽지 않을 것이며, 그가 언제 태어났는지도 상당히 불확실하다는 것만 확신할 수 있다. 빅 브라더는 당이 세상에 자신을 보여주려고 선택한 가면이다. 그에게는 사랑과 공포와 경외처럼 조직보다는 개인에게 더 쉽게 느껴지는 감정을 한데 모으는 초점의 역할이 주어진 것이다. 빅 브라더 밑에는 내부당이 있다. 내부 당원의 수는 600만 명으로 제한되었다. 즉, 오세아니아 인구의 2퍼센트를 넘지 않는다. 내부당 밑으로 외부당이 있다. 내부당을 국가의 두뇌로 묘사한다면 외부당은 국가의 손으로 비유할 수 있다. 외부당 밑으로 우리가 습관적으로 '프롤'이라고 언급하는 미련한 대중이 있다. 프롤은 인구의 85퍼센트에 달한다. 앞서 분류한 용어로 프롤은 하층 계급에 해당한다. 계속해서 정복자가 바뀌는 적도 부근의 노예 인구로 사회 구조의 영구적 요소도 아니고 필수적 요소도 아니다.

이들 세 계층의 자격은 원칙적으로 세습될 수 없다. 내부 당원의 자녀라도 이론적으로 내부 당원으로 태어나는 것은 아니다. 내부당이나 외부당의 입당 자격은 열여섯 살에 치르는 시험으로 정해진다. 인종적 차별이나 지역적 차별은 전혀 없다. 유대인, 흑인, 남아메리카의 순수 인디언 혈통도 당의 최고위 계급에 들어갈 수 있다. 지역의 행정관은 늘 그 지역의 주민이 선출된다. 오세아니아의 어떤 지역이든 멀리 떨어진 수도의 지배를 받는 식민지 주민이라는 느낌을 받는 주민은 아무도 없다. 오세아니아에는 수도가 없다. 또한 이름뿐인 수장의 소재를 아는 사람은 아무도 없다. 영어가 공통어이며 새말이 공식 언어라는 사실을 제외하면 오세아니아는 어떤 식의 중앙집권화도 없다. 오세아니아의 지배 계급은 혈연이 아닌 공통의 교리에 의해 결속되어 있다. 우리 사회가 얼핏 보면 세습제도로 보일 만큼 계층이 아주 엄격하게 나누어진 것은 사실이다. 현재 계층 간 이동은 자본주의 시대나 산업사회 이전에 일어났던 것보다 훨씬 더 적게 일어나고 있다. 당의 두 분파 간에 어느 정도 교환은 있지만, 내부당의 약자들을 축출하고, 야망 있는 외부 당원들의 출세를 허용해서 해를 끼치지 않을 만큼만 교환을 허락하는 정도일 뿐이다. 노동자 계급은 실제로 당에 들어갈 수 없다. 재능은 있지만, 불만의 씨가 될 수 있는 사람들은 사상경찰에 낙인이 찍혀서 간단히 제거된다. 하지만 이런 상태는 영원할 수도 없고 원칙적인 것도 아니다. 당은 예전 의미의 계급이 아니다. 자기 자식들에게 권력을 넘기는 것은 당의 목표가 아니다. 가장 능력 있는 사람들을 최고 자리에 계속 머물게 할 수 있는 방법이 없다면 프롤레타리아 집단에서 새로운 세대 전체를 채용할 것이다. 결정적인 시기에 당이 세습 집단이 아니라는 사실은 반대를 무력하게 만드는 데 큰 역할을 했다. '계급 특권'이라는 것에 맞서 싸우도록 훈련받은 나이 든 사회주의자들은 세습이 아닌 것은 영원할 수 없다고 생각했다. 이들은 과두 정치의 영속성은 물리적일 필요가 없고, 세습되는 귀족 계층은 늘 수명이 짧지만, 가톨릭교회 같은 선임제 조직이 때로 수백 년 혹은 수천 년 동안 지속된다는 사실을 미처 생각하지 못했다. 과두제 통치의 본질은 아버지에서 아들로 이어지는 세습이 아니라 죽은 자가 산 자들에게 남긴 특정 세계관과 특정 생활방식을 지속하는 데 있다. 지배 계급은 계승자를 선출할 수 있는 한 계속 지배 계급이다. 당은 혈통을 영속시키는 것이 아니라 당 그 자체를 영속시키는 데 관심이 있다. 계급 구조가 계속 똑같이 유지되기만 한다면 권력을 휘두르는 주체는 중요하지 않다.

우리 시대를 특징짓는 모든 신념과 습관, 취향, 감정, 정신 자세는 원래 당의 신화를 유지하고 현 사회의 본성이 드러나는 것을 막기 위해 고안된 것이다. 물리적 반란이나 반란을 위한 사전 움직임은 현재 불가능하다. 프롤레타리아들을 두려워할 필요는 없다. 이대로만 두면, 반란을 일으킬 충동도 없고 세상이 실제와 다르다는 것을 파악할 힘도 없이, 대대손손 몇 세기가 지나도록 일하고, 번식하며, 죽음을 맞이할 것이다. 산업 기술의 발달로 프롤레타리아들이 더 높은 교육을 받아야 한다면 이들은 위험해질 수 있다. 그러나 군사적·상업적 경쟁이 더 이상 중요하지 않으므로 대중의 교육 수준은 실제로 떨어지고 있다. 대중이 어떤 생각을 하건 혹은 하지 않건, 그것은 아무래도 좋은 일이다. 프롤레타리아들에게는 지성이 없으니 지적 자유를 허용해도 된다. 그러나 당원은 전혀 중요하지 않은 문제라도 아주 사소한 이견도 가질 수 없다.

당원은 태어나서 죽는 순간까지 사상경찰의 감시를 받는다. 혼자 있을 때라도 혼자라고 확신할 수 없다. 당원은 어디 있건, 잠을 자건 깨어 있건, 일하거나 쉬고 있건, 욕조에 있거나 잠자리에 들어서도, 자신이 감시받는다는 사실도 모른 채 아무런 경고도 없이, 감시를 받는다. 당원이 하는 일 중에 사소한 것은 없다. 당원의 우정, 휴식, 행동, 아내와 자식을 대하는 태도, 혼자 있을 때 표정, 잠꼬대, 심지어 특유의 몸짓까지 모두 철저한 조사를 받는다. 실제로 저지른 어떤 비행뿐만 아니라 아무리 사소해도 기이한 행동이나 습관의 변화, 심적 갈등의 징후가 될 만한, 신경질적인 버릇은 분명 감시의 대상이다. 당원은 어떤 일에도 선택권이 없다. 하지만 당원의 행동은 법이나 분명하게 규정된 행동 규칙의 규제를 받지는 않는다. 오세아니아에는 법이 없다. 발각되면 죽음을 면할 수 없는 사고와 행동도 공식적으로 금지되지 않았다. 끝없는 숙청과 체포, 고문, 수감, 증발은 실제로 저지른 범죄에 대한 벌로 주어진 것이 아니라 앞으로 범죄를 저지를 가능성이 있는 사람을 제거하기 위한 것이다. 당원에게는 올바른 견해는 물론이고 올바른 본능이 요구된다. 당원에게 요구된 수많은 믿음과 태도는 결코 명백히 언급되지 않으며 영사에 내재된 모순을 드러내지 않고서는 언급될 수도 없다. 만약 당원이 타고난 정통파(새말로는 좋은생각인goodthinker)라면 어떤 상황이라도 어떤 것이 진정한 믿음이고 바람직한 감정인지 생각을 하지 않고도 알 수 있을 것이다. 하지만 어떤 경우든 어린 시절에 '죄중단crimestop'과 '흑백blackwhite', '이중사고doublethink'라는 새말과 연관된 정교한 정신 훈련을 받은 덕분에 어떤 주제든 아주 깊이 생각할 의지도 없고 생각할 마음도 없어진다. 당원은 사적인 감정을 가질 수 없고, 열광 상태를 쉴 수도 없다. 당원은 외국의 적과 국내의 반역자들을 광적으로 증오하고, 승리에 환호하며, 당의 권위와 지혜 앞에 자신을 낮추며 살아야 한다. 가난하고 불만족스러운 생활로 인한 불만은 의도적으로 외부로 돌려서 2분 증오 같은 방책을 통해 발산되고, 회의적인 태도나 반역적인 태도를 낳을 수 있는 추측은 어린 시절에 습득한 내적 훈련을 통해 미리 싹이 잘린다. 심지어 어린아이들도 배우는 최초의 훈련이자 가장 간단한 훈련 단계는 새말로 바로 죄중단이다. 죄중단이란 위험한 생각이 드는 순간 거의 본능처럼 바로 그 생각을 중단하는 능력이다. 비유를 파악하지 못하는 능력, 논리적 실수를 감지하지 못하는 능력, 영사에 해롭다면 아무리 사소하고 간단한 주장이라도 오해하는 능력, 이단의 방향으로 이끌 수 있다면 어떤 사고라도 반박하고 지루하게 여길 수 있는 능력도 포함된다. 다시 말해 죄중단은 보호하기 위한 어리석음이다. 하지만 어리석음이라는 말로는 표현이 부족하다. 완전한 의미의 정통은 자기 몸을 마음대로 비트는 곡예사처럼 본인의 정신 작용을 완전히 통제하는 것을 의미한다. 오세아니아 사회는 궁극적으로 빅 브라더는 전능하고 당은 결코 잘못이 없다는 믿음을 기반으로 하고 있다. 하지만 빅 브라더는 사실 전능하지도 않고 당도 잘못이 없을 수 없으므로, 실상을 다룰 때 끊임없이 순간순간

유연해야 한다. 여기서 핵심 단어는 흑백이다. 다른 수많은 새말 단어처럼 이 단어에는 상호 모순되는 두 가지 의미가 있다. 이 말을 적에게 적용하면, 명백한 사실과는 반대로 흑을 백이라고 뻔뻔하게 주장하는 버릇을 의미한다. 이 말을 당원에게 적용하자면, 당의 강령이 흑을 백이라고 말하라고 요구한다면 그렇게 말할 수 있는 충성심을 의미한다. 하지만 이 말은 흑을 백이라고 믿는 능력과 더욱이 흑을 백이라고 아는 능력, 반대로 믿은 것을 잊어버리는 능력도 의미한다. 이렇게 하려면 과거를 끊임없이 바꾸어야 한다. 다른 모든 것을 포괄하는, 새말로 이중사고라고 불리는 사고 체계로만 가능한 일이다.

과거를 변조해야 하는 이유에는 두 가지가 있다. 첫째, 부차적인 이유로 사전 예방 차원에서 필요하다. 당원이 프롤레타리아와 마찬가지로 현재 상태를 감내하는 것은 부분적으로는 비교 대상이 없기 때문이다. 당원이 외국과 단절돼야 하는 것처럼 과거와도 단절해야 한다. 당원들은 선조들보다 잘살고 있고, 물질적 안락함도 평균 수준으로 끊임없이 좋아지고 있다고 믿을 필요가 있기 때문이다. 하지만 과거를 변조해야 하는 더 중요한 이유는 당의 무오류성을 지킬 필요가 있기 때문이다. 당의 예측이 어떤 경우든 옳다는 것을 입증하기 위해 모든 강연과 통계 자료, 기록은 늘 최신 정보에 맞춰야 한다. 또한 당의 교리나 정치적 동맹의 변화는 절대 용납될 수 없다. 당의 생각, 심지어 정책을 바꾸는 것은 약하다고 자백하는 것과 같기 때문이다. 예를 들어, 유라시아나 이스트아시아(어느 나라건 상관없다)가 오늘의 적이라면, 그 나라는 늘 적이어야만 한다. 그리고 만약 사실이 다르다고 말하려면 그 사실은 반드시 변경해야 한다. 그래서 역사가 늘 수정되고 있다. 진리부가 매일 수행하는 과거 위조는 애정부가 수행하는 억압과 사찰 작업

만큼 정권의 안정을 위해 꼭 필요한 작업이다.

과거의 가변성은 영사의 가장 중요한 교리다. 당은 과거 사건이 객관적으로는 존재하지 않으며 오직 서면 기록과 인간의 기억 속에서만 살아 있다고 주장한다. 서면 기록과 인간의 기억이 합의를 보는 것만 과거가 된다. 당이 모든 기록을 완전히 통제하고 마찬가지로 당원의 생각도 완전히 통제하기 때문에 과거는 당이 선택한 대로 만들어진다. 과거가 변경될 수 있는 것이기는 하지만 어떤 특정한 순간에 변경되는 것은 아니다. 과거가 어떤 순간에 필요한 대로 재창조되면, 이 새로운 버전이 바로 과거가 되어서 다른 과거는 존재할 수 없기 때문이다. 자주 일어나는 일이지만 같은 사건을 1년에 몇 번이나 수정하는 것은 문제가 되지 않는다. 당은 언제나 절대 진리를 갖고 있으며, 절대 진리는 현재의 진실과 결코 다를 수 없다. 과거의 통제는 무엇보다 기억 훈련에 달려 있다. 모든 서면 기록을 그 순간의 정설에 확실히 맞추는 것은 단지 기계적인 행위에 불과하다. 하지만 그런 사건이 바람직한 방식으로 일어났다는 점을 기억할 필요가 있다. 또한 사람의 기억을 재조정하고 서면 기록을 조작해야 한다면 그런 행동을 했다는 것을 잊어야 한다. 이를 수행하는 요령은 다른 정신 기술처럼 배울 수 있는 것이다. 당원 대다수와 똑똑하고 정통인 사람들은 모두 이 요령을 배운다. 옛말로 이것을 아주 솔직하게 '현실 통제'라고 부르고, 새말로는 이중사고라고 부른다. 이중사고는 이외에도 많은 것들을 포함한다.

이중사고는 사람의 마음속에 모순된 두 가지 신념을 동시에 유지하고 받아들이는 능력을 의미한다. 당의 지성인들은 자신의 기억이 어떤 방향으로 흐르는지 알고 있다. 그래서 자신이 현실을 조작한다는 것도 알고 있다. 하지만 이중사고를 써서 현실이 침해받지 않았다고 스스로 확신하는 것이다. 이 과정은 의식적으로 행해야 한다. 그렇지 않으면 정확하게 수행될 수 없다. 하지만 무의식적으로 이 과정을 행해야 하기도 하는데, 그렇지 않으면 기만하는 느낌이 들고, 죄의식도 생긴다. 이 중사고는 영사의 핵심이다. 당의 본질적인 행위는 의식적으로 속임수를 쓰면서 아주 정직하게 확고한 목적을 유지하는 것이기 때문이다. 고의로 거짓말을 하면서 그 거짓말을 진심으로 믿는 것, 불편한 상황이 오면 어떤 사실을 잊어버렸다가 다시 필요한 상황이 오면 딱 필요한 만큼만 망각 속에서 그 기억을 다시 끄집어내는 것, 객관적인 현실을 부정하는 동시에 부정한 그 현실을 늘 고려하는 것, 이 모든 것이 꼭 필요하다. 이중사고라는 단어를 쓸 때도 반드시 이중사고를 발휘해야 한다. 그 단어를 사용하는 것은 자신이 현실을 조작한다는 것을 인정하는 것이기 때문이다. 이중사고를 한 번 더 발휘해서 이런 사실을 지워야 한다. 이런 식으로 이중사고를 끝없이 진행하면 거짓이 진실보다 늘 한발 앞서게 된다. 결국 우리가 알다시피 당은 이중사고를 수단 삼아 역사의 흐름을 저지할 수 있었다(혹은 수천 년 동안 저지할 수 있을지도 모른다).

과거 모든 과두 정치가 세력을 잃은 것은 경직되었거나 너무 물러졌기 때문이다. 혹은 너무 어리석고 자만해지는 바람에 환경의 변화에 스스로 적응하지 못해서 전복된 것이다. 혹은 후해지고 겁이 많아져서 힘을 발휘해야 할 때, 양보를 하는 바람에 다시 전복된 것이다. 다시 말해, 과두 정치는 의식적이어서 망했거나 무의식적이어서 망한 것이다. 당은 두 가지 조건이 동시에 존재할 수 있는 사고 체계를 달성하는 업적을 이루었다. 게다가 당의 통치를 영속화할 수 있는 다른 지적 기반은 없다. 누구든 통치를 하고 통치를 계속하고 싶다면 현실 감각을 어지럽힐 수 있어야 한다. 통치력의 비밀은 자신의 무오류성을 믿는 믿음과 과거의 실수로부터 깨닫는 힘을 결합하는 데 있다.

이중사고를 가장 교묘하게 실천하는 사람들은 이중사고를 만든 사람들이고, 방대한 정신적 사기 체계라는 것을 알고 있다는 것은 두말할 필요도 없는 사실이다. 우리 사회에서 무슨 일이 일어나는지 가장 잘 아는 사람들은 세상을 가장 있는 그대로 보지 않는 사람들이다. 일반적으로 더 많이 이해할수록 망상도 더 크고, 더 똑똑할수록 더 제정신이 아니다. 사회적 지위가 높을수록 전쟁 히스테리도 강렬하다는 사실은 이것을 확실히 보여주는 사례다. 전쟁을 대하는 태도가 거의 이성적인 사람들은 분쟁 지역에 사는 핍박받는 주민들이다. 이런 사람들에게 전쟁은 본인의 몸을 이리저리 휩쓸고 지나가는 물살처럼 끝없는 재앙일 뿐이다. 어느 편이 이기건 이들에게는 전혀 관심 밖의 일이다. 이들은 통치자가 바뀌면 예전 통치자와 같은 방식으로 자신들을 대하는 새로운 통치자를 위해 같은 일을 하게 된다는 것을 잘 알고 있다. 우리가 '프롤'이라고 부르는 조금 더 형편이 나은 노동자들은 간간이 전쟁을 의식할 뿐이다. 이들은 필요할 때면 당이 부추기는 대로 공포와 증오에 광분하지만 혼자 있으면 전쟁이 일어나고 있다는 사실을 오랫동안 잊어버릴 수 있다. 전쟁에 열광하는 사람들은 당원들이다. 특히 내부 당원이 열렬하다. 세계 정복을 가장 굳게 믿는 사람들은 세계 정복이 불가능하다는 것을 잘 알고 있다. 지식과 무지, 냉소와 광신이라는 반대 개념의 결합은 오세아니아 사회의 주된 특징 가운데 하나다. 오세아니아의 공식 이념은 그럴 만한 실질적인 이유가 없는 곳까지 모순이 가득하다. 그래서 당은 사회주의 운동이 원래 옹호했던 모든 원칙을 거부하고 비난했는데, 사회주의의 이름으로 이런 일을 자행했다. 당은 지난 수 세기 동안 유례를 찾아볼 수 없을 만큼 노동자 계급에 경멸을 퍼부으면서, 한때는 육체노동자들만 입었고 그런 이유로 채택했던 작업복을 당원들의 제복으로 입혔다. 당은 가족의 결속력을 체계적으로 흔들고, 당의 지도자를 가족애에 직접 호소하는 이름으로 당의 지도자를 부르고 있다. 우리를 통치하는 네 개 부처의 이름마저도 뻔뻔스럽게 사실을 의도적으로 뒤집은 것이다. 평화부는 전쟁을, 진리부는 거짓을, 애정부는 고문을, 풍요부는 기아를 담당한다. 이러한 모순은 우연이 아니며 평범한 위선에서 나온 것도 아니며 이중사고를 의도적으로 실행한 것이다. 모순을 받아들여야만 권력을 영구히 유지할 수 있기 때문이다. 그렇지 않으면 아주 오래된 순환 과정에서 벗어날 수 없다. 인간의 평등을 영원히 저지하려면, 즉 상층 계급의 자리를 영원히 지켜내려면 사람들의 정신 상태를 광적인 상태로 만들어야만 한다.

그런데 이 순간까지 우리가 거의 무시한 의문 하나가 있다. '인간의 평등을 왜 저지해야 할까?'라는 문제다. 인간의 평등이 막은 과정이 제대로 설명되었다고 치자, 그렇다면 무슨 이유로 이렇게 방대하고 치밀하게 계획을 세워 특정 순간에 역사를 동결시키려고 노력하는 것일까?

여기서 우리는 핵심적인 비밀의 순간에 이르렀다. 우리가 앞서 살핀 것처럼, 당의 신화, 특히 내부당의 모든 신화는 이중사고에 의존한다. 하지만 이보다 더 깊은 곳에 근원적인 동기가 자리하고 있다. 먼저 권력을 장악하고 이중사고와 사상경찰, 끝없는 전쟁, 그 밖에 자잘하게 필요한 모든 것들을 존재하게 만든, 의문의 여지가 없는 본능 말이다. 이 동기는 실제로……

윈스턴은 다른 소리를 듣고 나서야 주위가 조용하다는 것을 깨달았다. 줄리아는 한동안 아무 소리도 내지 않은 것 같았다. 그녀는 상반신을 벗은 채 손으로 뺨을 받치고 누워 있었다. 그녀의 눈을 덮은 검은 머리카락 한 올이 그의 눈에 띄었다. 그녀의 가슴이 오르락내리락 천천히 들썩거렸다.

"줄리아."

대답이 없었다.

"줄리아, 자는 거야?"

아무 소리도 없었다. 그녀는 자고 있었다. 그는 그 책을 덮어 바닥에 살며시 내려놓은 다음 자리에 누우며 이불을 끌어당겨 둘이 함께 덮었다.

그는 아직 궁극의 비밀을 알지 못했다는 생각이 들었다.

그는 방법은 이해했지만, 이유는 이해하지 못했다. 제3장처럼 제1장에도 그가 모르는 내용은 들어 있지 않았다. 그가 이미 알고 있는 지식을 체계적으로 정리했을 뿐이었다. 하지만 책을 읽고 나자, 자신이 미치지 않았다는 것을 전보다 더 잘 알았다. 자신이 소수에 속하더라도, 하나뿐인 소수일지라도 미치지 않은 것이다. 세상에는 진실이 있고 진실이 아닌 것도 있다. 진실에만 매달린다면 아무리 온 세상과 맞서더라도 그 사람은 미치지 않은 것이다. 지는 해의 노란 빛줄기가 창문을 통해 비스듬히 들어오더니 베개를 비추었다. 그는 두 눈을 감았다. 얼굴에 햇빛이 닿고 여자의 매끈한 몸이 그의 몸에 맞닿자 졸리면서도 강한 자신감이 생겼다. "제정신은 통계 자료로 정하는 게 아니야"라고 중얼대며 잠이 들었다. 이 말에 심오한 지혜가 들어 있는 것 같았다.

10

그는 잠에서 깼을 때 오랫동안 잔 것 같았지만 구식 시계를 흘 끗 보니 겨우 20시 30분이었다. 그는 졸려서 좀 더 누워 있었다. 여느 때처럼 가슴 깊은 곳에서 울려 나오는 노랫소리가 아래쪽 마당에서 들렸다.

덧없는 꿈이었지,
4월의 하루처럼 사라져버렸네.
그래도 눈빛과 한마디 말과 꿈으로 뒤흔들더니
내 마음을 앗아버렸네!

이 하찮은 노래가 계속 인기를 끄는 모양이었다. 어디서나 이 노래가 들렸다. 증오가보다 오래갔다. 노랫소리 때문에 잠에서 깬 줄리아가 늘어지게 기지개를 켜더니 침대 밖으로 나왔다.
"배고파요."
그녀가 이야기를 꺼냈다.
"커피를 더 끓여야겠어요. 젠장. 난로가 꺼져서 물이 식었네요."
그녀는 석유난로를 들더니 흔들었다.
"기름도 다 떨어졌어요."
"채링턴 영감한테 좀 얻을 수 있을 거야."
"이상하네, 꽉 찬 걸 아까 봤는데. 옷 좀 입어야겠어요."
그녀가 덧붙였다.
"날이 더 추워진 것 같아요."

윈스턴 역시 자리에서 일어나며 옷을 입었다. 지치지 않는 목소리가 계속 노래를 이었다.

사람들은 시간이 약이라고 말하지.
늘 잊을 수 있다고 말하지.
하지만 해마다 엇갈리던 미소와 눈물이
아직도 내 마음을 울리네!

그는 작업복 벨트를 조이며 창문가로 느릿느릿 걸어갔다. 태양은 이미 집들 뒤로 넘어갔는지 더 이상 마당을 비추지 않았다. 마당에 깔린 돌바닥은 방금 씻긴 것처럼 축축했다. 마치 하늘도 씻긴 것처럼 굴뚝 사이로 너무나 상쾌하고 창백한 하늘이 보였다. 여인은 지치지도 않는지 빨래집게를 물었다가 뺐다가, 노래를 불렀다가 입을 다물었다가, 계속 오가며 많고 많은 기저귀를 널었다.

윈스턴은 여인이 생계를 위해 빨래하는 것인지 아니면 20~30명쯤 되는 손자들을 거두느라 노예처럼 일하는 것인지 궁금했다. 줄리아가 그의 옆으로 건너왔다. 두 사람은 다부진 여인을 홀린 듯이 뚫어지게 바라보았다. 그는 빨랫줄로 손을 뻗는 두툼한 팔뚝과 튼튼한 암말처럼 툭 튀어나온 엉덩이와 여인 특유의 자세를 보고 있자니, 처음으로 여인이 아름답게 느껴졌다. 아기를 배느라 괴물처럼 불어났다가, 고된 일로 거칠어지고 딱딱해져서 마침내 너무 익은 순무처럼 결이 굵어진 쉰이나 된 여인의 몸이 아름다울 수 있다는 생각은 처음 들었다. 하지만 어쨌든 아름다웠다. 안 될 이유가 없다는 생각이 들었다. 소녀가 장미꽃이라면 마치 화강

암 덩어리처럼 곡선이라고는 없는 여인의 단단한 몸과 거칠고 붉은 피부는 장미 열매였다. 왜 열매가 꽃보다 못한 것일까?

"아름다운 여인이야."

그가 중얼거렸다.

"저 여자 골반 넓이가 1미터는 될걸요."

줄리아가 얘기했다.

"그게 저 여인의 아름다움이야."

윈스턴이 대답했다. 그는 줄리아의 탄력 있는 허리를 한 팔로 쏙 안았다. 골반에서 무릎까지 그의 몸에 딱 붙었다. 두 사람은 아이를 갖지 않을 것이다. 두 사람이 결코 할 수 없는 일이었다. 오직 말로만, 마음과 마음으로만 서로에게 전해진 비밀이었다. 저 아래 있는 여인은 마음이 없었다. 억센 팔뚝과 따뜻한 심장, 비옥한 배만 가지고 있을 뿐이었다. 그는 저 여인이 얼마나 많은 아이를 낳았을지 궁금했다. 아마도 열다섯 명은 낳았을 것 같았다. 여인도 잠깐은 꽃을 피운 시절이 있었을 것이다. 한 1년은 들장미처럼 아름다운 꽃을 피웠을 것이다. 그러다 갑자기 잘 익은 열매처럼 몸이 부풀었다가 단단하게 굳어지고, 붉고 거칠어졌을 것이다. 그녀의 인생은 빨래하고, 쓸고 닦고, 바느질하고, 요리하고, 쓸고 닦고, 고치고, 쓸고 닦고, 빨래하며 처음에는 자식들을 돌보고, 다음에는 손자들을 돌보느라 30년 넘게 고생하며 살았을 것이다. 그런 인생의 끝에도 여인은 여전히 노래를 부르고 있었다. 여인에 대한 신비스러운 경외감이 저 멀리 굴뚝 뒤로 펼쳐진 구름 한 점 없이 파란 하늘과 섞여들었다. 윈스턴은 하늘이 여기는 물론이고 유라시아나 이스트아시아의 모든 사람에게 똑같을 것이라는 생각을 하니 기분이 묘했다. 하늘 아래 사람들은 모두 같았다. 전 세계 모든 곳의 수억, 수십억의 사람들은 모두 똑같을 것이다. 증오와 거짓의 벽으로 갈라져서 다른 사람의 존재를 모르는 채 살아가지만 모두 같을 것이다. 생각하는 법을 배운 적은 없지만 언젠가는 이 세상을 무너뜨릴 힘을 심장과 배와 근육에 쌓고 사는 사람들일 것이다. 만약 희망이 있다면 그것은 프롤들에게 있다! 그 책을 끝까지 읽지 않고도, 그는 그것이 골드스타인의 마지막 메시지라는 것을 알았다. 미래는 프롤들의 것이다. 그들의 시대가 왔을 때, 그들이 건설한 세상이 당이 건설한 세상처럼 윈스턴 스미스에게 이질적인 세상이 아니라고 확신할 수 있을까? 그렇다. 적어도 그곳은 제정신의 세상일 것이니까. 평등이 있는 곳에 온전한 정신이 있을 수 있었다. 조만간 그런 세상이 올 것이다. 힘은 의식으로 바뀔 것이다. 프롤들은 죽지 않는다. 마당에 있는 저 씩씩한 여인을 보았을 때 의심할 수 없었을 것이다. 결국 그들의 의식은 깨어날 것이다. 그런 일이 일어날 때까지, 천 년이 걸릴지라도, 당이 나눠가질 수도 없고 없애버릴 수도 없는 생명력을 몸에서 몸으로 전달하는 새들처럼, 프롤들은 모든 고난에 맞서며 살아남을 것이다.

"기억나? 처음 숲에 갔던 날 우리에게 노래를 불러준 개똥지빠귀 말이야."

그가 물었다.

"걔는 우리한테 노래를 불러준 게 아니에요."

줄리아가 대답했다.

"제멋대로 노래를 부른 거예요. 아니 그런 것까지도 아니고 그냥 부른 거죠."

새들이 노래하고 프롤들도 노래하지만, 당은 노래를 부르지 않았다. 런던과 뉴욕, 아프리카와 브라질, 국경선 너머 신비롭게 숨겨진 땅에서, 파리와 베를린 거리에도, 러시아의 끝없는 평원 마을에서, 중국과 일본의 시장에서, 정복당하지 않는 굳센 몸을 가진 저 여인 같은 모습은 세상 어디에나 있었다. 노동과 출산으로 괴물 같은 모습이 되어서도, 태어나서 죽을 때까지 힘겹게 일만 하면서도 여전히 노래를 부르는 것이다. 저 힘찬 허리에서 의식 있는 종족이 반드시 나올 것이다. 너희들은 죽었다. 미래는 그들의 것이다.

하지만 저들이 몸으로 살아가듯이 너희가 마음으로 살아간다면, 둘 더하기 둘이 넷이라는 비밀스러운 교리를 전한다면, 너희들도 미래에 동참할 수 있다.

"우린 죽은 목숨이야."

그가 얘기했다.

"우린 죽은 목숨이죠."

줄리아가 고분고분 따라 했다.

"너희들은 죽은 목숨이다."

그들 뒤에서 금속성 목소리가 들렸다.

두 사람은 깜짝 놀라며 서로 떨어졌다. 윈스턴은 내장이 얼어붙는 것 같았다. 홍채 주위가 온통 하얘진 줄리아의 눈동자가 그의 눈에 들어왔다. 그녀의 얼굴색이 희뿌옇게 보였다. 광대뼈 주위로 아직 남아 있는 연지 자국이 그 아래 피부와 분리된 것처럼 도드라져 보였다.

"너희들은 죽은 목숨이야."

금속성 목소리가 다시 얘기했다.

274

"그림 뒤에서 나오는 소리예요."

줄리아가 속삭였다.

"그림 뒤다."

금속성 목소리가 얘기했다.

"지금 위치 그대로 꼼짝 말고 있어. 명령을 내릴 때까지 절대 움직이지 마."

시작되었다. 드디어 시작되었다! 두 사람은 서로의 눈을 쳐다보기만 할 뿐 아무것도 할 수 없었다. 너무 늦기 전에 살기 위해 도망치거나 이 집을 나간다는 생각 따위는 떠오르지도 않았다. 벽 너머 금속성 목소리에 불복한다는 것은 생각도 할 수 없는 일이었다. 고리가 철컥 빠지는 것 같은 소리가 나더니 유리가 깨지는 소리가 났다. 그림이 바닥에 떨어지고 그 뒤에 있던 텔레스크린이 드러났다.

"이제 저들이 우리를 볼 수 있어요."

줄리아가 이야기를 꺼냈다.

"이제 너희가 보인다."

금속성 목소리가 얘기했다.

"방 한가운데로 와서 등을 맞대고 서. 손은 머리 뒤에 깍지를 껴. 서로 접촉하지 마."

두 사람은 서로를 만지지 않았다. 하지만 윈스턴은 부들부들 떨리는 줄리아의 몸이 느껴졌다. 아니면 그의 몸이 떨리는 것인지도 모른다. 그는 덜덜 떨리는 이를 다물 수는 있었지만, 무릎까지 잡을 수는 없었다. 집 안팎을 쿵쾅대며 돌아다니는 구둣발 소리가 아래쪽에서 들렸다. 마당은 사내들이 가득했다. 무언가 돌바닥을 가로지르며 질질 끌려가는 소리가 났다. 여인의 노랫소리가 갑자기 뚝 끊겼다. 빨래통을 마당으로 걷어찼는지 쟁그랑 길게 구르는 소리가 들렸다. 그리고 분노에 찬 고함 소리가 나더니 결국은 고통스러운 비명으로 끝이 났다.

"이 집이 포위됐어."

윈스턴이 얘기했다.

"이 집은 포위되었다."

금속성 목소리가 얘기했다. 줄리아의 이가 딱딱 부딪히는 소리가 들렸다.

"우리 이제 작별 인사를 하는 게 좋겠어요."

줄리아가 이야기를 꺼냈다.

"이제 작별 인사를 하는 게 좋을 것이다."

금속성 목소리가 얘기했다. 그리고 완전히 다른 목소리가 끼어들었다. 윈스턴이 전에 들어본 가냘프고 교양 있는 목소리였다.

"그건 그렇고, 그 이야기가 나왔으니 말인데. 그대 침대를 밝혀 줄 촛불이 여기 오네, 그대 머리를 베어줄 도끼가 여기 오네!"

윈스턴의 등 뒤에 있는 침대 위로 무엇인가 떨어지며 박살 나는 소리가 들렸다. 창문을 뚫고 들어온 사다리 머리가 창틀을 부수었다. 그리고 누군가 창문 안으로 올라오고 있었다. 우르르 계단을 타고 올라오는 구둣발 소리가 났다. 방 안은 검은 제복을 입은 남자들로 가득 찼다. 징이 박힌 군화를 신고 손에는 곤봉을 들고 있었다.

윈스턴은 이제 더 이상이 떨리지 않았다. 눈도 깜박이지 않았다. 딱 하나만 중요했다. 가만히 있어야 했다. 계속 가만히 있으면 저들에게 때릴 구실을 주지 않을 것이다! 프로 권투선수처럼 턱이 매끈하고 입술이 쭉 찢어진 사내가 엄지와 검지 사이에 곤봉을 낀 채, 명상이라도 하는 것처럼 윈스턴을 마주 보고 서 있었다. 손을 머리 뒤로 들고, 얼굴과 몸을 모두 드러낸 채 서 있는 벌거벗은 기분을 참을 수가 없었다. 사내는 하얀 혀끝을 쭉 내밀어 입술이 있어야 할 자리를 쓱 핥더니 그대로 지나쳤다. 또다시 박살 나는 소리가 났다. 누군가 테이블 위에 놓여 있던 유리 문진을 들더니 난로 받침돌에 내던져서 산산조각 내버렸다.

케이크를 장식한, 설탕으로 만든 장미꽃 봉오리처럼 주름진 분홍빛 작은 산호 조각이 매트 위를 또르르 굴러갔다.

'정말 작네, 정말 작았구나!'

그 순간 윈스턴은 이런 생각이 들었다. 그의 뒤에서 헉하는 소리가 나더니 퍽 소리가 났다. 발목을 세게 걷어차인 그는 균형을 잃고 쓰러질 뻔했다. 사내 하나가 주먹으로 줄리아의 명치를 때리자, 그녀의 몸이 휴대용 자처럼 고꾸라졌다. 그녀는 방바닥 위에서 몸을 나뒹굴며 숨을 쉬려고 애썼다. 윈스턴은 고개를 조금도 돌릴 수 없었지만 숨을 헐떡이는 검푸른 그녀의 얼굴이 곁눈질로 가끔 들어왔다. 이미 공포에 질린 그였지만, 마치 자기 몸이 아픈 것 같았다. 정말 혹독한 고통이었지만 다시 숨을 쉬려는 몸부림보다는 덜 긴급했다. 그는 그 느낌이 어떤 것인지 알고 있었다. 다른 무엇보다 우선 숨을 쉬어야 했기에 아직 아픔을 느낄 수 없는 끔찍하고 힘겨운 고통이었다. 사내 두 명이 그녀의 무릎과 어깨를 들더니, 마치 자루처럼 방 밖으로 데리고 나갔다. 윈스턴은 거꾸로 늘어진 그녀의 얼굴을 흘낏 바라보았다. 감긴 두 눈과 볼 위의 연지 자국이 아직 그대로인 누렇게 일그러진 얼굴은 그가 마지막으로 바라본 그녀의 모습이었다.

그는 가만히 서 있었다. 아직은 아무도 그를 때리지 않았다. 전혀 관심도 없는 생각들이 멋대로 그의 머릿속을 스쳐 지나갔다. 그는 사내들이 채링턴 씨를 데려갔는지 궁금했다. 마당에 있던 여인을 데려갔는지도 궁금했다. 그는 오줌이 몹시 마렵다가 두세 시간 전에 소변을 본 생각이 나서 살짝 놀랐다. 벽난로 위의 시계가 9시를 가리켰다. 21시였다. 하지만 너무 환했다. 8월의 밤 21시면 빛이 사그라들어야 하지 않을까? 그는 결국 '자신과 줄리아가 시간을 잘못 안 것은 아닐까' 하는 생각이 들었다. 시계가 한 바퀴 다 돌 때까지 자고 나서, 실제로 다음 날 아침 8시 30분인데 20시 30분이라고 생각한 것이다. 하지만 그 이상은 생각하지 않았다. 관심이 없었다.

복도를 걸어오는 가벼운 발소리가 들리더니, 채링턴 씨가 방 안으로 들어왔다. 검은 제복을 입은 사내들의 태도가 갑자기 나긋해졌다. 채링턴 씨의 겉모습도 어딘가 달라 보였다. 그의 두 눈이 유리 문진 파편을 향했다.

"저 유리 조각들 주워."

그가 날카롭게 지시했다. 사내 하나가 복종하려고 몸을 숙였다. 채링턴 씨의 런던 토박이 말투가 사라졌다. 윈스턴은 잠시 전에 텔레스크린에서 들었던 목소리가 누구의 목소리였는지 갑자기 깨달았다. 채링턴 씨는 여전히 낡은 벨벳 재킷을 입고 있었지만, 거의 백발이었던 머리가 검은색으로 바뀌었다. 또한 안경도 쓰지 않았다.

그는 윈스턴의 신분을 확인하듯 그를 한 번 날카롭게 휙 쳐다보더니 더 이상 관심을 두지 않았다. 외모는 여전히 비슷했지만 더 이상 같은 사람이 아니었다. 그가 몸을 쭉 펴자 키도 더 자란 것 같았다. 얼굴은 아주 약간만 변했을 뿐인데 완벽한 변신에 가까웠다. 덥수룩한 검은 눈썹이 정리되고, 주름살도 사라지자 얼굴선이 달라져 보였다. 코도 짧아진 것 같았고, 전체적으로 서른다섯 살가량 된 빈틈없고 차가운 남자로 보였다. 윈스턴은 난생처음으로 사상경찰을 맞닥뜨렸다는 것을 깨달았다.

제3부

1

그는 자신이 어디 있는지 알지 못했다. 아마도 애정부인 것 같았지만 확인할 방법이 없었다. 그는 천장이 높고 번쩍이는 하얀 포세린 타일로 벽을 두른 창문 없는 감옥 안에 있었다. 보이지 않는 전등에서 나오는 차가운 빛이 방을 비추고, 공기 순환과 관련이 있는 낮게 윙윙대는 소리가 꾸준히 들렸다. 문이 난 벽을 제외한 사방 벽을 따라 의자인지 선반인지 모를 겨우 걸터앉을 만한 것이 쭉 붙어 있었고, 문 맞은편 끝에는 변좌가 없는 변기가 하나 보였다. 사방 벽마다 하나씩 텔레스크린 네 개가 보였다.

그는 배가 무지근하게 아팠다. 사내들이 호송차에 그를 집어넣고 실려 올 때부터 계속 아팠다. 그런데 배도 고팠다. 속을 쥐어뜯는 것처럼 기분 나쁜 허기였다. 밥을 먹은 지 24시간은 지났을 것이다. 36시간이 지났을지도 모른다. 그들에게 체포된 때가 아침인지 아니 저녁이었는지 알 수 없었다. 아마 영원히 모를 것이다. 그는 체포된 후 아무것도 먹지 못했다.

그는 무릎에 손을 포개놓고 좁은 의자에 최대한 가만히 앉아 있었다. 가만히 앉아 있어야 한다는 것은 이미 알고 있었다. 돌발적으로 움직이면 텔레스크린에서 호통 소리가 나왔다. 하지만 음식을 먹고 싶은 마음이 점점 더 커졌다. 무엇보다도 빵 한 조각이 제일 간절했다. 작업복 주머니에 빵 부스러기가 있다는 생각이 들었다. 무언가 이따금 다리를 간질이는 것으로 보건대 꽤 큰 빵 조각이 잡힐 수 있을 것 같았다. 결국 그게 뭔지 찾아보고 싶은 마음이 두려움을 앞섰다. 그는 주머니 속으로 손을 쑥 집어넣었다.

"스미스!"

텔레스크린에서 고함 소리가 나왔다.

"6079 스미스 W! 감방 안에선 주머니에 손을 넣지 마!"

그는 다시 가만히 앉아서 무릎 위에 손을 포개었다. 그는 평범한 감옥이거나 순찰대가 쓰는 일시적인 감금 장소로 갔다가 여기로 보내졌다. 거기에 얼마나 있었는지 모르지만 어쨌든 몇 시간은 되었을 것이다. 그곳은 시계도 없고 햇빛도 없어서 시간을 가늠하기가 어려웠다. 몹시 소란스럽고 역겨운 냄새가 났다. 지금 있는 곳과 비슷했지만, 열 명에서 열다섯 명 정도가 우글거리는 몹시 더러운 곳이었다. 그곳 죄수들은 대부분 일반 범죄자였지만 정치범도 몇 명 있었다. 지저분한 몸뚱이에 떠밀려 벽에 딱 붙어 앉은 윈스턴은 너무 두렵고 배도 아파서 주위 환경에 정신이 많이 쏠리지 않았다. 하지만 당원 죄수들과 다른 죄수들의 차이가 깜짝 놀랄 만큼 다른 것을 알아차렸다. 당원 죄수들은 늘 조용했고 겁에 질려 있었지만 평범한 죄수들은 다른 사람을 전혀 신경 쓰지 않는 것 같았다. 그들은 간수들에게 욕을 퍼붓고, 제 물건을 압수당하면 사납게 달려들고, 바닥에 음란한 말들을 적고, 옷 속 은밀한 곳에 감춰둔 음식을 꺼내 먹고, 질서를 지키라고 말하는 텔레스크린을 향해 고함을 질렀다. 한편 일부 죄수들은 간수들을 별명으로 부르고 사이좋게 지내면서 문에 뚫린 감시 구멍으로 담배를 얻어내려고 구슬리기도 했다. 간수들도 일반 죄수들은 심하게 다뤄야 할 때조차 어느 정도 용납하며 대했다. 대다수 죄수는 앞으로 가야 하는 강제 노동 수용소에 대해 주로 얘기했다. 윈스턴은 그곳에서도 줄만 잘 잡고 잘 지내는 요령만 알면 지내기 괜찮다는 말을 들었다. 그곳에는 온갖 뇌물과 특혜, 공갈 협박, 동성애, 매춘, 심지어 감자로 만든 밀주도 있다고 했다. 하지만 일반 죄수들, 특히 깡패와 살인범들만 신임을 얻는 자리를 차지하고 귀족 행세를 했다. 정치범들은 죄다 더러운 일만 했다.

마약상, 도둑, 노상강도, 암거래상, 주정뱅이, 창녀 등 온갖 죄수들이 끊임없이 감방을 드나들었다. 일부 주정뱅이는 폭력성이 무척 심해서 다른 죄수들이 이들을 억눌러야 했다. 나이가 예순 정도 된 어마어마하게 몸집이 큰 여자가 들어온 적이 있었다. 간수 네 명에게 팔다리가 붙잡혀 실려 들어오느라 커다란 젖가슴이 덜렁거리고 하얀 머리카락은 산발이 되어 들어오던 여인은 발길질하며 고함을 쳤다. 간수들은 자기들에게 발길질하는 여인의 신발을 비틀어 벗기더니, 여인을 윈스턴의 무릎 너머로 던져버리는 바람에 그의 허벅지 뼈가 부러질 뻔했다. 여인은 몸을 꼿꼿이 세우더니 간수들을 향해 "XX 새끼들아!"라고 욕을 퍼부었다. 여인은 그제야 자기가 앉아 있는 곳이 평평한 자리가 아니라는 사실을 알고 윈스턴의 무릎에서 슬그머니 벗어나더니 의자에 앉았다.

"정말 미안해, 자기야."

여인이 이야기를 꺼냈다.

"자기 위로 앉을 생각은 없었어. 저것들이 나를 거기로 던진 거야. 저자들은 숙녀를 어떻게 대해야 하는지 모르는 거야?"

여인은 잠시 말을 멈추더니 가슴을 두드리며 트림을 했다.

"미안해요. 내 몸이 좀 이상해."

여인은 몸을 앞으로 숙이며 바닥에 엄청난 양을 토했다.

"이제 좀 살겠네."

여인은 두 눈을 감고 몸을 뒤로 기대며 이야기를 꺼냈다.

"절대 속에 계속 두면 안 돼. 배 속에 들어오면 바로 게워내야 해."

기운을 차린 여인이 다시 윈스턴을 돌아보더니 그에게 바로 호감을 보이는 것 같았다. 여인이 그의 어깨에 우람한 팔뚝을 올리며 그를 자신 쪽으로 끌어당기자, 맥주 냄새와 토한 음식 냄새가 바로 풍겼다.

"자긴 이름이 뭐야?"

여인이 물었다.

"스미스요."

윈스턴이 대답했다.

"스미스?"

여인이 되물었다.

"참 재밌네. 내 이름도 스미스거든."

여인은 감상적으로 덧붙였다.

"내가 자기 엄마일지도 몰라."

윈스턴은 그녀가 그의 엄마일지도 모른다는 생각이 들었다. 여인은 그 정도 나이와 체격으로 보였다. 사람들은 강제 노동 수용소에서 20년 정도 지내면 아마 저렇게 바뀔 것이다.

그 여인 말고는 아무도 그에게 말을 걸지 않았다. 정말 놀라울 정도로 일반 범죄자들은 당원 죄수(정치범)들을 깡그리 무시했다.

"정범."

일반 범죄자들은 당원 죄수들을 무시하고 경멸하는 어투로 이렇게 불렀다. 당원 죄수들은 누구와도 대화를 나누는 것을 두려워하는 것 같았다. 특히 서로 대화하는 것을 두려워했다. 딱 한 번 당원 죄수, 여자 두 명이 의자에 딱 붙어 앉아 있었다. 윈스턴은 급하게 속삭이는 두 사람의 희미한 목소리를 엿듣다가, 특히 '101호실'에 대해 언급하는 소리를 들었지만 무슨 말인지는 알아듣지 못했다.

아마 두세 시간 전에 그들이 윈스턴을 이리로 데려왔을 것이다. 무지근한 배앓이가 가라앉지 않았다. 어떤 때는 조금 낫는 것 같다가 또 조금 나빠지는 것 같았다. 그에 따라 그의 생각도 많아졌다가 적어졌다가 했다. 배앓이가 더 심해지면 아프다는 생각과 음식을 먹고 싶다는 생각뿐이었지만, 배앓이가 조금 나아지면 공포에 사로잡혔다. 윈스턴은 앞으로 일어날 일을 생각하면 심장이 미친 듯이 뛰고 숨이 멈추는 것 같았다. 그는 곤봉으로 팔꿈치를 찔리고, 징 박힌 군화가 정강이를 가격하는 것 같았다. 그는 바닥을 기어다니며 부러진 이빨 사이로 살려달라고 소리치는 자기 모습이 보였다. 줄리아는 거의 생각나지 않았다. 줄리아를 생각할 겨를이 없었다. 그녀를 사랑했고 배신할 생각은 없었지만, 수학 공식처럼 알고 있는 사실에 불과했다. 윈스턴은 그녀에 대한 사랑이 느껴지지 않았다. 그녀에게 어떤 일이 일어날지 궁금하지도 않았다.

꺼질 것 같은 희망을 품으니 오브라이언만 더 자주 생각날 뿐이었다. 오브라이언은 그가 갇혔다는 사실을 알고 있을 것이다. 그는 형제단이 단원을 구하는 일은 결코 없다고 얘기했다. 하지만 면도날이 있었다. 가능하다면 면도날을 보내줄 것이다. 간수가 감방으로 몰려오기 전에 5초 정도 시간이 있을 것이다. 면도날로 찌르면 타는 듯한 냉기를 느끼며 손가락뼈까지 갈리는 느낌이 들 것이다. 아주 조금만 아파도 덜덜 떨며 움츠리는 아픈 몸에 모든 것이 생생하게 느껴졌다. 그는 설사 기회를 잡더라도 면도날을 쓰게 될지 자신이 없었다. 결국 고문밖에 없다는 것이 확실하더라도 10분 또 10분씩 삶을 받아들이며 순간순간 존재하는 것이 더 자연스러울 것이다.

그는 감방 벽의 타일의 수를 세어보려고 애를 쓸 때도 있었다. 당연히 쉬운 일이었지만 늘 어떤 지점이나 다른 지점에서 수를 세다가 잊어버렸다. 그는 자신이 어디 있는지 오늘이 며칠인지 점점 더 궁금했다. 한번은 밖이 아주 환할 것이라는 확신이 들었다가 아주 깜깜할 것이라는 확신이 들 때도 있었다. 이런 곳에 있으면 빛이 절대 꺼지지 않는다는 사실을 그는 본능적으로 알았다. 여기는 어둠이 없는 곳이었다. 그는 오브라이언이 왜 그가 말한 암시를 알아차린 것 같았는지 이제야 이유를 알 수 있었다. 애정부 청사에는 창문이 전혀 없다. 윈스턴의 감방이 그 청사의 한가운데이거나 바깥벽일 수도 있다. 아니면 지하 10층이거나 지상 30층일 수도 있다. 그는 머릿속으로 이곳저곳을 돌아다니며 자신이 높은 곳에 있는지 아니면 지하 깊숙한 곳에 있는지 몸으로 느껴보려고 애를 썼다.

바깥에서 급히 걸어오는 구둣발 소리가 들리더니 강철문이 철커덕 열렸다. 검을 제복을 깔끔하게 차려입은 젊은 장교가 열린 문 안으로 날쌔게 들어왔다. 광을 낸 가죽옷 덕분에 온몸이 번쩍번쩍 빛나는 것 같고, 잘생긴 얼굴은 밀랍 가면을 쓴 것처럼 창백했다. 그는 밖에 있는 간수들에게 데리고 온 죄수를 들여보내라는 손짓을 했다. 시인 앰플포스가 감방 안으로 휘청거리며 들어왔다. 강철문이 다시 닫혔다.

앰플포스는 불확실하게 옆으로 한두 걸음 옮겼다. 마치 나가는 문이 또 하나 있다는 생각이 들었는지 감방 안을 이리저리 돌아다니기 시작했다. 그는 아직 윈스턴의 존재를 알아차리지 못했다. 불안한 두 눈으로 윈스턴의 머리 위로 1미터쯤 떨어진 벽을 뚫어지게 바라보고 있었다. 그는 맨발이었다. 양말 구멍을 뚫고 튀어나온 커다랗고 지저분한 발가락이 보였다. 며칠 동안 면도도 하지 못한 모양이었다. 광대뼈까지 덮인 덥수룩한 수염 때문에 커다랗고 약한 겉모습과 불안한 걸음걸이에 어울리지 않게 깡패 같은 분위기를 풍겼다.

무기력한 상태에 있던 윈스턴은 조금 정신을 차렸다. 그는 텔레스크린에게 고함을 듣더라도 반드시 그와 대화를 나눠야 했다. 앰플포스가 면도날을 가져온 사람일지도 모른다는 생각마저 들었다.

"앰플포스."

윈스턴이 그를 불렀다. 텔레스크린은 아무런 고함도 치지 않았다. 앰플포스는 잠시 멈칫하더니 살짝 놀랐다. 그의 두 눈이 서서히 윈스턴에게 집중했다.

"아, 스미스!"

그가 이야기를 꺼냈다.

"자네도!"

"자넨 무슨 일로 들어왔나?"

"사실대로 말하자면⋯⋯."

그는 윈스턴과 맞은편 의자에 어색하게 앉으며 이야기를 꺼냈다.

"잘못한 건 딱 하나밖에 없어, 그렇지 않아?"

"자네 죄를 지었다는 거야?"

"확실히 그랬지."

앰플포스는 기억을 떠올리려는 것처럼 한 손을 이마에 올리더니 잠시 관자놀이를 눌렀다.

"이런 일이 있었어."

그는 애매하게 이야기를 시작했다.

"난 한 가지 일은 떠올릴 수 있어. 있을 수 있는 일이야. 너무 경솔한 일이었어. 우리는 키플링의 시를 결정판으로 제작하고 있었어. 나는 시의 마지막 행에 '신god'이라는 단어를 그냥 두었어. 어쩔 수가 없었어!"

그는 거의 분개하며 덧붙이더니 얼굴을 들고 윈스턴을 바라보며 이야기를 이었다.

"그 행을 바꿀 수는 없었거든. 각운이 '회초리rod'였어. 우리 말에 '회초리'에 맞는 운은 딱 열두 개밖에 없다는 거 알지? 난 며칠 동안 머리를 쥐어짰어. 근데 다른 운은 없었다고."

그의 표정이 바뀌었다. 짜증이 가시더니 잠시나마 만족스러워
하는 것처럼 보였다. 지적인 온기, 쓸모없는 사실을 알아낸 현학자
의 기쁨이 더럽고 볼품없는 머리카락 사이로 빛났다.

"자네 이런 생각을 해본 적 있나?"

그가 물었다.

"영어에 운율이 부족하다는 사실 때문에 영국 시문학의 역사가
결정된다는 것 말이야."

없다, 윈스턴은 그런 생각은 결코 해본 적이 없었다. 또한 이런
상황에서 그런 생각이 매우 중요하거나 흥미 있는 것 같지도 않
았다.

"자네 지금 몇 신지 아나?"

윈스턴이 물었다. 앰플포스는 다시 놀라는 것 같았다.

"난 그런 생각은 거의 안 해봤어. 저들이 나를 체포한 게…… 아
마 이틀이나 사흘 전일 거야."

그의 두 눈이 벽을 두리번거렸다. 어딘가 창문이 있어서 찾을
수 있다고 생각하는 것 같았다.

"여기는 밤이나 낮이나 차이가 없어. 난 시간을 어떻게 추정해
야 할지 모르겠어."

두 사람은 몇 분 동안 두서없는 이야기를 나누었다. 그런데 특별
한 이유도 없이 텔레스크린에서 가만히 있으라는 고함이 나왔다.
윈스턴은 두 손을 맞잡고 조용히 앉았다. 앰플포스는 몸집이 너무
커서 좁은 의자 위에 편안히 앉지 못하고, 기다란 두 손을 먼저 한
쪽 무릎에 올리더니 다시 다른 무릎에다 올리며 이리저리 몸을 버
둥거렸다. 텔레스크린이 그에게 가만히 있으라고 고함쳤다. 시간이

흘렀다. 20분인지 한 시간인지 가늠하기 어려웠다. 밖에서 다시 구둣발 소리가 났다. 윈스턴의 내장이 꼬였다. 지금 들리는 구둣발 소리는 곧, 이제 곧, 아마 5분 후에 그의 차례가 왔다는 뜻일 것이다.

문이 열리고 냉정한 표정의 젊은 장교가 감방 안으로 성큼성큼 걸어 들어왔다. 그는 재빠른 손짓으로 앰플포스를 지목했다.

"101호실로."

젊은 장교가 얘기했다. 앰플포스는 애매하게 동요했지만, 상황을 이해하지 못한 표정으로 간수들 사이를 어색하게 빠져나갔다.

오랜 시간이 지난 것 같았다. 윈스턴의 배앓이가 다시 시작되었다. 공이 연속으로 이어진 구멍 속으로 떨어지며 계속 같은 궤도를 맴도는 것처럼 그도 같은 생각만 계속 되풀이했다. 그는 배앓이, 빵 한 조각, 피와 비명, 오브라이언, 줄리아, 면도날, 이렇게 딱 여섯 가지만 생각할 수 있었다. 내장에 다시 경련이 시작되고 무거운 구둣발 소리가 다가오고 있었다. 문이 열리자, 식은땀 냄새가 강하게 풍겼다. 파슨스가 감방 안으로 들어왔다. 그는 카키색 반바지와 스포츠 셔츠를 입고 있었다.

윈스턴은 자신도 모르게 깜짝 놀라며 물었다.

"자네가 여길!"

파슨스는 윈스턴을 흘깃 바라봤다. 관심도 없고 놀라지도 않고 오직 고통만 있는 눈길이었다. 그는 가만히 있을 수 없어서 이리저리 홱홱 움직이며 걷기 시작했다. 그가 두툼한 무릎을 쫙 펼 때마다 무릎이 부들부들 떨렸다. 그는 방 한가운데 있는 어떤 것을 뚫어지게 바라보지 않을 수 없는 것처럼 두 눈을 크게 뜨고 빤히 쳐다보고 있었다.

"어쩌다 들어왔나?"

윈스턴이 물었다.

"사상죄야!"

파슨스는 엉엉 울 것처럼 대답했다. 그의 목소리는 단번에 죄를 완전히 인정하면서도 자신에게 적용된 그 죄목을 믿을 수 없는 공포가 역력했다. 그는 윈스턴을 마주 보며 서더니 열심히 호소하기 시작했다.

"자넨 그들이 나를 쏠 것 같은가, 그런가? 실제로 아무 짓도 안 하고 단지 생각만 했다면 나를 쏘지는 않겠지? 생각은 어쩔 수 없는 거 아닌가? 항변할 기회를 주는 걸로 알고 있어. 오, 항변할 기회를 줄 걸로 믿고 있어. 그들이 내 기록을 알고 있잖아, 그렇겠지? 내가 어떤 사람인지 자넨 알잖아. 난 나쁜 사람은 아니야. 내가 머리는 나쁘지만 열성은 있잖아. 나는 당을 위해 최선을 다했어, 안 그런가? 난 5년 형을 받을 거야, 그렇게 생각하지? 아니면 한 10년? 나 같은 녀석은 노동 수용소에서 꽤 쓸모가 있을 거야. 딱 한 번 탈선한 건데 죽이진 않겠지?"

"자네 죄가 있나?"

윈스턴이 물었다.

"물론 죄가 있지!"

파슨스는 텔레스크린을 향해 굽실거리는 눈길을 보내며 소리쳤다.

"당이 죄도 없는 사람을 체포한다고 생각하는 건 아니지?"

개구리 같은 그의 얼굴이 점점 평온해지더니 심지어 살짝 경건한 표정이 보였다.

"사상죄는 무시무시한 거야. 친구."

그는 무게를 잡으며 얘기했다.

"음흉하다고. 나도 모르게 말려들게 되지. 내가 어쩌다 그렇게 됐는지 아나? 자다가 그랬어! 그래, 사실이야. 일할 때는 최선을 다하려고 했어. 내 마음속에 그렇게 나쁜 게 있는 줄 전혀 몰랐지. 그런데 자다가 잠꼬대를 했다네. 내가 뭐라고 한 줄 아나?"

그는 의학적인 이유로 음란한 말을 해야 하는 사람처럼 목소리를 낮췄다.

"'빅 브라더를 타도하라!' 맞아, 내가 그렇게 얘기했어! 그것도 계속해서 얘기한 것 같아. 우리 둘 사이니까 하는 말이지만 일이 더 나빠지기 전에 붙잡혀서 다행이야. 내가 법정에 서면 뭐라고 할 건지 아나? '감사합니다.' 난 이렇게 얘기할 거야. '너무 늦기 전에 저를 구해주셔서 감사합니다.'"

"누가 자네를 고발했나?"

윈스턴이 물었다.

"우리 작은 딸이야."

파슨스는 처량한 듯 자랑스럽게 대답했다.

"아이가 열쇠 구멍으로 들었어. 내가 하는 말을 듣고는 바로 다음 날 경찰에 고발했지. 일곱 살 어린아이가 참 똑똑하지, 응? 난 아이한테 이 일로 원한은 없어. 사실 자랑스러워. 내가 아이를 아주 잘 키운 거니까."

그는 애절한 눈으로 변기를 바라보며 몇 번 더 몸을 획획 움직였다. 그리고 갑자기 반바지를 벗었다.

"실례할게, 친구."

그가 이야기를 꺼냈다.

"어쩔 수가 없네. 많이 참았어."

그는 커다란 궁둥이로 변기 위에 털썩 앉았다. 윈스턴은 두 손으로 얼굴을 가렸다.

"스미스!"

텔레스크린에서 고함이 터져 나왔다.

"6079 스미스 W! 얼굴에서 손 떼. 감방에서는 얼굴을 가리지 마."

윈스턴은 얼굴에서 손을 뗐다. 파슨스는 아주 요란한 소리를 내며 정말 볼일을 많이 봤다. 그 때문에 변기가 막혀서 몇 시간 동안 감방에 악취가 났다.

파슨스는 감방을 옮겼다. 이상하게도 더 많은 죄수가 들어왔다가 나갔다. 어떤 여자는 '101호실'에 배정되었다는 말을 듣자 몸이 오그라들더니 얼굴색도 바뀌는 것 같았다. 그가 이곳에 온 시간이 아침이라면 지금은 오후일 것이고, 오후에 왔다면 지금은 한밤중일 것이다. 감방 안에는 남자와 여자 죄수를 합해서 여섯 명이 있었다.

모든 죄수가 아주 가만히 앉아 있었다. 윈스턴의 맞은편 의자에는 턱이 없고 이가 드러난, 마치 몸집만 커다란 설치류처럼 생긴 순해 보이는 남자가 한 명 앉아 있었다. 통통하고 반점이 있는 두 뺨이 너무 볼록 튀어나와서 그곳에 음식을 조금 넣어두었다고 믿지 않을 수 없었다. 파리한 잿빛 눈은 겁에 질렸는지 이 얼굴 저 얼굴을 휙 스치며 바라보다가 누군가와 눈이 마주치면 잽싸게 고개를 돌렸다.

문이 열리고 다른 죄수가 들어왔다. 윈스턴은 그 죄수의 겉모습을 본 순간 몸이 얼어붙을 것 같았다. 엔지니어나 기술자일 것 같은 남자는 평범하지만 사납게 생긴 얼굴이었다. 그런데 윈스턴이 깜짝 놀란 것은 비쩍 마른 그의 얼굴 때문이었다. 무슨 해골 같았다. 얼굴에 살이 너무 얇아서 입과 두 눈은 지나치게 커 보였고, 두 눈에는 누군가 혹은 어떤 것에 대한 가라앉힐 수 없는 살기등등한 증오가 가득 들어 있었다.

그 남자는 윈스턴과 좀 멀리 떨어진 의자에 앉았다. 윈스턴은 다시 그 남자를 쳐다보지 않았지만, 해골 같은 얼굴이 뇌리에 생생하게 남아서 마치 눈앞에 서 있는 것 같았다. 갑자기 그는 뭐가 문제인지 깨달았다. 그 남자는 아사 직전이었다. 감방 안의 사람들도 거의 모두 동시에 이 생각이 든 것 같았다. 의자 주위로 아주 미세한 동요가 있었다. 턱이 없는 남자는 해골 같은 남자를 향해 눈을 흘깃거리더니 죄책감을 느끼며 고개를 돌렸다가 다시 억누를 수 없는 끌림에 이끌렸다.

그는 곧 의자에 앉은 채로 몸을 버둥거렸다. 드디어 자리에서 일어나더니 어설프게 뒤뚱거리며 감방을 돌아다녔다. 그는 작업복 주머니 속을 뒤지더니 겸연쩍은 태도로 해골 같은 남자에게 더러운 빵 한 조각을 내밀었다.

그 순간 텔레스크린에서 분노에 찬, 귀가 먹을 것 같은 고함이 터져 나왔다. 턱이 없는 남자는 바로 펄쩍 뛰며 제자리로 갔다. 해골 같은 남자는 마치 그 선물을 거절했다는 사실을 만천하에 알리려는 듯 잽싸게 두 손을 등 뒤로 밀었다.

"범스테드!"

텔레스크린이 고함쳤다.

"2713 범스테드 J! 그 빵 조각 버려."

턱이 없는 남자는 그 빵 조각을 바닥에 떨어뜨렸다.

"제자리에 있어."

텔레스크린이 얘기했다.

"문을 마주 봐. 움직이지 마."

턱이 없는 남자는 그대로 복종했다. 빵빵한 그의 뺨이 어쩔 수 없이 씰룩거렸다. 문이 철커덕 열렸다. 젊은 장교가 들어오더니 옆으로 비켜섰다. 그 뒤로 키가 작고 땅땅하며 팔뚝과 어깨가 우람한 간수 하나가 따라 들어왔다. 그는 턱이 없는 남자를 마주 보고 섰다. 그러다 젊은 장교로부터 신호를 받고는 온몸의 힘을 실어서 턱이 없는 남자의 입을 엄청난 힘으로 가격했다. 그 힘 때문에 턱이 없는 남자가 바닥으로 꼬꾸라진 것 같았다. 그의 몸이 바닥으로 구르며 변기 바닥에 맞닿는 곳까지 이르렀다. 그의 입과 코에서 검붉은 피가 줄줄 흘러나왔다. 그는 기절한 것처럼 잠시 누워 있었다. 그는 아주 희미하게 훌쩍이다가 끽끽거렸다. 무의식적으로 나오는 소리 같았다. 그리고 그는 몸을 굴려서 두 손과 무릎으로 바닥을 짚으며 비틀비틀 일어났다. 피와 침을 줄줄 흘리는 와중에 입에서 동강이 난, 의치 두 개가 떨어져 나왔다.

죄수들은 무릎에 두 손을 깍지 낀 채 아주 가만히 앉아 있었다. 턱이 없는 남자는 제자리로 기어 올라갔다. 검은 멍이 든 턱살 한쪽이 눈에 띄었다. 입술이 형체를 알아볼 수 없을 만큼 선홍빛으로 부어올라서 마치 가운데에 검은 구멍이 뚫린 것처럼 보였다.

작은 핏방울이 그의 작업복 가슴 부근으로 이따금 뚝뚝 떨어졌다. 마치 다른 사람들이 모욕당한 자신을 얼마나 경멸하는지 알아내려고 애를 쓰는 것처럼 전보다 더 죄책감을 느끼며, 잿빛 눈으로 이 얼굴 저 얼굴을 여전히 두리번거렸다.

문이 열렸다. 젊은 장교가 해골 같은 남자를 가리키며 손만 까닥했다.

"101호실."

젊은 장교가 얘기했다. 윈스턴 옆에서 헉하는 숨 막히는 소리와 부산한 움직임이 일어났다. 해골 같은 남자는 실제로 바닥에 무릎을 꿇으며 두 손을 맞잡았다.

"동무! 장교님!"

남자가 소리쳤다.

"저를 그리로 보내지 마세요! 제가 이미 다 말하지 않았나요? 무얼 더 알고 싶은가요? 이제 더는 자백할 게 없습니다! 하나도 없습니다! 그게 뭔지 말만 하세요. 제가 다 말할게요. 글로 적어서 서명도 할게요. 뭐든 하겠습니다! 101호실은 절대 안 됩니다!"

"101호실로."

젊은 장교가 얘기했다. 이미 파리하게 질린 남자의 얼굴이 윈스턴이 보기에 믿을 수 없는 색깔로 바뀌었다. 그건 분명 초록빛이었다.

"나한테 무슨 짓이라도 해!"

그가 소리쳤다.

"몇 주일이나 나를 굶겼잖아. 이제 다 끝내고 죽여줘. 총을 쏘라고. 목을 매던가. 25년 형을 내려. 내가 더 이상 불어야 할 사람이 있나? 그게 누군지 말만 해. 당신들이 원하는 대로 다 말할게. 그게 누구든, 당신들이 그 사람들에게 무슨 짓을 하든 상관없어. 난 아내도 있고 아이들도 셋이나 있어. 제일 큰 애가 여섯 살이 안 됐어. 걔네를 다 데려다가 내 눈앞에서 목을 가르더라도 참고 지켜볼 거야. 하지만 101호실만은 안 돼!"

"101호실."

젊은 장교가 얘기했다.

해골 같은 남자는 자신 대신 다른 희생자를 찾을 생각에 다른 죄수들을 미친 듯이 둘러보았다. 그의 두 눈이 턱없는 남자의 박살 난 얼굴에 꽂혔다. 그는 기다란 팔을 뻗었다.

"당신들이 데려갈 사람은 저 사람이야, 내가 아니라고!"

그가 소리쳤다.

"저 사람이 얼굴을 얻어맞고는 뭐라고 했는지 못 들었지. 기회만 준다면 뭐든 다 이야기할게. 당에 반대하는 사람은 저 사람이야, 내가 아니라고."

간수들이 앞으로 걸어왔다. 남자의 목소리가 찢어졌다.

"저 사람이 하는 말을 못 들었잖아!"

그는 같은 말을 또 했다.

"텔레스크린이 뭔가 잘못됐어. 당신들이 원하는 사람은 저 사람이야. 저 사람을 데려가, 나 말고!"

건장한 간수 두 명이 그의 팔을 잡으려고 몸을 굽혔다. 하지만 이 순간 그는 감방 바닥으로 몸을 굴리더니 의자를 받치고 있던 철제 다리 하나를 와락 붙잡았다. 그는 짐승처럼 으르렁거렸다. 간수들이 그를 비틀어 떼어내려고 했지만, 그는 정말 놀라운 힘으로 의자 다리에 매달렸다. 약 20초 동안 간수들이 그를 끌어내려했다. 다른 죄수들은 두 손을 무릎 위에 맞잡은 채 가만히 앉아서 눈앞에 벌어지는 광경을 바라보고 있었다. 남자의 울부짖음이 멈췄다. 그냥 매달리기만 할 뿐 다른 힘이 남아 있지 않았다. 그리고 다른 울음소리가 들렸다. 간수가 구둣발로 그의 손을 걷어차는 바람에 손가락이 부러졌다. 간수들은 그의 발을 잡아끌었다.

"101호실."

젊은 장교가 얘기했다. 해골 같은 남자는 싸울 힘이 다 사라졌는지 고개를 푹 숙인 채 으스러진 손을 만지며 비틀비틀 걸어 나갔다.

시간이 한참 흘렀다. 해골 같은 남자가 끌려 나갔을 때가 한밤중이라면 지금은 아침이고, 아침에 끌려 나갔다면 지금은 오후였다. 윈스턴은 혼자 있었다. 몇 시간째 혼자 있었다. 좁은 의자에 앉아 있으니 몸이 쑤셔서 자주 일어나서 걸어 다녔지만, 텔레스크린은 호통치지 않았다. 턱이 없는 남자가 아까 떨어뜨린 빵 조각은 여전히 그 자리에 있었다. 처음에는 그 빵 조각을 보지 않을 수가 없었다. 그런데 허기는 이내 갈증으로 바뀌었다.

입이 끈적이더니 입에서 쓴맛이 났다. 윙윙대는 소리와 변함없이 비치는 하얀 불빛 때문에 현기증이 일면서 머릿속이 텅 비는 것 같았다. 그는 뼈마디가 참을 수 없을 만큼 쑤실 때는 일어섰다가 너무 어지러워 발로 서서 버티기 어려울 때는 다시 앉곤 했다. 몸의 감각이 조금씩 돌아올 때마다 두려움이 밀려들었다. 그는 실낱같은 희망으로 오브라이언과 면도날을 생각했다. 혹시 음식이 들어온다면 면도날이 음식 속에 숨겨져 들어올 수 있다는 생각도 들었다. 아주 희미하게 줄리아도 생각났다.

'어딘가 다른 곳에서 그녀는 더 심한 고통을 당하고 있을지 몰라. 이 순간 고통 때문에 비명을 지를지도 몰라.'

그는 이런 생각이 들었다.

'내가 만약 두 배 더 아파서 줄리아를 구할 수만 있다면, 과연 나는 그렇게 할까? 물론, 그래야지.'

하지만 그런 생각은 그렇게 해야 한다는 것을 알고 있기에 내리는 이성적인 판단일 뿐이었다. 그는 그런 것을 느끼지 못했다. 이곳에서는 단지 고통과 고통을 예지하는 것 외에는 아무것도 느낄 수 없었다. 게다가 실제로 지금 고통을 당하고 있는데 고통이 더해지기를 바랄 수 있을까? 그러나 그런 질문에는 아직 답을 내릴 수가 없었다.

구둣발 소리가 다시 가까워졌다. 문이 열리고 오브라이언이 안으로 들어왔다. 윈스턴은 깜짝 놀라서 일어났다. 그를 본 충격 때문에 모든 주의력이 다 사라졌다. 몇 년 만에 처음으로 텔레스크린의 존재를 잊어버렸다.

"저들이 당신도 잡았군요!"

윈스턴이 소리쳤다.

"오래전에 잡혔어."

오브라이언은 온화하지만, 후회하는 것 같은 반어법으로 대답했다. 그는 옆으로 비켜섰다. 그의 뒤로 가슴팍이 넓은 간수가 기다란 검은 곤봉을 들고 나타났다.

"자넨 이럴 줄 알고 있었지, 윈스턴."

오브라이언이 이야기를 꺼냈다.

"자신을 속이지 말게. 자넨 이럴 줄 알았어…… 늘 알고 있었지."

그랬다. 이제 와 생각해보니 그는 늘 알고 있었다. 하지만 그런 생각을 할 겨를이 없었다. 간수의 손에 들린 곤봉으로만 시선이 온 통 쏠렸다. 그것은 어디로든 떨어질 수 있었다. 머리통이나 귓바퀴 나 팔뚝, 팔꿈치…….

팔꿈치였다! 그는 다른 손으로 얻어맞은 팔꿈치를 감싸며 거의 마비된 것처럼 무릎을 털썩 꿇었다. 모든 것이 노란빛으로 폭발했다. 노란빛이 사라지고 자신을 내려다보는 두 사람이 보였다. 간수는 몸을 비틀어대는 그를 보며 비웃고 있었다. 어쨌든 한 가지 의문은 풀렸다. 세상 어떤 이유로도 이보다 더한 고통을 바랄 수는 없었다.

고통에 대해 딱 한 가지만 바랄 수 있었다. 고통을 멈춰달라는 것이었다. 세상 그 무엇도 육체적 고통보다 나쁜 것은 없었다. 고통 앞에서 영웅도 없었다. 그는 망가진 왼팔을 소용없이 붙잡고 바닥 위에서 몸을 비틀며 이 생각만 계속했다.

2

윈스턴은 야전침대 같은 것 위에 누워 있었다. 다만 너무 높은 데다가 어떤 식으로 고정했는지 몸을 꼼짝할 수 없었다. 평상시 보다 더 밝은 빛이 그의 얼굴로 쏟아졌다. 오브라이언이 옆에 서서 강렬한 눈길로 그를 내려다보고 있었다. 맞은편에는 하얀 가운을 입은 남자가 피하주사기를 들고 서 있었다.

그는 눈을 뜬 후에도 주위 사물을 아주 천천히 바라봤다. 그는 깊은 물속 같은 전혀 다른 세상에서 이 방으로 헤엄쳐 온 기분이 들었다. 얼마나 오랫동안 그곳에 있었는지 알 수 없었다. 그들이 그를 체포한 순간부터 그는 어둠도 햇빛도 보지 못했다. 게다가 그의 기억도 뜨문뜨문 이어졌다. 의식이, 잠잘 때 느끼는 의식 같은 것일지라도 죽은 것처럼 완전히 멈추었다가 완전한 공백 후에 다시 돌아올 때가 몇 차례 있었다. 하지만 그런 의식의 공백 상태가 며칠인지 혹은 몇 주인지 아니면 겨우 몇 초인지 알 도리가 없었다.

팔꿈치를 처음 얻어맞을 때부터 악몽은 시작되었다. 그는 그때 일어났던 모든 일은 예비 심문이며 죄수들이라면 거의 모두 겪어야 하는 일상적인 심문에 불과하다는 것을 나중에 알았다. 간첩 행위와 태업 등 모든 죄수가 당연히 고백해야 할 죄의 범위는 다양했다. 자백은 형식적인 것이지만, 고문은 진짜였다. 얼마나 두들겨 맞았는지 그런 구타가 얼마나 지속되었는지 그는 기억하지 못했다. 그의 주위로 검은 제복을 입은 사내 대여섯 명이 늘 함께 있었다. 주먹으로 맞을 때도 있었고, 곤봉이나 쇠몽둥이로 두들겨 맞을 때도 있었으며 구둣발로 맞을 때도 있었다. 그는 발길질을 피하려고 짐승처럼 창피한 줄도 모르고 온몸을 이리저리 비틀면서 끝없이 바닥을 굴러다녔지만, 오히려 갈비뼈와 배, 팔꿈치와 정강이 그리고 사타구니와 고환과 척추뼈에 발길질만 더해질 뿐이었다. 이런 구타가 계속되자 그는 잔인하고 사악하고 용서할 수 없는 사람은 끝없이 자신을 두들겨 패는 간수들이 아니라 의식을 잃지 못하는 자신이라는 생각마저 들었다. 너무 겁에 질린 나머지 다시 두들겨 맞기도 전에 살려달라고 소리치고, 내려치려는 주먹을 보기만 해도 진짜든 가짜든 죄를 마구 자백한 적도 있었다. 어떨 때는 아무것도 자백하지 않겠다고 마음먹었다가, 고통에 찬 신음 사이로 한 마디씩 내뱉을 때도 있었다. 그는 혼잣말로 "자백은 하겠지만 아직 은 아니야. 난 고통을 참을 수 없을 때까지 견딜 거야. 세 번 더 걷 어차이면, 두 번 더 걷어차이면, 저들이 원하는 걸 말해야지"하며 스스로 타협할 때도 있었다. 때로는 서 있지도 못할 정도로 두들 겨 맞았다가 감자 포대처럼 감방 돌바닥에 내던져지기도 했다. 또 몇 시간 동안 기운을 차릴 때까지 방치되었다가 다시 끌려 나가서 두들겨 맞을 때도 있었다. 회복 기간이 오래 걸릴 때도 있었다. 그 때는 주로 자거나 멍하게 있어서 기억이 희미했다. 그는 판자 침대 가 있고, 선반 같은 것이 튀어나온 벽과 양철 대야, 뜨거운 수프와 빵과 때로는 커피까지 곁들인 식사가 나오던 감방이 생각났다. 무 례한 이발사가 수염과 머리를 깎아주고, 하얀 가운을 입은 무심한 사람들이 사무적인 태도로 맥박을 재고, 반사신경을 확인하고, 눈 꺼풀을 들어 올리고 거친 손가락으로 부러진 뼈를 확인하고, 팔에 잠이 오는 주사를 꽂던 일도 생각났다.

매질은 횟수가 줄어들었다. 그의 대답이 만족스럽지 않을 때면 언제라도 다시 때리겠다는 살벌한 협박이 주로 이어졌다. 그를 심 문하는 사람들은 검은 제복을 입은 깡패들이 아니라, 동작이 잽싸 고 번쩍이는 안경을 쓴 땅딸막한 당의 지식인들이었다. 그들은 확 실하진 않지만, 그가 가늠하자면 10시간 혹은 12시간씩 교대로 죽 심문하는 것 같았다. 당의 지식인들은 그에게 약한 고통을 계 속 가하기는 했지만, 고통에만 의존하지 않았다. 그들은 그의 얼굴 을 때리고, 귀를 비틀고, 머리카락을 잡아당기고, 한쪽 다리로 서 있게 하고, 소변을 보지 못하게 하고, 눈물이 줄줄 흐를 때까지 눈에 번쩍이는 빛을 비추었다. 이런 짓을 하는 목적은 단순히 그를 모욕해서, 그가 논쟁하고 이성적으로 생각할 힘을 말살하는 데 있었다. 그들에게는 몇 시간이고 계속해서 가차 없이 질문을 퍼부으며 그를 몰아붙이고, 허점을 파고들고, 그가 말한 모든 것을 비틀고, 그가 거짓말을 하고 자가당착했다고 몰아붙인다는 진짜 무기가 있었다. 결국 그들 때문에 그는 신경쇠약에 걸릴 뿐만 아니라 수치심 때문에 흐느껴 울 수밖에 없었다. 한차례 심문받는 동안 대여섯 차례나 울음을 터뜨린 적도 있었다. 그들은 대부분 그에게 욕을 퍼붓고 그가 머뭇거릴 때마다 다시 간수들에게 보내겠다고 협박했다. 그런데 갑자기 어조를 바꿔서 그를 동무라고 부르고, 영사와 빅 브라더의 이름으로 그에게 호소하다가, 그가 이미 저지른 사악한 행동을 되돌리기 위해 당에 충성할 마음이 남아 있지 않은지 서러운 목소리로 물을 때도 있었다. 그는 몇 시간 동안 심문을 받은 후라 신경이 곤두서면 이런 호소에도 눈물을 흘리며 훌쩍였다. 결국 그는 간수들의 구둣발과 주먹질보다 계속되는 그들의 지긋지긋한 목소리에 더 쉽게 무너졌다. 그는 그들이 요구하는 것은 무엇이든 말하는 입이 되고, 원하는 대로 서명하는 손이 되었다. 그의 유일한 관심은 그들이 자신에게 자백받기를 원하는 것이 무엇인지 알아내서, 괴롭힘이 새로 시작되기 전에 재빨리 자백하는 것이었다. 그는 주요 당원을 암살하고, 불온 책자를 배포하고, 공공기금을 횡령하고, 군사 기밀을 넘기고, 온갖 태업을 자행했다고 자백했다. 그는 1968년부터 이스트아시아 정부의 돈을 받고 스파이 활동을 했다고 자백했다. 또한 독실한 신자이며, 자본주의를 숭배하고, 성적인 변태라고 자백했다. 아내가 살아 있다는 것을 자신도 알고 심문자들이 알고 있는 것이 분명했지만 아내를 살해했다고 자백했다. 몇 년 동안 골드스타인과 개인적으로 만났고, 자신이 아는 사람이 거의 다 포함된 지하 조직의 일원이라고 자백했다. 모든 것을 자백하고 모든 사람을 끌어들이는 편이 더 쉬웠다. 게다가 어떤 의미에서는 모두 맞는 말이었다. 그가 당의 적이었던 것은 사실이었고 당의 눈으로 보면 그의 사상과 행동은 아무 차이가 없었다.

또 다른 기억도 있었다. 그 기억들은 마치 주위에 암흑밖에 없는 그림처럼 그의 머릿속에 드문드문 떠올랐다.

그는 어두운 것 같기도 하고 환한 것 같기도 한 감방 안에 있었다. 보이는 것은 두 개의 눈밖에 없었다. 가까운 곳에 천천히 규칙적으로 재깍거리는 무슨 도구가 있었다. 두 눈이 점점 커지더니 더 환해졌다. 갑자기 그가 떠오르더니 눈 사이로 빨려 들어갔다.

그는 밝은 불빛 아래 다이얼로 둘러싸인 의자에 묶여 있었다. 하얀 가운을 입은 남자가 다이얼을 읽고 있었다. 밖에서 묵직한 구둣발 소리가 들리더니 문이 철커덕 열렸다. 밀랍으로 빚은 것 같은 장교가 간수 두 명을 거느리고 단호한 발걸음으로 들어왔다.

"101호실."

장교가 얘기했다. 하얀 가운을 입은 남자는 돌아서지 않았다. 그는 윈스턴을 바라보지도 않았다. 오직 다이얼만 바라보고 있었다.

찬란한 금색 불빛이 가득 비치고 폭이 1킬로미터나 되는 어마어마하게 넓은 통로가 보였다. 그는 깔깔대고 웃으며 큰 소리로 자백하며 그 통로를 굴러가고 있었다. 그는 모든 것을 자백하고 있었다. 심지어 고문당할 때도 잘 숨겼던 것들을 모두 자백했다. 이미 그 사실을 알고 있는 사람들에게 자신의 모든 생애를 다 얘기하고 있었다. 그와 함께 있는 간수들과 다른 심문관들, 하얀 가운을 입은 남자들, 오브라이언, 줄리아, 채링턴 씨도 모두 함께 깔깔대며 통로를 굴러가고 있었다. 그런데 미래 속에 박혀 있던 어떤 두려운 일이 일어나지 않고 그냥 넘어가버렸다. 모든 것이 잘되었고, 더 이상의 고통도 없었다. 그의 인생이 마지막 하나까지 상세히 밝혀지고 이해받고 용서받았다.

그는 오브라이언의 목소리를 들은 것 같아서 판자 침대에서 몸을 일으켰다. 심문받는 내내 그를 본 적은 한 번도 없었다. 그런데 보이지는 않지만, 오브라이언이 팔꿈치 근처에 있는 것 같은 느낌을 받았다. 모든 것을 지시한 사람은 바로 오브라이언이었다. 윈스턴에게 간수들을 붙인 사람은 그였고, 그를 죽이지 못하게 막은 것도 그였다. 윈스턴이 고통 때문에 비명을 지를 때와 휴식을 취해야 할 때, 먹어야 할 때, 자야 할 때, 팔뚝에 약물을 주사할 때를 지시하는 사람도 오브라이언이었다. 질문을 던지고 답변을 제시한 사람도 그였다. 그는 고문관인 동시에 보호자였고 심문관이고 친구였다. 한번은 약에 취해 잠이 든 것인지, 그냥 잠이 든 것인지 아니면 깨어나는 순간인지 기억할 수는 없지만, 그의 귀에 이렇게 속삭이는 소리가 들렸다.

"윈스턴, 걱정하지 말게. 자네는 내가 지킬게. 7년 동안 난 자네를 지켜봤어. 이제 전환점이 왔어. 내가 자네를 구해줄게. 내가 자네를 완벽하게 해줄게."

그는 그것이 오브라이언의 목소리인지 확실하지 않았다. 하지만 7년 전 다른 꿈속에서 이렇게 얘기한 사람과 목소리가 같았다.

"우린 어둠이 없는 곳에서 만날 거야."

그는 심문이 어떻게 끝났는지 전혀 기억하지 못했다. 암흑 속에서 한동안 시간이 지나면 그가 있는 곳이 감방이든 방이든 주위 사물이 차츰 모습을 드러냈다. 그는 등을 대고 누워 있었는데 꼼짝할 수 없었다. 몸의 주요 부위가 다 묶여 있었다. 그의 뒤통수마저 무언가에 매여 있었다. 오브라이언이 심각한 얼굴로 다소 애통하게 그를 내려다보고 있었다. 눈 밑 살이 불룩하고 코에서 턱까지 피로에 치인 주름살이 패여 있어서 밑에서 본 그의 얼굴은 거칠고 지쳐 보였다. 그는 윈스턴이 생각한 것보다 더 늙어 보였다. 마흔여덟 살이나 쉰 정도 되어 보였다. 앞면에 숫자가 빙 둘러 적혀 있고, 맨 꼭대기에 레버가 달린 다이얼이 그의 손 밑에 있었다.

"내가 말했잖아."

오브라이언이 이야기를 꺼냈다.

"우리가 다시 만나게 된다면 이곳일 거라고."

"네."

윈스턴이 대답했다. 오브라이언이 손만 한 번 살짝 까딱한 것 말고는 아무런 경고도 없었는데, 그의 몸에 고통이 파도처럼 엄습했다. 정말 엄청난 고통이었다. 무슨 일이 일어나는지 알 수 없었지만, 치명상을 입은 것 같았다. 그는 그 일이 실제로 일어난 것인지 아니면 전기로 만든 효과인지 알 수 없었다. 그의 몸이 비틀리고 관절이 천천히 찢어지고 있었다. 고통 때문에 이마에 땀이 났는데, 등뼈가 부러질 것 같은 두려움이 가장 큰 고통이었다. 그는 가능한 한 아무 소리도 내지 않으려고 이를 악물고 힘겹게 코로 숨을 쉬었다.

"자네 겁을 먹었군."

오브라이언은 그의 얼굴을 바라보며 얘기했다.

"다음 순간 뭐라도 부러질 것 같지. 자네는 등뼈가 부러지는 게 제일 두려울 거야. 등골뼈가 뚝 부러지고 척수액이 줄줄 흐르는 게 눈에 선하겠지. 지금 이런 생각을 하고 있지, 안 그래, 윈스턴?"

윈스턴은 아무 말도 하지 않았다. 오브라이언은 다이얼의 레버를 뒤로 당겼다. 고통의 물결이 시작할 때처럼 바로 물러났다.

"이건 40이야."

오브라이언이 얘기했다.

"자넨 다이얼의 숫자가 100까지 올라가는 걸 볼 수 있어. 우리가 얘기하는 중에 어떤 순간이라도 내가 원하는 정도까지 자네에게 고통을 가할 수 있다는 걸 꼭 기억해둬. 만약 내게 거짓말을 하거나 어떤 식으로든 얼버무리려고 하거나, 자네의 지적 수준이 평상시 이하로 떨어지면 고통으로 즉각 비명을 지르게 될 거야. 알아들었나?"

"네."

윈스턴이 대답했다.

오브라이언의 가혹한 태도가 조금 누그러졌다. 그는 생각에 잠긴 듯 안경을 고쳐 쓰더니 한 걸음 두 걸음 오고 갔다. 그가 말을 할 때 목소리는 온화하고 인내심이 있었다. 그는 벌을 주기보다는 설명하고 설득하려 애쓰는 의사나 교사, 심지어 성직자 같은 태도를 보였다.

"윈스턴, 자네 때문에 내가 고생하는 건."

그가 이야기를 꺼냈다.

"자네가 그럴 만한 가치가 있기 때문이야. 자넨 자네 문제가 무엇인지 정확히 알고 있어. 알고 있다는 사실을 받아들이지 않으려고 맞섰지만, 오랫동안 알고 있었지. 자넨 정신에 문제가 있어. 자넨 기억력도 좋지 않아. 절대 일어나지 않은 일을 기억할 수 있다고 스스로를 설득하지만, 실제 사건은 기억할 수 없어. 다행히 치료 가능해. 자네 스스로는 고칠 수 없어. 자네가 원하지 않았기 때문이지. 아주 조금만 노력하면 되는데 그럴 마음이 없어. 지금까지도 자넨 그게 무슨 미덕이라도 되는지 그 병에 매달리는 걸 내가 잘 알지. 이제 예를 하나 들어볼게. 이 순간 오세아니아는 어느 나라와 전쟁을 하고 있나?"

"제가 체포되었을 때, 오세아니아는 이스트아시아와 전쟁 중이었습니다."

"이스트아시아와. 좋아. 그럼 오세아니아는 늘 이스트아시아와 전쟁 중이지 않았나, 응?"

윈스턴은 숨을 들이마셨다. 그는 말하려고 입을 열었지만 아무 말도 하지 않았다. 그는 다이얼에서 눈을 뗄 수가 없었다.

"윈스턴, 진실을 말해. 자네가 아는 진실을. 자네가 기억한다고 생각하는 대로 말하라고."

"제가 체포되기 일주일 전까지는 이스트아시아와 절대 전쟁하지 않았다고 기억합니다. 우리는 그들과 동맹관계였어요. 전쟁은 유라시아와 하고 있었죠. 4년 동안 지속되었죠. 그전에는……."

오브라이언은 손짓으로 윈스턴을 말렸다.

"또 다른 예를 들지."

오브라이언이 이야기를 꺼냈다.

"몇 년 전에 자네는 아주 심각한 망상을 겪었어. 자네는 한때 당원이었던 존스와 애런슨과 러더퍼드, 이 세 사람이 반역과 태업을 저질렀다고 충분히 자백한 후에 처형당했는데도 이들의 유죄를 믿지 않았어. 자네는 그들의 자백이 거짓임을 입증하는 확실한 서류상의 증거를 봤다고 믿고 있어. 자네가 환각을 일으켰던 사진도 있어. 자네는 실제로 그 사진을 갖고 있었다고 믿었지. 바로 이런 사진 말이야."

길쭉한 신문 조각이 오브라이언의 손가락 사이로 나타났다. 약 5초 동안 윈스턴은 그것을 볼 수 있었다. 그것은 의문의 여지가 없는 바로 그 사진이었다. 존스와 애런슨, 러더퍼드가 뉴욕에서 열린 당의 행사에 참여한 사진의 복사본으로, 윈스턴이 11년 전에 우연히 발견하고 즉각 파기한 사진이었다.

아주 짧은 순간 그의 눈앞에 나타났던 그 사진은 다시 사라졌다. 하지만 그는 그 사진을 보았다, 확실히 보았다! 그는 상반신을 자유롭게 하려고 고통스럽게 노력하며 필사적으로 몸을 비틀었다. 하지만 어느 방향으로든 1센티미터도 움직일 수 없었다. 그 순간 그는 다이얼조차 잊어버리고 말았다. 그는 다만 손가락 사이에 그 사진을 끼어보고 싶었다. 아니 적어도 그것을 보고 싶었다.

"그게 있네요!"

그가 소리쳤다.

"아니."

오브라이언이 대답했다. 오브라이언은 방 저쪽으로 걸어갔다. 맞은편 벽에 기억 구멍이 보였다. 오브라이언은 덮개를 올렸다. 보이지는 않지만 얇은 종잇조각이 따뜻한 공기를 타고 날아 들어가고 있었다. 그것은 불꽃 속으로 사라졌다. 벽 쪽에 있던 오브라이언이 몸을 돌렸다.

"재야."

오브라이언이 말을 꺼냈다.

"알아볼 수도 없는 재가 되었지. 먼지야. 그것은 존재하지 않아. 존재한 적도 없어."

"하지만 그건 존재했었어요! 존재한다고요. 기억 속에 존재해요. 제가 그걸 기억해요. 당신도 기억하고요."

"난 기억나지 않아."

오브라이언이 얘기했다. 윈스턴의 가슴이 덜컥 내려앉았다. 그건 이중사고였다. 그는 철저하게 무력했다. 오브라이언이 거짓말을 하고 있다고 확신할 수만 있다면 문제가 되지 않을 것이다. 하지만 오브라이언이 그 사진을 정말로 잊어버렸을 가능성도 충분히 있었다. 정말 그렇다면 오브라이언은 그 사진을 기억하는 것을 부정했다는 것을 이미 잊어버리고, 잊어버린 그 행위도 잊어버렸을 것이다. 그게 단순한 속임수라고 어떻게 확신할 수 있을까? 그의 머릿속 미치광이 같은 혼란이 실제로 일어났을지도 모른다. 그런 생각 때문에 윈스턴은 좌절하고 말았다.

오브라이언이 추측하는 눈빛으로 그를 내려다보고 있었다. 그에게서 고집은 세지만 장래성이 있는 어린아이 때문에 고생하는 교사의 태도가 그 어느 때보다 강하게 보였다.

"당에는 과거 통제와 관련된 슬로건이 있어."

그가 이야기를 꺼냈다.

"괜찮다면, 말해보게."

"과거를 지배하는 자가 미래를 지배한다. 현재를 지배하는 자가 과거를 지배한다."

윈스턴은 고분고분 읊었다.

"현재를 지배하는 자가 과거를 지배한다."

오브라이언은 천천히 동의하는 것처럼 고개를 끄덕이며 얘기했다.

"윈스턴, 과거가 실제로 존재한다는 것이 자네 의견인가?"

또다시 무력감이 윈스턴을 덮쳤다. 그의 두 눈이 다이얼이 쪽을 흘깃했다. 그는 고통을 덜어줄 답이 '네'인지 아니면 '아니요'인지 알 수 없을 뿐만 아니라 어느 것을 진짜 대답이라고 믿는지조차 몰랐다.

오브라이언은 희미하게 웃으며 이야기를 꺼냈다.

"자넨 형이상학자가 아니야, 윈스턴. 이 순간까지 존재라는 것이 무슨 의미인지 생각해본 적이 없어. 내가 좀 더 정확히 말해주지. 과거가 구체적으로 공간 속에 존재하나? 과거가 실제로 일어나고 있는, 확실한 객체의 세계가 세상 어딘가에 있나?"

"없습니다."

"그렇다면 도대체 과거는 어디에 존재하나?"

"기록 속에. 서면으로 기록됩니다."

"기록 속에, 또……?"

"마음속에, 인간의 기억 속에."

"기억 속에. 좋아, 그렇다면 말이지. 우리가, 당이 모든 기록을 지배하고, 모든 기억을 지배해. 그렇다면 우리는 과거를 지배해, 그렇지 않나?"

"하지만 사람들이 기억하는 걸 어떻게 멈출 수 있죠?"

윈스턴은 순간적으로 다이얼을 잊고 또다시 소리쳤다.

"그건 무의식적인 거예요. 스스로 통제할 수 없는 거예요. 어떻게 기억을 통제할 수 있죠? 내 기억을 통제하진 않았잖아요."

오브라이언의 태도가 또다시 엄격해졌다. 그는 다이얼 위에 손을 올리며 이야기를 꺼냈다.

"반대로, 그걸 통제하지 않은 건 자네야. 그래서 자네가 이곳으로 오게 되었지. 자네가 겸손하지 못하고 수양이 부족하기 때문이야. 자넨 제정신을 가지려면 마땅히 치러야 하는 복종을 하지 않았어. 자넨 소수의 미치광이를 택했어. 정신을 훈련해야만 현실을 볼 수 있어, 윈스턴. 자넨 객관적이고, 외적이고, 자기 능력으로 존재하는 것이 현실이라고 믿고 있지. 또한 현실이 본질적으로 자명한 것이라고 믿고 있어. 자네는 뭔가를 바라본다는 생각으로 스스로 속을 때, 다른 사람들도 모두 자네와 같은 것을 본다고 추정하지. 하지만 윈스턴, 잘 들어. 현실은 외적인 것이 아니야. 현실은 사람의 머릿속에 있어, 다른 어디에도 없다고. 실수할 수 있고 곧 멸망할 개인의 머릿속이 아니라, 불멸하는 집단인 당의 머릿속에만 존재한다고. 당이 진실이라고 주장하는 것은 무엇이든 진실이야. 당의 눈을 통해서 보지 않으면 현실을 보는 건 불가능해. 윈스턴, 그게 자네가 다시 배워야 하는 진실이야. 그러려면 자멸하려는 행위, 의지력의 발휘가 필요해. 자넨 제정신이 되려면 스스로 겸손해야 해."

그는 자신이 한 말을 윈스턴이 납득할 수 있도록 잠시 말을 멈추었다.

"자네가 일기장에."

그는 계속 말을 이었다.

"'둘 더하기 둘은 넷이다, 라고 말할 수 있는 것이 자유다'라고 쓴 것 기억하나?"

"네."

윈스턴이 대답했다. 오브라이언은 왼손을 들더니 엄지는 감추고 손가락 네 개만 뻗어서 윈스턴을 향해 손등을 보이며 얘기했다.

"내가 지금 손가락을 몇 개 들고 있나, 윈스턴?"

"넷입니다."

"만약 당이 넷이 아니라 다섯이라고 한다면 몇 개일까?"

"넷입니다."

윈스턴의 대답은 고통 때문에 나오는 헉하는 숨소리로 끝이 났다. 다이얼의 바늘이 55까지 올라갔다. 윈스턴의 온몸에 땀이 줄줄 흘렀다. 그의 폐를 가르고 들어간 공기가 이를 악물어도 멈출 수 없는 깊은 신음이 되어 다시 빠져나왔다. 오브라이언은 여전히 네 손가락을 펼친 채 그를 바라보았다. 그리고 다이얼의 레버를 뒤로 당겼다. 이번에 고통이 살짝 줄었다.

"손가락이 몇 개지, 윈스턴?"

"넷입니다."

다이얼의 바늘이 60까지 올라갔다.

"손가락이 몇 개지, 윈스턴?"

"넷이요! 넷! 뭐라고 말할까요? 넷이라고요!"

바늘이 다시 올라간 것이 분명했지만 그는 쳐다보지 않았다. 묵직하고 근엄한 얼굴과 네 손가락이 그의 시야를 가득 채웠다. 그의 눈앞에 마치 거대한 기둥처럼 보이는 손가락이 흐릿하게 진동하는 것처럼 보였지만 네 개가 분명했다.

"손가락이 몇 개지, 윈스턴?"

"넷! 그만해요, 그만! 어디까지 갈 거죠? 넷이요! 넷!"

"손가락이 몇 개지, 윈스턴?"

"다섯이요! 다섯! 다섯!"

"아니야, 윈스턴. 소용없는 짓이야. 자넨 거짓말을 하고 있어. 자넨 여전히 넷이라고 생각하고 있어. 손가락이 몇 개지?"

"넷이요! 다섯! 넷! 원하는 대로 해요. 어서 멈추기만 해, 고통을 멈추라고!"

윈스턴은 갑자기 오브라이언의 팔에 어깨가 둘린 채 자리에서 일어나 앉았다. 그가 몇 초 동안 의식을 잃은 모양이었다. 그의 몸을 고정했던 끈이 풀렸다. 몹시 추워서 그의 몸이 걷잡을 수 없이 떨리고, 이가 덜덜 떨리고, 눈물이 뺨으로 줄줄 흘러내렸다. 그는 잠시 아기처럼 오브라이언에게 매달렸다. 그의 어깨를 감싼 묵직한 팔 덕분에 기이하게도 편안함이 찾아왔다. 그는 오브라이언이 보호자처럼 느껴졌다. 통증은 외부에서 온 것이고, 오브라이언은 그를 구해준 사람 같았다.

"자넨 참 배우는 게 느리군, 윈스턴."

오브라이언이 부드럽게 얘기했다.

"그럼 어쩌겠어요?"

그가 흐느껴 울며 대답했다.

"내 눈앞에 그렇게 보이는 걸 어쩌겠어요? 둘 더하기 둘은 넷이에요."

"가끔은 말이야. 윈스턴, 가끔은 다섯이 되었다가, 때로 셋이 되기도 하지. 가끔은 한꺼번에 다 될 때도 있어. 자넨 더 노력해야 해. 제정신을 차리는 건 쉽지 않아."

그는 윈스턴을 침대 위에 눕혔다. 윈스턴의 사지가 다시 묶였지만, 고통이 서서히 사그라들고 몸의 떨림도 멈추면서 그는 그저 기운이 없고 춥기만 했다. 오브라이언은 심문하는 내내 꼼짝없이 서 있던 하얀 가운을 남자에게 고개를 끄덕이며 지시했다. 하얀 가운을 입은 남자는 몸을 숙이며 윈스턴의 눈을 자세히 점검하고, 맥박을 재고, 가슴에 귀를 대고, 이곳저곳을 톡톡 두드린 후 오브라이언을 향해 고개를 끄덕였다.

"다시."

오브라이언이 명령했다. 윈스턴의 몸속으로 고통이 흘러들었다. 바늘이 70, 75까지 올라간 것이 분명했다. 이번에는 눈을 감았다. 그는 오브라이언의 손가락이 아직 거기 있고, 네 개라는 것을 알고 있었다. 중요한 것은 경련이 끝날 때까지 목숨을 부지하는 것이었다. 그는 자신이 비명을 지르는지 아닌지도 몰랐다. 고통이 다시 누그러졌다. 그는 두 눈을 떴다. 오브라이언이 레버를 당겼다.

"손가락이 몇 개지, 윈스턴?"

"넷이요. 네 개인 것 같습니다. 그럴 수만 있다면 다섯 개로 보일 겁니다. 다섯 개를 보려고 애를 쓰고 있습니다."

"자네는 뭘 원하나, 다섯 개가 보인다고 나를 설득하고 싶은 건가, 아니면 정말 다섯 개가 보이는 건가?"

"정말로 다섯 개를 보고 싶어요."

"다시."

오브라이언이 명령했다. 바늘이 80에서 90을 가리킨 모양이었다. 윈스턴은 왜 이런 고통을 당하는지 드문드문 기억났다. 뒤틀린 눈꺼풀 뒤로 손가락이 마치 숲처럼 춤을 추며, 이리저리 들락날락하고, 앞뒤로 나타났다가 다시 사라졌다가를 반복했다. 그는 손가락 개수를 세려고 노력했지만, 이유는 기억할 수 없었다. 그는 개수를 세는 것이 불가능하다는 것만 알았다. 넷과 다섯 사이의 불가사의한 유사성 때문인 것 같았다. 고통은 다시 사그라들었다. 그는 눈을 떴을 때 여전히 같은 것을 보고 있었다. 마치 움직이는 나무들처럼 수많은 손가락이 여전히 아무 방향으로 엇갈리고 다시 엇갈리며 줄을 이어가고 있었다. 그는 다시 눈을 감았다.

"윈스턴, 내가 지금 손가락을 몇 개 들고 있지?"

"몰라요. 모릅니다. 다시 그러면 난 죽을 거예요. 넷, 다섯, 여섯…… 난 정말 모르겠어요."

"좋아."

오브라이언이 말했다.

바늘이 윈스턴의 팔에 꽂혔다. 바로 그 순간 행복하게 치유되는 온기가 그의 온몸에 쫙 퍼졌다. 고통은 이미 반쯤 잊었다. 그는 눈을 뜨고 감사한 마음으로 오브라이언을 쳐다봤다. 너무 추하고 너무 지적인 주름진 묵직한 얼굴을 본 순간 윈스턴의 마음이 바뀌었다. 그는 움직일 수만 있다면 손을 뻗어 오브라이언의 팔을 잡았을 것이다. 이 순간만큼 오브라이언을 깊이 사랑한 적은 없었다. 단지 그가 고통을 멈춰줬기 때문만은 아니다. 근본적으로 오브라이언이 친구든 적이든 상관없다는 예전 감정이 되돌아온 것이었다.

오브라이언은 대화를 나눌 수 있는 사람이었다. 어쩌면 인간은 사랑받기보다는 이해받기를 원하는지도 모른다. 오브라이언은 그를 미치기 직전까지 고문했고, 얼마 지나지 않아 그를 죽음으로 몰아넣으려고 한 것은 확실했다. 그래도 상관없었다. 그들은 어떤 의미에서 보면, 둘 사이는 우정보다 깊었다. 두 사람은 막역한 관계였다. 실제로 말을 나누지는 않겠지만 서로 만나서 대화를 나눌 수도 있을 것이다. 오브라이언은 자신도 그와 같은 생각을 하고 있다는 표정으로 그를 내려다보고 있었다. 그는 편안하고 스스럼없는 말투로 입을 열었다.

"윈스턴, 여기가 어딘지 알겠나?"

그가 물었다.

"모릅니다. 애정부라고 짐작됩니다."

"여기 얼마 동안 있었는지 알겠나?"

"모릅니다. 며칠, 몇 주, 몇 달. 몇 달은 된 것 같습니다."

"그럼 왜 이곳으로 사람들을 불러들이는지 이유를 아나?"

"자백을 받아내려고요."

"아니. 그건 이유가 안 돼. 다시 얘기해봐."

"벌을 주려고요."

"아니!"

오브라이언이 소리쳤다. 그의 목소리가 확 바뀌고, 표정도 갑자기 엄격하고 사나워졌다.

"아니야! 단지 자백을 받으려거나 벌을 주려는 게 아니야. 우리가 널 여기로 데려온 이유를 말해줄까? 널 치료하기 위해서야! 정신 차리게 하려고! 윈스턴, 이곳으로 데려온 사람 중에 치료받지 않고 떠난 사람이 없다는 걸 이제 알겠나? 우리는 자네가 저지른 어리석은 죄 따위는 관심 없어. 당은 그렇게 명백한 행동에는 관심이 없다고. 우리가 신경 쓰는 건 사상이야. 우리는 적들을 파괴하는 게 아니라 개조하는 거야. 내가 하는 말 알아듣겠나?"

그는 윈스턴을 향해 허리를 숙였다. 너무 가까이 있어서 그의 얼굴이 커다랗게 보였다. 바로 밑에서 바라보니 소름 끼칠 만큼 흉측해 보였다. 더욱이 그 얼굴에 엄청난 행복과 광적인 열정이 가득했다. 다시 한번 윈스턴의 가슴이 오그라들었다. 할 수만 있다면 그는 침대 속으로 깊이 파고들고 싶었다. 그는 오브라이언이 순전히 악으로 곧 다이얼을 비틀 것이라고 확신했다. 그런데 이 순간 오브라이언은 몸을 돌렸다. 그는 한 걸음 두 걸음, 발을 떼더니 다소 침착하게 이야기를 이었다.

"우선 이곳에는 순교가 없다는 걸 알아야 해. 자넨 과거의 종교 박해에 대해 읽어봤을 거야. 중세에는 종교 재판이 있었어. 그런데 실패했지. 이단을 근절하려고 종교 재판을 시작했는데 결국은 영속화하는 결과를 낳았지. 이단자 하나를 화형에 처하면 수천 명이 일어났어. 종교 재판은 적들을 공개적으로 처형했어. 그들이 회개하지 않았는데 죽인 거야. 사실 적들이 회개하지 않았기 때문에 죽인 거지. 사람들은 자신들의 참된 믿음을 버리지 않아서 죽은 거지. 당연히 모든 영광은 죽은 사람들에게 돌아가고 모든 수치는 그들을 죽인 재판관이 당했지. 나중에, 20세기에 전체주의자들이 나왔어. 독일의 나치와 러시아의 공산주의자들이지. 러시아의 공산주의자들은 중세의 종교 재판보다 더 잔인하게 이단을 박해했어. 이들은 과거의 실수로부터 배운 것이 있다고 생각했지. 어쨌든 순교를 당하는 사람이 없어야 한다는 걸 알았어. 희생자들을 공개재판에 내보내기 전에 고의로 이들의 존엄성을 말살시켰지. 그들을 고문하고 감금해서 입에서 나오는 대로 아무것이나 자백하고, 스스로 학대하고, 서로의 뒤에 숨어서 고발하고 욕하고, 살려달라고 훌쩍이는 비굴한 인간으로 만들었지. 그런데 겨우 몇 년 후에 똑같은 일이 또다시 일어나는 거야. 죽은 사람들이 순교자가 되는 바람에 그들이 받은 수모가 잊힌 거야. 이유가 뭘까? 애초에 그들이 한 자백은 강요된 것이고 사실도 아니었어. 우리는 그런 실수는 하지 않아. 여기서 나온 자백은 모두 사실이야. 우리는 자백을 사실로 만들지. 그리고 무엇보다 죽은 자들이 우리에게 맞서는 걸 용납하지 않아. 윈스턴, 후손들이 자네의 무죄를 입증할 것이라는 생각은 이제 그만해. 후손들은 자네에 대해 아무것도 듣지 못할 거야. 자넨 역사의 흐름에서 완전히 배제될 거야. 우리는 널 가스로 만들어서 성층권으로 날려 보낼 거야. 넌 하나도 남는 게 없을 거야, 등록부에 이름도 남지 않고, 산 사람들의 머릿속에 기억 하나 남지 않을 거야. 미래뿐만 아니라 과거에도 전멸한 존재가 될 거야. 넌 존재한 적도 없는 거야."

그렇다면 왜 굳이 나를 고문하는 거지? 윈스턴은 이런 생각을 하며 순간 비통한 기분이 들었다. 오브라이언은 윈스턴이 큰 소리로 그 생각을 말하기라도 한 것처럼 발걸음을 멈췄다. 커다랗고 흉측한 그 얼굴이 두 눈을 가늘게 뜬 채 더 가까이 다가왔다.

"넌 이런 생각을 하고 있어."

그가 이야기를 꺼냈다.

"우리가 널 완전히 파괴할 작정이라면 너의 말이나 행동은 아무런 문제가 되지 않을 텐데, 굳이 왜 이렇게 심문하는 걸까? 넌 지금 이런 생각을 하고 있어, 안 그래?"

"맞습니다."

윈스턴이 대답했다. 오브라이언은 슬며시 미소 지었다.

"윈스턴, 넌 견본에 생긴 흠집 같은 존재야. 닦아내야 할 얼룩이지. 과거의 박해자들과 다르다는 말을 방금 하지 않았나? 우리는 소극적인 복종은 만족스럽지 않아. 가장 비굴한 항복도 맘에 안들어. 자네가 결국 우리에게 항복한다면 그건 자네의 자유의지가 분명해. 우린 이단자가 저항한다고 그를 파괴하지는 않아. 그가 우리에게 저항하는 한 결코 그를 파괴하지 않아. 우리는 이단자를 개종시켜, 그의 속마음을 장악해서 다시 만들어. 우린 그가 가진 사악함과 환상을 모두 불태워. 그의 겉모습만 우리 편으로 만드는 게 아니야. 마음과 영혼까지 온전히 우리 편으로 만든다고. 우리는 그를 죽이기 전에 우리 편으로 만들어. 우린 세상 어디에도 잘못된 생각이, 아무리 비밀스럽고 무력한 생각이라도 존재하는 걸 용납할 수 없어. 죽으려는 찰나일지라도 어떤 일탈도 용납할 수 없어. 과거에는 이단자들이 이단인 채로 자신의 이단성을 분명히 나타내며, 의기양양하게 화형대로 걸어갔지. 러시아에서 숙청당한 희생자들도 총살을 기다리며 통로를 걸어갈 때 머릿속에 저항정신을 갖고 있었어. 하지만 우리는 이단의 머리를 날려버리기 전에 두뇌를 완전하게 만들어. 옛 전제 정치의 명령은 '너희들은 이렇게 하지 마라'였어. 전체주의자들의 명령은 '너희들은 이렇게 하라'였지. 우리의 명령은 '너희들은 이렇게 되어라'야. 이곳에 데려온 사람 중 우리에게 맞선 사람은 단 한 명도 없었어. 모두 완전히 세뇌되었어. 심지어 네가 한때 죄가 없다고 믿었던 가여운 세 반역자 존스와 애런슨과 러더퍼드도 결국에는 우리한테 무너지고 말았다네. 나는 직접 그들의 심문에 참여했어. 그들이 서서히 무너지면서, 훌쩍이고, 뒹굴고, 눈물을 흘리는 모습을 봤어. 결국 고통이나 공포 때문이 아니라 참회 때문에 그렇게 된 거야. 우리가 심문을 마쳤을 때 그자들은 껍데기만 남았어. 자신들이 저지른 일에 대한 회한과 빅 브라더에 대한 사랑만 남았지. 그들이 빅 브라더를 얼마나 사랑하던지 정말 마음이 찡했어. 자신들의 마음이 깨끗할 때 죽고 싶다며 어서 총을 쏴달라고 애원했지."

그의 목소리는 거의 꿈을 꾸는 것 같았다. 굉장한 행복과 광적인 열정이 여전히 그의 얼굴에 남아 있었다. 저 사람은 그런 척하는 것이 아니야, 위선자도 아니고, 자기가 한 말을 그대로 믿고 있어, 윈스턴은 이런 생각이 들었다. 무엇보다 윈스턴의 마음을 짓누르는 것은 자신이 오브라이언보다 지적으로 열등하다는 생각이었다. 윈스턴은 듬직하면서도 우아한 태도로 자신의 시야를 넘나들며 걸어 다니는 오브라이언의 모습을 바라보고 있었다. 오브라이언은 모든 면에서 그보다 대단했다. 윈스턴이 예전에 품었거나 품을 수 있었던 생각 중에 오브라이언이 알았고 검사했고 거부하지 않았던 생각은 하나도 없었다. 오브라이언의 마음은 윈스턴의 마음을 품고 있었다. 그렇다면 어떻게 오브라이언이 미쳤다고 할 수 있을까? 미친 사람은 윈스턴이 분명했다. 오브라이언이 걸음을 멈추더니 그를 내려다보았다. 그는 다시 엄격한 목소리로 이야기를 꺼냈다.

"윈스턴, 자네가 우리에게 온전히 항복할지라도 목숨을 구할 것이라는 생각은 하지 말게. 일단 잘못된 방향으로 나간 사람은 누구도 살아남지 못했어. 설사 자네가 명대로 다 살게 놔둔다고 하더라도, 자넨 결코 우리에게서 벗어날 수 없어. 지금 여기서 자네한테 일어난 일은 영원할 거야. 미리 알아둬. 우린 돌이킬 수 없는 지점까지 자네를 짓밟을 거야. 자네가 천 년을 살지라도 결코 돌이킬 수 없는 일들이 일어날 거야. 자넨 평범한 인간의 감정을 다시는 느낄 수 없을 거야. 자네 마음은 다 죽어버릴 거야. 사랑, 우정, 삶의 기쁨, 웃음, 호기심, 용기, 진실성 등을 다시는 결코 누릴 수 없을 거야. 자네는 텅 비어버릴 거야. 우리는 자네가 텅 빌 때까지 꽉 짜낸 다음 우리 것으로 채울 거야."

그는 잠시 말을 멈추더니 하얀 가운을 입은 남자에게 신호를 보냈다. 윈스턴은 어떤 묵직한 기기가 머리 뒤로 밀어 넣어지는 것을 알아차렸다. 오브라이언이 침대 옆에 앉자 윈스턴과 눈높이가 거의 같아졌다.

"3천."

그는 윈스턴의 머리 너머에 있는 하얀 가운을 입은 남자에게 말했다.

살짝 축축하고 부드러운 패드 두 장이 윈스턴의 관자놀이를 꽉 죄었다. 윈스턴은 겁이 났다. 고통이, 새로운 고통이 찾아들고 있었다. 그가 다독이듯 다정하게 윈스턴의 손을 잡아주었다.

"이번엔 아프지 않을 거야."

그가 이야기를 꺼냈다.

"내 눈만 계속 바라보게."

이번에는 소리가 났는지 확인할 수는 없지만 엄청난 폭발, 아니 폭발 같은 것이 일어났다. 눈이 멀 것 같은 섬광이 있었다. 윈스턴은 아프지는 않았지만, 몸을 가눌 수가 없었다. 그 일이 일어났을 때 계속 등을 대고 똑바로 누워 있었지만 얻어맞고 그 자세로 누운 것 같은 기묘한 느낌이 들었다. 고통은 없지만 엄청난 충격에 몸이 쭉 뻗었다. 또한 머릿속에서 무슨 일이 일어났다. 눈에 초점이 돌아오자 자신이 누구이고 어디 있는지 기억나고, 자신을 바라보는 사람이 누구인지 알아보았다. 하지만 마치 뇌의 한 조각이 빠져나간 것처럼 어딘가에 커다란 구멍이 뚫린 것 같은 기분이 들었다.

"오래가진 않을 거야."

오브라이언이 이야기를 꺼냈다.

"내 눈을 봐. 오세아니아는 어느 나라와 전쟁을 하고 있지?"

윈스턴은 생각했다. 오세아니아가 무엇이고 자신이 오세아니아의 시민인 것은 알고 있었다. 또한 유라시아와 이스트아시아도 기억이 났다. 하지만 어느 나라가 어느 나라와 싸우는지는 알 수 없었다. 사실 전쟁이 있었는지도 알 수 없었다.

"기억나지 않습니다."

"오세아니아는 이스트아시아와 전쟁 중이야. 이제 기억나나?"

"네."

"오세아니아는 늘 이스트아시아와 전쟁 중이었어. 자네가 태어난 이후로, 당이 시작된 이후로, 역사가 시작된 이후로, 전쟁은 한 번도 중단되지 않고 계속되었어, 똑같은 전쟁이. 기억나나?"

"네."

"11년 전 자네가 반역죄로 사형을 당한 세 남자에 관한 전설을 만들었어. 자네는 그들의 무죄를 입증할 종이를 본 척했지. 하지만 그런 종이 따위는 존재한 적이 없어. 자네가 지어낸 거야. 나중에

그걸 믿기 시작했지. 자네는 그걸 처음 지어낸 그 순간이 이제 기억
날 거야. 그걸 기억하나?"

"네."

"방금 내가 자네에게 손가락을 들어 보였어. 자넨 손가락 다섯
개를 봤어. 기억나나?"

"네."

오브라이언은 엄지를 감추고 왼손을 들어 보였다.

"손가락이 다섯 개 있어. 다섯 손가락이 보이나?"

"네."

그는 정신 상태가 바뀌기 전 찰나의 순간에 손가락을 보았다. 다
섯 손가락을 보았고, 아무 이상도 없었다. 그리고 모든 것이 다시
정상으로 돌아오더니 예전의 공포와 증오와 당혹스러움이 다시 몰
려들었다. 그런데 얼마 동안인지는 모르겠지만 약 30초 정도 눈이
부시게 확실한 순간이 찾아왔다. 오브라이언의 새로운 제안이 윈
스턴의 텅 빈 마음을 채우더니 완전한 진실이 되어, 그래야만 한다
면 둘 더하기 둘이 다섯이나 셋이 될 수 있는 그런 순간이었다.

오브라이언이 손을 내리기도 전에 그 순간은 사라졌다. 그는 그
순간을 되찾을 수는 없었지만 기억할 수는 있었다. 사람들이 사실
상 지금과는 다른 사람이었던 인생의 어느 시절에 겪었던 생생한
경험을 기억하는 것과 같았다.

"자넨 아무튼 그게 가능하다는 걸 이제 알았어."

오브라이언이 말했다.

"네."

윈스턴이 대답했다.

오브라이언은 만족스러운 태도로 자리에서 일어났다. 윈스턴의 왼편에 있던 하얀 가운을 입은 남자가 약물이 든 작은 병을 깨더니 주사기 플런저를 당겨서 약을 넣는 모습이 눈에 들어왔다. 오브라이언은 미소를 지으며 윈스턴 쪽으로 돌아서더니 예전 버릇대로 안경을 다시 고쳐 썼다.

"자네 일기장에 쓴 내용을 기억하나?"

그가 이야기를 꺼냈다.

"내가 자네를 이해하고 대화를 나눌 수만 있다면, 내가 친구든 적이든 상관없다는 말이었지. 자네 말이 맞아. 난 자네와 이야기하는 게 즐거워. 자네 생각에 공감이 가거든. 자네가 제정신이 아닌 것만 빼면 내 생각과 비슷한 데가 많아. 우리가 심문을 끝내기 전에, 혹시 묻고 싶은 게 있으면 몇 가지 물어봐도 돼."

"뭐든 물어도 되나요?"

"뭐라도."

그는 윈스턴의 눈이 다이얼을 향하는 것을 보았다.

"스위치는 껐어. 첫 번째 질문은 뭔가?"

"줄리아는 어떻게 했습니까?"

윈스턴이 물었다. 오브라이언은 다시 미소를 지으며 대답했다.

"윈스턴, 그 여자는 자네를 배신했어. 바로, 망설이지도 않았지. 난 그렇게 빨리 우리한테 넘어오는 사람은 거의 못 봤어. 그 여자의 반항심과 기만, 어리석음, 더러운 생각이 다 타버렸다네. 완벽한 개종이었어. 교과서에 실릴 만해."

"그녀를 고문했나요?"

오브라이언은 대답하지 않고 말을 이었다.

"다음 질문."

"빅 브라더는 존재하나요?"

"물론 그는 존재해. 당도 존재하고. 빅 브라더는 당의 화신이야."

"그도 내가 존재하는 것처럼 존재하나요?"

"자네는 존재하지 않아."

오브라이언이 대답했다.

또다시 무력감이 그를 휩쓸었다. 그는 자신이 존재하지 않음을 입증하는 논쟁을 알고 있었다, 아니 상상할 수 있었다. 하지만 허튼소리, 말도 안 되는 말장난에 불과했다. '자네는 존재하지 않아'라는 말에는 논리적인 허점이 들어 있지 않은가? 하지만 그런 말을 한다고 무슨 소용이 있을까? 자신을 파괴하려고 작정한 오브라이언과 대답할 수 없는 미친 논쟁을 한다고 생각하자 주눅이 확 들었다.

"제 생각에 저는 존재합니다."

그는 힘없이 이야기를 꺼냈다.

"전 저의 정체성을 의식하고 있습니다. 저는 태어났고 죽을 것입니다. 저에게는 팔과 다리가 있어요. 저는 공간 속에서 특정 지점을 차지하고 있어요. 다른 어떤 물체도 제가 차지한 지점을 동시에 차지할 수 없어요. 그런 의미에서 빅 브라더는 존재하나요?"

"그건 중요하지 않아. 그는 존재해."

"빅 브라더도 죽나요?"

"당연히 아니야. 어떻게 그가 죽을 수 있겠어? 다음 질문?"

"형제단은 존재하나요?"

"윈스턴, 자네는 그걸 결코 알 수 없을 거야. 우리가 자네한테 손 떼고 자네를 석방해서, 자네가 혹시 아흔 살까지 살더라도, 자네는 그 질문에 대한 대답이 '그렇다거나 아니다'인지 알 수 없을 거야. 자네가 살아 있는 한 그건 자네 마음속에 풀리지 않는 수수께끼로 남을 거야."

윈스턴은 아무 말도 없이 누워 있었다. 그의 가슴이 조금 빨리 오르락내리락했다. 그는 제일 먼저 떠오른 질문을 아직 묻지 않았다. 그는 물어볼 작정이었지만 혀가 움직이지 않는 것 같았다. 오브라이언의 얼굴에 즐거워하는 기색이 보였다. 그가 쓴 안경마저 조롱하듯 반짝거렸다.

'그는 알고 있어, 내가 뭘 물어보려는지 알고 있어!'

그는 갑자기 이런 생각이 들었다. 그런 생각이 들자마자 바로 말이 튀어나왔다.

"101호실에는 뭐가 있나요?"

오브라이언의 표정이 바뀌지 않았다. 그는 은근슬쩍 대답했다.

"윈스턴, 자네는 101호실에 뭐가 있는지 알고 있어. 모든 사람이 다 알지."

그는 하얀 가운을 입은 남자를 향해 손가락을 들었다. 심문은 분명 끝났다. 바늘이 윈스턴의 팔에 꽂혔다. 그는 바로 깊은 잠에 빠졌다.

3

"자네를 복원하려면 세 단계를 밟아야 해."

오브라이언이 이야기를 꺼냈다.

"학습, 이해, 수용의 단계야. 이제 두 번째 단계로 들어갈 거야."

늘 그렇듯 윈스턴은 등을 대고 똑바로 누워 있었다. 그런데 요새 들어서 묶인 것이 헐거워졌다. 여전히 침대에 묶여 있지만, 무릎을 살짝 움직이고 고개를 양쪽으로 돌리고 팔도 팔꿈치까지는 들어 올릴 수 있었다. 그리고 다이얼도 이제는 덜 무서웠다. 머리만 잘 쓰면 끔찍한 고통도 피할 수 있었다. 오브라이언이 레버를 당길 때는 주로 그가 어리석게 굴 때였다. 다이얼을 한 번도 안 쓰고 심문을 마칠 때도 가끔 있었다. 그는 심문을 몇 번이나 받았는지 기억 나지 않았다. 전체 심문 과정이 한정 없이 오래(약 몇 주 정도) 지속 되는 것 같았다. 심문 사이의 간격은 며칠이 걸릴 때도 있고, 딱 한 두 시간만 걸릴 때도 있었다.

"거기 누워 있는 동안."

오브라이언이 이야기를 꺼냈다.

"애정부가 왜 그토록 많은 시간을 들여서 자네를 괴롭히는지 가끔 궁금할 거야, 나한테 물어본 적도 있으니까. 그리고 석방된 후에도 본질적으로 똑같은 질문 때문에 당황할 거야. 자넨 자네가 속한 사회의 역학은 이해할 수 있지만, 그 밑에 깔린 동기는 이해하지 못해. 자네, '나는 방법은 이해가 된다. 하지만 이유는 이해할 수 없다'라고 일기장에 쓴 거 기억나나? 자네가 제정신인지 의심하게 된 것은 이유에 대해 생각했을 때였어. 그리고 자네는 그 책인 골드스타인의 책을 읽었어. 일부라도 읽었겠지. 자네가 모르는 내용이 있었나?"

"당신도 읽었나요?"

윈스턴이 물었다.

"내가 그걸 썼어. 즉, 그러니까 그 책을 쓰는 데 동참했어. 자네도 알다시피 개인이 책을 낼 수는 없으니까."

"그 내용이 사실인가요?"

"그 책의 해석은 옳아. 하지만 그 책에 제시된 계획은 헛소리야. 지식을 은밀하게 쌓으면 계몽의식이 점점 퍼지고, 결국 프롤레타리아가 반역을 꾀해서 당을 전복시킨다는 계획 말이야. 그 책이 말하려는 게 그런 것이라는 걸 자네도 예측했어. 근데 모두 헛소리야. 프롤레타리아들은 절대 반역을 꾀하지 않아, 천 년이 아니라 백만 년이 지나더라도. 그자들은 그럴 수가 없어. 자네가 이미 알고 있으니 그 이유를 말해줄 필요는 없겠지. 혹시 폭력적인 반란을 꿈꾸고 있다면 그런 생각은 버려야 해. 당은 절대 전복되지 않아. 당의 통치는 영원해. 이를 생각의 출발점으로 여기게."

오브라이언이 침대 곁으로 더 가까이 다가왔다.

"영원히 그래!"

그는 같은 말을 반복했다.

"자, 이제 '방법'과 '이유'의 문제로 돌아가자고. 자넨 당이 권력을 유지하는 방법은 충분히 알고 있어. 이제 우리가 권력에 매달리는 이유를 말해봐. 우리에게 어떤 동기가 있을까? 우리는 왜 권력을 원할까? 어서 말해봐."

오브라이언은 윈스턴이 계속 말이 없자 이렇게 덧붙이며 추궁했다. 그래도 윈스턴은 한동안 말이 없었다. 그는 신물이 나도록 지겨웠다. 오브라이언의 얼굴에 미친 열정이 희미하게 떠올랐다. 그는 오브라이언이 무슨 말을 할지 이미 알고 있었다. 당은 당을 위한 것이 아니라 다수의 이익을 위해 권력을 추구하는 것이다. 인간은 자유를 견딜 수 없고 진실을 마주할 수도 없는 연약하고 비겁한 존재이기 때문에 자신들보다 더 강한 사람들의 통제를 받을 뿐만 아니라 체계적으로 기만당할 수밖에 없다. 인류는 자유와 행복 중 어느 하나를 선택해야 하는데 대다수 인간에게는 행복이 더 낫다. 약자들의 영원한 수호자인 당은 다른 사람들의 행복을 위해 자신의 행복을 희생하며 선을 구현하기 위해 악을 자행하는 헌신적인 종파다.

윈스턴은 끔찍하게도 오브라이언이 이런 말을 하면 자신이 그 말을 믿게 될 것이라는 생각이 들었다. 오브라이언의 얼굴에 그런 것이 드러났다. 오브라이언은 모든 것을 알고 있었다. 세상이 실제로 어떤지, 대다수 인간이 얼마나 비참하게 사는지, 당이 그런 형편을 유지하려고 얼마나 거짓말을 하고 얼마나 악행을 저지르는지, 그는 윈스턴보다 천 배는 더 잘 알고 있었다. 그는 그것을 모두 이해하고 모든 것을 견주었지만 그래도 아무 차이가 없었다. 모든 것은 궁극의 목적에 의해 정당화되었다. 나의 주장을 공정하게 들어주면서도 그저 본인의 미친 짓을 끈질기게 지속하는, 나보다 훨씬 지적인 저 미친 인간에 대항해서 도대체 무얼 할 수 있을까? 윈스턴은 이런 생각이 들었다.

"당신들은 우리의 이익을 위해 우리를 통치하고 있습니다."

윈스턴은 힘없이 대답했다.

"당신들은 인간이 스스로를 지배할 수 없다고 믿고 있습니다, 그래서……."

깜짝 놀란 윈스턴은 소리를 지를 뻔했다. 엄청난 고통이 온몸을 뚫고 지나갔다. 오브라이언이 다이얼의 레버를 35까지 밀어 올렸다.

"어리석은 소리야, 윈스턴. 멍청한 소리야."

오브라이언이 말했다.

"그런 말을 하는 게 아닌 것쯤은 알았어야지."

그는 레버를 다시 돌려놓고 이야기를 계속했다.

"이제 내 질문에 대한 답을 해줄게. 바로 이런 거야. 당은 전적으로 당의 이익을 위해 권력을 추구해. 우리는 다른 사람의 이익에는 관심이 없어. 우리는 권력에만 관심이 있어. 부나 사치나 장수나 행복도 관심이 없어. 오로지 권력, 순수 권력에만 관심 있다네. 너도 곧 순수 권력이 무슨 뜻인지 이해하게 될 거야. 우리는 우리가 무얼 하는지 알고 있다는 점에서 과거의 과두 정치와는 달라. 우리를 닮은 자들은 모두 겁쟁이고 위선자들이었어. 독일의 나치와 러시아의 공산주의자들은 방식은 우리와 매우 비슷했지만, 자신들의 동기를 인정할 용기가 없었어. 그들은 마지못해 한정된 시간 동안만 권력을 붙잡은 것이고, 인간이 자유롭고 평등한 낙원이 곧 임박한 척했지, 어쩌면 믿기까지 했어. 하지만 우리는 저들과 달라. 권력을 양도할 목적으로 권력을 잡는 사람은 아무도 없다는 걸 우리는 알아. 권력은 수단이 아니야, 목적이라고. 혁명을 보장하기 위해 독재 정권을 설립하는 사람은 아무도 없어. 독재 정권을 세우려고 혁명을 일으키는 거야. 박해의 목적은 박해야. 고문의 목적은 고문이야. 권력의 목적은 권력이고. 이제 내가 하는 말을 이해한 거야?"

윈스턴은 오브라이언의 지친 얼굴을 보고 전에 그런 것처럼 충격을 받았다. 강인하고 살집도 있고 잔인하게 보였던 그 얼굴이, 윈스턴을 무력하게 만들었던 지성과 절제된 열정이 가득했던 그 얼굴이, 이제는 지쳐 보였다. 불룩 튀어나온 눈 밑 살과 광대뼈 아래로 늘어진 살갗도 눈에 띄었다. 오브라이언은 일부러 지친 얼굴을 더 가까이 들이밀며 윈스턴 너머로 몸을 굽혔다.

"넌 내 얼굴이 늙고 지쳐 보인다고 생각하고 있어."

오브라이언이 이야기를 꺼냈다.

"넌, 내가 권력을 얘기하지만 내 몸이 늙어가는 건 막을 수 없다고 생각하지. 윈스턴, 개인은 세포에 불과하다는 걸 이해할 수 없나? 세포의 피로는 유기체의 활력을 의미해. 손톱을 깎는다고 자네가 죽나?"

그는 침대로부터 몸을 돌리더니 한 손을 주머니에 넣은 채로 다시 어슬렁거렸다.

"우리는 권력의 사제들이야."

오브라이언이 이야기를 꺼냈다.

"신은 권력이야. 하지만 현재 자네가 아는 한 권력은 그저 한마디 말에 불과한 것이지. 이제 자네는 권력에 어떤 의미가 있는지 생각해야 해. 첫째, 권력은 집단적이라는 것을 반드시 깨달아야 해. 개인은 개인이기를 포기할 때만 권력을 가져. 자네는 '자유는 예속'이라는 당의 슬로건을 알고 있어. 혹시 그 말을 뒤집을 생각을 해봤나? 예속은 자유다. 혼자서 자유로운 인간은 늘 패배하거든. 반드시 그럴 수밖에 없어. 인간은 모두 죽을 수밖에 없는 존재고 죽음은 실패 중에 가장 큰 실패잖아. 하지만 인간이 완전히 철저하게 복종한다면, 자신의 정체성에서 벗어날 수 있다면, 인간 스스로 당과 하나가 된다면, 인간은 당이 되고, 전지전능한 불멸의 존재가 되는 거야. 둘째, 권력은 인간에 대한 권력이라는 사실을 깨달아야 해. 인간의 몸, 무엇보다 정신을 지배하는 것이 권력이야. 물질 혹은 자네가 얘기하는 대로 외적 현실에 대한 권력은 중요하지 않아. 물질에 대한 우리의 지배는 이미 절대적이니까."

윈스턴은 잠시 다이얼을 무시했다. 그는 일어나 앉으려고 필사적으로 몸부림을 쳤지만 고통스럽게 몸을 비틀기만 했다.

"그런데 어떻게 물질을 지배할 수 있습니까?"

그가 소리쳤다.

"기후나 중력의 법칙을 통제할 수도 없잖아요. 게다가 질병과 고통, 죽음……."

오브라이언은 손짓으로 윈스턴을 침묵시켰다.

"우린 정신을 지배하니까 물질도 지배하는 거야. 현실은 머릿속에 있어. 윈스턴, 자네도 점차 알게 될 거야. 우리는 못하는 게 없어. 안 보이게 만들 수도 있고, 떠오르게 만들 수도 있어, 뭐든 할수 있어. 난 원하기만 하면 비눗방울처럼 이 바닥에서 둥둥 떠오를수도 있어. 당이 그걸 원하지 않으니까 나도 원하지 않는 거야. 자넨 19세기의 자연법칙은 버려야 해. 자연법칙은 우리가 만드는 거야."

"하지만 당신들은 그렇지는 않잖아요! 당신들은 이 세상의 주인도 아닙니다. 유라시아와 이스트아시아는 어쩌고요? 그곳들을 정복한 것도 아니잖아요."

"중요한 게 아니야. 우리는 때가 되면 그곳들을 정복할 거야. 설사 우리가 정복하지 않는다고 해서 무슨 차이가 있겠어? 우리는 그들의 존재를 소멸시킬 수 있어. 오세아니아가 바로 세상이야."

"하지만 세상은 티끌에 불과해요. 인간은 아주 작고 무력합니다. 인간이 지구에 존재한 지 얼마나 되었을까요? 수백만 년 동안 지구에는 아무것도 존재하지 않았습니다."

"헛소리야. 지구의 나이는 우리와 같아. 지구가 어떻게 우리보다 더 오래되었겠어? 인간의 의식을 통하지 않고는 아무것도 존재할 수 없어."

"하지만 암석에는 멸종 동물의 뼈가 가득합니다. 인간이 존재하기 훨씬 전부터 살았던 매머드와 마스토돈과 거대한 파충류들 말이에요."

"윈스턴, 자넨 그 뼈들을 본 적 있나? 물론 못 봤을 거야. 19세기 생물학자들이 그것들을 지어낸 거야. 인간 이전에는 아무것도 없었어. 인간이 종말을 맞이한다면, 아무것도 없을 거야. 인간을 떠나서는 아무것도 없어."

"하지만 온 우주가 지구의 바깥에 있습니다. 별들을 보세요! 100만 광년 떨어진 별들도 있습니다. 영원히 우리 손에 미치지 않는 곳에 있지요."

"별들이 뭐야?"

오브라이언이 무심하게 얘기했다.

"그것들은 몇 킬로미터 떨어진 곳에 있는 불꽃이야. 우리가 원하기만 하면 거기로 갈 수도 있어. 아니면 그 불꽃을 날려버릴 수도 있지. 지구는 우주의 중심이야. 태양과 별들이 지구의 주변을 돌아."

윈스턴은 또다시 발작을 일으키듯 움직였다. 이번에 그는 아무 말도 하지 않았다. 오브라이언은 반박에 대답하는 것처럼 말을 이었다.

"물론 어떤 목적으로 보면 그건 사실이 아니야. 우리가 대양을

항해하거나 공전을 예측할 때, 우린 지구가 태양의 주위를 돌고, 별들은 어마어마한 거리를 두고 떨어져 있다고 생각하는 게 편안하겠지. 하지만 그게 뭐지? 자네는 우리가 천문학의 이원 체계를 만들 수 없다고 생각하나? 별들은 우리의 필요에 따라 가까울 수도 있고 멀리 떨어져 있을 수도 있어. 우리의 수학자들이 그걸 못할 것 같나? 이중사고를 잊은 거야?"

윈스턴은 침대 속으로 몸을 움츠렸다. 그가 무슨 말을 하건 오브라이언이 잽싸게 대답하며 마치 몽둥이처럼 그를 두들겨 팼다. 하지만 그는 알고 있었다. 자기 말이 옳다는 것을 알고 있었다. 사람의 정신 바깥에 아무것도 존재하지 않는다는 믿음이 틀렸다는 것을 증명해줄 방법이 분명히 있을 거야. 그것이 틀렸다는 것이 아주 오래전에 밝혀지지 않았던가? 그에 대한 이름도 있었는데, 윈스턴은 그것이 생각나지 않았다. 오브라이언이 그를 내려다보는데 입가에 희미하게 번진 뒤틀린 미소가 보였다.

"윈스턴, 내가 말했잖아."

그가 이야기를 꺼냈다.

"형이상학은 자네의 강점이 아니라고. 자네가 떠올리려고 한 단어는 바로 유아론이야. 자네가 잘못 알았어. 이건 유아론이 아니야. 그 말이 마음에 든다면 집단적 유아론이야. 하지만 그건 다른 거야. 사실 완전히 반대야. 이건 모두 여담이야."

그는 말투를 바꾸며 이야기를 계속했다.

"진정한 권력, 우리가 밤낮으로 투쟁해서 얻은 권력은 사물이 아닌 인간에 대한 것이야."

그는 잠시 말을 멈추었다가 유망한 학생에게 질문을 던지는 학자 같은 태도로 덧붙였다.

"윈스턴, 한 인간이 다른 인간에게 권력을 행사하려면 어떻게
해야 하나?"

윈스턴은 생각한 후 대답했다.

"그 사람에게 고통을 주면 됩니다."

"바로 그거야. 그 사람을 고통스럽게 해야 해. 복종으로는 부족
해. 그 사람이 고통스럽지 않다면 어떻게 자신의 의지가 아닌 자
네의 의지에 복종한다고 확신할 수 있겠나? 권력은 고통과 수치
를 주는 데 있어. 권력은 인간의 정신을 갈기갈기 찢어놨다가 다
시 자신이 원하는 대로 새롭게 짜 맞추는 거야. 그러면 우리가 창
조하려는 세상이 어떤 것인지 이제 알겠나? 예전 개혁가들이 상상
했던 어리석은 쾌락주의자의 유토피아와는 정반대의 세상이야. 공
포와 반역과 고문의 세상, 짓밟고 짓밟히는 세상, 다듬어질수록 더
욱 무자비해지는 세상이야. 우리가 사는 세상에서 진보는 더 심한
고통을 향한 진보일 거야. 예전 문명은 사랑과 정의를 바탕으로 세
워졌다는 주장이 있지. 우리의 문명은 증오를 바탕으로 세워졌어.
우리 세계에서 공포와 분노, 승리와 자기 비하 말고는 아무 감정
도 없어. 우리는 그 밖의 것들은 모두 파괴해버려. 우리는 이미 혁
명 전부터 존재한 사고 습관을 파괴하고 있어. 우리는 부모와 자식
사이, 남녀 사이의 관계를 단절시켰지. 아내, 자식, 친구를 믿는 사
람은 이제 아무도 없어. 미래에 아내와 자식도 없을 거야. 암탉으로
부터 달걀을 빼앗듯 아이는 태어난 순간 어머니 품을 벗어나야 해.
성적 본능도 뿌리 뽑힐 거야. 출산은 배급 카드를 갱신하는 것처럼
연례적인 절차가 될 거야. 우리는 오르가슴도 없애버릴 거야. 우리

신경학자들이 지금 연구 중이야. 당에 대한 충성 말고 다른 충성도 없을 거고, 빅 브라더를 위한 사랑 말고 다른 사랑도 없을 거야. 적을 무찌른 승리의 웃음 말고 웃음도 없을 거야. 예술과 문학과 과학도 없을 거야. 우리가 전능해지면 과학도 더 이상 필요 없을 거야. 아름다움과 추함의 구분도 없어질 거야. 호기심도 없어지고 세상을 살면서 느끼는 즐거움도 없어질 거야. 경쟁의 기쁨도 모두 파괴될 거야. 하지만 윈스턴, 이걸 잊지 말게. 권력에 대한 도취는 늘 있을 거야. 그 도취는 끊임없이 증가하고 좀 더 미묘하게 커질 거라네. 무력한 적을 짓밟는 쾌감과 승리의 기쁨은 늘 매 순간 있을 거야. 자네가 미래를 그려보고 싶다면 인간의 얼굴을 짓밟는 군홧발을 상상해보게…… 영원히."

그는 윈스턴이 말하기를 기대하는 것처럼 잠시 말을 멈추었다.

윈스턴은 다시 침대 속으로 몸을 웅크리려고 했다. 그는 아무 말도 할 수 없었다. 심장이 얼어붙은 것 같았다. 오브라이언은 말을 계속했다.

"기억하게 그것이 영원하다는 걸. 짓밟힌 그 얼굴은 짓밟힌 그대로 늘 그 자리에 있을 거야. 사회의 적인 이단은 늘 그 자리에 있을 거야, 계속 패배와 수치를 당할 거야. 자네가 우리 손에 넘어온 후로 겪은 모든 일은 늘 계속되고 더 심해질 거야. 간첩 행위와 배신, 체포, 고문, 처형, 실종은 절대 그치지 않을 거야. 승리의 세상인 만큼 공포의 세상이 될 거야. 당이 강해질수록 관용은 더 없어질 거야. 반대파가 약해질수록 독재는 더 강해질 거야. 골드스타인과 그를 떠받드는 이단자들도 영원히 살아남을 거야. 매일 매 순간 그자들은 패배당하고 불신임을 받고 조롱받고 침 세례를 받지만 늘 살아남을 거야. 지난 7년 동안 자네를 상대로 내가 꾸민 이 연극도 세대를 이어 계속될 거야. 형식도 더 정교해지겠지. 우리는 이 단자들을 우리 마음대로 처분할 거야. 그자들은 고통으로 울부짖고, 허물어지고, 경멸받다가, 결국에는 완전히 참회하고, 구원받아서 자발적으로 우리 발밑을 기어다니게 될 거야. 윈스턴, 이게 바로 우리가 준비하는 세상이야. 승리에 승리를 거듭하는 세상, 업적에 업적을 쌓는 세상, 권력의 중추를 압박하고 또 압박하고 끝없이 압박하는 세상. 그런 세상이 어떤 곳인지 자네, 이제 깨닫고 있는 것 같군. 하지만 결국 자넨 그걸 이해하기만 하지는 않을 거야. 자네는 그걸 받아들이고 환영하고, 그것의 일부가 될 거야."

입을 열만큼 기력을 회복한 윈스턴이 기운 없이 얘기했다.

"당신들은 그럴 수 없어요!"

"윈스턴, 그게 지금 무슨 소리야?"

"당신이 방금 묘사한 그런 세상은 만들 수 없다고요. 그건 꿈이에요. 불가능하다고요."

"왜지?"

"공포와 증오와 잔인함을 바탕으로 문명을 세우는 건 불가능해요. 그런 문명은 지속될 수 없다고요."

"왜?"

"생명력이 없으니까요. 그건 해체될 거예요. 자멸할 거예요."

"헛소리야. 자넨 증오가 사랑보다 더 사람의 진을 뺀다고 생각하는군. 왜 그렇지? 설사 그렇다고 해서 무슨 차이가 있지? 우리 스스로 더 빨리 소모하기로 선택했다고 가정해보지. 서른 살에 노쇠하도록 삶의 속도를 빠르게 했다고 가정해보자고. 그렇다고 해서 뭐가 달라질까? 자네는, 개인의 죽음은 죽음이 아니라는 것을 이해할 수 없나? 당은 불멸의 존재야."

늘 그런 것처럼 그 목소리가 윈스턴을 마구 두들겨서 무력하게 만들었다. 더욱이 윈스턴이 끝까지 그의 말에 동조하지 않으면 그가 또다시 다이얼을 비틀까 봐 두려웠다. 하지만 계속 아무 말도 하지 않을 순 없었다. 그는 오브라이언이 했던 말에 대해 막연한 공포만 느낄 뿐 자기 말을 지지해줄 아무런 논거도 없으면서 미약하게 반박에 나섰다.

"저도 모릅니다. 상관없어요. 어쨌든 당신들은 실패할 거예요. 무언가가 당신들을 패배시킬 거예요. 삶이 당신들을 패배시킬 거예요."

"윈스턴, 우리는 삶의 모든 단계를 지배해. 자네는 우리가 하는 일에 분노하고 우리에게 맞서려는 인간의 본성이 있다고 상상하고 있어. 하지만 인간성은 우리가 창조하는 거야. 인간은 순응성이 무한해. 아니면 자네는 프롤레타리아들이나 노예들이 들고일어나서 우리를 전복할 것이라는 옛 생각으로 돌아갔겠지. 그런 생각은 버려. 그것들은 동물처럼 나약해. 인간성은 바로 당이야. 다른 것들은 아무것도 아니야."

"상관없습니다. 결국 그들이 당신들을 이길 거예요. 조만간 그들은 당신들이 누구인지 정체를 알아낼 거예요, 그러면 그들은 당신들을 갈기갈기 찢어놓을 거예요."

"그런 일이 일어난다는 무슨 증거라도 봤나? 아니면 그래야 하는 이유라도?"

"아니요, 제가 그렇게 믿습니다. 저는 당신들이 실패할 것을 알고 있습니다. 저는 모르지만, 우주에는 당신들이 극복할 수 없는 어떤 정신, 어떤 원칙이 있어요."

"윈스턴, 신을 믿나?"

"아니요."

"그렇다면 우리를 패배시킬 그 정신이라는 건 뭔가?"

"모릅니다. 인간의 정신이겠죠."

"그럼 자네는 스스로를 인간으로 여기나?"

"네."

"윈스턴, 자네가 인간이라면, 자네는 마지막 인간이야. 자네 종족은 멸종했어. 우리가 계승자야. 자네가 혼자라는 사실을 알고 있나? 자네는 역사의 바깥에 있어, 자네는 존재하지 않는다고."

오브라이언의 태도가 바뀌더니 말투도 더 거칠어졌다.

"그럼 거짓말을 하고 잔인한 우리보다 자네가 도덕적으로 더 우월하다고 생각하나?"

"네, 전 저 자신이 더 우월하다고 생각합니다."

오브라이언은 아무 말도 하지 않았다. 대화를 나누는 다른 두 목소리가 들렸다. 잠시 후 윈스턴은 그중 하나가 자신의 목소리라는 것을 알아차렸다. 그가 형제단에 등록한 날 밤에 오브라이언과 나눴던 대화를 녹음한 것이었다. 그는 거짓말을 하고, 훔치고, 위조하고, 살인하고, 마약과 매춘을 조장하고, 성병을 퍼트리고, 어린 아이의 얼굴에 황산을 뿌리겠다고 약속하는 자신의 목소리가 들렸다. 오브라이언은 이런 식의 증명은 할 가치도 없다고 말하려는 것처럼 살짝 초조한 몸짓을 보였다. 잠시 후 그가 스위치를 돌리자 목소리가 꺼졌다.

"침대에서 일어나게."

그가 얘기했다. 윈스턴을 묶었던 끈이 저절로 풀렸다. 윈스턴은 바닥으로 내려와 비틀비틀 일어섰다.

"넌 마지막 인간이야."

오브라이언이 이야기를 꺼냈다.

"자네는 인간 정신의 수호자야. 자네 모습을 있는 그대로 보게 될 거야. 옷을 벗어."

윈스턴은 작업복을 묶어둔 끈을 풀었다. 지퍼는 오래전에 떨어져 나가고 없었다. 그는 체포된 후 옷을 모두 벗은 게 언제인지 기억나지 않았다. 작업복 속 그의 몸은 누런 때가 찌든 너덜너덜한 누더기에 싸여 있었다. 그게 속옷 쪼가리라는 것을 간신히 알아볼 수 있었다. 그가 옷을 바닥으로 밀어놓자, 방 한쪽 끄트머리에 놓인 삼면 거울이 눈에 들어왔다. 그는 거울로 다가가서 바로 섰다. 자신도 모르게 탄식이 터져 나왔다.

"더 걸어가."

오브라이언이 명령했다.

"거울 사이에 서. 옆 모습도 보일 거야."

그는 깜짝 놀라서 걸음을 멈췄다. 잿빛이 도는 구부정한 해골 같은 것이 그를 향해 다가오고 있었다. 그것의 실제 모습은 정말 무시무시했다. 단지 그것이 자신이라는 사실을 알아서 놀란 것은 아니었다. 그는 거울 쪽으로 더 다가갔다. 거울에 비친 그것은 몸이 굽어서 얼굴이 툭 튀어나온 것처럼 보였다. 혹 벗어진 이마부터 정수리까지 이어진 대머리, 구부러진 코, 찌그러진 광대뼈와 그 위로 자리 잡은 사납게 지켜보는 두 눈은 절망에 빠진 죄수의 얼굴이었다. 양쪽 뺨에 깊게 파인 주름과 일그러진 입술도 보였다. 거울 속 그것은 분명 그의 얼굴이었지만 내면보다 외면이 더 많이 바뀐 것 같았다. 그 얼굴에서 느껴지는 감정은 그가 느끼는 감정과는 다를 것이다. 머리카락도 군데군데 뽑혀서 부분부분 대머리로 보였다. 처음에 그는 머리카락이 잿빛이 된 줄 알았으나 두피가 잿빛이었다. 두 손과 얼굴을 뺀 온몸이 잿빛이었다. 오래된 때가 피부 깊숙이 배어든 모양이었다. 피부의 때 밑으로 벌건 흉터 자국이 여기저기 보이고, 발목 밑의 정맥류성 궤양은 곪아서 살가죽이 벗겨지고 있었다. 하지만 정말 놀라운 것은 살이 쭉 빠진 몸뚱이였다. 갈빗대는 해골의 그것처럼 뼈만 남고, 무릎이 허벅지보다 두껍게 보일 정도로 두 다리는 앙상했다. 그는 이제야 오브라이언이 옆모습을 보라고 한 이유를 알았다. 깜짝 놀랄 만큼 구부러진 척추가 보였다. 가느다란 어깨가 앞으로 튀어나와서 가슴팍이 움푹 들어가고, 뼈만 남은 목은 머리의 무게를 감당하느라 두 배는 구부러져 보였다. 추측건대 몹쓸 병에 시달린 60대의 몸으로 보인다고 말할 수 있었다.

"자네도 가끔 생각했을 거야."

오브라이언이 이야기를 꺼냈다.

"내부 당원의 얼굴인 내 얼굴이 늙고 지쳐 보인다고. 자네 얼굴은 어떻게 보이나?"

그는 윈스턴의 어깨를 붙잡더니 마주 볼 수 있게 돌렸다.

"자네 상태를 보게!"

그가 얘기했다.

"온몸에 찌든 이 더러운 때를, 발가락 사이의 때를 보라고. 자네

다리에 난 지저분한 염증을 봐. 자네 몸에서 염소 냄새 같은 악취가 나는 걸 알고 있나? 아마 알아차리지 못할 거야. 앙상한 몸 좀 보라고. 이제 보이나? 내 엄지와 검지로 자네 이두박근을 잴 수 있어. 당근처럼 목을 분지를 수도 있다고. 우리 손에 넘어온 후로 자네 체중이 25킬로그램이 빠졌다는 걸 알고 있나? 머리카락이 한 움큼씩 빠지고 있어. 보라고!"

그는 윈스턴의 머리를 잡아당기더니 머리카락을 한 움큼 뽑아냈다.

"입을 벌려봐. 아홉, 열, 열한 개가 남았네. 우리한테 왔을 때 이가 몇 개 있었나? 이제 몇 개 남지 않은 것도 빠지고 있어. 여길 보라고!"

그는 힘센 엄지와 검지로 윈스턴의 남아 있는 앞니 하나를 잡았다. 윈스턴의 턱에 엄청난 고통이 밀렸다. 오브라이언이 흔들리는 윈스턴의 이를 뿌리째 비틀어 뽑았다. 그는 뽑아낸 이를 감방 너머로 던졌다.

"자네는 썩어가고 있어."

오브라이언이 이야기를 꺼냈다.

"자넨 갈기갈기 찢어지고 있다고. 자네 정체가 뭔가? 오물 덩어리야. 이제 몸을 돌려서 다시 거울 속을 바라보게. 자네를 마주 보고 있는 것이 보이나? 저게 마지막 인간이야. 자네가 인간이라면, 저건 인간성이야. 이제 다시 옷을 입게."

윈스턴은 뻣뻣한 동작으로 느릿느릿 옷을 입기 시작했다. 이제까지 그는 자신이 얼마나 야위고 약해졌는지 알아차리지 못했다. 생각보다 더 오래 이곳에 있었다는 그 생각만 머릿속에 떠올랐다.

너절한 누더기를 몸에 두르는 순간 갑자기, 망가진 자기 몸에 대한 연민 때문에 그는 무너져내렸다. 그는 자신도 모르게 침대 옆에 있던 작은 의자에 무너지듯 주저앉으며 눈물을 터뜨렸다. 그는 뼈밖에 안 남은 몸을 더러운 속옷으로 가린 채, 강렬한 불빛 아래 앉아서 울고 있는 자신의 추하고 볼품없는 모습을 의식하고 있었다. 하지만 울음을 멈출 수가 없었다. 오브라이언이 친절하게 그의 어깨에 한 손을 올리며 이야기를 꺼냈다.

"이 모습이 영원하진 않을 거야. 자넨 원하기만 하면 언제든 벗어날 수 있어. 모든 건 자네한테 달렸어."

"당신이 그랬잖아."

윈스턴은 흐느끼며 얘기했다.

"당신이 나를 이 꼴로 만들었잖아."

"아니야, 윈스턴. 자네 스스로 이렇게 된 거야. 자네가 당에 반기를 들 때 받아들인 일이 바로 이거야. 이 모든 건 자네가 처음 일을 벌일 때 포함된 일이었어. 자네가 예측하지 않은 일은 하나도 일어나지 않았어."

그는 잠시 말을 멈추었다가 다시 시작했다.

"윈스턴, 우리는 자네를 제압했어. 자네를 부숴버렸지. 자네는 자네 몸이 어떤 꼴인지 봤어. 자네 정신도 같은 상태야. 난 자네한테 자존심이 남아 있을 거라는 생각은 하지 않아. 자네는 발길에 차이고 매질을 당하고 모욕도 당했어. 자넨 고통 때문에 소리치고, 자네가 쏟은 피와 토사물 속에서 바닥을 뒹굴었어. 살려달라고 울먹이며 모든 사람과 모든 것을 배신했어. 자네가 겪지 않은 수모가 하나라도 남았나 생각해보게."

윈스턴은 눈물이 떨어지고 있었지만, 울음은 멈췄다. 그는 오브라이언을 올려다보며 얘기했다.

"난 줄리아를 배신하지는 않았어요."

오브라이언은 생각에 잠긴 것처럼 그를 내려다보며 얘기했다.

"그래. 맞지. 그건 분명 맞는 얘기야. 자넨 줄리아를 배신하지는 않았어."

윈스턴의 마음에 오브라이언을 향한 존경심이 또다시 흘러넘쳤다. 그 무엇으로도 파괴할 수 없는 기이한 경외심이었다. 얼마나 지적인가, 얼마나 똑똑한가! 그는 이런 생각이 들었다. 오브라이언은 윈스턴의 말을 하나도 남김없이 다 이해했다. 지구상의 누구라도 그가 줄리아를 배신했다고 바로 받아쳤을 것이다. 그들이 가한 고문으로 그에게서 쥐어 짜내지 못한 것이 있을까? 그는 그녀에 대해, 그녀의 습관과 성격과 옛 생활을 모두 털어놓았다. 그는 그들이 만날 때 일어난 모든 일과 그가 그녀에게 얘기한 것, 그녀가 그에게 얘기한 것, 암시장에서 산 음식, 간통 행위, 당에 반기를 든 애매한 음모 등 모든 것을 아주 자세히 다 털어놓았다.

하지만 윈스턴이 의도한 말의 의미를 따지자면 그는 그녀를 배신한 것이 아니었다. 그는 그녀를 사랑하지 않은 적이 없었다. 그녀를 향한 그의 감정은 늘 같았다. 오브라이언은 설명을 들을 필요도 없이 윈스턴의 의도를 알아차렸다.

"말해주세요."

윈스턴이 물었다.

"언제 나를 쏠 거요?"

"오래 걸릴 수도 있어."

오브라이언이 대답했다.

"자네는 까다로운 경우야. 하지만 희망을 버리지 말게. 모든 사람은 다 치료되니까. 결국 우린 자네를 총살할 거야."

4

그는 훨씬 좋아졌다. 시간 개념을 적절히 말할 수 없는 상황에서 하루라는 말을 써도 된다면, 그는 하루하루 살이 찌고 튼튼해졌다.

백색광과 윙윙대는 소리는 여전했지만, 감방은 그가 지냈던 다른 방보다 더 안락했다. 판자 침대에 베개와 매트리스가 있고, 앉을 수 있는 의자도 있었다. 그들은 윈스턴에게 목욕도 시키고, 양철 대야에 세수도 자주 할 수 있게 허용했다. 심지어 씻을 물로 온수도 주었다. 또한 새 속옷과 깨끗한 작업복도 한 벌 주었다. 정맥류성 궤양을 치료하는 연고도 발라주었다. 남은 이는 빼고 의치를 맞춰주었다.

몇 주 혹은 몇 달이 지났다. 식사가 규칙적으로 제공되니, 그가 관심만 가지면 시간을 가늠해볼 수도 있었다. 식사는 하루에 세 번 나오는 것 같았다. 때로는 식사 시간이 밤인지 혹은 낮인지 희미하게 궁금할 때도 있었다. 세 끼에 한 번 고기가 나올 정도로 식사는 몹시 훌륭했다. 담배 한 갑이 나온 적도 있었다. 그에게 성냥이 없어서 음식을 갖다주는 말 없는 간수가 불을 붙여주었다. 처음 담배 연기를 맡았을 때는 속이 메스꺼웠지만, 그는 참았다. 매

끼니에 반 개피씩 오랫동안 아껴가며 피웠다.

그들은 모서리에 몽당연필이 달린 하얀 석판도 내주었다. 처음에 그는 그걸 쓰지 않았다. 그는 깨어 있을 때도 몸에 전혀 힘이 없었다. 한 끼를 먹은 후에 다음 끼를 먹을 때까지 미동도 없이 누워만 있거나, 자거나, 때로는 눈을 뜨는 것도 귀찮아서 눈을 감은 채로 공상에 잠겨 있었다. 그는 잠을 잘 때 얼굴에 쏟아지는 강한 불빛에도 오래전에 적응이 되었다. 불빛 때문에 더 일관성이 있는 꿈을 꾸는 것 말고는 별 차이가 없는 것 같았다.

그는 이 시기에 쭉 많은 꿈을 꾸었다. 늘 행복한 꿈이었다. 그는 어머니와 줄리아, 오브라이언과 함께 황금의 나라에 있거나, 햇빛이 비치는 거대한 폐허에 앉아서 아무것도 하지 않고 그저 햇볕을 쬐며 평화롭게 이야기를 나누었다. 깨어 있을 때 했던 생각들이 주로 꿈에 나왔다. 그는 고통스러운 자극이 사라지자 지적인 노력을 기울일 힘이 사라진 것 같았다. 그는 지루하지도 않았고, 대화하거나 다른 일에 정신을 팔고 싶은 욕구도 없었다. 두들겨 맞거나 질문을 받지 않고, 그저 혼자 있고, 먹을 것이 충분하고, 모든 것이 깨끗한 것만으로도 완전히 만족스러웠다.

잠자는 시간은 점차 줄었지만, 침대에서 일어나고 싶은 마음은 들지 않았다. 그는 그저 조용히 누워서 몸에 기력이 돌아오는 것을 느끼고 싶었다. 그는 근육이 점점 자라고 피부가 더 탱탱해지는지 확인하려고 몸 여기저기를 만졌다. 이제 허벅지가 무릎보다 확실히 더 두꺼워진 것을 보니 점점 살이 찌는 게 확실했다. 그 후로 처음에는 내키지 않았지만, 규칙적으로 운동을 시작했다. 얼마 후에는 감방에서 걸은 걸음으로 계산해서 3킬로미터는 걸을 수 있었고, 구부정한 어깨도 점점 바로 펴졌다. 그는 좀 더 정교한 운동을 시도했다가 할 수 없는 동작이 있어서 깜짝 놀라고 굴욕감이 들었다. 그는 걷기만 가능했다. 팔을 쭉 펴서 의자를 들 수 없었고, 한쪽 다리로 서지 못하고 넘어졌다. 발뒤꿈치로 쪼그려 앉으면 허벅지와 종아리가 너무 아파서 바로 일어서야 했다. 엎드린 채로 팔굽혀펴기를 하려고 했지만 단 1센티미터도 몸을 들어 올릴 수 없었다. 하지만 며칠 후(식사를 몇 번 더 한 후)에 그런 어려운 동작을 해낼 수 있었다. 마침내 팔굽혀펴기를 여섯 번이나 할 수 있게 되었다. 그는 자기 몸이 자랑스럽고, 얼굴이 정상으로 돌아올 것이라는 믿음도 간간이 생겼다. 우연히 벗겨진 두피에 손이 닿을 때면 거울 속에 비쳤던, 주름이 깊이 파여 망가진 얼굴이 떠올랐다. 마음에도 의욕이 생겼다. 그는 판자 침대에 앉아 벽에 등을 기댄 채로 무릎에 석판을 올려놓고 자신을 재교육하는 작업을 신중하게 시작했다.

그는 항복했다. 그것은 이미 동의한 바였다. 지금 생각해보면, 그런 결정을 내리기 오래전부터 항복을 준비했었다. 그가 애정부 안에 들어선 순간부터 아니, 텔레스크린의 금속성 목소리가 지시를 내릴 때 그와 줄리아가 무력하게 서 있던 그 순간부터, 그는 당에 반기를 들려고 했던 시도가 얼마나 경박하고 바보 같은 일이었는지 깨닫고 있었다. 돋보기로 풍뎅이를 지켜보듯 사상경찰이 7년 동안 자신을 감시하고 있었다는 것을 이제 알았다. 그들은 행동과 입 밖으로 나온 말은 모두 알아차렸다. 그들이 추론할 수 없는 생각은 하나도 없었다. 그들은 그의 일기장 표지에 둔 희끄무레한 먼지 한 점도 조심스럽게 다시 두었다. 그들은 녹음을 들려주고 사진을 보여주었다. 몇 개는 줄리아와 그의 사진이었다. 맞다, 심지어 그는 이제 더 이상 당에 반기를 들 수도 없었다. 게다가 당이 옳았다. 당연히 그래야 했다. 불멸의 존재인 당이, 집단 두뇌인 당이 어떻게 틀릴 수 있을까? 무슨 외적인 기준으로 당의 판단을 점검할 수 있을까? 제정신은 통계다. 그들이 생각하는 대로 생각하는 법을 배우기만 하면 된다. 단지……!

손에 쥔 연필이 두껍고 어색하게 느껴졌다. 우선 그는 머릿속에 떠오른 생각을 큼지막한 대문자로 비뚤비뚤 써 내려갔다.

자유는 예속

그리고 거의 쉬지도 않고 바로 아래 이렇게 썼다.

둘 더하기 둘은 다섯

그런데 바로 그 순간 뭔가 확인할 게 있었다. 그의 마음이 마치 무언가를 피하는 것처럼 집중할 수가 없었다. 그는 그다음에 뭐가 올지 알고 있다는 것을 알고 있었지만 잠시 그것이 생각나지 않았다. 그것이 무엇인지 의식적으로 추론한 후에야 그것이 떠올랐다. 저절로 떠오른 것이 아니었다. 그는 이렇게 썼다.

신은 권력

그는 모든 것을 받아들였다. 과거는 변경할 수 있다. 그렇지만 과거는 결코 변경된 적이 없었다. 오세아니아는 이스트아시아와 전쟁 중이다. 오세아니아는 늘 이스트아시아와 전쟁 중이었다. 존스와 애런슨, 러더퍼드는 기소된 범죄에 대해 유죄를 선고받았다. 그는 그들의 죄를 반증하는 사진을 본 적이 없다. 그런 사진은 없었다, 그가 만들어낸 것이다. 그 반대의 기억이 떠올랐지만, 그것들은 위조된 기억이었고, 자기기만의 산물이었다. 모든 것이 얼마나 쉬운가! 오직 항복만 한다면 그 밖의 것은 모두 자동으로 해결되었다. 마치 물살을 거슬러서 헤엄치려고 발버둥 치다가도 결국 갑자기 방향을 바꿔서 물살대로 따라가려고 마음먹는 것과 같은 것이었다.

태도 말고는 바뀐 것이 없었다. 어쨌든 예정된 일이 일어난 것이다. 그는 왜 자신이 반기를 들었는지 이유를 알 수 없었다. 만사가 쉬웠다, 다만⋯⋯!

어떤 것도 진실이 될 수 있었다. 소위 자연법칙은 헛소리였다. 중력의 법칙도 헛소리였다. "내가 원하기만 하면 나는 비눗방울처럼 이 바닥 위를 둥둥 떠오를 수 있어"라고 오브라이언은 말했었다. 윈스턴은 그 말을 이렇게 해석했다.

'그가 바닥 위를 떠다닌다고 생각한다면, 동시에 나도 떠다니는 그를 보고 있다고 생각한다면, 그런 일은 일어난 것이다.'

그러자 침몰한 잔해 덩어리가 수면 위로 떠오르는 것처럼 이런 생각이 불쑥 떠올랐다.

'그런 일이 실제로 일어나는 게 아니야. 우리가 그렇게 상상하는 거지. 그건 환영이야.'

그는 그 생각을 즉각 밀어냈다. 분명 말도 안 되는 생각이었다.

그건 자신의 바깥 다른 어떤 곳에 '진짜' 일들이 일어나는 '진짜' 세상이 있다는 전제하에 일어난 생각이었다. 그런데 그런 세상이 어떻게 존재할 수 있을까? 우리의 의식을 통하지 않고 어떻게 지식을 쌓을 수 있을까? 모든 것은 마음속에서 일어난다. 마음속에서 일어나는 것은 뭐든 진짜로 일어나는 것이다.

그는 그런 오류를 처리하는 데 어려움이 없었다. 그런 오류에 굴복할 위험도 없었다. 그렇지만 그는 그런 일이 자신에게 일어나지 말았어야 한다는 것을 깨달았다. 위험한 생각이 정체를 드러낼 때마다 마음은 맹점을 만들어야 했다. 그런 과정은 자동적이며, 본능적으로 일어나야 한다. 그들은 새말로 이것을 죄중단이라고 불렀다.

그는 스스로 죄중단 연습을 시작했다. '당은 지구가 평평하다고 말한다', '당은 얼음이 물보다 무겁다고 말한다'는 명제를 제시하고, 그것에 모순된 논거는 보지도 이해하지도 않는 훈련을 했다. 쉽지 않은 일이었다. 추론하는 능력과 임기응변이 꽤 필요했다. 예를 들어, '둘 더하기 둘은 다섯이다'라는 진술은 그의 지적 능력을 넘어서는 산술적인 문제였는데, 일종의 정신적 운동 능력이 필요했다. 즉, 어떤 순간에는 논리를 가장 섬세하게 사용하다가도 다음 순간에는 가장 조잡한 논리적 오류도 인식하지 못하는 능력이 필요했다. 어리석음이 지성만큼이나 필요했는데, 어리석기가 쉽지 않았다.

그러는 동안, 그의 마음 한구석에는 저들이 언제 자신을 총살할지 궁금한 생각이 들었다.

"모든 것은 너에게 달렸어."

오브라이언은 이렇게 말했었다. 하지만 그는 의식적인 행동으로 그날을 더 가까이 앞당길 수 없다는 것을 알고 있었다. 10분 후거나 10년이 걸릴 수도 있었다. 그들은 윈스턴을 몇 년 동안 독방에 감금할 수 있었다. 아니면 노동 수용소로 보냈다가 가끔 그런 것처럼 잠시 석방할 수도 있었다. 그를 총살하기 전에 체포하고 심문하는 과정을 계속해서 재연할 가능성도 얼마든지 있었다. 다만 한 가지 확실한 것은 죽음이 예상한 시기에 오지 않으리라는 것이었다. 전통(들어본 적도 없고 알려진 적도 없지만 어떻게든 알고 있는 전통)에 의하면, 그들은 죄수가 감방 복도를 걸어가는 사이 아무런 경고도 없이 뒤에서, 늘 머리 뒤에서 총을 쏴서 죽였다.

　어느 날 낮에(어느 날 낮이라는 말은 적절한 표현이 아니었다, 그날이 한밤중일 수도 있었으니까) 그는 낯설지만, 몹시 기분 좋은 백일몽에 빠졌다. 그는 총알을 기다리며 복도를 걸어가고 있었다. 다음 순간 그것이 오리라는 것을 알고 있었다. 만사가 해결되고, 정리되고, 화해가 이뤄졌다. 더 이상 의심도, 논쟁도, 고통도, 공포도 없었다. 그의 몸은 건강하고 튼튼했다. 그는 몸을 움직이는 것을 즐기며, 햇빛 속에서 걷는 느낌으로 편안하게 걷고 있었다. 그곳은 더 이상 애정부의 좁다란 하얀 복도가 아니었다. 그는 햇볕이 내리쬐고, 너비가 1킬로미터나 되는 커다란 통로를 약에 취한 것처럼 걸어가고 있었다. 그는 황금의 나라에서 토끼가 풀을 뜯는 초원을 가로지르는 오솔길을 걷고 있었다. 그의 발밑으로 촘촘히 자란 푹신한 잔디와 얼굴로 쏟아지는 따사로운 햇살이 느껴졌다. 들판 끄트머리에 희미하게 흔들리는 느릅나무가 보이고, 그 너머에 개울이 있어서 버드나무 아래 초록빛 웅덩이 속을 노니는 황어 떼도 보였다.

갑자기 그는 공포에 질리며 벌떡 일어났다. 등골에서 땀이 솟구쳤다. 그는 자신도 모르게 큰 소리로 외치고 있었다.

"줄리아! 줄리아! 줄리아, 내 사랑! 줄리아!"

그는 잠시 그녀를 본 것 같은 엄청난 환상에 빠졌다. 그녀가 그저 윈스턴 옆에 있는 것이 아니라 그의 속으로 들어온 것 같았다. 그녀가 그의 살갗 속으로 들어온 것 같았다. 그 순간 그는 둘이 함께 자유롭게 있을 때 그녀를 사랑했던 것보다 훨씬 더 그녀를 사랑했다. 또한 그는 어딘가 다른 곳에서 그녀가 아직 살아 있으며 그의 도움을 바란다는 것을 알고 있었다.

그는 침대에 누워 심란한 마음을 가라앉혔다. 그가 무슨 짓을 한 것일까? 한순간의 나약함 때문에 노예 상태를 몇 년이나 더 연장한 것일까?

다음 순간 밖에서 구둣발 소리가 들릴 것이다. 그들이 그런 감정 폭발을 벌주지 않고 넘어가지는 않을 것이다. 설사 전에는 알아차리지 못했더라도 그가 자신들과 맺은 합의를 어겼다는 사실을 이제 알아차릴 것이다. 그는 당에 복종했다. 하지만 여전히 당을 증오했다. 예전에는 겉으로는 복종해도 속으로는 이단의 마음을 숨기고 있었다. 이제 그는 한 발 더 물러나서, 마음으로도 복종했다. 다만, 마음 깊은 곳은 침범당하지 않고 싶었다. 그는 자신에게 잘못이 있다는 것을 알고 있었다. 그래도 그는 그 잘못이 더 좋았다. 그들은 이해할 것이다. 오브라이언은 이해할 것이다. 단 한 번의 바보 같은 외침 속에 모든 자백이 들어 있었다.

그는 모든 것을 또다시 시작하게 될 것이다. 몇 년이 걸릴 수도 있다. 그는 새로워진 자신에게 익숙해지려고 한 손으로 얼굴을 쓰다듬었다. 두 뺨이 움푹 파이고, 광대뼈는 더욱 날카로워지고, 코는 납작해졌다. 게다가 지난번에 거울로 자신을 본 이후로 그에게 새 의치가 맞춰졌다. 본인의 얼굴이 어떤지도 잘 모르는데 다른 사람 앞에서 불가해한 모습을 유지하기란 쉽지 않았다. 어떤 경우든 표정을 통제하는 것만으로는 부족했다. 그는 비밀을 지키고 싶다면 스스로에게도 그 비밀을 숨겨야 한다는 것을 난생처음 깨달았다. 비밀이 있다는 것을 내내 알아야 하지만 어떤 형태로든 의식 속에 명확하게 드러내지 말아야 했다. 지금부터 그는 올바른 생각을 해야 할 뿐만 아니라 올바르게 느끼고 올바른 꿈을 꿔야 한다. 그리고 내 몸의 일부지만 나머지 다른 몸과는 연결되지 않은 물혹처럼 증오는 마음속에 계속 가두어둬야 한다.

언젠가 그들은 그를 총살할 날을 결정할 것이다. 그게 언제일지는 알 수 없지만 몇 초 전에는 짐작할 수 있을 것이다. 그 일은 늘 복도를 걷고 있을 때 등 뒤에서 일어난다. 10초면 충분했다. 그때 갑자기 그의 내면은 완전히 뒤집힐 수 있다. 그리고 갑자기 한마디 말도 없이, 걸음을 멈추지도 않고, 표정 하나 바뀌지 않고, 별안간 가면이 벗겨지더니 탕! 하며 그의 증오심이 폭발할 것이다. 활활 불타오르는 거대한 불꽃처럼 증오가 그를 채울 것이다. 그리고 동시에 탕! 하고 총알이 너무 늦게 아니 너무 일찍 날아들 것이다. 그들은 그의 뇌를 개심시키기도 전에 산산조각 낼 것이다. 이단적 생각은 벌을 받지도 않고 참회하지도 않은 채, 영원히 그들의 손아귀에서 벗어날 것이다. 그들은 그들의 완전성에 구멍 하나를 뚫게 될 것이다. 그들을 증오하면서 죽는 것, 그것이 바로 자유였다.

그는 두 눈을 감았다. 그것은 지적 훈련을 받는 것보다 더 힘들었다. 자신을 비하하고 불구가 되는 일이었다. 그는 가장 더러운 오물 속으로 뛰어들어야 했다. 세상에서 가장 끔찍하고 가장 역겨운 것은 무엇일까? 그는 빅 브라더를 생각했다. 그 거대한 얼굴(언제나 포스터로만 봤기 때문에 그 얼굴이 너비 1미터는 되는 것 같았다)과 검고 진한 수염과 늘 이리저리 쫓아다니는 두 눈이 저절로 머릿속에 떠오르는 것만 같았다. 빅 브라더를 향한 그의 진짜 감정은 무엇일까?

복도 쪽에서 저벅저벅 걸어오는 묵직한 구둣발 소리가 들렸다. 철문이 쾅, 하며 활짝 열렸다. 오브라이언이 감방 안으로 걸어들어 왔다. 그 뒤로 밀랍 인형처럼 생긴 장교와 검은 제복을 입은 간수들이 보였다.

윈스턴은 그를 마주 보고 섰다. 오브라이언이 강한 두 손으로 윈스턴의 어깨를 잡더니 그를 자세히 들여다봤다.

"자네 나를 속일 생각을 하고 있었지."

오브라이언이 이야기를 꺼냈다.

"어리석은 생각이야. 어깨를 쭉 펴. 내 얼굴을 똑바로 봐."

그는 잠시 말을 멈추었다가 다시 온화한 어조로 이야기를 이었다.

"자네는 개선되고 있어. 지적으로는 잘못된 게 거의 없어. 그런데 자네는 감정적인 부분은 발전이 없어. 윈스턴, 말해봐. 거짓말은 안 돼. 거짓말은 내가 늘 탐지할 수 있다는 거 알고 있지. 자, 말해봐. 빅 브라더를 향한 자네의 진짜 감정은 어떤 것이지?"

"그를 증오합니다."

"자넨 그를 증오해. 좋아. 그럼 이제 마지막 단계를 밟을 때가 됐어. 자네는 반드시 빅 브라더를 사랑해야 해. 그에게 복종하는 것으로는 부족해. 자넨 그를 사랑해야만 해."

그는 윈스턴의 어깨에 올린 손을 떼더니 간수들 쪽으로 살짝 밀며 얘기했다.

"101호실로."

5

그는 감방이 바뀔 때마다 자신이 창문 없는 건물의 어디쯤 있는지 알고 있었다, 아니 알고 있는 것 같았다. 기압이 살짝 다른 것 같았다. 간수들이 그를 두들겨 팬 감방은 지하에 있었다. 오브라이언에게 심문당했던 방은 지붕 근처의 높은 곳이었다. 지금 있는 방은 지하를 한참 내려온 곳이었다.

이 방은 지금까지 지낸 방보다 가장 컸다. 하지만 주변을 알아보기가 어려웠다. 바로 앞에 있는 녹색 모직 천이 깔린 작은 테이블 두 개만 알아볼 수 있었다. 하나는 겨우 1~2미터 떨어진 곳에 있었고, 다른 하나는 더 멀리, 문 가까이에 있었다. 그는 의자에 묶인 채로 앉아 있었다. 너무 꽉 묶여서 머리도 움직일 수 없었다. 보호대 같은 것으로 뒤에서 머리를 고정해서 그는 어쩔 수 없이 앞만 똑바로 바라봐야 했다.

그는 잠시 혼자 있었다. 문이 열리고 오브라이언이 안으로 들어왔다.

"자네 예전에 내게 물었지."

오브라이언이 이야기를 꺼냈다.

"101호실에 뭐가 있냐고. 나는 자네가 이미 그 답을 알고 있다고 얘기했지. 모든 사람이 알고 있어. 101호실에 있는 건 이 세상에서 가장 끔찍한 거야."

다시 문이 열렸다. 간수 한 명이 철사로 만든 상자 혹은 바구니 같은 것을 들고 안으로 들어왔다. 간수는 그것을 멀리 떨어진 테이블 위에 올려두었다. 오브라이언이 서 있는 위치 때문에 윈스턴은 그 물건이 뭔지 알아볼 수 없었다.

"이 세상에서 가장 끔찍한 건."

오브라이언이 말했다.

"사람마다 달라. 산 채로 매장당하거나, 불에 타서 죽거나, 물에 빠져 죽거나, 말뚝에 박혀 죽거나, 쉰 가지는 더 있을 거야. 치명적이기는커녕 꽤 시시한 것도 있어."

오브라이언이 옆으로 살짝 움직이자, 윈스턴은 테이블 위에 놓인 물건이 더 잘 보였다. 들고 다닐 수 있게 위에 손잡이가 달린 직사각형 모양의 철망 바구니였다. 펜싱 마스크처럼 생긴 것이 앞부분에 달렸는데 오목한 면이 바깥으로 나 있었다. 3~4미터 정도 떨어진 곳에 있었지만, 세로로 두 칸이 나뉘어 있고 각 칸에 동물 같은 것이 들어 있는 게 보였다. 바로 쥐들이었다.

"자네 경우에."

오브라이언이 이야기를 꺼냈다.

"세상에서 제일 끔찍한 건 바로 쥐들이야."

윈스턴은 우리 안을 처음 흘깃 본 순간, 두려워하는 게 무엇인지 확실하지는 않지만, 일종의 불길한 예감 같은 전율이 온몸을 뚫고 지나갔다. 그런데 바로 이 순간 우리 앞에 붙은 마스크처럼 생

긴 것이 무엇인지 갑자기 깨달았다. 그의 내장이 녹아내리는 것 같
았다.

"이럴 순 없어요!"

윈스턴은 째진 목소리로 외쳤다.

"이럴 순 없어, 이럴 순 없다고! 말도 안 돼!"

"자네 기억나나?"

오브라이언이 얘기했다.

"자네 꿈속에 자주 나타나던 공포의 순간 말이야? 자네 앞에는
시커먼 벽이 있고, 귓속에는 으르렁 소리가 들리지. 벽 반대편에 뭔
가 끔찍한 것이 있고, 자넨 그게 뭔지 알고 있어. 그렇지만 감히 그
걸 밖으로 끌고 나올 순 없어. 벽 너머에 있던 건 바로 쥐야."

"오브라이언!"

윈스턴은 목소리를 가다듬으려고 애를 쓰며 이야기를 꺼냈다.

"이럴 필요가 없다는 건 당신도 알잖아요. 나한테 원하는 게 뭡
니까?"

오브라이언은 바로 대답하지 않았다. 그는 가끔 학교 선생님 같
은 태도로 이야기를 꺼낼 때가 있었다. 그는 윈스턴의 등 뒤에 이야
기를 들을 사람이라도 있는 것처럼 생각에 잠긴 듯 먼 곳을 응시하
며 이야기를 꺼냈다.

"고통만으로는 늘 충분하지 않아. 인간은 고통에 대항할 때가
있어, 심지어 죽을 때까지 버틸 때도 있어. 하지만 모든 사람은 견
딜 수 없는 것이, 생각도 할 수 없는 것이 있지. 용기나 비겁함과는
상관없어. 높은 곳에서 떨어지는데 밧줄을 붙잡는 건 비겁한 게 아
니야. 깊은 물속에서 나와 숨을 깊이 들이쉬는 게 비겁한 건 아니

360

잖아. 죽지 않으려는 본능일 뿐이야. 쥐도 마찬가지야. 자네한테 쥐들은 견딜 수 없는 것들이야. 쥐는 자네가 아무리 참고 싶어도 참아낼 수 없는 일종의 압력이야. 우리가 자네한테 원하는 것을 하게 될 거야."

"그게 뭐죠, 그게 뭐냐고요? 그게 뭔지도 모르는데 어떻게 할 수 있단 말이죠?"

오브라이언은 쥐가 들어 있는 우리를 들더니 가까운 테이블 쪽으로 갖다 갖고 왔다. 그는 그 우리를 초록빛 모직 천 위에 살며시 올려놨다. 윈스턴의 귓속에 피가 끓는 소리가 들렸다. 그는 철저한 고독 속에 앉아 있는 것 같았다. 그는 햇빛이 흠뻑 쏟아지는 텅 비어 있는 평평한 사막 한가운데 있었는데 아주 멀리서 온갖 소리가 들렸다. 하지만 쥐들이 들어 있는 우리는 아직 2미터 떨어진 곳에 있었다. 어마어마하게 큰 쥐들이었다. 사납고 뭉툭한 주둥이와 잿빛이 아닌 갈색 털을 보면 늙은 쥐들이었다.

"쥐들은."

오브라이언은 여전히 보이지도 않는 사람들에게 얘기하고 있었다.

"설치류지만 육식을 하지. 자네도 알고 있어. 자네는 이 마을의 빈민가에서 일어나는 이야기를 들었을 거야. 여자들이 단 5분도 아기를 집에 혼자 두지 못하는 동네가 있어. 쥐들이 아기를 공격할 게 분명하니까. 단 몇 분 만에 아기를 뼈만 남을 데까지 갈기갈기 찢어버리거든. 또 아픈 사람이나 죽어가는 사람들도 공격한다고. 그것들은 머리가 좋아서 인간이 힘이 없을 때를 귀신같이 알아채거든."

우리에서 찍찍 소리가 났다. 윈스턴은 그 소리가 멀리서 들리는 것 같았다. 쥐들끼리 싸우고 있었다. 칸막이를 사이에 두고 서로 달려들고 있었다. 또 절망하는 깊은 신음도 들렸다. 자신이 아닌 다른 데서 나는 소리 같았다.

오브라이언은 우리를 들더니 그 속에 있는 뭔가를 눌렀다. 날카로운 딸깍 소리가 났다. 윈스턴은 의자에서 몸을 떼어내려고 미친 듯이 안간힘을 썼다. 아무 소용이 없었다. 그의 몸 전부가 심지어 머리까지도 전혀 움직일 수 없었다. 오브라이언은 우리를 더 가까이 옮겼다. 우리는 윈스턴의 얼굴에서 1미터도 떨어지지 않은 곳에 있었다.

"첫 번째 레버를 눌렀어."

오브라이언이 이야기를 꺼냈다.

"자넨 이 우리가 어떤 모양인지 알고 있어. 이 마스크는 자네 머리에 꼭 맞으니까 빠져나갈 수 없어. 내가 다른 레버를 누르면 우리 문이 올라갈 거야. 굶주린 야수들이 총알처럼 달려들 거야. 쥐가 허공으로 날아가는 거 본 적 있나? 그것들은 자네 얼굴로 날아올라서 얼굴을 곧장 뜯어낼 거야. 그것들은 가끔 눈을 먼저 공격하지. 어떤 때는 뺨을 뚫고 들어가 혀를 집어삼킬 때도 있어."

우리가 더 가까워지더니 그에게 바싹 붙어버렸다. 윈스턴은 머리 위 허공에서 나는 것 같은 날카로운 울음소리가 계속 들렸다. 하지만 그는 공포와 맞서 싸웠다. 생각하자, 생각하자, 단 1초라도 생각하는 것이 유일한 희망이었다. 갑자기 짐승들의 퀴퀴한 냄새가 콧구멍에 훅 끼쳤다. 속에서 구역질이 마구 일면서 거의 정신을 잃을 것만 같았다. 모든 것이 까맣게 보였다. 그는 잠시 제정신을 잃고 짐승처럼 소리쳤다. 하지만 그는 한 가지 생각을 붙잡고 암흑을 빠져나왔다. 자신을 살리는 방법은 딱 하나밖에 없었다. 그는 자신과 쥐들 사이에 다른 인간을, 다른 인간의 몸뚱이를 두어야 했다.

마스크의 둘레가 너무 커서 다른 것은 아무것도 보이지 않았다. 철망 문은 그의 얼굴에서 두 뼘 정도 떨어진 곳에 있었다. 쥐들은 이제 뭐가 올지 알고 있었다. 쥐 한 마리가 뛰어올랐다가 내려가자, 시궁창 쥐의 할아버지뻘인 다른 쥐는 분홍색 발로 창살을 잡으며 일어서더니 사납게 킁킁거렸다. 윈스턴은 쥐의 수염과 누런 이빨만 보였다. 검은 공포가 또다시 그를 사로잡았다. 눈앞이 캄캄해지고 힘이 쑥 빠지면서 정신이 하나도 없었다.

"중국 황실에서 흔했던 체벌이야."

오브라이언은 전과 다름없이 훈계하듯 얘기했다.

마스크가 그의 얼굴에 바싹 붙었다. 철망이 그의 뺨을 스쳐 갔다. 그리고 이제…… 아니, 안도가 아니라, 희망, 아주 작은 희망만 남았다. 그러나 너무 늦었다, 아마 너무 늦었을 것이다. 그런데 이 세상에 딱 한 사람, 그의 벌을 대신 받아줄 단 한 사람이 갑자기 떠올랐다. 자신과 쥐들 사이에 밀어 넣을 수 있는 단 하나의 몸뚱이가 있었다. 그는 미친 듯이 계속 소리치고 있었다.

"줄리아한테 해요! 줄리아한테 하라고요! 나 말고! 줄리아요! 그녀한테 무슨 짓을 하든 상관없어요. 그녀의 얼굴을 찢어버리고 뼈까지 발라내요. 나 말고! 줄리아한테! 나는 안 돼요!"

그는 쥐들로부터 멀리 떨어진 거대한 심연 속으로 떨어지고 있었다. 그는 아직 의자에 묶여 있었지만, 의자를 넘어, 벽을 넘어, 건물을 넘어, 지구를 넘어, 대양을 넘어, 대기권을 넘어, 우주 속으로, 별들 사이의 심연 속으로 떨어졌다. 그는 쥐들로부터 멀리, 멀리, 아주 멀리, 멀어지고 있었다. 그는 몇 광년이나 멀리 떨어진 곳에 있었지만, 오브라이언은 여전히 그의 곁에 서 있었다. 그런데 그를 에워싼 어둠을 뚫고 찰칵하는 금속성 소리가 또다시 들렸다. 그는 우리 문이 열리는 게 아니라 닫히는 소리라는 걸 알고 있었다.

6

밤나무 카페는 사람이 거의 없었다. 창문을 뚫고 들어온 한 줄기 햇살이 먼지 낀 테이블 위로 쏟아졌다. 한적한 15시였다. 텔레스크린에서 깡통을 두드리는 것 같은 음악 소리가 났다.

윈스턴은 늘 앉는 구석 자리에 앉아서 빈 잔을 뚫어지게 보고 있었다. 그는 맞은편 벽에서 자신을 바라보는 거대한 얼굴을 이따금 올려다보고 있었다. '빅 브라더가 당신을 지켜보고 있다'라는 문구가 적혀 있었다. 주문하지도 않았는데 웨이터가 오더니, 그의 잔에 빅토리 진을 가득 따라주고, 코르크 마개에 깃털이 꽂혀 있는 다른 병의 내용물 몇 방울을 떨어뜨린 다음 흔들어주었다. 밤나무 카페의 스페셜티 메뉴인 정향 맛 사카린이었다.

윈스턴은 텔레스크린의 소리에 귀를 기울이고 있었다. 지금은 음악만 나오고 있지만, 어느 때든 평화부에서 특별 공지를 발표할 가능성이 있었다. 아프리카 전선에서 들리는 소식이 특히 불안했다. 그는 온종일 때때로 이것을 걱정하고 있었다. 유라시아 군대

(오세아니아는 유라시아와 전쟁 중이었다. 오세아니아는 처음부터 늘 유라시아와 전쟁 중이었다)가 엄청난 속도로 남진하고 있었다. 정오의 보도에서는 어떤 특정 지역도 언급하지 않았지만, 콩고 입구가 이미 전쟁터가 되었을 가능성이 무척 컸다. 브라자빌과 레오폴드빌도 위험 지역이 되었다. 이런 상황을 이해하기 위해 지도를 볼 필요도 없었다. 중앙아프리카를 잃는 문제만이 아니라 전쟁 중에 처음으로 오세아니아 영토 자체가 위협받는 것이었다.

엄밀히 말하자면 공포가 아니라 뭐라고 구분할 수 없는 흥분 같은 격렬한 감정이 그의 마음속에 확 타올랐다가 다시 사그라들었다. 그는 전쟁을 그만 생각했다. 요새는 한 가지 주제에 대해 한번에 몇 분 이상은 집중할 수 없었다. 그는 잔을 들더니 한 번에 다 마셨다. 늘 그렇듯이 빅토리 진을 마시면 몸이 떨리고 구역질까지 살짝 치밀었다. 끔찍했다. 그 자체만으로도 충분히 역겨운 정향과 사카린으로 김빠진 기름 냄새를 가려주지 못했다. 가장 끔찍한 것은 밤낮으로 그의 몸에 들러붙은 진 냄새가 그의 마음속 어떤 것들과 결코 뗄 수 없게 뒤섞여 있다는 사실이었다.

그는 마음속으로도 그것들을 밝히지 않았다. 가능한 한 그것들을 떠올리지도 않았다. 그것들은 그의 얼굴 가까이 떠도는, 콧구멍에 매달린 냄새였다. 속에서 술이 오르자 자줏빛 입술 사이로 트림이 터져 나왔다. 그는 석방된 후 몸에 살이 오르고 예전 혈색을 되찾았다. 오히려 더 좋아졌다. 얼굴에 살이 오르고 코와 뺨의 살갗이 거친 붉은빛을 띠었다. 심지어 머리카락이 벗겨진 두피마저 진한 분홍빛이었다. 주문도 하지 않았는데 또다시 웨이터가 체스판과 체스 문제가 실린 면이 펼쳐진 〈타임스〉 최신 호를 갖고 왔다.

그리고 윈스턴의 잔이 빈 것을 보더니 진 병을 갖고 와서 잔에 따라주었다. 주문할 필요도 없었다. 그들은 그의 습관을 알고 있었다. 그를 위해 늘 대기 중인 체스판과 구석 자리가 있었다. 카페 자리가 꽉 차도 그는 늘 그 자리에 앉을 수 있었다. 그와 가까운 자리에 앉은 모습을 보여주고 싶은 사람이 아무도 없기 때문이었다. 그는 몇 잔을 마셨는지 굳이 세어보지도 않았다. 그들은 계산서라고 하는 더러운 종이를 갖다줄 때도 가끔 있었지만, 그들이 늘 아주 싸게 받는다는 기분이 들었다. 그 반대여도 별 차이가 없었다. 그는 요사이 늘 돈이 많았다. 게다가 한직이기는 하지만 예전 직업보다 보수를 더 많이 받는 일자리도 생겼다.

텔레스크린에서 나오던 음악이 멈추고 목소리가 나왔다. 윈스턴은 고개를 들고 귀를 기울였다. 하지만 전선 소식이 아니었다. 그저 풍요부에서 나온 짧은 발표였다. 지난 4분기에 제10차 3개년 계획의 구두끈 생산량이 98퍼센트 초과 달성되었다는 소식이었다.

그는 체스 문제를 검토한 후 말을 놓았다. 나이트 두 개를 쓰는 꽤 까다로운 마지막 수였다.

'백을 이용해 두 수만에 체크메이트를 부를 것.'

윈스턴은 빅 브라더의 초상화를 올려다보았다.

'백이 늘 체크메이트를 부르지.'

그는 알 수 없는 신비감에 젖어 이런 생각을 했다. 예외 없이 언제나 그렇게 되었다. 세상이 시작된 이래로 체스 문제에서 흑이 이긴 적은 단 한 번도 없었다. 선이 악을 영원히 이긴다는 변함없는 사실을 상징하는 것이 아닐까? 고요한 힘으로 충만한 거대 얼굴이 그를 응시하고 있었다. 백은 늘 체크메이트를 불렀다.

텔레스크린에서 나오던 목소리가 중단되고 훨씬 육중한 다른 목소리가 나왔다.

"15시 30분에 중요한 발표가 있을 예정입니다. 15시 30분입니다! 가장 중요한 뉴스입니다. 절대 놓치지 마세요. 15시 30분에 발표됩니다."

깡통 소리 같은 음악이 다시 시작되었다.

윈스턴은 가슴이 두근거렸다. 아프리카 전선에서 나온 속보였다. 그는 본능적으로 그 속보가 나쁜 소식일 것이라는 생각이 들었다. 아프리카에서 크게 패했을 것이라는 생각이 온종일 머릿속을 들락날락하며 마음이 살짝 흥분되었다. 그는 유라시아 군대가 철옹성 같은 국경선을 건너서 개미 떼처럼 아프리카의 끝으로 밀려드는 모습이 실제로 보이는 것 같았다. 왜 어떤 식으로든 선수를 치지 못한 것일까? 그의 머릿속에 서아프리카 해안의 윤곽이 생생하게 드러났다. 그는 백 나이트를 들어서 체스판 위로 옮겼다. 거기 적절한 자리가 있었다. 그가 남쪽으로 달려가는 검은 무리를 보고 있는데 또 다른 병력이 신비하게 모여들더니 갑자기 후방에 자리를 잡고, 바다와 육지의 통신을 끊는 모습이 떠올랐다. 그는 이렇게 되길 바라면 다른 병력이 나타날 것만 같았다. 하지만 재빨리 움직여야 했다. 그들이 아프리카 전체를 장악하고, 케이프타운의 비행장과 해군 기지를 점령한다면, 오세아니아는 둘로 나뉠 것이다. 그렇게만 된다면 패배와 몰락, 세계의 재분할, 당의 파괴 등 무엇이든 의미할 수 있었다. 그는 숨을 깊이 들이쉬었다. 놀랍게도 여러 가지 감정이 메들리처럼 뒤섞여 있었다. 엄밀히 말해 여러 가지 감정이 뒤섞인 것이 아니라, 층층이 쌓여 있었다. 그는 어떤 것이 가장 밑에 있는 억눌린 감정인지 알 수 없어 힘겨웠다.

발작적인 감정은 지나갔다. 그는 백 나이트를 제자리에 두었지만, 한동안 체스 문제를 곰곰이 생각할 만큼 마음이 진정되지 않았다. 또다시 생각이 오락가락했다. 그는 거의 무의식적으로 먼지가 쌓인 테이블 위에 손가락으로 이렇게 썼다.

2 + 2 = 5

"그자들이 당신 마음속까지 들어올 순 없어요."

그녀는 이렇게 말했었다. 하지만 그들은 마음속까지 침범했다.

"여기에서 자네한테 일어난 일은 영원한 거야."

오브라이언은 이렇게 말했었다. 맞는 말이었다. 결코 회복할 수 없는 일들이, 그런 행동들이 있었다. 마음속의 무언가 죽어버렸다. 불에 타서 지져버렸다.

그는 그녀를 만났었다. 이야기도 나누었다. 그래도 위험하지 않았다. 그가 무슨 짓을 하더라도 그들은 이제 자신에게 거의 관심이 없다는 것을 본능처럼 알고 있었다. 둘 중 한 사람만 원해도 다시 만날 약속을 잡을 수 있었다. 사실 두 사람의 만남은 우연히 일어났다. 땅이 쇠처럼 단단하고, 잔디는 다 죽어버리고, 바람에 목이 잘린 크로커스 몇 송이를 제외하면 꽃봉오리 하나 없는 몹시 추운 3월의 어느 날, 공원이었다. 그는 꽁꽁 언 손과 흐르는 눈물 때문에 급히 걸어가고 있는데 10미터도 떨어지지 않은 곳에서 그녀를 보았다. 그녀를 보자 뭐라고 설명할 수 없게 변해버렸다는 생각이 바로 들었다. 두 사람은 아는 척도 없이 바로 지나쳤다. 다음 순간 내키지는 않았지만, 그는 몸을 돌려 그녀를 따라갔다. 이제 아무런 위험도 없고, 자신에게 관심을 보일 사람도 없다는 것을 그는 알고 있었다. 그녀는 아무 말도 하지 않았다. 그녀는 마치 그를 피하려는 것처럼 잔디밭을 비스듬히 가로질러서 걸어갔다. 결국 그가 옆으로 와도 체념한 것처럼 보였다. 두 사람은 곧 몸을 숨겨주지도 못하고 바람을 막아주지도 못하는 벌거벗은 잡목 숲속으로 왔다. 두 사람은 걸음을 멈추었다. 날이 매섭게 추웠다. 텔레스크린은 없지만, 숨겨진 마이크가 있는 것이 분명했다. 게다가 사람들이 두 사람을 볼 수 있었다. 하지만 상관없었다. 문제 될 것이 없었다. 두 사람은 원하기만 하면 땅바닥에 누워서 그 짓도 할 수 있었다. 하지만 그는 그런 생각만으로도 몸이 얼어붙을 만큼 끔찍했다. 그녀는 그가 안아도 아무런 반응을 보이지 않았다. 그의 품에서 벗어나려고 하지도 않았다. 그는 이제 그녀의 어떤 부분이 변했는지 알아챘다. 얼굴빛이 누렇게 뜨고 머리카락으로 일부 감추었지만, 이마부터 관자놀이까지 기다란 흉터가 눈에 띄었다. 하지만 달라진 건 그뿐만이 아니었다. 허리가 두툼해지고 놀랄 만큼 뻣뻣했다. 그는 언젠가 로켓탄이 폭발한 후에 폐허에서 시체를 끌어내는 일을 도와준 적이 있었다. 그때 시체가 너무 무거울 뿐만 아니라 다루기가 어려울 만큼 뻣뻣하고 불편해서 깜짝 놀랐었다. 그 시체는 마치 살덩어리가 아니라 돌덩어리인 것 같았다. 그녀의 몸도 그 시체와 같았다. 그는 그녀의 살갗도 예전과 전혀 다를 것이라는 생각이 들었다.

그는 그녀에게 입을 맞추려고 하지 않았다. 두 사람은 말 한마디 나누지 않았다. 두 사람이 다시 잔디를 가로질러 걸어갈 때, 그

녀가 처음으로 그를 똑바로 바라봤다. 순간이었지만 경멸과 혐오
가 가득했다. 그는 그 혐오가 순전히 과거의 일 때문인지 아니면
부풀어 오른 얼굴과 바람을 맞아 두 눈에서 계속 흘러내리는 눈물
때문인지 궁금했다. 두 사람은 철제 의자 두 개에 조금 떨어져 앉
았다. 그는 그녀가 무슨 말을 할지 알고 있었다. 그녀가 투박한 구
두를 몇 센티미터 옮기더니 일부러 잔가지를 으스러뜨렸다. 그녀
는 발도 더 넓어진 것 같았다.

"난 당신을 배신했어요."

그녀가 대담하게 이야기를 꺼냈다.

"나도 당신을 배신했어."

그도 얘기했다. 그녀는 다시 한번 혐오의 눈길로 그를 바라봤다.

"때로는."

그녀가 이야기를 꺼냈다.

"그자들이 뭔가 견딜 수 없는 걸로 위협할 때가 있어요, 생각하
기도 싫은 것이요. 그러면 이렇게 말하게 되죠. '나한테 하지 마세
요, 다른 사람한테 하세요, 이런저런 사람한테 하세요.' 그 후에는
그 말은 속임수고, 그 사람들을 멈추게 하려고 그런 말을 한 것이
지, 절대 진심이 아니라고 얘기하죠. 하지만 진실이 아니죠. 그런
일이 일어날 때는 진심인 거예요. 그렇지 않으면 자신을 구할 수 없
으니까 그런 식으로 자신을 구하려고 해요. 다른 사람에게 그런 일
이 일어나기를 바라는 거죠. 다른 사람의 고통은 상관없으니까요.
오로지 자기 자신만 생각하는 거죠."

"오로지 자기 자신만 생각하는 거지."

그가 그녀의 말을 따라 했다.

"그런 후에는 더 이상 그 사람에게 예전 같은 감정을 느낄 수 없어요."

"맞아."

그가 대답했다.

"같은 감정을 느낄 수 없지."

더는 할 말이 없는 것 같았다. 바람이 불자 얇은 작업복이 몸에 딱 달라붙었다. 아무 말 없이 그 자리에 앉아 있는 게 갑자기 당혹스러웠다. 게다가 너무 추워서 가만히 앉아 있을 수도 없었다. 그녀는 지하철을 타야 한다며 자리에서 일어났다.

"우린 다시 만나야 해."

그가 이야기를 꺼냈다.

"그래요."

그녀가 따라 했다.

"우리 다시 만나요."

그는 반걸음 떨어져서 그녀 뒤를 애매하게 따라갔다. 두 사람은 다시 이야기를 꺼내지 않았다. 그녀는 그를 떨쳐내려고는 하지 않았지만, 그가 나란히 걸을 수 없는 속도로 걸어갔다. 그는 원래 지하철역까지 그녀를 데려다줄 생각이었지만 이렇게 추운 날 그녀를 따라가는 것이 갑자기 아무 의미도 없고 참을 수도 없는 일 같았다. 그는 줄리아로부터 떨어지고 싶은 것보다는 밤나무 카페로 되돌아가고 싶은 마음이 앞섰다. 이 순간처럼 카페가 매력적인 장소로 느껴진 것은 처음이었다. 그는 신문과 체스판과 끊임없이 나오는 진이 있는 구석 자리가 몹시 그리웠다. 무엇보다 그곳은 따뜻했다. 다음 순간, 그는 몇몇 사람들 때문에 그녀와 사이가 벌어지게 되었다. 우연만은 아니었다. 그는 내키지는 않는 마음으로 그녀를 따라가려고 하다가 걸음을 늦추고 몸을 돌려서 반대 방향으로 향했다. 그는 50미터쯤 가다가 뒤를 돌아봤다. 거리는 붐비지 않았지만 이미 그녀를 알아볼 수 없었다. 서둘러 걷는 여남은 사람 중한 명이 그녀일 수 있었다. 뚱뚱하고 뻣뻣해진 그 몸을 이제 더 이상 뒤에서는 알아볼 수 없는 것인지도 모른다.

"그런 일이 일어날 때는 진심인 거예요."

그녀는 이렇게 얘기했었다. 그는 진심이었다. 그는 말로만 그런 것이 아니라 그렇게 되기를 바랐다. 그는 자신이 아니라 그녀에게 그런 일이 일어나기를 바랐었다. 텔레스크린에서 흘러나오던 음악에 뭔가 변화가 있었다. 갈라지고 조롱하는 듯한 선정적인 음조가 나왔다. 그리고 노랫소리가 들렸다(그런 일이 일어나지 않았을 수도 있다, 어쩌면 음악 소리가 비슷해서 그런 기억이 떠오른 것인지도 모른다).

　울창한 밤나무 아래
　나는 너를 팔고 너는 나를 팔았지…….

그의 두 눈에 눈물이 고였다. 지나가던 웨이터가 그의 잔이 빈 것을 알아채고 진 병을 갖고 돌아왔다.

그는 잔을 들더니 냄새를 맡았다. 그 술은 한 모금 들이킬수록 맛이 더 끔찍해졌다. 하지만 이미 뗄 수 없는 것이 되어버렸다. 그 술은 그의 생명이자 죽음이며 부활이었다. 그 술 때문에 밤마다 인사불성이 되었고, 술 덕분에 아침이면 되살아날 수 있었다. 11시 전에 일어나는 일은 거의 없었다. 눈을 뜨면 늘 눈꺼풀이 붙어 있고, 입은 바싹 마르고, 등허리는 부러질 것만 같았다. 침대 옆에 밤 새 술병과 술잔을 놔둔 덕분에 누운 자리에서 일어날 수 있었다. 그는 멍한 얼굴로 술병을 끼고 텔레스크린의 소리에 귀를 기울이 며 오후 시간을 보냈다. 15시부터 마감 시간까지는 밤나무 카페의 붙박이처럼 지냈다. 그가 하는 일에 관심을 보이는 사람은 이제 아 무도 없었고, 호루라기 소리도 그를 깨우지 못했고, 텔레스크린도 그를 야단치지 않았다. 방치되어 먼지가 쌓인 진리부의 사무실에 일주일에 두어 번 출근해서 일이라고 하는 것을 조금 했다. 그는 새말 사전 11판을 편찬하는 과정에서 생긴 사소한 문제를 다루는 수많은 위원회 중 하나에서 파생된 분과위원회의 분과위원으로 임명되었다. 분과위원들은 '중간 보고서'라고 하는 것을 제작하는 과정에 참여하고 있었다. 하지만 그는 이 분과위원들이 무엇을 보 고하는 것인지 확실히 알아내지 못했다. 쉼표를 괄호 안에 넣어야 하는지 아니면 괄호 밖에 넣어야 하는지 그런 것과 관련이 있었다. 분과위원회에는 윈스턴 말고 네 명이 더 있었다. 네 사람 모두 그와 처지가 비슷했다. 이들은 모이기는 하지만 할 일이 거의 없다는 것 을 솔직하게 인정하고 바로 해산하는 날도 있었다. 하지만 정말 열 심히 일에 착수하는 날도 있었다. 회의록을 정식으로 기록한다고 야단법석을 떨고, 결코 마무리 짓지 못할 기나긴 비망록의 초안을 작성하기도 했다. 그럴 때는 자신들이 논의해야 하는 것에 대한 논 의가 극도로 뒤얽히고 난해해져서, 정의(의미)에 대한 묘한 시비가 벌어지고, 일과 상관없는 여담이 한참 쏟아지고, 싸움이 벌어지고, 심지어 상부에 호소하겠다는 위협이 나오기도 했다. 그러다 갑자 기 활기가 사라지고, 닭이 울면 사라지는 귀신들처럼 퀭한 눈으로 서로를 바라보며 테이블에 앉아 있곤 했다.

　텔레스크린이 잠시 조용했다. 윈스턴은 다시 고개를 들었다. 속
보다! 하지만 그게 아니라, 그저 음악 소리가 바뀐 것이었다. 그는
눈앞에 아프리카 지도를 펼쳤다. 군대의 이동이 도표로 나타나고,
검은 화살이 수직으로 남쪽을 향하고, 하얀 화살은 동쪽을 향해
수평으로 나아가며 검은 화살의 꼬리를 갈랐다. 그는 확신을 구하
려는 듯 초상화 속의 태연한 얼굴을 올려다보았다. 두 번째 화살
이 존재하지도 않는다는 게 가능한 일일까? 관심이 다시 사그라들
었다. 그는 진 한 잔을 더 들이켠 후, 백 나이트를 들어서 시험 삼
아 움직였다. 체크메이트. 그러나 분명 올바른 수가 아니었다. 왜냐
하면……

　머릿속에 어떤 생각이 불현듯 떠올랐다. 하얀 이불을 씌운 커다
란 침대와 아홉 살 내지 열 살 정도 된 자신과 하얀 촛불이 비치는
방이 보였다. 그는 방바닥에 앉아서 신나게 깔깔대며 주사위 통을
흔들고 있었다. 맞은편에 앉아 있는 어머니도 웃고 있었다.

　어머니가 실종되기 약 한 달 전의 일이었다. 계속되는 굶주림
을 잊고 어머니를 향한 옛정이 잠시나마 되살아난 화해의 순간이
었다. 그는 그날이 또렷이 기억났다. 비가 세차게 퍼부어 빗물이 유
리창으로 쏟아지고 실내의 불빛이 너무 흐릿해서 책을 읽을 수도
없는 날이었다. 두 아이는 어둡고 답답한 방에만 있으니 몹시 지루
했다. 음식을 달라고 징징대고 칭얼대던 윈스턴은 방을 빙빙 돌며
아무것이나 잡아당기고 발로 벽을 찼다. 급기야 이웃들이 벽을 차
고, 어린 동생은 가끔 흐느껴 울었다.

　결국 어머니가 그를 달랬다.

"이제 착하게 굴면 장난감을 사줄게. 멋진 장난감을. 네 맘에 쏙 들 거야."

어머니는 빗속으로 나가더니 아직 드문드문 문을 여는 작은 잡화상에 가서 뱀과 사다리 게임Snakes and Ladders(뱀과 사다리가 그려진 보드 위에서 하는 아이들 게임-역주) 세트가 들어 있는 종이 상자를 갖고 돌아왔다. 그는 그 축축한 종이 상자의 냄새가 아직도 기억났다. 보드는 금이 갔고 조그만 종이 주사위는 형편없이 잘려서 바닥에 제대로 서지도 않았다. 윈스턴은 뚱한 얼굴로 관심도 없이 그 것을 바라보았다. 하지만 어머니는 촛불을 켰고, 식구들은 바닥에 앉아서 놀이를 시작했다. 그는 곧 몹시 흥분하며 자기 말이 희망차게 사다리를 올라가다가 뱀에 걸려 출발점으로 다시 미끄러져 내려오면 깔깔대며 웃어댔다. 그들은 게임을 여덟 번 해서 각자 네 번씩 이겼다. 베개를 받치고 앉은 어린 여동생은 너무 어려서 게임을 이해하지 못했지만 다른 사람이 웃으니까 덩달아 깔깔댔다. 그날 오후 내내 그들은 그가 더 어릴 때처럼 함께 행복했다.

그는 마음속의 추억을 밀어냈다. 그것은 거짓된 기억이었다. 그는 거짓된 기억 때문에 가끔 괴로웠다. 그 기억들이 어떤 것인지 제대로 알기만 하면 문제 될 것이 없었다. 어떤 기억들은 실제로 일어난 것이었고, 실제로 일어나지 않은 기억들도 있었다. 그는 체스판으로 돌아가서 다시 백 나이트를 집어 들었다. 바로 그 순간 백 나이트가 체스판으로 떨어지며 달가닥 소리를 냈다. 그는 핀에 찔린 것처럼 깜짝 놀랐다.

날카로운 트럼펫 소리가 요란하게 울렸다. 속보였다! 승리다! 뉴스보다 트럼펫 소리가 먼저 나오면 늘 승리를 의미했다. 일종의 전율이 카페를 휩쓸었다. 웨이터들마저 깜짝 놀라며 귀를 쫑긋 세웠다.

트럼펫 소리는 굉장히 시끄러웠다. 텔레스크린에서 흥분한 목소리가 이미 재잘거리며 나왔지만, 시작과 동시에 바깥에서 나는 응원 소리에 바로 묻혀버렸다. 뉴스는 마법처럼 온 거리를 휩쓸었다. 그가 예측한 대로 텔레스크린에서 나오는 뉴스가 다 일어났다는 것을 알 수 있었다. 거대한 해상 함대가 비밀리에 적의 후방을 기습 공격하고, 하얀 화살이 검은 화살의 꼬리를 가른 것이었다. 승리를 거둔 소식들이 소음을 뚫고 조각조각 들렸다.

"어마어마한 전략적 작전…… 완벽한 합동 작전…… 철저한 궤멸…… 포로 50만 명…… 완벽한 사기 저하…… 아프리카 전역 장악…… 근접한 종전…… 승리…… 인류 역사상 최대의 승리…… 승리, 승리, 승리!"

테이블 밑에 있는 윈스턴의 발이 부들부들 떨렸다. 그는 자리에서 일어나지는 않았지만, 마음만은 달리고 있었다. 바깥의 군중과 함께 귀가 먹먹하도록 환호성을 지르며 재빨리 달리고 있었다. 그는 빅 브라더의 초상화를 다시 올려다봤다. 세상을 주름잡는 거인이었다! 아시아의 무리가 아무리 맞서도 헛수고로 돌아갈 수밖에 없는 커다란 바위 같은 존재였다! 10분 전, 맞다, 10분 전만 해도 그는 아프리카 전선의 소식이 승리일지 패배일지 확신하지 못하며 마음이 애매했다. 아, 유라시아의 군대만 패배한 것이 아니었다. 애정부에 들어간 첫날부터 그는 많은 것이 변했다. 하지만 이 순간이 되어서야 결정적이고 불가피한 치유의 변화가 일어났다.

텔레스크린에서는 포로와 전리품과 학살 이야기가 계속 쏟아져 나오고 있었지만, 바깥의 함성은 조금 잦아들었다. 웨이터들도 다시 자기 일로 돌아갔다. 웨이터 한 명이 진 병을 들고 다가왔다. 행복한 꿈에 빠져 있던 윈스턴은 잔이 채워지는 것도 몰랐다. 그는 더 이상 달리거나 환호성을 지르지 않았다. 그는 모든 것을 용서받고, 눈처럼 흰 영혼을 간직한 채 애정부로 돌아갔다. 그는 피고석에서 모든 것을 고백했고, 모든 사람을 연루시켰다. 그는 햇살 속을 걷는 기분으로 하얀 타일이 깔린 복도를 걷고 있었다. 그의 뒤로 총을 든 간수가 따라왔다. 오랫동안 기다렸던 총알이 마침내 그의 머리에 박혔다.

그는 거대한 그 얼굴을 올려다보았다. 저 검은 콧수염 아래 숨은 미소가 어떤 것인지 이해하는 데 40년이 걸렸다. 오, 잔인하고 쓸데없는 오해여! 저 애정 어린 품을 고집스럽고 완고하게 벗어난 유배여! 진 향이 나는 눈물 두 방울이 코 옆으로 흘러내렸다. 하지만 이제 괜찮았다, 모두 괜찮았다, 투쟁은 끝났다. 그는 자신과의 투쟁에서 승리했다. 그는 빅 브라더를 사랑했다.

부록

새말의 원리

새말은 오세아니아의 공식 언어로, 영사, 즉 영국 사회주의의 이념적 요구에 부응하기 위해 고안되었다. 1984년까지는 말을 하거나 글을 쓰는 의사소통 수단으로 오직 새말만 사용하는 사람은 아무도 없었다. 〈타임스〉의 사설은 새말로 작성되었지만, 이는 전문가만이 수행할 수 있는 절묘한 솜씨였다. 2050년이 되면 새말이 마침내 옛말(이른바 표준 영어)을 능가할 것으로 예상된다. 그동안 새말은 꾸준히 기반을 확보하고, 모든 당원은 일상생활에서 새말 단어와 문법구조를 점점 더 활용하는 추세를 보이고 있다. 1984년에 사용된 새말 버전은 새말 사전 제9판과 제10판에 수록된 시험적인 것으로 불필요한 단어와 고어체가 다수 들어 있어 후에 삭제해야 한다. 여기서는 새말 사전 제11판에 수록된 완벽한 최종판을 다루었다.

새말의 목적은 영사의 추종자들에게 적합한 세계관과 정신적 습성을 표현할 수단을 제공할 뿐만 아니라 다른 사고방식을 불가능하게 만드는 데 있다. 적어도 사상이 말에 의존하는 한, 일단 새말이 채택되고 옛말이 잊히면 이단적 사상(즉, 영사의 원칙에서 벗어난 사상)은 말 그대로 생각조차 할 수 없도록 의도되었다. 새말의 어휘는 당원이 적절히 표현하고 싶은 의미를 모두 정확하고 종종 매우 교묘하게 표현할 수 있도록 만들어졌다. 반면에 그 밖의 다른 모든 의미를 제외하고 간접적으로 표현할 가능성도 배제했다. 이는 부분적으로 단어를 새로 만든 덕분인데, 무엇보다 바람직하지 못한 단어를 삭제하고, 남아 있는 단어들에서 비정통적 의미와 가능한 한 이차적 의미를 모두 배제한 덕분이다. 한 가지 예를 들어보겠다. '자유로운, - 없는free'이라는 단어는 새말에 여전히 존재하지만, '이 개는 이가 없다This dog is free from lice'라거나 '이 밭에는 잡초가 없다This field is free from weeds'라는 문장에만 사용될 수 있다. '정치적으로 자유로운politically free'이나 '지적으로 자유로운 intellectually free'이라는 예전 의미로는 사용될 수 없다. 정치적인 자유와 지적인 자유는 개념으로도 존재하지 않기에 그런 단어는 필요가 없는 것이다.

분명히 이단적인 단어를 억제하는 것과는 별개로, 어휘의 축소 자체가 목적이므로, 생략해도 되는 단어는 다 없애버렸다. 새말은 사고의 범위를 확장하기 위해 만들어진 것이 아니라 축소하기 위해 만들어졌다. 단어의 선택을 최소한으로 줄임으로써 새말을 만든 목적에 간접적으로 도움이 되었다.

새말은 현재 알고 있는 것처럼 영어를 기반으로 만들어졌다. 비록 대부분의 새말 문장에 새로 만든 단어가 들어 있지 않더라도, 오늘날 영어를 사용하는 사람들이 이해하기 힘든 편이다. 새말 단어는 특정한 세 가지 그룹, 즉 A 어군과 B 어군(복합어로 불린다)과 C 어군으로 나뉜다. 각각의 그룹을 따로따로 논하는 것이 더 간단하지만, 세 어군 모두 같은 규칙이 적용되므로, 영어의 문법적 특성은 A 어군에서 다룰 것이다.

A 어군

A 어군은 일상생활에 필요한 단어들로 구성되었다. 먹고, 마시고, 일하고, 옷을 입고, 계단을 오르내리고, 차를 타고, 정원을 가꾸고, 요리하는 것과 같은 일을 예로 들 수 있다. A 어군은 이미 우리가 가지고 있는 단어(때리다hit, 달리다run, 개dog, 나무tree, 설탕sugar, 집house, 밭field 등)로 구성되었다. 하지만 오늘날의 영어 어휘에 비해 그 수가 극히 적고 의미도 훨씬 더 엄밀히 제한적이다. 뜻이 애매모호하고 미묘한 것들은 모두 없애버렸다. 이 어군의 새말 단어는 단 하나의 분명한 개념을 표현하는 단음어라고 할 수 있다.

A 어군의 단어를 문학적 목적이나 정치적·철학적 논의에 사용하는 것은 거의 불가능할 것이다. A 어군의 단어는 구체적인 대상이나 물리적 행동과 관련이 있는 단순하고 목적이 분명한 사고를 표현하는 데만 사용되어야 한다.

새말의 문법에는 두 가지 뚜렷한 특징이 있다. 첫 번째 특징은 서로 다른 품사끼리 아주 자유롭게 전용할 수 있다는 점이다. 새말의 어떤 단어라도(원칙적으로 이 원칙은 만약if이나 언제when처럼 매우 추상적인 단어에도 적용된다) 동사, 명사, 형용사, 부사로 사용될 수 있다. 어원이 같다면 동사형과 명사형에 어떤 변화도 없고, 이 규칙으로 인해 많은 고어체 형식이 파괴될 수밖에 없다. 예를 들어,

'생각thought'이라는 단어는 새말에는 존재하지 않는다. '생각하다 think'라는 말로 대신하는데 이 단어로 명사와 동사의 역할을 병행한다. 여기에는 어떤 어원적 원칙도 따르지 않았다. 원래 명사를 보존 대상으로 선택한 사례도 있고, 동사를 보존 대상으로 선택한 사례도 있다. 심지어 어원상 아무 관련이 없어도 명사와 동사의 의미가 같은 경우, 둘 중 하나는 자주 폐기되었다. 예를 들어, '자르다cut' 같은 단어는 존재하지 않는다. 명동사인 '칼knife'로 그 의미가 충분히 대체된다. 형용사는 명동사에 '-다운ful'이라는 접미사를 붙여 만들고, 부사는 명동사에 '-답게wise'를 붙여 만든다. 그래서 예를 들어, '속도다운speedful'은 '빠른'을 의미하며, '속도답게 speedwise'는 '빨리'를 의미한다. 오늘날 사용하는 형용사 중에 예를 들어, '좋은good', '강한strong', '큰big', '검은black', '부드러운soft' 같은 단어들은 아직 존속되지만, 그 수가 극히 적다. 형용사적 의미는 명동사에 '-다운ful'을 붙이면 그 의미를 살릴 수 있으므로 형용사가 거의 필요하지 않은 것이다. 이미 '-답게wise'로 끝나는 몇몇 단어를 제외하고 지금까지 존재하는 부사는 하나도 없다. 부사는 모두 '-답게wise'로 끝난다. 예를 들어, '잘well'이라는 단어는 '좋은답게goodwise'로 대체되었다.

게다가 어떤 단어도(이는 새말의 모든 단어에 원칙적으로 적용된다) 접두사 '안un'을 붙이면 부정형이 되고, 접두사 '더욱plus'을 붙이면 의미를 강조할 수 있다. 혹은 '더욱더doubleplus'를 붙이면 의미를 훨씬 더 강조할 수 있다. 그래서 예를 들어, '안추운uncold'은 '따뜻한 warm'을 의미하고, '더욱추운pluscold'과 '더욱더추운doublepluscold'은 각각 '매우 추운very cold'과 '최고로 추운superlatively cold'을 의미한다.

또한 오늘날의 영어처럼, '전ante-'과 '후post-', '위up-', '아래down-' 등의 전치사적 접두사를 붙이면 거의 모든 단어의 의미를 변경할 수 있다. 이런 방법을 써서 어휘를 아주 많이 감소할 수 있었다. 예를 들어, '좋은good'이라는 단어가 있으니 '나쁜bad'이라는 단어는 필요 없다. 왜냐하면 '안좋은ungood'이라는 단어를 써서 똑같이(사실, 더 훌륭하게) 그 뜻을 전달할 수 있기 때문이다. 두 단어가 반대말을 형성할 경우 둘 중 어떤 단어를 없앨지 결정해야 한다. 예를 들어, '어두운dark'은 '안밝은unlight'으로 대체하거나 '밝은light'을 '안어두운undark'으로 대체할 수 있다.

새말 문법의 두 번째 특징은 규칙성이다. 아래에 언급할 몇 가지 예외를 제외하고는 모두 같은 규칙을 따른다. 그래서 모든 동사의 과거형과 과거분사형은 똑같이 '-ed'로 끝난다. '훔치다steal'의 과거형은 'stealed'이고, '생각하다think'의 과거형은 'thinked'로, 이런 식으로 과거형 전체가 만들어지기 때문에, 'swam', 'gave', 'brought', 'spoke', 'taken' 등은 모두 폐기되었다. 모든 복수형은 사례에 따라, '-s'나 '-es'를 붙여서 만든다.

'사람man', '황소ox', '인생life'의 복수형은 'mans', 'oxex', 'lifes'가 된다. 형용사의 비교급은 변함없이 '-er', '-est'를 붙여서 만들고 good, gooder, goodest, 불규칙한 변화형과 형용사에 'more', 'most'를 붙이는 형식은 모두 폐기되었다.

불규칙 활용이 아직까지 허용되는 품사는 대명사와 관계사, 지시형용사, 조동사밖에 없다. 이들 품사는 모두 옛 용법을 따랐는데, 단 'whom'은 필요하지 않아서 폐기되었고, 'shall', 'should' 등의 시제는 빠트리는 대신 'will'과 'would'로 대신했다. 또한 빨리,

쉽게 말하기 위해 단어 형성에 불규칙성이 어느 정도 있다. 발음하기 어렵거나 부정확하게 들리는 단어는 바로 그 이유로 나쁜 단어로 간주된다. 그래서 듣기 좋은 단어를 만들기 위해 단어에 글자를 추가하거나 고어 형태를 그대로 유지하기도 했다. 하지만 이것은 주로 B 어군과 관련이 있다. 발음을 쉽게 하는 것이 왜 그토록 중요한지 이 글 후반부에서 명확히 설명할 것이다.

B 어군

B 어군은 정치적 목적에 부합하려고 의도적으로 만들어진 단어들로 구성되었다. 다시 말해, 이들 단어에는 어떤 경우든 정치적 함의를 담고 있을 뿐만 아니라 이 어휘를 사용하는 사람들에게 바람직한 정신 자세를 심어주려는 의도로 만들어진 것이다. 영사의 원칙을 충분히 이해하지 못하면 이들 단어를 올바르게 사용하기 어렵다. 몇몇 경우에 B 어군의 단어들을 옛말이나 A 어군의 단어들로 번역될 수 있지만, 이러면 글이 길어져서 늘 원문의 함축된 의미를 잃게 된다. B 어군의 단어들은 일종의 구술 속기로, 모든 범위의 생각을 몇 음절로 다지는 경우가 잦고, 그와 동시에 보통의 언어보다 뜻이 더 구체적이고 더 강력한 편이다.

B 어군의 단어는 모두 복합어다('구술기록하다speakwrite' 같은 복합어는 물론 A 어군에도 있지만, 이런 것은 단지 간편한 약어일 뿐이지 특별한 이론적 색채는 없다). B 어군의 단어는 두 개 이상의 단어나 단어의 일부를 합쳐서 구성하며, 발음하기 쉬운 형태로 결합했다. 그 결과로 만들어진 합성어는 늘 명동사이며, 일반 규칙에 따라 어미가 바뀐다. 간단한 예를 하나 들면, '좋은생각goodthink'이

라는 단어에는 대개 '정통'이라는 의미가 있다. 혹시 이것을 동사로 쓴다면, '정통적 방식으로 생각하다'라는 뜻이 된다. 이는 다음처럼 어미가 바뀐다. 명동사는 'goodthink'로, 과거형과 과거분사형은 'goodthinked', 현재형은 'goodthinking'으로, 형용사는 'goodthinkful'로, 부사는 'goodthinkwise'로, 동명사는 'goodthinker'로 바뀐다.

B 어군은 어원학적 계획에 따라 만들어진 것이 아니다. 합성어로 만들어진 단어들로 어떤 품사도 될 수 있고, 어순을 지킬 필요도 없다. 유래를 나타내고 발음하기만 쉽다면 일부를 잘라버리는 것도 가능하다. 예를 들어, '사상죄crimethink(thoughtcrime)'라는 단어에서 'think'는 두 번째에 오지만, '사상경찰thinkpol(Thought Police)'이라는 단어에서 'think'는 첫 번째에 오며, '경찰police'이라는 단어의 두 번째 음절은 사라졌다. B 어군은 편한 발음을 유지하기가 훨씬 어렵기 때문에 A 어군보다 불규칙형이 더 흔한 편이다.

예를 들어, '진부Minitrue', '평부Minipax', '애부Miniluv'의 형용사형이 각각 'Minitruthful', 'Minipeaceful', 'Minilovely'인 것은 '-trueful', '-paxful', '-loveful'이 발음하기 약간 어색하기 때문이다. 하지만 원칙적으로 B 어군의 단어들은 모두 같은 규칙에 따라 어미 변화가 가능하다.

B 어군의 단어 중 일부는 뜻이 아주 미묘해서 새말 전체를 통달하지 않은 사람은 이해하기 어렵다. 예를 들어, 〈타임스〉 사설에 나온 'Oldthinkers unbellyfeel INGSOC'라는 전형적인 새말 문장을 살펴보자. 이 문장을 옛말로 가장 짧게 번역하면, '혁명 전에 사고가 형성된 사람들은 영국 사회주의의 강령을 감정적으로 충분

히 이해하지 못한다'이다. 하지만 이는 적절한 번역이 아니다. 먼저 위에서 인용한 새말 문장의 의미를 충분히 이해하려면, 영사가 무엇을 의미하는지 명확하게 알고 있어야 한다. 게다가 영사의 기초 지식을 충분히 익힌 사람만이 오늘날에는 상상조차 하기 힘든, 맹목적이며 열광적인 수용을 뜻하는 'bellyfeel'이라는 단어와 사악함과 퇴폐라는 개념과 불가분의 관계가 있는 'oldthink'라는 단어의 위력을 충분히 이해할 수 있다.

그러나 'oldthink' 같은 일부 새말 단어의 특별한 기능은 의미를 표현하는 것이 아니라 의미를 파괴하는 데 있다. 이 단어들은 당연히 그 수가 적고, 그 자체에 수많은 단어의 의미를 내포하는 지경까지 의미가 확장되었다. 하나의 포괄적 용어로 충분히 의미가 전달되면, 다른 단어들은 폐기되고 잊히게 된다. 새말 사전 편집인들이 직면한 가장 큰 어려움은 새로운 단어를 만드는 것이 아니라 단어를 만들고 나서, 그 의미를 확인하는 것이다. 다시 말해 새로 존재하게 된 단어로 인해 폐기될 단어의 범위를 결정하는 것이다.

'자유로운free'이라는 단어의 경우에서 이미 살펴본 것처럼, 한때 이단적 의미를 지녔던 단어들도 편의상 존속되는 경우가 있다. 단, 바람직하지 않은 의미는 당연히 빼버렸다. '명예honor', '정의justice', '도덕morality', '국제주의internationalism', '민주주의democracy', '과학science', '종교religion' 같은 수많은 단어가 폐기되었다. 일부 포괄적 단어가 이 단어들을 대신했다. 대신한다는 것은 없애버렸다는 뜻이다. 예를 들어, 자유와 평등의 개념에 속하는 단어는 모두 '사상죄crimethink'라는 하나의 단어에 포함되었다. 객관성과 합리주의 개념에 속하는 단어는 모두 '옛사고oldthink'라는 하나의 단어에 포함되었다. 더 이상의 정확성은 위험한 것이다.

당원에게 요구되는 것은 다른 것은 모르면서 다른 나라들은 '가짜 신들'을 숭배한다고 생각하는 고대 히브리인들과 유사한 사고방식이다. 이들은 이 신들이 바알이나 오시리스, 몰록, 아스다롯으로 불린다는 사실을 알 필요도 없었다. 이 신들에 대해 모를수록 정통성을 지키기가 더 좋을 것이다. 이들은 여호와와 여호와의 십계명을 알았다. 그래서 이름이 다른 신들이나 속성이 다른 신들은 모두 가짜 신들이라고 생각했다. 이와 마찬가지로, 당원은 무엇이 올바른 행동인지 알고 있고, 어떤 식의 이탈이 가능한지 매우 모호하고 일반화된 용어로 알고 있다. 예를 들어, 당원의 성생활은 성적 부도덕을 뜻하는 '성죄sexcrime'와 정절을 뜻하는 '좋은성goodsex'이라는 두 가지 새말로 완전히 규정된다. '성죄'는 온갖 종류의 성적 비행을 의미한다. '성죄'는 간음, 간통, 동성애, 그 밖의 변태 행위와 성행위 자체를 즐기기 위한 보통의 성교까지 의미한다. 이런 것들은 모두 똑같이 비난받을 만한 것이고, 원칙적으로 사형에 처해야 하므로 일일이 열거할 필요가 없다. 과학 용어와 기술 용어로 구성된 C 어군에서는 성적 일탈 행위에 대해 특별한 이름을 붙일 필요도 있을 수 있지만 평범한 시민이라면 그럴 필요가 없다. 이들은 '좋은성'의 의미를 잘 알고 있다. 다시 말해, 아내가 육체적 쾌감을 느끼지 않으며, 오직 자식을 낳을 목적으로 부부간에 하는 정상적인 성교를 말하는 것이다. 그 밖의 것은 모두 '성죄'에 해당한다. 새말에서 이단적 생각을 지각하는 것은 가능하지만 그보다 더 나아가서 이단적 생각을 따르는 거의 불가능하다. 그 지점을 넘어서

는 데 필요한 단어가 존재하지 않기 때문이다. B 어군에는 이념적
으로 중립적인 단어는 없다. 단어 대부분은 완곡어법으로 쓰인다.
예를 들어 '기쁨수용소Joycamp, 즉 강제 노동 수용소'나 '평화부
Minipax, 즉 전쟁부' 같은 단어는 겉으로 보이는 의미와는 거의 정
반대를 의미한다. 반면 어떤 단어들은 오세아니아 사회의 본질을
솔직하고 경멸적으로 드러냈다. 예를 들어 '프롤먹이prolefeed'는 당
이 대중에게 제공하는 쓰레기 같은 오락거리와 가짜 뉴스를 의미
한다. 또한 당에 적용하면 '선'이 되고, 적에게 적용하면 '악'이 되는
양면적인 의미가 있는 단어들도 있다. 게다가 처음에 보면 약어로
보이지만, 의미가 아닌 구조에서 이념적 색채가 유래된 단어도 상
당히 많다. 정치적 의미가 있거나 있을 수 있는 단어는 거의 모두
B 어군에 속한다. 모든 조직과 사람의 몸, 이념, 국가, 기관, 공공건
물의 명칭은 반드시 줄여서 익숙한 형태로 만들었다. 즉 원래의 어
원을 보존하면서 최소한의 음절로 발음하기 쉽게 한 단어로 만든
것이다. 예컨대 윈스턴 스미스가 근무한 기록국Records Department은
'기국Recdep'으로, 창작국Fiction Department은 '창국Ficdep'으로, 텔레
프로그램국Teleprogrammes Department'은 '텔레국Teledep'으로 부른다.
시간을 절약하려는 목적만 있는 것은 아니다. 20세기 초반만 해도
단축어와 단축 구절은 정치 언어의 특징 중 하나였다. 이런 식으로
약어를 사용하려는 경향은 전체주의 국가와 전체주의 조직에서
가장 두드러지게 나타난 특징이었다. 예를 들어 '나치Nazi', '게슈타
포Gestapo', '코민테른Comintern', '인프레코르Inprecorr', '아지트프로
프Agitprop' 같은 단어가 있다. 처음에는 이런 관행이 직감적으로 채
택되었지만, 새말에서는 의식적인 목적으로 사용되었다. 이런 식으

로 명칭을 약어로 만들면 원래 이름에서 자연스럽게 연상되는 의미가 제거되어, 그 뜻이 제한되고 미묘하게 달라질 것으로 여겨졌다. 예를 들어 '국제 공산당Communist International'이라는 단어는 보편적인 인류애와 붉은 깃발, 바리케이드, 카를 마르크스, 파리 코뮌이 연상된다. 반면 코민테른이라는 단어는 단지 빈틈없는 조직과 뚜렷한 강령조직만 연상될 뿐이다. 이는 의자나 테이블 같은 단어처럼 제한된 목적으로 쉽게 알아볼 수 있는 것과 관련이 있다. 코민테른은 아무 생각 없이 말할 수 있는 단어지만 국제 공산당은 적어도 순간적으로 망설일 수밖에 없는 구절이다. 이와 마찬가지로 진부 같은 단어의 연상작용은 진리부 같은 단어의 연상작용보다 그 수가 더 적고 통제하기도 더 쉽다. 이 때문에 가능할 때마다 약어를 쓰는 습관이 생길 뿐만 아니라 모든 단어를 쉽게 발음할 수 있도록 과하게 신경 쓰는 것이다.

새말에서 의미의 정확성 다음으로 중시하는 것은 쉬운 발음이다. 문법의 규칙은 발음 문제보다 늘 희생될 수밖에 없는 것이다. 또한 그렇게 하는 것이 당연했다. 정치적 목적을 위해서는 무엇보다 쉽게 말할 수 있고, 말하는 사람의 마음에 반향을 최소한으로 일으키고, 의미가 확실한 짧은 단어가 필요하기 때문이다. B 어군의 단어는 거의 모두 아주 비슷하다는 강점이 있다. 좋은생각, 평화부, 프롤먹이, 성죄, 기쁨수용소, 영사, 배느끼다, 사상경찰 등 거의 모든 단어가 2음절 혹은 3음절로 된 단어들이며 첫 번째 음절과 마지막 음절에 똑같이 강세가 있다. 이런 단어를 사용하면 말을 딱딱 끊으며 단조롭게 빨리 말할 수 있다. 새말은 바로 이런 목적으로 만들어졌다. 그 의도는 말할 때, 특히 이념적으로 중립적이지 않은 어떤 주제에 대해 되도록 의식에 의존하지 않으며 말하는 데 있다. 일상생활에서는 말하기 전에 곰곰이 생각할 필요도 가끔 있지만, 정치적 혹은 윤리적 판단을 내려야 하는 당원이라면 총알을 마구 쏟아내는 기관총처럼 올바른 의견을 저절로 마구 퍼부을 수 있어야 한다. 훈련 덕분에 당원은 이런 일에 적합해졌고, 언어는 당원에게 딱 맞는 도구가 되었으며, 영사의 정신과 일치하는 거친 소리와 고의적인 추함이 들어 있는 단어가 어우러져서 이 과정이 더 촉진되었다.

그런 이유로 선택할 단어의 수가 극히 적은 것이다. 우리의 언어와 비교해도 새말 어휘는 아주 적고, 그 수를 줄이는 새로운 방법이 끊임없이 고안되고 있다. 새말은 사실, 해마다 어휘의 수가 늘지 않고 점점 줄고 있다는 점에서 다른 언어와 다르다. 어휘의 수가 줄어들면 선택의 범위도 줄어들고, 생각하려는 유혹도 줄어들기 때문에 당에 이득이 된다. 궁극적으로 고차원인 뇌의 중심부는 전혀 쓰지 않고 후두로만 분명하게 말하는 것이 당의 바람이다. 이런 목표는 '오리처럼 꽥꽥거리다'라는 새말 단어 '오리말duckspeak'에 노골적으로 인정되었다. B 어군에 수록된 여러 단어처럼 '오리말'은 그 뜻이 양면적이다. 꽥꽥거린 의견이 정통 의견이라면 칭찬만을 내포하는 것이다. 따라서 〈타임스〉에서 당 연설가를 '더욱더좋은 오리말하는사람doubleplusgood duckspeaker'이라고 언급한 것은 진심 어린 귀중한 칭찬이다.

C 어군

C 어군은 다른 어군의 보조 역할을 하며, 과학 용어와 기술 용

어 전체를 구성한다. C 어군의 단어는 오늘날 사용되는 과학 용어와 유사하고, 어근도 같다. 하지만 의미를 엄격하게 제한하고, 바람직하지 못한 의미는 제거하는 데 주의를 기울였다. C 어군도 다른 어군의 단어들과 같은 문법 규칙을 적용했다. C 어군의 단어 중 일상생활이나 정치 분야에 사용되는 단어는 거의 없다. 과학 종사자나 기술자는 전문 분야 목록에서 필요한 어휘를 다 찾아볼 수 있지만 다른 목록에 나오는 단어는 피상적으로만 알 뿐이다.

　모든 목록의 단어와 공통점이 있는 단어는 매우 극소수에 불과하다. 과학의 특정 분야와 관련 없이 습관적인 마음이나 사고방식으로 과학의 기능을 표현할 어휘는 없다. 사실, '과학science'이라는 단어도 없고, 영사라는 단어로 그 단어의 모든 의미가 이미 충분히 표현되고 있다.

　앞서 진술한 설명을 보면, 새말에서 극히 낮은 수준을 제외하고는 비정통적 의견을 표현하는 것이 거의 불가능하다. 물론 아주 잔인하고 모욕적으로 이단을 언급할 수는 있다. 예를 들어 '빅브라더는 안좋다Big Brother is ungood'라고 말하는 것은 가능하다. 하지만 이런 말은 정통주의자의 귀에는 자명한 헛소리로 들리기에 합리적인 논쟁으로 인정받을 수 없다. 왜냐하면 논쟁에 필요한 단어가 없기 때문이다. 영사에 적대적인 생각은 오직 말이 아닌 애매한 형태로만 가능하다. 그런 생각을 규정하지도 않고, 온갖 이단을 한 덩어리로 통틀어 비난하는 매우 광범위한 용어로만 가능한 것이다.

　사실 새말을 비정통적 목적으로 사용하려면 불법적으로 몇몇 단어를 옛말로 번역해야 한다. 예를 들어 '모든 인간은 동등하다 All mans are equal'는 새말 문장으로 가능하다. 하지만 옛말 문장 '모든 사람은 머리카락이 붉다All mans are redhaired'와 의미가 같을 때만 가능한 것이다. 이 문장에 문법적인 오류는 없지만 분명 '비진실untruth'을 표현한 것이다. 예를 들어 모든 인간은 키와 몸무게와 힘이 같다는 의미가 되는 것이다. 정치적 평등의 개념은 더 이상 존재하지 않는다. 따라서 이 말의 이차적 의미는 '동등하다equal'라는 단어에서 제거되었다.

1984년에도 옛말은 여전히 평범한 의사소통 수단이며, 새말 단어를 사용할 때 원래의 의미를 기억할 수도 있는 위험이 이론적으로는 존재했다. 실제로, '이중사고doublethink'에 확실한 기반을 둔 사람이라면 누구라도 이런 위험을 피하는 것은 어렵지 않다. 하지만 두 세대만 지나면 그런 실수를 저지를 가능성도 사라질 것이다. 새말을 유일한 언어로 알고 자란 사람은 '같다equal'라는 단어에 한때는 '정치적 평등'이라는 이차적인 뜻이 있었고, '자유로운free'이라는 단어에 '지적으로 자유로운'이라는 의미가 있었다는 사실도 모를 것이다. 이는 체스에 대해 전혀 들어보지 못한 사람이 '퀸queen'과 '룩rook'에 어떤 이차적인 의미가 있는지 알지 못하는 것과 같다.

인간의 능력으로 저지를 수 없는 범죄와 실수들이 많이 있을 것이다. 왜냐하면 그런 범죄와 실수를 지칭하는 이름이 없으므로 상상도 할 수 없기 때문이다. 시간이 지날수록 새말의 특징은 더욱더 뚜렷해지고 새말의 단어 수도 점점 적어지고, 그 의미도 점점 더 엄격해져서, 새말 단어를 부적절하게 사용할 기회가 줄어들 것으로 예상된다.

옛말이 완전히 폐지되면 과거와의 마지막 연결고리도 단절될 것이다. 역사는 이미 다시 쓰였지만, 과거 문학의 잔재가 불완전한 검열로 여기저기에 살아남아서, 옛말을 알고 있는 사람이 있다면 그것들을 읽을 수 있다. 미래에는 그런 잔재가 설사 살아남았다고 해도, 읽을 수 없고 번역할 수도 없을 것이다. 기술적 과정이나 매우 간단한 일상의 행동, 이미 정통적(새말 표현으로는 '좋은생각다운 goodthinkful') 경향과 관련이 있는 것이 아니라면 옛말의 어떤 구절도 새말로 번역할 수 없다.

실제로 1960년 이전에 쓰인 책은 절대 번역될 수 없다는 뜻이다. 혁명 이전의 문헌은 이념적 번역(즉, 언어뿐만 아니라 의미까지 변경)만 가능하다. 독립선언문의 잘 알려진 구절을 예로 들어보겠다.

우리는 이것들을 자명한 사실로 주장한다. 모든 인간은 평등하게 창조되었고, 창조주로부터 양도될 수 없는 특정 권리를 부여받았고, 생명과 자유와 행복 추구가 이 권리에 속한다. 이런 권리를 보장하기 위해 정부가 수립되었고, 정부의 권력은 국민의 동의로부터 나온다. 어떤 형태의 정부든 이런 목표를 파괴할 때는 국민에게 그것을 변경 혹은 폐지하여 새로운 정부를 설립할 권리가 있다…….

이 글의 원래 의미를 유지하면서 새말로 번역하는 것은 불가능하다. 가장 근접한 번역은 전문을 '사상죄'라는 한 단어로 싸잡는 것이다. 완전한 번역은 이념적 번역일 수밖에 없다. 그렇게 되면 제퍼슨의 말은 절대 정부에 대한 찬사로 바뀔 것이다.

과거 문헌의 대다수가 사실은 이미 이런 식으로 변형되었다. 역사적 인물의 명성을 고려해서 그들의 기억을 보존하는 동시에 그들의 성취를 영사의 철학적 노선과 일치시키는 것이 바람직하다. 셰익스피어와 밀턴, 스위프트, 디킨스 등 다양한 작가들의 작품이 번역되고 있다. 번역이 완성되면 이 작가들의 원래 글과 과거의 다른 모든 문헌은 파기될 것이다. 이들의 번역은 느리고 까다로운 일이다. 그래서 2010년대나 2020년대 전에는 이 작업이 완성될 것으로 기대되지는 않는다. 또한 같은 방식으로 처리해야 할 실용적 문헌(필수적인 기술 설명서 등)도 상당히 많다. 이러한 사전 번역 작업에 필요한 시간을 벌기 위해서, 새말의 최종 채택 날짜를 2050년으로 늦게 잡은 것이다.

작가 연보

1903년 6월 25일, 당시 영국령이었던 인도 벵골(지금의 비하르)에서 태어나다.

1904년 어머니와 누나와 함께 영국으로 이주하다.

1917년 영국 명문 사립학교 이튼칼리지에 최우수 장학생으로 입학하다.

1921년 이튼칼리지 졸업 후 대학 진학을 포기하고 인도제국 경찰 시험에 응시하다.

이듬해, 첫 발령지인 버마(지금의 미얀마)로 파견되어 5년간 경찰로 근무하면서 제국주의와 백인의 의무를 내세우는 영국인들의 위선에 큰 혐오를 느끼다.

1927년 병가를 얻어 귀국하였다가 사표를 제출하다.

작가의 길을 걷기로 결심하고 파리 빈민가와 런던 부랑자들의 극빈 생활을 체험하다.

1933년 파리와 런던에서의 생활 체험을 사실적으로 담아낸 첫 소설《파리와 런던의 밑바닥 생활》을 출간하다. 이때부터 '조지 오웰'이라는 필명을 사용하다.

1934년 버마에서 경찰로 근무하던 시절의 경험을 바탕으로 식민지 백인 관리의 실태를 고발한 소설《버마 시절》을 출간하다.

1936년 평생의 사상적 동반자가 된 아일린 오쇼네시와 결혼하다.

결혼 6개월 만에 스페인 내전 소식을 듣고 바르셀로나로 달려가 자원입대하다.

1937년 바르셀로나 전선에서 목에 총상을 입다.

잉글랜드 지방 노동자들의 궁핍한 삶을 담은 르포르타주《위건 부두로 가는 길》을 출간하다.

1938년 정치적 성향에 연루되어 수배령이 떨어져 아내와 함께 스페인을 탈출하여 프랑스로 건너가다.

이데올로기에 강한 환멸을 느끼고, 스페인 내전 참전기이자 사회주의의 이중성을 묘사한 소설《카탈로니아 찬가》를 출간하다.

1939년 모로코로 떠나 요양하면서 소설《숨 쉬러 나가다》를 출간하다.

1941년 BBC에서 대인도 선전방송의 원고와 라디오 프로그램을 담당했으나, 제국주의적 태도와 검열 등에 불만을 품고 그만두다.

1945년 스탈린 체제의 소련을 풍자한 우화《동물농장》을 출간하다.

당시 영국과 동맹관계였던 소련과 스탈린을 신랄하게 비판했기 때문에 한동안 출판이 어려웠으나, 스탈린주의를 비판하는 내용이 공산주의 전체에 대한 풍자로 왜곡, 미화되어 미국에서 광범위하게 출판되다.

1949년 폐결핵이 악화되어 요양병원에 입원하다.

개인의 자유와 권리를 말살하는 전체주의를 비판한 소설《1984》를 출간하다.

1950년 1월 21일, 입원 중이던 병원에서 숨을 거두다.

1984

초판 1쇄 인쇄 2024년 1월 22일
초판 3쇄 발행 2024년 10월 15일

지은이 조지 오웰
옮긴이 주정자
펴낸이 이효원
편집인 송승민
마케팅 추미경
디자인 문인순(표지), 이수정(본문)
펴낸곳 올리버
출판등록 제395-2022-000125호
주소 경기도 고양시 덕양구 삼송로 222, 101동 305호(삼송동, 현대헤리엇)
전화 070-8279-7311   **팩스** 02-6008-0834
전자우편 tcbook@naver.com

ISBN 979-11-93130-97-1 03840

* 값은 뒤표지에 있습니다.
* 잘못된 책은 구입하신 서점에서 바꾸어 드립니다.

* 도서출판 올리버는 탐나는책의 교양서 브랜드입니다.

올리버 세계교양전집 목록